MIYABE Miyuki

Le diable chuchotait

Traduit du japonais
par Myriam Dartois-Ako

Éditions
Philippe Picquier

DU MÊME AUTEUR
AUX ÉDITIONS PHILIPPE PICQUIER

La Librairie Tanabe

Une carte pour l'enfer

Crossfire

Du sang sur la toile

Titre original : *Majutsu wa sasayaku*

Mas de Vert
B.P. 20150
13631 Arles cedex

www.editions-picquier.fr

En couverture : © Forest Woodward / Gettyimages

Conception graphique : Picquier & Protière

Mise en page : M.-C. Raguin, www.adlitteram-corrections.fr

ISBN : 978-2-8097-1098-4
ISSN : 1251-6007

SOMMAIRE

Ces gens font des choses vraiment inexcusables.
Ils font des choses que ni eux ni la société ne peuvent défendre.

G.K. CHESTERTON,
L'Affligé du Château de Marne

PROLOGUE

Extrait du *Tokyo Nippô*, quatorzième édition, datée du 2 septembre 198x, page 2 de la rubrique « Société » :

A QUELQUES JOURS DE SON MARIAGE, ELLE SE SUICIDE EN SAUTANT DE SON IMMEUBLE

Le 1er vers quinze heures trente, une jeune femme a sauté du toit-terrasse de la résidence Palace Ôkura (cinq étages), à Miyoshi-chô 1, arrondissement de A., préfecture de Tokyo. Elle est décédée de ses blessures.

D'après le commissariat d'Ayase, il s'agit de Fumie Katô (vingt-quatre ans), résidente de l'immeuble. Le toit en terrasse de la résidence est équipé d'un garde-fou d'environ un mètre cinquante ; mademoiselle Katô a été vue en train de l'enjamber avant de se jeter dans le vide, à une quinzaine de mètres du sol.

Mademoiselle Katô, qui devait se marier une semaine plus tard, n'a pas laissé de message d'adieu. La police enquête sur le mobile.

Extrait du journal du soir *Arrow*, deuxième édition, datée du 9 octobre de la même année, rubrique « Société » :

Aujourd'hui vers quatorze heures quarante-cinq, une jeune femme a sauté sur les voies à la station de Takadanobaba, sur la ligne Tôzai du métro Eidan. Elle est morte renversée par l'express à destination de Nakano qui entrait en gare.

La jeune femme décédée, une employée domiciliée à Coop Kawaguchi, Sengoku-chô 2, ville de K., préfecture de Saitama, s'appelait Atsuko Mita (vingt ans). Un passager présent sur le quai, alerté par le comportement de mademoiselle Mita, a tenté de la retenir, mais il était trop tard. Aucun message d'adieu n'a été retrouvé, mais le commissariat de Totsuka considère, au vu des faits, qu'il s'agit d'un suicide et enquête sur les motivations de la jeune femme.

A partir d'articles de journaux concis et objectifs, il est impossible de saisir toute l'étendue du choc subi par les protagonistes d'un incident ou d'un accident et par les personnes qui y ont assisté. Même si le lecteur peut apprendre ce qui s'est produit à un endroit, il ne saura jamais ce qui en subsiste.

Le lecteur ne sait pas. Il ne connaît pas la ménagère qui se trouvait là à battre sa literie exposée au soleil quand Fumie Katô a sauté dans le vide. Elle, elle a vu Fumie Katô gravir quatre à quatre les escaliers comme si elle était poursuivie, traverser le toit-terrasse et entreprendre d'enjamber la balustrade, jusqu'à ce qu'elle s'écrase en bas, elle a tout vu du début à la fin. Le lecteur ignore qu'ensuite elle s'est approchée de la rambarde, a effleuré le métal froid et gris puis a vivement retiré sa main. Il ne sait pas qu'elle a eu le sentiment que la balustrade avait attiré Fumie Katô et l'avait jetée en bas.

Le lecteur ne sait pas non plus que les membres de l'identité judiciaire ont ramassé à la main le cerveau de Fumie Katô éparpillé sur le sol et l'ont rangé dans un sac en plastique. Il ignore également que le gardien de l'immeuble a lavé les traces de sang au jet d'eau puis a répandu du sel à cet endroit. Pas plus qu'il ne sait que Fumie Katô parlait avec quelqu'un au téléphone juste avant sa mort.

De même, il ne connaît pas l'employé d'âge moyen qui a tenté de sauver Atsuko Mita. A cette minute, celui-ci était en train de se demander si le rachat de son prêt immobilier allait bien se passer. Atsuko Mita l'a dépassé d'un pas mal assuré et, comme si elle s'inquiétait de l'apparition de quelqu'un dans son dos, elle a regardé deux ou trois fois par-dessus son épaule puis elle a franchi le bord du quai.

L'employé a instinctivement attrapé le col de la veste légère de la jeune femme. Le lecteur ne sait pas que si, à cet instant, la veste d'Atsuko Mita avait été correctement boutonnée, l'homme aurait sans doute réussi à la sauver. Il ignore tout autant, au moment où le métro a écrasé Atsuko

Mita dans un crissement métallique strident, la texture souple de la veste restée dans la main de l'homme cloué sur le quai, bouche bée. Il ne sait pas non plus qu'Atsuko Mita, avant de se jeter sous le train, a lu l'indicateur des horaires à un homme âgé qui se trouvait sur le même quai. Pas plus qu'il ne sait que l'usager a ôté son chapeau pour la remercier avant de gravir les escaliers.

S'il a fallu du temps pour en finir avec l'accident, c'est que le corps était dispersé et la tête de la jeune femme, retrouvée en dernier, était tombée dans un bruit humide de l'attelage entre les première et deuxième voitures quand le train avait lentement fait marche arrière, ce que le lecteur ignore également. Il ne sait pas non plus qu'à ce moment-là les yeux d'Atsuko Mita étaient grands ouverts, tout noirs. L'ensemble de ces faits dissimulés entre les lignes sont tôt ou tard destinés à sombrer dans l'oubli, tout simplement.

Et maintenant…

En un lieu inconnu des nombreuses personnes qui ont appris l'existence de ces incidents à la lecture des articles, une jeune femme agite la main en signe d'au revoir vers le taxi qui emporte ses deux amies.

En fait, elle aurait préféré que la voiture la dépose devant son immeuble. J'aurais dû le dire, regretta-t-elle dans la rue silencieuse.

C'est bon, en courant j'en ai pour deux ou trois minutes à peine, laissez-moi sur la grande avenue. Elle se répétait mentalement ce qu'elle avait dit à ses amies. Ça va, il n'y a rien à craindre.

Sous la lumière blafarde des lampadaires, la rue déserte s'étirait. Tourner à un coin de rue et traverser un carrefour. Il n'y avait même pas cent mètres. Elle se mit en route.

Juste avant de tourner au coin, l'alarme de sa montre sonna. Comme dans ces moments embarrassants au concert ou au cinéma, le bruit résonnait étrangement fort dans le silence profond.

Dans l'instant, elle se dit : Quelqu'un arrive dans mon dos.

Elle pressa le pas. La présence derrière elle accéléra aussi, gagnant du terrain.

Elle regarda par-dessus son épaule. Il n'y avait personne dans la rue. Malgré tout, elle se sentait poursuivie. Si elle ne fuyait pas, il lui arriverait quelque chose de terrible. Si on l'attrapait, ce serait terrible.

Tremblant de tous ses membres comme si on l'invectivait, elle se mit à courir.

Les cheveux emmêlés, en faisant claquer ses talons, elle courait. A bout de souffle, elle n'arrivait pas à crier. Elle se contentait de courir encore et encore. Elle fuyait, encore et encore.

A la maison, à la maison, à la maison. En lieu sûr.

Au secours !

Lorsque, sans ralentir, elle s'engagea dans le carrefour où brillait un feu rouge, dans la lumière des phares douloureusement éblouissante, le secours lui arriva sous la pire forme qui soit.

Le même soir, sous le même ciel, une paire de mains soignées ouvraient un grand album.

Sur la page de droite, les articles relatant le décès des deux jeunes femmes, proprement découpés, avaient été collés avec soin. La main si blanche qu'elle semblait décolorée étendit des doigts fins et pianota sur les deux articles.

Fumie Katô. Atsuko Mita.

Sur la page de gauche était collée une photo en couleurs, de petit format. C'était le portrait d'un jeune homme avec des lunettes à monture noire, il souriait en dévoilant des dents blanches.

Quelque part, une horloge sonna minuit.

Les mains pâles refermèrent l'album et éteignirent la lumière.

CHAPITRE PREMIER

Le commencement

1

Jusqu'à l'instant de son réveil, Mamoru Kusaka avait rêvé.

Dans son rêve, revenu douze ans en arrière, il était un garçonnet de quatre ans dans sa maison natale. Sa mère Keiko était encore là, elle répondait au téléphone posé sur le meuble à chaussures près de la porte d'entrée. Triturant le fil noir du bout des doigts, légèrement inclinée, elle hochait la tête à chaque réponse.

Cette scène ne faisait pas partie de ses souvenirs. Parce que, à ce moment précis, il n'était pas à la maison. « Monsieur Kusaka n'est pas venu au bureau… », cet appel téléphonique, il ne l'avait pas entendu en réalité. La disparition de son père, il ne l'avait apprise que bien plus tard.

Pourtant, dans son rêve voilé d'une fine brume bleue, adossé à un pilier, les bras enserrant ses genoux, il regardait le visage de sa mère pâlir. Il l'écoutait parler dans un murmure.

Eveillé, les yeux tournés vers le plafond sombre, le jeune homme se demandait pourquoi il avait fait ce rêve.

Rêver de « Pépé », cela lui était déjà arrivé plusieurs fois. En général, il s'agissait de souvenirs juste avant sa mort. Avec le recul, le vieil homme avait sans doute eu un pressentiment, il lui avait offert des outils neufs commandés exprès. Et puis, ce coffre-fort triple sécurité. Il lui avait donné du fil à retordre ! En fait, c'était son examen de fin d'études.

Il se tourna pour regarder le réveil numérique posé près de l'oreiller. Il indiquait deux heures du matin.

Il poussa un soupir et s'enfouit sous la couette. Quand le calme se fit en lui, une voix étouffée lui parvint de l'étage inférieur. C'était celle de sa tante Yoriko.

Elle parlait au téléphone.

Mamoru rejeta la couette, posa les pieds par terre, avança sur le parquet froid et gagna le couloir. La porte exactement en face de la sienne s'ouvrit et Maki, un gilet enfilé par-dessus son pyjama, montra son visage ensommeillé.

— Téléphone, souffla-t-elle avant de passer devant Mamoru et de commencer à descendre l'escalier.

Avec un père chauffeur de taxi, la signification d'un appel téléphonique en pleine nuit – sa possible signification – était claire pour sa cousine, dont les joues s'étaient colorées sous l'inquiétude ; Mamoru s'alarma.

Quand ils arrivèrent en bas, Yoriko venait de raccrocher le combiné. Elle était debout dans le couloir, pieds nus.

— Qu'est-ce qui s'est passé ? demanda Maki.

Yoriko fit la grimace, les commissures des lèvres abaissées.

— Il paraît qu'il s'est planté.

— Un accident ?

Yoriko hocha la tête. Ses yeux étaient fixés sur sa fille.

— Il est à quel hôpital ? Papa est blessé, n'est-ce pas ? ajouta Maki avec impatience.

— Ce n'est pas papa.

— Eh bien quoi, alors ? Qu'est-il arrivé ?

— C'est bien un accident, mais… Yoriko humecta ses lèvres. C'est un accident de personne. Il a renversé quelqu'un.

L'air glacé du mois de novembre remonta le long des jambes de Mamoru, jusqu'à son cœur.

— C'est une jeune fille. Elle est morte presque immédiatement. L'appel, là, c'était la police.

— … La police ?

— Papa a été arrêté.

Mamoru ne parvint pas à se rendormir.

Cela faisait tout juste neuf mois qu'il avait été recueilli par Yoriko Asano, la sœur aînée de sa mère. Il commençait seulement à s'habituer au quotidien dans sa nouvelle famille et à la vie de lycéen à Tokyo.

La famille Asano habitait dans un quartier populaire de la capitale, un endroit également désigné sous le terme de « zone zéro mètre », où le fleuve coulait à un niveau plus élevé que celui des maisons. Le mari de sa tante Yoriko, Taizô Asano, était chauffeur de taxi à son compte, avec vingt-cinq années de carrière. Leur fille unique Maki, diplômée au printemps dernier d'un cycle universitaire court, venait à peine d'entrer dans la vie active.

La ville natale de Mamoru, où la floraison des cerisiers intervenait un mois plus tard qu'à Tokyo, s'appelait Hirakawa. C'était un bourg seigneurial peu étendu mais doté d'eaux thermales de bonne qualité, une localité qui vivait de l'argent des touristes ainsi que de ses objets laqués réputés de longue date.

Le père de Mamoru, Toshio Kusaka, était fonctionnaire à la mairie de Hirakawa. Douze ans plus tôt, quand il avait soudain disparu et que le détournement de cinquante millions de yens de fonds publics avait ensuite été découvert, il portait le titre d'adjoint au directeur des finances.

Lorsque son père avait été promu à ce poste, ils avaient organisé une petite fête familiale, Mamoru s'en souvenait vaguement. Que cette promotion fasse un jour les gros titres de la presse locale et devienne la cible des critiques et du mépris de la population, à ce moment-là personne ne l'avait même imaginé.

De plus, dans l'ombre de Toshio, il y avait une femme.

Après la disparition de son père, Mamoru et sa mère Keiko, restés seuls, continuèrent à vivre à Hirakawa. Pourquoi sa mère n'avait-elle pas quitté la ville ? Au bout du compte, il n'avait pas eu l'occasion de l'interroger à ce propos. Parce que, à la fin de l'année précédente, Keiko Kusaka était brutalement décédée. A l'âge de trente-huit ans, emportée par une embolie cérébrale.

Seul au monde.

Peu avant le décès de sa mère, Mamoru avait aussi perdu son précieux ami, « Pépé ». Voilà pourquoi, à cette époque, dans son dictionnaire, il ne restait littéralement plus que cette expression : seul au monde.

C'est quelques jours après les funérailles de Keiko que sa tante Yoriko lui avait proposé de venir à Tokyo.

Avant de s'éteindre, Keiko avait passagèrement repris connaissance. Elle lui avait alors dit :

— Je te l'ai caché jusqu'à présent, mais ta tante et sa famille vivent à Tokyo, alors si jamais il m'arrivait quelque chose, contacte-les.

Elle ne lui en avait jamais parlé. Mamoru éprouva de la surprise, et aussi de la colère. Immédiatement, il fouilla dans le carnet d'adresses de sa mère et contacta Yoriko et Taizô, qui vinrent en toute hâte et, en définitive, restèrent avec lui au chevet de Keiko.

Ensuite, d'autres surprises l'attendaient encore. Son oncle et sa tante, du vivant de Keiko déjà, lui avaient proposé à plusieurs reprises de venir avec son fils s'installer chez eux à Tokyo.

— Moi, tu sais, j'ai épousé mon mari à l'âge de dix-huit ans, mais mes parents, c'est-à-dire ton grand-père et ta grand-mère, s'y sont farouchement opposés. Ils ne voulaient rien entendre, alors je n'ai fait ni une ni deux et nous nous sommes enfuis.

Ce jour-là, Yoriko avait raconté cela à Mamoru en articulant clairement, dans le japonais typique des quartiers populaires de Tokyo.

— Quand j'y repense, ce n'était pas étonnant qu'ils s'y opposent. Maintenant, c'est un chauffeur de taxi respectable, mais à l'époque, j'te jure, il avait un petit côté vagabond insouciant. Oh ! même moi, après qu'on s'était mis ensemble, il m'est arrivé plusieurs fois de regretter de m'être enfuie de la maison. Mais bon, quand même, j'avais ma fierté, et puis c'était la campagne, si j'étais revenue avec un enfant dans les jupes, ça n'aurait rien donné de bon, je le savais bien.

C'était à peine cinq ans plus tôt que Yoriko avait enfin tenté de contacter ses parents et sa sœur cadette.

— On dirait une blague, mais j'étais en train de regarder une série familiale à la télé. Et soudain, ça m'a donné envie. Bah, c'est que l'heure avait sonné. Ma vie s'était stabilisée et, comment dire… mon obstination s'était envolée. Mon mari et Maki m'y ont encouragée aussi, alors j'ai timidement envoyé une lettre à mon ancienne adresse…

Cette lettre lui était revenue avec la mention Destinataire inconnu. Alors, n'y tenant plus, Yoriko avait sauté dans un express pour Hirakawa.

Dans sa ville natale, les habitants d'autrefois étaient toujours là. Il ne lui fallut guère de temps pour dénicher l'adresse de Keiko et apprendre ce qui lui était arrivé.

— Ce jour-là, je suis allée à l'improviste à l'usine où travaillait Keiko et, comme elle n'avait pas tellement changé, je l'ai tout de suite reconnue. Cela faisait plus de vingt ans que nous ne nous étions pas vues, mais je l'ai reconnue quand même. Toutefois, vu les circonstances et comme, à la base, nous ne nous entendions pas si bien que ça, nous n'avions rien à nous dire. Nous sommes allées ensemble sur la tombe de nos parents et je me suis excusée de leur avoir causé de la peine. Je crois que c'est après… Keiko, petit à petit, a commencé à me parler d'elle. Mais, sur le coup, elle ne m'a pas donné tellement de détails. Elle ne m'a pas laissé te voir non plus. Mais bon, c'était comme ça. J'étais en tort. Après tout, j'étais sa sœur aînée, partie sans jamais revenir, même pour les funérailles de nos parents.

Depuis, elle n'avait pas eu l'occasion de la revoir. Pour Yoriko elle-même, la ville natale qu'elle avait fuie était en effet, à divers titres, un endroit lointain, et puis elle avait bien senti que Keiko refusait silencieusement mais fermement de la laisser approcher.

— Là non plus, je n'y pouvais rien. Parce qu'elle ne risquait pas de me pardonner aussi facilement.

Malgré tout, à compter de ce jour, elles avaient commencé à correspondre, à quelques mois d'intervalle. Et enfin, environ un an après leurs retrouvailles, Keiko s'était ouverte à elle de tout ce qui lui était arrivé, dans les moindres détails.

— J'ai été surprise… La pauvre, je n'en revenais pas. Un mari comme ça, elle n'avait qu'à l'oublier vite fait bien fait et venir chez nous avec toi, je le lui ai dit et répété, mais elle ne m'écoutait pas du tout. « Je suis sûre que Toshio reviendra un jour, alors je l'attends. » C'est tout ce qu'elle disait. Vraiment, qu'est-ce qu'elle était têtue, cette Keiko ! A toi aussi, elle t'avait affirmé que ton père reviendrait à coup sûr, donc elle m'a demandé de ne pas m'en mêler et de vous laisser tranquilles. « Si tu manques à ta promesse, je t'en voudrai toute ma vie », qu'elle m'a dit.

Yoriko, bien qu'à contrecœur, avait tenu parole. Voilà pourquoi Mamoru n'apprit qu'après le décès de sa mère, et de la bouche de sa tante, certains détails : lors de sa disparition douze ans plus tôt,

Toshio avait laissé derrière lui une demande de divorce portant son nom et son sceau, que Keiko avait conservée en l'état.

— Je ne sais plus qui était ma mère, confia-t-il avec franchise à sa tante.

— Moi non plus, lui répondit-elle. Mais je trouve que cela lui ressemble bien... Du coup, je ne connais même pas le visage de ton père. Comme je disais beaucoup de mal de lui, Keiko n'a pas voulu me montrer de photo, et je n'avais pas envie d'en voir non plus. D'après le peu que je sais, il paraît qu'il était grand et plutôt bel homme.

Yoriko regarda fixement Mamoru et ajouta :

— Toi, tu ressembles à Keiko. Tu as exactement les mêmes yeux. C'est bien ce qui m'inquiète. Parce que les gens comme Keiko, ils sont forts. Il ne faut pas rester seul. Car si tu gardes tout ça pour toi, un beau jour tu disparaîtras d'un coup... Viens à Tokyo. Viens vivre avec nous.

Si Mamoru avait accepté l'offre de Yoriko, en effet, c'était peut-être parce qu'il avait découvert dans les yeux de sa tante quelque chose que ne possédait pas sa mère, disparue en laissant derrière elle une montagne de faits incompréhensibles.

Malgré tout, le commencement de la vie à Tokyo ne s'était pas déroulé sans heurts. Même s'il s'était habitué à la métropole, il ne se faisait pas à l'idée de vivre aux crochets des Asano.

Contre toute attente, c'était Maki qui avait secouru Mamoru. Elle ne faisait pas de distinctions entre eux. Jusqu'à ce qu'il comprenne que ce n'était pas par compassion, mais que cela tenait à son caractère ouvert, Mamoru fut plus d'une fois déconcerté.

— Voilà que j'ai soudain un petit frère de seize ans et que je me retrouve rétrogradée au rang de mémé de vingt et un ans, avait-elle dit en riant.

Après leur première rencontre, quand Taizô avait donné son appréciation à propos de Mamoru : « Y a pas à dire, c'est un garçon maussade », Maki avait répondu : « Tu trouves ? Moi, c'est mon genre. »

Elle était sortie boire avec des amis et au retour elle lui avait téléphoné :

— Je n'arrive pas à trouver de taxi. Viens me chercher.

Il était allé à contrecœur jusqu'à la gare, et là, à côté d'un garçon qui ne savait plus quoi faire, Maki chantait, adossée à un poteau électrique.

— Tu es de la famille de Maki ? avait demandé le garçon en se grattant la tête. Je pensais la raccompagner chez elle, mais bon…

— Laisse tomber, t'occupe pas de ce type, avait dit Maki. Mamoru, écoute-moi bien. Faut pas devenir un gars de la ville, comme lui.

Au bout du compte, Mamoru avait dû la ramener à dos d'homme. Elle avait chanté tout le long et quand, en cours de route, il avait fini par éclater de rire, elle avait ri aussi.

— Alors, Tokyo, c'est pas mal, hein ?

C'était pas mal… trouvait Mamoru. C'est bien pourquoi scruter ainsi l'obscurité cette nuit et écouter les sanglots de Maki qui lui parvenaient de loin, par intermittence, était insoutenable.

Mamoru sortit de son lit et ouvrit la fenêtre.

Juste devant lui, il voyait le canal, séparé de la maison par une berge de béton en pente douce. En fonction de la direction du vent, l'odeur de la rivière était perceptible même depuis l'intérieur de la maison, mais, sauf au cœur de l'été, ce n'était pas si désagréable.

A Tokyo, Mamoru avait vu pour la première fois des canaux dont le cours était retenu, rectifié, bridé par du béton solide. A Hirakawa, les rivières coulaient librement à un niveau plus bas que celui des humains, elles étaient vivantes, elles s'affirmaient. Mais les canaux de Tokyo, eux, étaient ternes et semblaient parfaitement s'accommoder de leur domestication.

— Ce n'est pas le cas. Quand un typhon vient, ça change, lui avait dit Taizô.

Vers la mi-septembre, lorsqu'un typhon particulièrement puissant et ses pluies torrentielles avaient frappé la région du Kantô, Mamoru, en compagnie de Taizô, avait enfilé un imperméable et était monté sur la berge ; il avait compris que celui-ci disait vrai.

Non, nous ne dormons pas, voilà ce que mugissaient les rivières. Elles se gorgeaient de la pluie battante et, tout en absorbant sa force, coulaient avec aplomb. Ceux qui possèdent la puissance ne se pressent pas, semblaient-elles dire. Si jamais vous avez un moment d'inattention, si vous détournez le regard, alors assurément nous défoncerons les berges d'un coup, nous soumettrons de nouveau les terres qui étaient autrefois les nôtres, nous reprendrons ce dont vous vous croyez les maîtres et nous rendrons tout à la mer.

Se remémorant cet épisode, Mamoru eut de nouveau envie de gravir la berge.

La rivière cette nuit-là était aussi lisse qu'une planche uniformément noire. Sur la rive opposée, s'étendait le vaste dépôt d'une compagnie de cars de tourisme construit récemment, et, à un endroit, la lumière restait allumée toute la nuit. Dans la ville endormie, ce point brillait d'un éclat vif. De temps à autre, çà ou là, un feu tricolore passait au rouge ou au vert. Au cœur de la nuit, ces feux de signalisation étaient d'une beauté poignante.

Lentement, Mamoru longea la berge comme il l'avait fait le jour du typhon. Il arrivait sous le pont quand, juste au-dessus de sa tête, une moto passa dans un fracas assourdissant.

Un escalier métallique rouillé conduisait vers la pile du pont. Mamoru le descendit et s'approcha du mince poteau planté là.

C'était un indicateur du niveau de l'eau. Celui qu'il avait examiné avec Taizô le jour du typhon, en clignant des paupières pour chasser la pluie qui lui voilait les yeux.

Sur le pilier de pierre, à la peinture blanche, était indiqué le niveau maximal atteint par l'eau à l'occasion des typhons qui avaient autrefois frappé la région. Certaines marques se trouvaient à la hauteur des yeux de Mamoru, d'autres le dépassaient d'une tête. A côté de chacune était inscrit le nom du typhon qui avait fait monter l'eau jusque-là, ainsi que la date.

Une seule marque, à la peinture rouge, était assortie de la mention Cote d'alerte.

— Plus jamais l'eau ne montera jusque-là, lui avait dit Taizô en la montrant du doigt. Les inondations, c'est de l'histoire ancienne. Il n'y a plus à s'inquiéter. Ici, c'est sûr.

Etait-ce vraiment le cas ? Mamoru s'interrogeait maintenant. La cote d'alerte ne serait-elle vraiment plus jamais atteinte ?

Une nouvelle maison, une nouvelle famille, mais la malchance a frappé malgré tout, se disait le jeune homme. Et, par-dessus tout, il ne pouvait se défaire de l'impression que ce qui lui collait aux basques avait commencé à porter malheur aux Asano également.

La rivière dormait. Il chercha un caillou à ses pieds, le ramassa et le lança vers la surface sombre de l'eau. Le clapotis s'éleva en un point étonnamment proche. La marée était haute.

L'eau montant sans relâche, plus noire que la nuit, pénétra le cœur de Mamoru.

2

Une étudiante meurt renversée par un taxi

Le 13 vers minuit, Yôko Sugano, vingt et un ans, étudiante en troisième année à l'université de jeunes filles Tôa située à Ishibashi 3, arrondissement de K. dans la préfecture de Tokyo, traversait l'intersection Midori 2, dans le même arrondissement, quand elle a été renversée par le taxi de Taizô Asano, cinquante ans, domicilié à Morikami 1, arrondissement de S. Elle a peu après succombé à ses blessures. Monsieur Asano, interpellé sur les lieux pour homicide involontaire dans l'exercice de sa profession, est entendu par le commissariat de police de Jôtô.

L'homme prit connaissance de cet accident dans l'édition du matin du 14.

Au départ, il ne remarqua que le titre. Dans un coin de la page « Société », en bas à gauche, en tout petit :

Une étudiante meurt renversée par un taxi

Il parcourut l'article sans vraiment y prêter attention puis, quelques instants plus tard, réalisa sa signification. Il le relut précipitamment, vérifia le contenu et replia lentement le journal, puis il ôta ses lunettes et se frotta les yeux.

Pas d'erreur sur le nom. Ni sur l'adresse.

Il s'empara d'un autre quotidien économique auquel il était abonné et l'ouvrit à la page « Société ». A un emplacement similaire, avec seulement deux lignes de plus, le même accident était rapporté. Les deux lignes supplémentaires s'expliquaient par une précision : le commissariat de Jôtô soupçonnait le chauffeur de taxi de ne pas avoir respecté le feu rouge.

Pourquoi cela était-il arrivé ?

En secouant la tête, il garda les yeux rivés sur les froides lignes de caractères d'imprimerie. Pourquoi une chose si injuste s'était-elle produite ? C'était la seule pensée qui lui venait.

Un bruit de pas retentit dans l'escalier. C'était le pas encore endormi de sa femme, qui se levait tard. Si elle le voyait ainsi, que penserait-elle ? s'interrogea l'homme.

Le cours des actions a baissé ? Il y a un problème avec un client ? Un accident ? Une de tes connaissances est décédée ? Voilà sans doute ce qu'elle lui demanderait. Mais pourquoi donc as-tu l'air si farouche ?

Il ne pouvait pas expliquer la raison. A personne.

Il quitta la table et sortit du salon pour éviter de se trouver face à face avec sa femme. Il gagna le cabinet de toilette et ouvrit le robinet à fond. L'eau annonçait la saison à venir. Il en prit au creux de la main, elle était glacée, à lui transir les doigts. Presque aussi froide que la pluie d'un certain matin enfoui au fond de sa mémoire.

Il s'aspergea le visage à plusieurs reprises. Il releva la tête, des gouttes d'eau dégoulinant de son menton, et regarda son image dans le miroir anti-buée. Il avait le teint plombé.

Le son de la télévision s'éleva. Sa femme qui l'avait allumée, sans doute. A voix si basse qu'elle était noyée par le bruit, il murmura une nouvelle fois :

— C'est injuste.

Il s'essuya le visage avec une serviette, traversa la cuisine qui sentait bon le café et gravit l'escalier. Il entra dans son bureau, referma soigneusement la porte, prit la clé du dernier tiroir de la table et l'ouvrit.

Au fond du tiroir, un album à couverture bleue était rangé. Il le sortit.

A l'intérieur, il y avait trois photographies. L'une était celle d'un garçon de quinze ou seize ans, en uniforme de lycéen, un sac à dos sur les épaules, le pied sur la pédale d'une bicyclette. Une autre représentait le même garçon, marchant côte à côte avec une jeune femme d'une vingtaine d'années. Sur la troisième photo, on voyait un homme d'âge moyen, à la carrure imposante, en train de nettoyer une voiture vert bouteille – un taxi. Et encore le même garçon. Sur un bord du cliché, avec un tuyau d'arrosage ouvert à la main, qu'il semblait sur le point de tourner vers l'homme plus âgé. Ils riaient tous les deux.

L'homme feuilleta l'album.

Sur la page précédente, il n'y avait qu'une seule photo. Celle d'une femme proche de la quarantaine, vêtue d'un uniforme de travail blanc rappelant un tablier de cuisinier, avec également un fichu blanc sur la tête, qui tenait un plateau en bois de la main gauche et un pinceau de la droite. Peut-être surprise par l'objectif soudain tourné vers elle, elle esquissait un sourire, clignant des yeux comme si elle était éblouie. Ce n'était pas une beauté, mais la courbe de ses joues pleines était douce.

L'homme regarda fixement la photo de la jeune femme. Puis il revint à la page suivante et examina le cliché représentant le garçon.

De la même voix basse qu'auparavant, comme s'il parlait à la photo, il dit :

— Mamoru, là, ça ne va pas bien du tout.

La photo lui sourit.

Le même matin, dans un autre endroit de Tokyo, une autre personne s'intéressait au même article.

Il s'agissait d'une jeune femme. Elle ne lisait presque jamais le journal – avant tout ça, elle n'était même pas abonnée à un quotidien. Mais, maintenant, la première chose qu'elle faisait chaque matin, c'était de parcourir la rubrique « Société ».

Elle relut le même article trois fois de suite. Quand elle eut fini, elle alluma une cigarette et la fuma lentement. Sa main tremblait.

Elle en fuma une autre, puis entreprit de s'habiller. C'était bientôt l'heure de partir au travail.

Elle choisit un tailleur rouge vif. Elle accorda également beaucoup de soin à son maquillage. Avant de sortir, elle vérifia que les fenêtres étaient bien fermées et jeta dans l'évier le restant de café, puis elle attrapa soudain le journal posé sur la table, referma le poing dessus et quitta l'appartement.

Elle descendait l'escalier extérieur quand une femme qui passait le balai devant l'immeuble l'interpella. C'était l'épouse du propriétaire. Le couple vivait dans l'appartement du dessous, ils étaient regardants sur les questions d'argent mais pas sur le reste, c'était commode.

— Mademoiselle Takagi, hier, pendant votre absence, un colis envoyé par votre mère est arrivé. Comme vous êtes rentrée tard, je n'ai pas pu vous le donner.

— Gardez-le s'il vous plaît. Je passerai le prendre ce soir à mon retour, répondit-elle en s'éloignant à vive allure.

— Oui, c'est ça…

La femme du propriétaire cessa de balayer et murmura pour elle-même :

— Tu pourrais dire merci, ça ne t'écorcherait pas la bouche.

Elle regarda dans sa direction ; Kazuko Takagi traversa en diagonale la rue devant l'immeuble, courant à petites foulées en direction de la gare. En route, elle flanqua le journal qu'elle tenait serré à la main dans la pile de sacs-poubelle attendant le ramassage.

— Eh ben, tu parles d'un gâchis !

La femme du propriétaire fit la grimace, émit un grognement désapprobateur et retourna à son ménage.

Au même moment, dans un lieu encore différent, le même article était étalé. Des mains anguleuses et si blanches qu'on les aurait crues décolorées le découpaient avec des ciseaux.

Quand elles eurent fini, les mains pâles tirèrent l'album vers elles et y collèrent soigneusement l'article.

Fumie Katô. Atsuko Mita. Yôko Sugano.

Les trois articles relatant leur décès s'alignaient.

3

Chez les Asano aussi, la matinée débuta avec un article de journal.

Ni Mamoru ni Maki ne s'étaient rendormis, et Yoriko, qui s'était précipitée au commissariat après avoir reçu l'appel téléphonique, était revenue au petit jour, livide.

— Ils ne m'ont pas laissé le voir. Impossible en pleine nuit, ils n'en ont pas démordu.

Quand ils déplièrent le journal du matin pour le lire, ils avaient tous les trois les mains qui tremblaient.

— C'est bien vrai, alors, lâcha Maki, comme si elle cherchait à s'en convaincre.

Mamoru lui-même, bizarrement, avait beau lire l'article platement rédigé, il ne parvenait pas à appréhender pleinement la réalité. Il avait l'impression d'avoir rêvé le coup de téléphone en pleine nuit.

Quand on regarde une photographie de soi prise à la dérobée, on croit parfois voir le visage d'un inconnu. Voir le nom Taizô Asano écrit en caractères d'imprimerie était un peu pareil. C'est arrivé à quelqu'un d'autre, un Taizô Asano malchanceux, et mon oncle va sans doute bientôt rentrer, comme si de rien n'était…

— Quelle tuile ! fit Yoriko, puis elle replia le journal.

Tous les trois, en silence, commencèrent le petit-déjeuner.

Maki, une serviette humide sur les yeux pour apaiser ses paupières gonflées par les larmes, ne mangeait pas.

— Si tu ne prends rien, tu vas te rendre malade, dit Yoriko.

— Ce n'est pas grave. De toute façon, aujourd'hui, je ne vais pas travailler.

— Tu veux rire ? Tu vas y aller ! Tu as beaucoup de travail en ce moment, pas vrai ? En plus, tu m'as bien dit qu'il ne te restait plus de congés payés, non ?

Maki lança un regard à sa mère et répliqua vivement :

— Maman, tu es gonflée de dire ça ! Le boulot, les congés payés, je m'en fiche. Papa a été arrêté. Je ne peux pas faire comme si de rien n'était.

— Même si tu restes à la maison, tu ne seras d'aucune utilité.

— Maman…

— Ecoute-moi bien…

Yoriko posa ses baguettes, planta ses coudes épais sur la table et se pencha en avant.

— Pour l'accident, il n'est pas dit que ton père soit fautif. Il a été arrêté, mais ils vont peut-être le laisser rentrer aujourd'hui. Parce que moi, j'ai confiance en ton père. Tout ira bien, c'est certain. Alors rassure-toi et va au travail.

Elle se radoucit un peu et ajouta :

— A la maison, qu'est-ce que tu vas faire ? Rester à broyer du noir, c'est encore plus mauvais, tu ne crois pas ?

— Qu'est-ce que tu as l'intention de faire aujourd'hui, tante Yoriko ? demanda Mamoru.

— Je vais immédiatement contacter monsieur Satomi et lui demander de faire appel à son avocat, maître Sayama. Nous irons voir papa ensemble… Il faut aussi que je lui apporte des affaires. Il paraît qu'on peut déposer des vêtements, un peu d'argent. Je vais aller lui acheter des sous-vêtements neufs. Et je dois enlever toutes les étiquettes, et puis tout ce qui a des cordons est interdit…

Yoriko, qui murmurait comme si elle établissait une liste, remarqua l'expression des deux enfants et se tut. Elle se força à retrouver son entrain.

— Après, j'irai au cabinet de maître Sayama et je verrai ce qu'il a à dire, d'accord ?

Monsieur Satomi était le patron de Tôkai Taxi, pour qui Taizô avait travaillé pendant vingt ans avant de s'établir à son compte. Maître Sayama était son avocat-conseil.

Maki quitta la table à regret en regardant la pendule et Yoriko lui dit, alors qu'elle s'éloignait :

— Maquille-toi un peu plus que d'habitude. Si tu te voyais, tu as une tête à refroidir même un amoureux transi.

Quand Mamoru et Maki partirent, Yoriko leur répéta une fois encore de ne pas broyer du noir.

— Tu m'emmènes à la gare ? demanda Maki en montrant du doigt le porte-bagages du vélo de Mamoru. Avec cette tête-là, je n'ai pas envie de prendre le bus.

Quelques minutes après avoir commencé à rouler, cramponnée au dos de Mamoru, elle murmura :

— Je me demande si papa a pu prendre son petit-déjeuner.

Mamoru réfléchit à la façon de lui répondre, elle s'était joliment maquillée, il ne fallait pas qu'elle se remette à pleurer.

— Quand même, la police doit s'en occuper.

— … Même pour les gens qui ont été arrêtés ?

— D'abord, c'est un accident, répondit Mamoru, s'efforçant d'avoir l'air enjoué. Et puis, oncle Taizô est un conducteur modèle, il a même reçu une récompense, non ? La police le sait. Ne te fais pas de souci.

— Tu crois… ?

D'une main, Maki souleva sa longue chevelure. La bicyclette de Mamoru tangua un peu.

— Papa, il a horreur des bols de riz garni. Ce qu'on sert à manger, à la police, c'est toujours du riz garni, non ?

— Dans les séries télévisées, oui. Mais tu crois qu'il y a des restaurants qui en livrent dès le matin ?

— Alors, un bol de riz et de la soupe de miso, peut-être ?

Elle ajouta ensuite, comme si elle se parlait à elle-même :

— Peu importe le menu, pourvu qu'ils lui aient donné quelque chose de chaud…

Mamoru avait eu la même pensée. Ce matin, le froid était perçant. Le début de l'hiver avait discrètement remplacé l'automne.

Mamoru déposa Maki devant la gare et lui dit :

— Interdiction de pleurer au bureau, hein ?

— Je sais !

— Devant ton copain, c'est différent. Fais-toi dorloter. C'est sans doute lui qui t'aidera le mieux.

— Tu parles de Maekawa ? demanda Maki.

Elle n'était pas du genre à faire des cachotteries et elle avait parlé à la maison du collègue qu'elle fréquentait depuis peu. Une fois, Mamoru l'avait eu au téléphone et ils s'étaient salués.

— Oui. J'ai eu l'impression que tu pouvais compter sur lui. Il a l'air énergique.

— C'est vrai. Lui, oui.

Maki sourit et repoussa les cheveux qui lui tombaient sur les épaules. Mamoru commença à pédaler, regarda derrière lui en tournant au coin de la rue et lui fit un petit signe. Maki, qui attendait de le voir partir, agita la main en réponse.

Le lycée métropolitain auquel était inscrit Mamoru se trouvait à une vingtaine de minutes à bicyclette de chez les Asano. Remis à neuf à peine deux ans plus tôt, pour un établissement public, il était exceptionnellement bien équipé, entièrement climatisé, avec des massifs bien entretenus dans le jardin de devant qui s'harmonisaient joliment avec les bâtiments blancs.

Il pédala sans ralentir jusqu'au garage à vélos réservé aux élèves, derrière la cantine. Il n'y avait encore personne. Seules trois serpillières mises à sécher pendaient sur un balcon.

Il gagna l'étage et à peine avait-il ouvert la porte de la salle de classe des secondes A que son moral, qui commençait un peu à s'améliorer, retomba.

J'en ai ras le bol, se dit Mamoru.

A côté de la porte d'entrée à l'avant de la salle, il y avait un panneau d'affichage pour les messages destinés aux élèves. L'article de l'accident de Taizô, qu'il avait vu dans le journal du matin, y était punaisé, soigneusement découpé. Et puis, sur toute la surface du tableau noir, était griffonné en caractères maladroits : Au meurtre ! Une flèche tracée à la craie rouge pointait en direction de l'article, pour plus de clarté.

Des gens comme ça, il y en avait partout. En tout lieu, en tout temps. Réprimant sa colère, Mamoru réfléchit. L'être humain, en résumant, se réduit à sept catégories, avait-il entendu dire.

Les types qui se réjouissent du malheur d'autrui sont comme les cafards qui pullulent dans les immeubles, quoi qu'on tente pour s'en débarrasser.

L'article sur Taizô faisait partie de ce qu'on appelle les chiens écrasés, il servait à boucher un trou dans la page. Une ligne solitaire dépassait au-dessus et deux caractères débordaient sur la dernière colonne. Les contours de cet article difficile à découper avaient été scrupuleusement respectés, soulignant aux yeux de Mamoru la méchanceté de l'auteur de cet acte.

Après l'affaire de son père, il avait vécu le même genre de mésaventure à Hirakawa. Les scandales y étaient incomparablement moins nombreux que dans une grande ville, et, dans une bourgade rurale paisible et peu fréquentée, un incident unique s'enracinait profondément. Jusqu'au décès de sa mère Keiko et au départ de Mamoru, les rumeurs et les médisances les avaient sans cesse poursuivis. Mamoru était toujours resté le « fils de cet homme, Toshio Kusaka ».

Ça recommençait. Davantage que sa lâcheté, c'était l'acte lui-même qui blessait Mamoru. Encore et encore, c'était toujours la même chose.

Il avait son idée quant à l'auteur. Ce gars-là, ni les mots ni les coups ne lui feraient comprendre, se dit Mamoru. Si jamais un jour il pigeait, ce serait sans doute seulement quand il percuterait lui-même à cent à l'heure le mot « arrestation ».

Dans ce lycée public peu regardant sur le règlement, certains élèves avaient tendance à être systématiquement en retard. Kunihiko Miura, l'un de ceux-là, arriva vers la fin de la première heure de cours. Il ouvrit la porte du fond, entra paresseusement dans la salle et s'installa sans se presser.

Mamoru ne se retourna pas, ne le regarda pas non plus, mais il sentait bien que l'autre le lorgnait. Kunihiko Miura : un mètre quatre-vingts, star de l'équipe de basket, du genre à se lisser les cheveux en se regardant dans une vitre, roulant à tombeau ouvert sur une moto de quatre cents centimètres cubes (il fanfaronnait qu'il réussirait dans les six mois le permis grosses cylindrées), avec une fille différente sur le siège arrière tous les quinze jours.

Le regard fixé sur son dos était si appuyé que Mamoru ne le supportait plus et, finalement, il se retourna, une seule fois. Ses yeux rencontrèrent ceux de Miura. L'autre fit la moue et sourit. Simultanément, d'un point indéterminé au fond de la classe, un ricanement étouffé se fit entendre.

Pas d'erreur. Le tableau noir et l'article découpé, c'était un coup de Miura.

On dirait un écolier du primaire, se dit Mamoru. Vraiment, c'était le même type de vexations que celles subies à Hirakawa, le développement psychologique de Miura et de sa bande avait dû s'arrêter autour de leurs dix ans.

— Miura, assieds-toi vite !

Depuis l'estrade, un manuel de lecture d'anglais à la main, l'enseignant l'interpella. Bien qu'il s'agisse du professeur principal de la classe, il ne se permettait qu'une remarque de ce niveau, il ne tentait même pas de le réprimander. Déjà, quand il était entré dans la salle et avait vu le gribouillage sur le tableau, il l'avait effacé en silence avant de commencer le cours. Les élèves, s'inspirant de son nom de famille, Nozaki, l'avaient surnommé « Nonashi l'incapable ».

Le visage impassible, l'« incapable » poursuivit :

— Kusaka, regarde devant toi.

A nouveau, des rires discrets fusèrent.

— C'est quoi, ce truc ? N'importe quoi !

A l'issue de la première heure de cours, une voix haut perchée s'éleva et la coupure de journal fut arrachée du tableau d'affichage. L'élève pleine de vie surnommée « Miss » par ses camarades froissa l'article et le jeta à la poubelle, puis lança un regard en coin à Miura. Celui-ci ne réagit pas, agglutiné avec ses copains près de la fenêtre.

C'était à cause d'une broutille, juste après le début de l'année scolaire, que les relations s'étaient tendues entre Mamoru et Miura.

Il s'agissait d'une histoire idiote, se disait Mamoru chaque fois qu'il y repensait. Il lui arrivait aussi de se reprocher son manque de jugeote.

Dans la classe d'à côté, il y avait une élève tellement belle que dès le début de l'année tout le lycée en parlait. Mamoru aussi l'avait aperçue plusieurs fois et, effectivement, c'était une jolie fille, comme on en voyait rarement dans le coin.

Tout avait commencé un jour d'avril, après les cours, quand cette fille avait perdu son portefeuille. Elle avait cherché dans les bâtiments, sans résultat. Vu l'heure, il ne lui restait qu'à le signaler à l'administration et à rentrer à son domicile, mais, à son grand embarras, dans son portefeuille il y avait la clé de chez elle, ainsi que celle de la bicyclette qu'elle utilisait pour se rendre au lycée.

Alors qu'elle disait à ses amies que, comme elle avait un double à la maison, elle laisserait son vélo là pour un soir, Miura, qui passait par là avec ses copains, lui offrit de la raccompagner en moto.

La fille de la classe d'à côté n'était pas de celles qui souhaitaient monter sur le siège arrière de la moto de Miura. Réservée, respectueuse du règlement intérieur, elle préférait le vélo à la moto et le cinéma aux boîtes de nuit – et ceci, bien entendu, quand elle avait reçu l'autorisation de ses parents.

Elle refusa. Elle avait peur, cela se voyait de loin. Cependant, il en fallait plus pour décourager Miura. Il lui dit d'attendre là qu'il aille chercher sa moto garée à l'extérieur et, un sourire entendu aux lèvres devant cette chance inespérée, il s'éloigna précipitamment.

Au même moment, par hasard, Mamoru était aussi venu chercher sa bicyclette pour rentrer chez lui. Il avait entendu toute la conversation. Il avait également vu l'embarras peint sur le visage de la jeune fille, près de fondre en larmes. Si elle s'enfuyait sans plus de façons, dès le lendemain, qui sait quels prétextes inventeraient Miura et sa bande pour la tourmenter ?

Alors, Mamoru lui adressa la parole :

— Je vais déverrouiller l'antivol de ton vélo, tu n'auras qu'à dire que tu as retrouvé ton portefeuille et rentrer chez toi.

La fille sembla revivre.

— Vraiment ? Tu peux vraiment le faire ?

— Oui. Un simple antivol de vélo, ce n'est pas bien difficile à forcer, répondit Mamoru.

« Un simple antivol… » était un mensonge qui dévalorisait fortement ses capacités, mais il était réellement capable de le forcer.

Quand Miura revint, la jeune fille, en selle, lui annonça qu'elle avait retrouvé son portefeuille et pouvait donc utiliser sa bicyclette pour rentrer par ses propres moyens. Il s'était pris une sacrée veste.

Comment la vérité s'était-elle sue, qui avait parlé ? Mamoru l'ignorait et ne souhaitait pas le savoir. Mais, quelques jours plus tard, la quasi-totalité des élèves parlaient de cette histoire et les regards lancés par Miura et sa bande vers Mamoru étaient teintés d'une méchanceté jusqu'alors inexistante.

Lorsque, environ deux semaines plus tard, l'annuaire des élèves fut distribué, voyant que le nom de famille de Mamoru différait de celui de son responsable légal, Miura et ses copains semblèrent avoir trouvé quel serait l'angle d'attaque le plus efficace contre lui. Au bout d'une semaine, ils savaient tout sur sa situation familiale et sur l'affaire Toshio Kusaka à Hirakawa. Leur zèle malveillant abasourdit quelque peu Mamoru.

Toujours à la même époque, un matin, il arriva en cours pour découvrir écrit à la peinture sur sa table : Le fils d'un voleur est un voleur. Il s'y était préparé, il pensait même s'y être habitué, mais, malgré tout, son visage s'était figé un instant.

C'est alors qu'arriva « Miss », avec du détachant à peinture emprunté à l'intendant. Il ne connaissait que son surnom et apprit à cette occasion qu'elle s'appelait Saori Tokita.

— Tu peux m'appeler Miss. De toute façon, mon prénom, mes parents l'ont choisi sans me consulter, lança-t-elle dans un éclat de rire.

Après avoir arraché la coupure de journal du tableau d'affichage, Miss se dirigea droit vers Mamoru. Elle se laissa tomber sur le siège libre à ses côtés, un voile d'inquiétude sur son visage lisse parsemé de taches de rousseur, et lui dit :

— J'ai lu l'article dans le journal du matin. Ça craint.

Avec ces mots simples et directs, « ça craint », pour la première fois depuis l'accident quelque chose vacilla en Mamoru. Ils gardèrent le silence un moment.

— Mais c'est un accident, dit Miss. Un accident.

— Oui.

Mamoru hocha la tête et regarda par la fenêtre.

4

East Kôsan, pour qui travaillait actuellement Kazuko Takagi, était à environ cinq minutes à pied de la sortie est de la gare JR de Shinjuku.

— Ces derniers temps, ton chiffre d'affaires n'est pas très bon, tu ne serais pas malade, par hasard ?

Après la réunion matinale, son supérieur direct l'avait interpellée. Les derniers mots étaient un simple ajout, en gros il lui reprochait ses mauvais résultats, elle l'avait bien compris. Sans répondre, elle continua à rédiger son programme de la journée, le chef debout derrière elle, une cigarette aux lèvres.

— Je ne suis pas très en forme, finit-elle par répondre.

Il cracha de la fumée par les narines et émit un grognement.

— Bon, eh bien, n'en fais pas trop.

A dix heures pile, Kazuko quitta le bureau. Tout d'abord, elle se dirigea vers la gare. Il faisait beau et la brise était agréable, les gens qu'elle croisait semblaient déborder d'énergie. Parmi eux, Kazuko marchait, le regard rivé au sol.

Quand elle avait été embauchée, parallèlement au soulagement d'avoir de quoi subsister pour un temps, une pensée l'avait assaillie. Une fois de plus, je suis de retour à Shinjuku. Pourtant, je ne voulais pas revenir.

Elle haïssait ce quartier, les immeubles serrés les uns contre les autres, les relents de détritus, de vomi et de pisse qui flottaient dans les couloirs de la gare et jusque dans les massifs de fleurs au pied des tours d'affaires. Elle détestait l'argent dépensé dans cet endroit et les gens qui le claquaient.

Et pourtant, je suis revenue ramasser ce fric. Quand elle y pensait, le quartier entier lui devenait encore plus insupportable.

Durant la matinée, elle ne parvint quasiment pas à travailler. L'article de journal du matin ne quittait pas son esprit, il lui revenait malgré elle à tout moment. Elle prit un café dans une brasserie, fuma encore plus que d'habitude et fit passer le temps en regardant les gratte-ciel toujours visibles, de n'importe quel point du quartier.

Dans un coin de l'établissement se trouvait un téléphone rose. Depuis un bout de temps, il n'était pratiquement jamais libre. Un employé en costume, un mac en chemise voyante et veste à carreaux, une femme apparemment venue faire des emplettes dans les grands magasins…, les uns après les autres décrochaient le combiné et introduisaient une pièce.

Un peu avant midi, Kazuko quitta enfin son siège et s'approcha du téléphone. Elle feuilleta son carnet d'adresses, l'ouvrit à la lettre S. Dans la page presque entièrement pleine ne figurait qu'un seul nom d'amie.

Yôko Sugano.

L'adresse et le numéro de téléphone sous son nom avaient été effacés puis réécrits. Yôko avait déménagé discrètement et quand elle lui avait donné sa nouvelle adresse, elle avait lourdement insisté pour que Kazuko n'en informe personne d'autre.

La jeune femme composa le numéro. Elle compta les sonneries.

Une, deux, trois… cela sonnait toujours. A l'instant où elle se disait que personne de la famille de Yôko n'était peut-être venu à Tokyo, la sonnerie s'interrompit.

— Allô ?

Soudain intimidée, Kazuko faillit raccrocher. Oubliant ce qu'elle avait prévu de dire quand quelqu'un répondrait, elle éloigna le combiné de son oreille.

— Allô ? Allô ? entendit-elle au loin.

On lui parlait. Elle reprit ses esprits.

— Pardon, suis-je bien chez mademoiselle Yôko Sugano ?

Un bref silence, puis son interlocutrice répondit :

— Oui.

— Je suis une amie de Yôko. Euh… j'ai lu le journal ce matin…

— Ah bon. La voix de son interlocutrice faiblit. Je suis la mère de Yôko. Merci de tout ce que vous avez fait pour ma fille.

— Yôko est vraiment décédée ? En fait, je…

— Nous non plus, nous n'arrivons pas à y croire.

Kazuko agrippa le combiné et ferma les yeux.

— Est-il vrai qu'elle a eu un accident ?

— Oui. La voix se fit plus forte. C'est affreux. C'est vraiment horrible. Le chauffeur affirme que ce n'est pas de sa faute.

— Toutes mes condoléances. Yôko… est-elle déjà de retour ?

— Oui. Cet après-midi, tout d'abord, nous la ramenons à la maison. Nous avons prévu d'organiser la veillée et les funérailles là-bas.

— Je souhaiterais assister aux funérailles. Auriez-vous l'obligeance de m'indiquer le lieu et la date ?

La mère de Yôko la remercia et se lança dans des explications détaillées. Kazuko prit des notes.

— Êtes-vous une camarade d'école de Yôko ?

Kazuko garda le silence.

— Allô ? entendit-elle.

— Nous travaillions ensemble, répondit Kazuko, puis elle raccrocha.

La brasserie commençait à être bondée. C'était l'heure du déjeuner, la majorité des clients étaient des employées de bureau en uniforme. Kazuko trouva soudain criard son propre tailleur rouge vif.

Elle sortit et se dirigea vers le bureau de réservation de la gare, fit la queue au guichet et acheta un billet. La ville natale de Yôko Sugano était une bourgade de province située à environ deux heures de Tokyo en train express. Un lieu sans le moindre intérêt, disait souvent Yôko.

Tu sais, j'ai peur.

Lors de leur dernière rencontre, Yôko le lui avait dit. Une telle coïncidence, c'est possible ? C'est bizarre, tous ces incidents à la suite. A la fin, elle avait des sanglots dans la voix.

Moi aussi, j'ai peur, pensa Kazuko.

J'ai peur, mais, Yôko, tu es morte dans un accident, OK ? Un taxi a grillé un feu rouge, t'a renversée et t'a tuée. Tout ça, c'est fini. Ça a pris fin avec toi.

Moi, je crois aux coïncidences. Kazuko se le répétait en marchant, clignant des yeux sous le soleil. Parce que, ici, à Tokyo, tout est possible.

C'était arrivé trois mois plus tôt, quand elle était venue faire des courses à Shinjuku et avait pris l'ascenseur dans le Station Building. Avec elle, une dizaine de personnes se trouvaient à l'intérieur, et, durant le bref intervalle avant la fermeture des portes, un jeune homme passa devant l'ascenseur. Le corps chétif, la démarche légèrement voûtée lui rappelaient quelque chose.

Kazuko eut un coup au cœur. Comme s'il l'avait senti, l'homme la remarqua.

C'était un de ses « clients ».

Un instant, elle en eut le souffle coupé. Elle se fit toute petite. L'homme se tourna vers elle. Il essaya de l'approcher. Les portes de l'ascenseur commencèrent à se refermer. Il posa la main dessus.

— C'est complet, dit l'un des occupants de l'ascenseur. Les portes se fermèrent et le visage surpris de l'homme disparut du champ de vision de Kazuko.

Là aussi, il s'agissait d'une coïncidence. Un terrible caprice du hasard. Rencontrer, dans un quartier qui attirait tant de monde, un « client » dont elle s'était séparée !

A Tokyo, on trouve de tout et tout est possible. Je ne peux pas me prendre la tête à chaque coïncidence !

Une nouvelle fois, Kazuko tenta de s'en convaincre.

5

Ce soir-là, Mamoru et Maki apprirent de la bouche de Yoriko les grandes lignes de l'accident et la situation de Taizô.

— Au début, papa était secoué et cela a été difficile, semble-t-il, mais maintenant, il paraît qu'il est calme. Ne vous inquiétez pas.

Yoriko s'exprimait d'une voix assurée.

Puisque, à son avis, en particulier dans ces moments-là, il fallait prendre des forces, la famille Asano s'était rendue dans un restaurant à viande voisin. Construit comme une sorte de chalet, l'intérieur était lumineux, environ quatre-vingts pour cent des tables étaient occupées et un fumet de sauce flottait dans l'air.

Maki ne se laissa pas aisément rassurer.

— Mais pourquoi est-il encore retenu au commissariat ? Ils pourraient quand même le laisser rentrer.

Elle semblait avoir vieilli dans la journée, remarqua Mamoru. De légers cernes se dessinaient sous ses yeux. Même Yoriko avait l'air plus en forme.

— C'est difficile pour diverses raisons, je vais vous expliquer tout ça, dit Yoriko et elle sortit du grand sac qu'elle emportait partout des feuilles pliées. C'était du papier à en-tête du cabinet de maître Sayama.

— Je ne suis pas très intelligente, alors j'ai demandé à maître Sayama de me l'écrire. Pour pouvoir bien tout vous répéter.

Le carrefour de Midori 2 où s'était produit l'accident était un endroit que Taizô connaissait très bien. A seulement une rue d'une grande artère, dans une zone résidentielle, les angles de l'intersection étaient occupés au sud-est par un grand parc et au nord-est par un immeuble en construction encore recouvert de bâches. Au nord-ouest et au sud-ouest, il y avait des maisons individuelles, mais le rez-de-chaussée de celle située au nord-ouest était occupé par un tabac, et un distributeur automatique ainsi qu'un téléphone public étaient face à la chaussée. Quand l'agent de police intervenu sur les lieux après l'accident avait appelé une ambulance, il avait utilisé ce téléphone.

— L'agent est arrivé si vite que ça ?

— Oui. Il patrouillait dans le voisinage, il a entendu du bruit et est immédiatement venu voir, paraît-il. Là encore, c'est pas de chance. Evidemment, papa était déjà complètement bouleversé, vous imaginez ? Il s'est fait crier dessus, il paraît qu'il ne savait plus du tout où il en était.

Maki ouvrit de grands yeux.

— Il n'a quand même pas frappé l'agent... ?

— On n'en est pas arrivé là, mais pas loin. Le policier était jeune, paraît-il, il a dû s'énerver facilement aussi. Et voilà, c'est comme ça qu'il a été arrêté sur-le-champ.

— C'est abominable. Maki était décomposée.

— Pour que tonton se mette dans un tel état...

Mamoru marqua un temps d'hésitation.

— Oui. C'était vraiment un accident atroce. Et puis, jusqu'à présent, il n'en avait jamais eu. Il lui était arrivé de se faire emboutir, sans gravité, mais renverser quelqu'un, il était persuadé que cela ne lui arriverait jamais.

On les servit, mais personne ne toucha aux plats.

— Mangeons tant que c'est chaud, suggéra Yoriko.

— Alors, et l'accident en lui-même, que s'est-il passé ? Là aussi, papa est en tort ? Je n'arrive pas à le croire.

Yoriko soupira, l'air déprimé.

— D'après maître Sayama, on ne sait pas.

— On ne sait pas ?

— Pour l'instant, selon lui, on n'a pas trouvé un seul témoin oculaire. Des badauds arrivés après l'accident, alors ça, il y en a un paquet. Mais personne n'a vu papa renverser la jeune fille.

Comme si elle était fatiguée, Yoriko porta sa main à son front.

— En plus, elle est morte.

— Et papa, qu'est-ce qu'il dit ?

— La jeune femme – Yôko Sugano – a brusquement surgi, d'après lui. Il dit qu'au croisement, le feu dans son sens à lui était vert, sans l'ombre d'un doute.

— Alors, c'est vrai ! Papa n'est pas un menteur.

Maki parla avec force, mais elle-même savait bien que cela n'avait guère de chance d'amadouer la police.

— Et puis, reprit Yoriko après un petit moment, mademoiselle Sugano est décédée dans l'ambulance qui la conduisait à l'hôpital, mais elle a repris conscience un bref instant et il paraît qu'elle a parlé de l'accident.

— Qu'a-t-elle dit ?

Les yeux baissés, Yoriko se taisait. Mamoru et Maki échangèrent un regard.

— Il paraît qu'elle délirait à moitié. « C'est affreux, quelle méchanceté ! C'est incroyable. » Elle répétait inlassablement cela, d'après ce qu'on m'a dit. L'agent de police et les secours aussi l'ont clairement entendue, semble-t-il.

C'est affreux, quelle méchanceté ! C'est incroyable. Ces mots flottaient au-dessus de la table où ils étaient tous les trois assis. Mamoru frissonna.

— Papa affirme que mademoiselle Sugano a surgi en courant, qu'il a essayé de l'éviter, mais en vain, et que le feu était vert. Les policiers ne partagent pas son point de vue. Les avis divergent complètement et personne n'a vu ce qui s'est passé. La situation est très délicate, m'a dit maître Sayama. Ils vont procéder à ce qu'on appelle une analyse de la situation et, d'après lui, ils sauront à quelle vitesse roulait papa, quand il a freiné et où il s'est arrêté. Mais est-ce que le feu était rouge ou vert à cet instant précis ? Est-ce que mademoiselle Sugano a vraiment fait irruption en courant ? Même la police ne peut pas le savoir.

— ... Que va-t-il se passer ? murmura Maki. Si la situation n'évolue pas, que va devenir papa ?

— On ne peut encore rien affirmer. Yoriko insista sur le « rien ».

Elle consulta ses papiers et chercha ses mots.

— Dans l'état actuel des choses, s'il n'y a aucun témoignage favorable à papa et que la police ne le croit pas, il n'échappera sans doute pas à la prison. Parce qu'il est chauffeur professionnel et que la jeune fille est morte.

Maki se couvrit le visage de ses deux mains. Mamoru demanda :

— Et dans le cas contraire ? Si des éléments favorables apparaissent, qu'est-ce que cela changera ?

— Dans un cas comme dans l'autre, je pense qu'il sera difficile d'éviter les poursuites, mais il semble que cela se soldera par une procédure expéditive, ou, s'il passe devant le tribunal, par du sursis. Maître Sayama m'a assuré qu'il ferait tout son possible en ce sens. Il faut dire que ça fait une sacrée différence.

Yoriko se força à rire.

— Quoi qu'il en soit, il devra répondre d'un défaut d'attention, c'est vraiment pas de chance. Il paraît aussi qu'il roulait à dix kilomètres-heure au-dessus de la limite de vitesse. En général, ça ne porte pas à conséquence. Parce que c'est un endroit qu'il connaît bien et, d'après lui, il n'y a plus un chat après vingt-deux heures.

Yoriko dévisagea Maki et Mamoru.

— Allez, mangez. Même papa prend ses repas. Au fait, ce ne sont pas des bols de riz garni.

Maki restait prostrée. Elle saisit enfin son verre et but une gorgée d'eau.

— Il va rester comme ça ? Il ne va pas pouvoir revenir à la maison ? Ils vont peut-être le laisser rentrer quand l'enquête sera finie. Papa ne va pas s'enfuir.

— J'ai posé la question, mais…

— C'est affreux.

Yoriko regarda à nouveau ses papiers.

— Pour un accident de la circulation, quand la victime décède, en général, c'est dix jours de détention provisoire – la détention provisoire, il paraît qu'on ne peut pas y échapper. Ce n'est absolument pas spécifique au cas de papa. En général, c'est comme ça, paraît-il.

— Dans ce cas, est-ce que toi, tante Yoriko, ou nous, nous pouvons aller le voir ?

Yoriko fronça les sourcils et lut ses papiers.

— Alors… Non, c'est impossible.

— Mais pourquoi ?

— Eh bien… c'est assorti d'une « interdiction de communiquer »…

— Ça aussi, c'est fréquent ? Oui ou non ?

Yoriko se tut.

— C'est non, hein ?

Gênée, Yoriko expliqua à Maki qui s'emportait :

— Papa connaît bien ce quartier. Un peu à gauche du carrefour où s'est produit l'accident, il y a un bistrot ouvert la nuit, et il paraît qu'il va souvent prendre un café là-bas. Vu l'endroit, s'il est libéré maintenant, la police le pense capable de se débrouiller pour demander à une de ses connaissances de déposer en sa faveur.

— C'est-à-dire de fabriquer un témoignage ?

— C'est ça.

— La confiance règne !

— Tu sais, dans les faits, il paraît que ça arrive.

— Papa n'est pas comme ça, assena Maki.

— Evidemment. Moi aussi, je trouve ça parfaitement inconcevable.

Le ton de Yoriko s'était durci.

— Et nous, nous ne pouvons donc rien faire ? demanda Mamoru.

Yoriko se radoucit et répondit gentiment :

— Vous deux, soyez en forme, c'est le principal. Le reste, je m'en occupe avec l'aide de maître Sayama. Tout ira bien… Ah ! au fait, ajouta-t-elle d'un ton enjoué, demain, avec maître Sayama, j'irai rendre visite à la famille de mademoiselle Sugano. Yôko était étudiante, elle vivait seule ici, et sa famille habite un peu loin. Je pense que je passerai la nuit là-bas, je vous fais confiance.

— C'est la veillée funèbre ?

— Oui. Quelles que soient les circonstances de l'accident, ils ont perdu leur fille. Yoriko pinça les lèvres. Et il faut aussi penser aux négociations.

Ils finirent de dîner en silence ; à leur retour, le téléphone sonnait dans la maison plongée dans l'obscurité. Yoriko déverrouilla précipitamment la porte et Maki courut répondre.

— Allô, oui ? Asano à l'appareil.

Soudain, son visage se figea. C'est ainsi que Mamoru comprit.

— Maki, je vais répondre !

Avant qu'il n'intervienne, elle avait déjà lâché le combiné.

— C'est une mauvaise blague.

Mamoru ramassa le combiné qui pendait. La communication avait été coupée.

— Qu'est-ce qu'il a dit ? interrogea Yoriko d'une voix angoissée.

— « Salaud d'assassin. La peine de mort pour les types qui écrasent des filles. » Après, je n'ai plus écouté. Il semblait ivre.

— Ne t'en préoccupe pas.

Yoriko leur tourna le dos et pénétra dans le salon. Les yeux toujours fixés sur le téléphone, Maki l'interrogea :

— Maman, cet après-midi, tu as reçu un appel de ce genre ?

Yoriko ne répondit pas.

— Maman !

Elle gardait le silence. Mamoru, impuissant, les regarda tour à tour.

— Tu en as reçu un. N'est-ce pas ? Maki avait des sanglots dans la voix. Pourquoi est-ce que ça nous arrive ? J'en ai par-dessus la tête…

— Tu vas arrêter de pleurnicher !

— Mais ça a été la même chose au travail. A peine arrivée, le chef m'a appelée et m'a demandé si c'était ma famille, en me mettant le journal sous les yeux.

— Et alors, qu'est-ce qu'il t'a dit ? Yoriko aussi avait les traits crispés. Il t'a ordonné de rester à la maison ?

— Il n'a pas dit ça. Mais tu comprends, non ? Tout le monde a envie de savoir ce qui va arriver à papa. S'il a vraiment grillé un feu rouge et écrasé quelqu'un.

Maki se mordit les lèvres et regarda Mamoru. Elle retenait ses larmes, les yeux brillants.

— Mamoru, toi aussi, non ? Tu as certainement eu des mauvaises surprises au lycée ? C'est partout pareil.

Après que Maki se fut enfermée dans sa chambre, Mamoru annonça à Yoriko :

— Pendant un temps, je vais faire en sorte de répondre au téléphone.

Yoriko eut un rire triste.

— Toi aussi, tu es un môme qui en voit de toutes les couleurs.

Puis, brusquement, elle reprit son sérieux :

— Mamoru, pour monsieur Kusaka... pour ton père, il s'est passé ce genre de choses, n'est-ce pas ?

« Passé » n'était pas le mot, pensa Mamoru.

— Mais quand le scandale concernant mon père a éclaté, j'étais encore petit. Je ne comprenais pas ce qu'on me disait.

Dans l'heure qui suivit, il y eut encore deux appels téléphoniques. Le premier, une voix de femme hystérique qui déblatérait sur la guerre du trafic automobile.

Le deuxième était un peu étrange. C'était une voix masculine.

— Merci d'avoir tué Yôko Sugano, déclara d'emblée l'interlocuteur. Le ton était criard, comme quand on tousse ou qu'on est excité. Merci beaucoup. Il était normal qu'elle meure, cette fille.

Surpris, Mamoru cherchait encore une repartie quand la communication fut coupée.

Qu'est-ce que c'était que ce type ? Pendant un instant, Mamoru, stupéfait, regarda fixement le combiné.

Un peu après vingt-trois heures, il reçut un autre appel.

— Si tu réponds toujours aussi aimablement au téléphone, tu vas te faire jeter par les filles, tu sais.

C'était Miss. Mamoru s'excusa en riant.

— Merci pour aujourd'hui.

— Pour avoir jeté la coupure de journal ? C'est tout naturel. Dis donc, après, je suis allée secouer Miura. Et alors, l'autre, il s'est foutu de moi. Il m'a sorti qu'il avait un alibi.

— Un alibi ?

— Oui. Comme d'habitude, il est arrivé en retard ce matin, hein ? Il dit qu'avant d'entrer en classe il s'est fait arrêter par un prof devant le portail. Donc, il m'a chanté qu'il n'avait pas pu venir tôt et coller la coupure de journal ou gribouiller le tableau noir, qu'il avait un prof pour témoin, mais franchement, ça n'a rien d'un alibi.

Mamoru appréciait le caractère franc de Miss, mais il lui arrivait de penser qu'elle devrait, pour son propre bien, employer un vocabulaire un peu plus féminin.

— Quoi qu'il en soit, si ce n'est pas lui, ce sont sans doute ses potes qui ont fait le coup, ça ne change rien. Tu ferais mieux de ne pas trop l'asticoter.

— Je sais. De toute façon, Miura ne viendra pas se frotter à une fille comme moi... Mais quand même, c'est bizarre, hein ? reprit Miss, l'air songeur. Miura, l'intérieur mis à part, physiquement, il est plutôt pas mal, non ? En plus, il a du succès auprès des filles. En basket, il est le seul élève de seconde titulaire, et ses résultats scolaires ne sont pas mauvais non plus. Alors, pourquoi faut-il qu'il soit tout le temps en train d'enquiquiner les plus faibles ?

— Tu n'as qu'à te dire qu'il est malade, tu ne seras pas loin de la vérité.

— Si ça se trouve, il souffre d'un complexe inavouable ou un truc de ce genre.

Après lui avoir souhaité bonne nuit et avoir raccroché, Mamoru réfléchit à ce qu'elle avait dit.

Miura avait tout. Son père travaillait pour une grande compagnie d'assurances, sa famille était à l'aise financièrement. Comme le disait Miss, il n'avait pas un physique ingrat et ses capacités n'étaient pas en reste non plus.

Seulement, il est avide, se dit Mamoru. Il ne manquait de rien, mais il existait beaucoup d'autres personnes qui ne manquaient de rien. Quand vous possédez dix et que votre voisin possède aussi dix, si vous souhaitez vous sentir supérieur à lui, le seul moyen est de le priver de quelque chose. Sinon, vous n'êtes pas satisfait.

Quand les gens comme Miura – aujourd'hui la grande majorité – veulent éprouver un sentiment de satisfaction et de plénitude, l'addition n'est plus un moyen suffisant. Il ne leur reste qu'à vivre par le biais de la soustraction.

Ce type, il doit y prendre du plaisir, pensa Mamoru en évoquant le visage de Miura. Priver quelqu'un de quelque chose est tout bonnement un plaisir, c'est sûrement pour cela qu'il le fait.

C'est peu après minuit que la dispute s'envenima. Entre Yoriko et Maki. Mamoru s'était retiré dans sa chambre, mais la conversation, dont le ton montait progressivement, s'entendait clairement depuis l'étage.

— Je n'arrive pas à y croire !

La voix de Maki, mêlée de sanglots, tremblait d'énervement sur la fin des mots.

— Pauvre papa ! Et toi, maman, tu crois qu'il est comme ça !

— Tu n'as pas à te mêler de ce qui nous concerne, ton père et moi, répliqua Yoriko en haussant le ton.

Elle était en colère, mais gardait davantage son sang-froid que Maki.

— Moi aussi, je suis convaincue que papa n'est pas quelqu'un d'irresponsable. Mais tu sais, parfois, ça ne suffit pas. Maki, tu n'étais pas encore née que moi j'étais déjà mariée à un chauffeur de taxi. Ce qu'est un accident, les injustices auxquelles on est confronté, je le sais dans mes tripes, davantage que toi.

— Papa n'est pas du genre à griller un feu rouge et tuer quelqu'un. Ce n'est pas non plus son style de mentir pour le cacher.

— Exactement. Qui dit le contraire ?

— Toi ! C'est à cela que ça revient de courber l'échine et de négocier un compromis, non ? Comme si tu disais que nous sommes en tort.

— Tu n'y comprends rien !

Le bruit des paumes de Yoriko frappant la table retentit.

— Une personne est morte ! Qu'y a-t-il donc de si honteux à chercher à se racheter ? En plus, je le répète, pour papa aussi, négocier est indispensable.

— Moi, je ne veux pas. Maki ne cédait pas. Je ne te pardonnerai jamais ce lâche compromis.

— Eh bien, fais comme tu l'entends, lâcha Yoriko.

Après avoir gardé le silence un instant, elle ne résista pas à ajouter, d'une voix qui commençait aussi à trembler :

— Maki… Pour papa, pour papa, tu n'as que ces mots à la bouche, mais réfléchis un peu. C'est vraiment tout ? Si jamais ton père se retrouvait en prison ou s'il avait un casier judiciaire, tu ne te dis pas que ce serait gênant, par hasard ? Ça la ficherait mal, tu aurais honte. Tu ne penses qu'à toi, hein ? De mon point de vue, c'est toi qui te montres terriblement égoïste.

Silence.

Mamoru entendit Maki éclater en sanglots et monter l'escalier en courant. Une porte fut violemment ouverte puis claquée et le silence retomba.

Une dizaine de minutes plus tard, Mamoru alla frapper à la porte de la chambre de Maki. Il n'obtint pas de réponse, mais il l'appela et entrouvrit. Elle était assise sur son lit, les deux mains sur les joues, la tête basse.

— Maki…

— Tu ne trouves pas ça horrible ? demanda-t-elle, le nez bouché. Même un parent, il y a des choses qu'il peut dire et d'autres non.

Mamoru s'appuya contre l'encadrement de la porte entrouverte et contempla Maki en silence.

— Je suis tellement à côté de la plaque que ça ?

— Non, tu n'as pas tort.

— Alors, pourquoi maman… ?

— Je pense que ta mère aussi a raison.

Maki rassembla sa chevelure et releva la tête.

— Alors là, tu ne te mouilles pas.

Mamoru se força à rire un peu.

— C'est vrai.

— Et toi, comment ça s'est passé ?

— Moi non plus, je ne pense pas que tonton soit du genre à commettre une infraction irresponsable.

— Pas ça. Ce qui s'est passé avec ton père.

Des larmes encore visibles sur les joues, Maki dévisageait Mamoru.

— Dans le cas de mon père, aucune excuse ne tenait. Parce qu'il avait vraiment détourné de l'argent.

— Ça a été clairement établi ? Il y avait des preuves ?

Mamoru hocha la tête.

— Ça a dû te faire un choc.

Il ne répondit pas. Il n'avait pas envie de mettre aujourd'hui des mots sur ce qui s'était passé à l'époque. Il avait le sentiment qu'une part d'invention s'y mêlerait.

Simplement, s'il trouvait son père impardonnable, ce n'était pas parce qu'il avait détourné de l'argent. Ce qu'il n'arrivait pas à lui pardonner, c'était d'avoir disparu ensuite. Parce qu'il avait laissé son crime derrière lui comme on enlève des chaussons, le cœur léger, et était parti enfiler seul de nouvelles chaussures.

— Maki…

— Quoi ?

— Les deux sont vrais.

— Les deux ?

— Le fait que tu fasses confiance à ton père du fond du cœur, et que, du coup, tu refuses de négocier sans tenir compte de son point de vue. Et aussi le fait que tu te demandes comment tu feras s'il est condamné, que ça t'inquiète.

Maki ne cligna même pas des yeux.

— Même toi, tu me dis ça ?

Mamoru tint bon.

— Les deux sont vrais. Ce sont des sentiments aussi puissants l'un que l'autre. Tante Yoriko aussi doit être folle de rage que personne ne croie son mari, que le dossier soit classé simplement parce qu'on n'y peut rien s'il n'existe pas de preuves.

Mamoru, parfois, se demandait si le cœur des hommes n'avait pas la forme de deux mains aux doigts entrelacés. Les mêmes doigts de la main droite et de la main gauche, disposés alternativement. De la même façon, deux sentiments contradictoires se dressent dos à dos, mais, dans un cas comme dans l'autre, il s'agit de nos propres doigts.

Maman aussi a dû ressentir cela, pensa-t-il.

Sans toucher aux papiers du divorce, sans émettre, de son vivant, une seule critique à l'encontre de son mari, elle n'avait pas non plus renoncé à son nom, Kusaka. Pourtant, elle lui en avait certainement voulu. Ne serait-ce qu'un instant.

Maki se leva et sortit de son placard un petit sac de voyage. Elle commença à y entasser des vêtements.

— Tu pars ?

— Je vais aller dormir chez des amis. Elle lui lança un pâle sourire. Je reviendrai, ne t'en fais pas.

— Chez monsieur Maekawa ?

— Non, il vit avec ses parents. Les choses se passent rarement comme dans les mangas pour filles. Et puis…

Maki se tut. Un silence se fit, elle semblait avoir envie d'ajouter quelque chose et Mamoru attendit. Mais elle n'acheva pas sa phrase.

Mamoru l'accompagna dans la rue et attendit qu'elle trouve un taxi. Quand il rentra, Yoriko fumait une cigarette dans le salon. C'était inhabituel.

— Il n'est pas rare que Maki quitte la maison. Ne t'inquiète pas, lui dit-elle, les yeux rougis.

Mamoru décida d'aller faire un jogging. Tous les soirs, il avait pour habitude de courir sur un parcours d'environ deux kilomètres.

Il enfila un survêtement et redescendit, la lumière était déjà éteinte dans la chambre de Yoriko. Quand il traversa le couloir, il entendit un soupir.

Presque le même soupir que ceux de maman, remarqua-t-il.

6

La nuit était avancée.

Seul, le moteur coupé et tous feux éteints, assis à la place du conducteur, il regardait par la vitre.

Sa voiture était garée sur la berge du canal, près de la pile du pont. Sous la lumière des réverbères, la carrosserie gris métallisé luisait à peine.

Il attendait.

Il savait que chaque soir, à heure fixe, le garçon avait l'habitude de faire un jogging. S'il se tapissait dans l'obscurité, c'était pour rencontrer l'adolescent.

Il alluma une cigarette et, pour faire entrer l'air du soir, il entrouvrit sa vitre. Une brise légère et l'odeur du canal pénétrèrent à l'intérieur.

La ville dormait à poings fermés.

On voyait les étoiles. Comme s'il faisait une découverte, il se tourna vers le ciel nocturne. Pendant longtemps, il avait oublié qu'il y avait des étoiles dans le ciel. Exactement comme il avait oublié qu'il avait une conscience.

La rivière stagnante et un alignement de maisons basses. Entre les ateliers de fabrication et les pavillons aux murs crépis, un immeuble à l'européenne, incongru. Deux maisons plus loin, on avait oublié de rentrer le linge mis à sécher. Des chemises blanches et des pantalons d'enfant paraissaient accompagner son attente solitaire, noyés dans l'obscurité.

Au moment où il allumait sa quatrième cigarette, celui qu'il attendait arriva.

L'adolescent tourna au coin d'une rue et, courant lentement, apparut dans le rétroviseur de la voiture. L'homme éteignit précipitamment sa cigarette et s'enfonça dans son siège.

Le garçon était plus petit qu'il ne l'imaginait. Il allait sûrement se mettre à grandir. La silhouette en survêtement bleu clair lui parut terriblement vulnérable et pure dans la ville nocturne.

Droite, gauche, droite, gauche. La foulée restait égale, il ne semblait pas spécialement peiner. Les manches relevées jusqu'aux coudes, ses deux bras bougeaient en cadence.

Pas de doute, ce garçon ferait un bon coureur. Il se fit la réflexion et sentit une bouffée de fierté.

D'un pas léger, l'adolescent approchait. Semblable au Peter Pan des livres d'images. Il regardait droit devant lui, sans paraître l'avoir remarqué.

Il dépassa la voiture de quelques pas et s'arrêta.

Sa respiration jusqu'à présent rythmée était hachée, il haletait maintenant. Sa silhouette emplissait le pare-brise entier.

Instinctivement, l'homme essaya de se rencogner un peu plus dans son siège. Mais son corps ne bougea pas.

Il savait que son visage ne risquait pas d'être vu. Le garçon devant lui se trouvait sous la lumière du réverbère. Il ne pourrait pas distinguer sa silhouette fondue dans l'obscurité. Simplement, il s'inquiétait sans doute de cette voiture inconnue dans le quartier, garée à l'abri des regards.

L'homme était incapable de bouger. Il ne parvenait pas davantage à détourner son regard de l'adolescent qui était face à lui. Parce qu'il souhaitait l'observer.

Le garçon, la tête légèrement inclinée comme s'il avait entendu un bruit étrange, regardait dans sa direction.

Ses traits étaient délicats et réguliers. Il avait un visage doux qui, une fois adulte, ne déplairait sans doute pas.

Il tient de sa mère, pensa-t-il. Cependant, la ligne ferme des lèvres, elle, révélait à qui savait observer une force intérieure.

A cet instant, pendant deux ou trois secondes durant lesquelles le souffle sembla lui manquer, l'homme eut à lutter contre une impulsion puissante, jamais ressentie.

Cette impulsion, c'était d'ouvrir la portière. De sortir de la voiture. De se tenir debout sur ses deux pieds et d'interpeller l'adolescent. Peu importaient les mots, il avait envie de lui parler. Comment lui répondrait-il ? Quelle serait sa voix ? Quelle expression arborerait-il ? Il voulait le voir de ses propres yeux.

Alors qu'il savait que cela lui était impossible, que le courage lui manquait encore.

Enfin, le garçon s'élança dans un mouvement, comme s'il secouait la tête, et se remit à courir. Au fur et à mesure qu'il s'éloignait, son survêtement bleu virait au blanc. Il tourna finalement au coin de la rue suivante.

L'homme reprit son souffle et remarqua la sueur qui avait perlé au creux de ses paumes. Sans quitter des yeux l'angle de rue où avait disparu l'adolescent, il resta assis un moment, immobile.

C'est moi. C'est moi, ici présent. Dans son for intérieur, ces mots continuaient à résonner sans relâche, comme des coups de marteau qui s'abattent. C'est moi. C'est moi.

Jusqu'à ce qu'il parvienne à surmonter la tentation de se précipiter en criant ces mots dans la direction qu'avait prise le garçon, il resta figé. Enfin, il poussa un soupir, se redressa et fouilla dans la poche intérieure de sa veste.

Un objet minuscule brilla entre ses doigts.

C'était une bague. Un bijou qu'il avait toujours gardé en secret, avec l'album renfermant les photos du jeune garçon et de sa mère.

C'était l'alliance qui se trouvait autrefois au doigt de Toshio Kusaka. Les initiales gravées à l'intérieur étaient encore intactes.

Dorénavant, je la garderai sur moi. A l'endroit du corps le plus proche du cœur. Il remit la bague dans sa poche intérieure.

Il saisit la clé et mit le moteur en marche. Quand il démarra, comme pour compenser le fait qu'il n'avait pas cédé à la tentation, une autre phrase commença à résonner en lui.

J'ai l'intention de me racheter.

Enfin, l'occasion se présentait à lui. Mamoru, je reviendrai te voir.

CHAPITRE II

Soupçons

1

Le lendemain étant un samedi, après les cours du matin, Mamoru se rendit directement du lycée à l'hypermarché Laurel de Jôtô, en face de la gare, deux stations plus loin. Tous les samedis après-midi et les dimanches, il travaillait au rayon librairie situé au troisième étage.

Il passa par l'entrée réservée au personnel, pointa avec la carte de couleur bleue utilisée par les employés à temps partiel et gagna les vestiaires. Par-dessus sa chemise, il enfila l'uniforme des rayons livres et disques, une sorte de blouse orange, et fixa sur la poche de poitrine le badge à son nom, également marqué d'une ligne bleue pour les employés à temps partiel.

Il se regarda dans le miroir. A Laurel, la tenue des employés était strictement contrôlée. Même ceux à temps partiel n'étaient pas autorisés à porter des sandales ou les cheveux longs. Pour les femmes, les coiffures ébouriffées et le vernis à ongles étaient interdits.

Il se rendit au troisième par l'escalier de service, qui débouchait précisément à côté de la réserve du rayon librairie. La livraison de l'après-midi venait juste d'arriver de chez le distributeur, et les employés commençaient à déballer et inspecter les produits.

— Hello !

En découpant du ruban adhésif avec un gros cutter, Satô le salua. Bien qu'à temps partiel, il était expérimenté, c'est lui qui avait formé Mamoru au début.

La majeure partie du travail en librairie nécessitait de la force physique. Réception et envoi des colis, mise en rayon, livraisons, retours…, les livres pèsent presque aussi lourd que les appareils électriques. De ce fait, parmi les vingt-cinq employés que comptait ce rayon, vingt étaient des hommes, adolescents ou âgés de moins de quarante ans. Ensuite, il y avait quatre caissières et un seul homme d'une cinquantaine d'années, un agent de sécurité en civil.

— Monsieur Takano veut que tu ailles le voir tout de suite, lança Satô en commençant à trier les livres d'une main experte. Il avait relevé ses manches, ce qui était interdit, laissant apparaître ses bras bien bronzés. Il travaillait jusqu'à s'être constitué un pécule et il partait alors en voyage, son sac de couchage sous le bras : c'était le style de vie de Satô. Quand il n'avait plus d'argent, il revenait et se remettait au travail.

Cela s'était produit le mois dernier et, quand Mamoru lui avait demandé : « Où es-tu allé ? », la réponse avait été : « Dans le désert de Gobi. » Les employés du rayon s'accordaient à dire que, pour le moment, la seule destination impensable pour les vacances de Satô était la surface de la lune.

— Où est monsieur Takano ?

— Certainement dans son bureau. Il prépare les documents pour la réunion mensuelle, dit Satô en désignant du menton la porte au fond de la réserve.

Monsieur Takano – Hajime Takano – était le chef du rayon librairie, c'est-à-dire, dans un système hiérarchique classique, le chef de service. Et ce alors qu'il avait à peine trente ans. A Laurel, le mérite primait avant tout, certains employés avaient même été promus chef de rayon cinq ans après leur sortie de l'université.

De plus, dans cet hypermarché, entre employés, la règle était de s'appeler par son nom, en faisant abstraction des titres hiérarchiques. Ceux-ci étaient abondamment déclinés en fonction du poste et des responsabilités, et changeaient souvent au gré des affectations, il paraissait donc absurde de demander aux employés de consacrer du temps à les mémoriser et d'en encombrer les clients et les fournisseurs. C'est pourquoi ils n'étaient pas non plus imprimés sur les cartes de visite. La compétition était déjà suffisamment féroce dans le secteur de la grande distribution et survivre demandait une énergie considérable, renoncer à l'inutile était donc un impératif catégorique.

En même temps, pour les employés sur le terrain, c'était un système « décontracté » et apprécié.

Décontracté lui aussi, Mamoru frappa à la porte du bureau. Takano, devant l'ordinateur réservé aux statistiques de ventes, tenait à la main un listing de données, mais, quand il vit Mamoru, il se rembrunit soudain.

— Bonjour. J'ai entendu parler de l'accident. Ça va ?

L'espace d'un instant, Mamoru sentit son sang se glacer. Il se demanda s'il allait être soumis au même interrogatoire en règle que Maki à son bureau. Takano reprit :

— Si je peux faire quelque chose pour t'aider, n'hésite pas à m'en parler. Tu aurais pu prendre un jour de congé aujourd'hui, tu sais. Comment va monsieur Asano ?

Soulagé, Mamoru était en même temps confus. Depuis presque six mois qu'il faisait ce petit boulot, il croyait bien connaître la personnalité de monsieur Takano. En tant que supérieur hiérarchique comme en tant qu'ami, celui-ci n'était pas du genre à réagir comme le chef de Maki.

— Je suis désolé de vous avoir causé du souci. Pour l'instant, il semble que nous ne puissions rien faire. L'affaire est entre les mains d'un avocat.

Mamoru tira un tabouret, s'assit et résuma la situation.

— Impossible de savoir qui dit vrai. Takano s'appuya contre le dossier de sa chaise à roulettes, croisa les mains derrière la tête et contempla le plafond. Quelle poisse !… Qu'il s'agisse du feu tricolore ou du comportement de la jeune femme décédée, il n'y a pas moyen de prouver quoi que ce soit.

— Nous, nous croyons mon oncle. Mais cela ne suffit pas, hélas.

— Le plus gros problème, c'est ce qu'a dit cette fille, Yôko Sugano.

— « C'est affreux, quelle méchanceté ! C'est incroyable », c'est ça ?

Takano décroisa et recroisa ses longues jambes, changea de position sur sa chaise.

— Moi, à la place du policier qui est intervenu, je crois que je n'aurais vraiment pas pu faire comme si je n'avais rien entendu.

— Oui, on ne voit pas pourquoi quelqu'un à l'agonie mentirait.

— Exactement. Takano tira sur son menton, un tic quand il réfléchissait. Mais on peut imaginer que ceux qui ont entendu ces mots les aient déformés.

— Qu'ils les aient déformés ?!

— Mais oui. Admettons que c'est bien ce que mademoiselle Sugano a dit, cela ne signifie pas forcément qu'elle s'adressait à ton oncle.

— Mais elle était seule quand elle a eu l'accident.

— Pas sûr. Peut-être qu'elle était avec son petit ami, qu'ils se sont disputés et qu'elle rentrait en courant. Ou qu'elle était poursuivie par un pervers. Ça s'est passé la nuit, dans une rue déserte, c'est parfaitement plausible, tu ne crois pas ? Alors, elle traverse le carrefour sans regarder le feu et elle se fait renverser. Et puis elle crie : « C'est affreux, quelle méchanceté ! C'est incroyable. » Non ?

— Ensuite, le petit ami ou le pervers, bref, la personne qui a causé sa fuite voit qu'elle a eu un accident et se sauve… ?

— Oui. Est-ce que la police a enquêté sur les faits et gestes de mademoiselle Sugano avant son arrivée au croisement ?

— Alors ça… Je n'ai pas pensé à poser la question.

Une faible vague d'espoir emplit la poitrine de Mamoru. Parallèlement, le coup de fil anonyme de la veille au soir lui revint à l'esprit, sous un angle nouveau.

— A propos, on a reçu un appel bizarre, c'était une voix masculine. *Merci d'avoir tué Yôko Sugano. Merci beaucoup. Il était normal qu'elle meure, cette fille*.

Quand il raconta cela, Takano fronça ses épais sourcils.

— Tu en as parlé à l'avocat ?

— Non. Je pensais que c'était un simple appel anonyme.

— Tu devrais lui dire. Pour une blague, c'est de mauvais goût, plutôt étrange, non ?

— Oui… Mais en ce qui concerne cet appel, je ne suis pas très sûr.

— Pourquoi ?

— Dans ce genre d'histoire, on a affaire à des gens qui agissent bizarrement. C'est arrivé aussi, pour mon père. Au téléphone ou par courrier, leurs mensonges paraissent plausibles. Après la disparition de mon père, on a reçu un courrier anonyme qui prétendait savoir où il se trouvait, le lieu précis et le nom étaient même indiqués. Après vérification, tout était inventé, à part les noms de lieu et de personne. Et ce n'est pas tout, il y en avait aussi qui disaient qu'il n'était pas l'auteur du détournement de fonds, que le vrai coupable était quelqu'un d'autre, qu'on lui avait fait porter le chapeau, etc. Evidemment, il s'agissait d'un ramassis de mensonges.

Mamoru haussa les épaules. Tout ce qui touchait à son père avait pour effet de lui crisper les muscles du cou.

— Du coup, cette fois aussi, j'ai l'impression qu'on ne peut pas se fier à cet appel.

— Je vois…

— Mais on peut imaginer que quelqu'un d'autre se trouvait sur les lieux. Je vais en parler.

Hajime Takano était l'une des rares personnes auxquelles Mamoru s'était confié à propos de son père.

Comme il était mineur, l'autorisation de son représentant légal avait été nécessaire pour l'embaucher. Sur le coup, Mamoru s'était borné à expliquer que ses parents étaient décédés et que sa tante l'avait recueilli.

Seulement, il avait commencé à travailler, et, en apprenant à mieux connaître Takano, le grain de cynisme qu'il portait en lui avait refait surface. Monsieur Takano était un bon ami. Quelqu'un qui lui inspirait du respect. Mais qu'en serait-il s'il apprenait l'affaire de son père ? Si son attitude changeait, lui non plus il ne valait rien.

Donc, il lui avait tout raconté. Mais Takano était resté imperturbable.

— A mon avis, le problème, avait-il dit, ce serait seulement si tu te mettais à chercher ton père pour lui demander de t'apprendre à détourner cinquante millions de yens.

Ensuite, il avait ajouté en riant :

— Mais ce jour-là, j'y vais avec toi.

2

Dès que Mamoru se mit au travail dans les rayons, il remarqua un nouvel élément de décoration intérieure.

C'était un écran géant de deux mètres sur deux. A l'intérieur d'un cadre en aluminium gris défilaient pour l'instant des images de montagnes aux couleurs automnales. Face à l'étroit palier en haut des escaliers mécaniques, les scènes vivement colorées emplissaient l'écran.

— Impressionnant, hein ? Notre nouvelle arme, paraît-il, lança en riant la caissière à Mamoru qui avait arrêté de travailler, fasciné. Il est en place depuis lundi.

— C'est ce qu'on appelle une vidéo d'ambiance ?

— Oui. Ah, c'est drôlement plus chouette que les décorations de feuillages d'automne en plastique. Les clients ont l'air d'apprécier aussi. Mais il paraît que ça a coûté cher.

— Ça doit. Il y en a à tous les étages ?

— Bien sûr ! Un poste de contrôle central a été installé au rez-de-chaussée, au fond, pour les opérateurs spécialisés. Ça a été toute une histoire pour libérer de l'espace. A cause d'eux, le vestiaire des filles a été encore réduit.

— Méfiez-vous ! C'est l'arrivée de « Big Brother » !

Satô fit la grimace tout en remplissant les étagères. Mamoru et la caissière échangèrent un regard.

— Ça y est, il est reparti !

Satô aimait autant la science-fiction que les voyages le nez au vent. Il ne craignait pas de clamer que sa bible était *1984* d'Orwell.

— Y a pas de quoi rire. Cette vidéo, elle a été installée pour camoufler un système destiné à espionner les employés.

— L'autre jour, tu disais qu'il y avait des micros dans les toilettes des filles et qu'il valait mieux éviter de dire du mal des chefs.

— Je te dis que c'est vrai. Le manager sait même quelles filles ont offert en cachette des chocolats à monsieur Takano pour la Saint-Valentin.

— Idiot ! On lui en a offert toutes ensemble. On s'est cotisées. Toi aussi, tu en as eu, non ?

— Puisque je te dis « en cachette », c'est dingue, ça !

— Qui lui en a offert ? questionna la caissière en se penchant vers lui.

— Tu n'as qu'à demander au manager.

Mamoru s'approcha de l'écran et l'examina. Ni boutons ni console de contrôle visibles, seul l'écran se dressait, massif. L'image changea, montrant des touristes en train de ramasser des châtaignes au pied de montagnes parées de teintes automnales.

Il remarqua seulement, dans le coin inférieur gauche du cadre, un logo formé par les lettres M et A. Il lui semblait l'avoir déjà vu quelque part, mais il ne se rappelait pas où.

— Tant qu'à diffuser une vidéo, au lieu de ce genre de paysages, ils pourraient nous mettre *2001 : l'odyssée de l'espace*, dit Satô.

— Tu plaisantes, s'ils diffusaient ça, les clients s'endormiraient d'ennui.

Mamoru reprit son travail en riant.

— Kusaka, un client pour toi.

Il se retourna en entendant son nom et, juste à côté de lui, ouvrant et refermant les mains d'un air gauche, se tenait Yôichi Miyashita.

C'était l'un de ses copains de classe. Petit et svelte, il avait des joues lisses que lui enviaient les filles.

Mamoru pouvait compter sur les doigts de la main combien de fois il l'avait jusqu'alors entendu parler à quelqu'un en dehors des cours. Au niveau scolaire, il se maintenait à peine au-dessus de la moyenne et était souvent absent. La cause en était Miura et sa bande, tout le monde le savait.

— Eh, salut ! Tu fais des courses ?

Quand il lui adressa la parole, Yôichi lui décocha un sourire tel que Miss aurait bien fait d'en prendre de la graine.

— Si tu cherches *L'Art moderne*, tu devrais le trouver dans le rayonnage des revues, là-bas…

Yôichi faisait partie du club d'arts plastiques et, dans ce cadre, il avait été remarqué par le professeur-conseiller, Mamoru le savait. En classe, il l'avait déjà aperçu en train de lire *L'Art moderne*. C'était le genre de magazine spécialisé dont Mamoru, s'il n'avait pas travaillé dans une librairie, n'aurait certainement jamais entendu parler de sa vie.

Sur la page que lisait Yôichi ce jour-là figurait une image vraiment bizarre. Des « choses » étranges, de forme humaine, mais sans yeux ni nez et au sexe indéterminé, se tenaient dans un lieu ressemblant à un amphithéâtre ou un temple.

— C'est quoi, ça ?

Sans réfléchir, il lui avait posé la question. Les yeux de Yôichi avaient soudain brillé.

— C'est *Les Muses inquiétantes*. De toutes les œuvres de Chirico, c'est ma préférée.

Des muses... Maintenant qu'il le savait, effectivement, elles étaient vêtues d'une sorte de longue toge. Il examina la page et vit le titre : Exposition Chirico à Osaka.

— Une exposition des peintures de Chirico va être organisée dans une galerie d'Osaka. Il y aura même des œuvres empruntées à l'étranger, il paraît.

— Mmm... Dis donc, cette peintre, elle fait des choses bizarres.

Le commentaire de Mamoru fit rire Yôichi. D'ailleurs, c'était la première fois qu'il le voyait rire.

— Chirico, ce n'est pas un nom de femme [1]. C'est un peintre italien prodigieux. Un pionnier du surréalisme. Les peintres qui lui ont succédé ont tous subi son influence.

L'excitation qui se lisait sur son visage rappelait celle d'un enfant qui arrivait à faire du vélo pour la première fois. Chirico : dans la bouche de

1. Les prénoms féminins japonais se terminent souvent par la syllabe *ko*. (Toutes les notes sont de la traductrice.)

Yôichi, ce nom de peintre sonnait comme celui d'un chanteur à la mode.

C'est ainsi que Mamoru et Yôichi devinrent amis. Néanmoins, le monde de la peinture qu'adorait Yôichi restait désespérément hermétique à Mamoru.

Yôichi se suffisait à lui-même, cela pouvait sembler débile ou bizarre aux yeux des autres, il s'en moquait et gardait le sourire. Précisément pour cette raison, Miura semblait ne pas pouvoir le souffrir, au même titre que Mamoru.

— Qu'est-ce qu'il t'arrive ? Si tu as quelque chose à me dire… Mamoru l'interrogea, soudain envahi par un mauvais pressentiment. C'est Miura et sa bande qui t'ont encore cherché des crosses ?

Il suffisait que l'occasion se présente pour qu'ils prennent un malin plaisir à tarabuster Yôichi sur son physique malingre ou son attitude craintive. Et Nozaki faisait toujours semblant de ne rien voir.

— Non, il n'y a rien, démentit précipitamment Yôichi. J'étais dans le coin et je me suis rappelé que tu travaillais ici, alors je suis passé te voir, c'est tout.

Mamoru ne s'attendait pas à cette réponse, mais elle lui fit plaisir. Car même s'il était plus lié avec lui qu'avec les autres élèves, il pensait que Yôichi, quand il rencontrait un copain ailleurs qu'au lycée, était du genre à l'éviter en tournant au premier coin de rue.

— Ah bon. Je finis dans une demi-heure, si tu veux, tu peux m'attendre et on partira ensemble.

— Oui… Yôichi se trémoussait sur place, la tête basse. En fait, je…

— S'il vous plaît, jeune homme, où se trouve le dernier tome de ce livre ?

Une femme d'âge mûr, un roman à l'eau de rose à la main, interpella Mamoru. Yôichi sursauta, comme s'il s'était fait réprimander.

— Tu as l'air occupé, j'y vais. A la prochaine…

Sa phrase à peine finie, sans laisser à Mamoru le loisir de le retenir, il partit en courant vers les escaliers mécaniques, comme s'il prenait la fuite.

— Bon, vous vous dépêchez ? insista la cliente, l'air agacé.

Perplexe, Mamoru alla chercher le dernier tome du roman à l'eau de rose.

3

Quand Kazuko Takagi arriva chez les parents de Yôko Sugano, la veillée funèbre avait déjà commencé.

Yôko avait raison, c'était une petite ville. Kazuko gravit une côte en suivant les flèches en forme de main indiquant Famille Sugano, et, au bout d'une ruelle encaissée, elle vit trois maisons accolées. Celle de Yôko était la dernière.

C'était une soirée venteuse. La toile de la petite marquise tendue devant la maison des Sugano se soulevait de temps à autre, en claquant avec une violence surprenante.

A l'accueil, une jeune femme dont les traits rappelaient ceux de Yôko était assise, inclinant mécaniquement la tête. C'était sa sœur cadette.

Elle insistait pour monter à Tokyo, mais je lui ai fait abandonner cette idée. Les paroles de Yôko lui revinrent à l'esprit. *Je lui ai dit que ça ne valait pas le coup.*

Kazuko écrivit sur l'enveloppe qui contenait son obole le nom qui lui passa par la tête, puis la remit à l'accueil. Il y avait tellement de monde qu'on pouvait se demander si tous les habitants de la ville n'étaient pas venus. Kazuko s'empressa de faire brûler de l'encens, s'éloigna de l'autel et écouta les prières. Comme elle frissonnait dans le vent sec, des gens du quartier, sans doute venus aider, l'invitèrent à se réchauffer près d'un feu de bois.

— Vous êtes venue de Tokyo ? lui demanda sa voisine, une femme d'un certain âge, avec l'intonation typique de la région, légèrement montante sur le dernier mot.

— Oui. Par l'express de quatorze heures.

En arrivant à la gare, on avait vue sur le large lit d'une rivière. Kazuko avait soudain senti son corps se détendre, comme si on lui avait ôté un poids des épaules. Pendant un moment, elle s'était promenée sur le pont, sur les berges de la rivière, sur le petit chemin qui serpentait à travers bois, et, en un rien de temps, il était déjà presque dix-sept heures. Elle était transie.

— Alors, vous êtes une amie d'université de Yôko ?

Kazuko hocha la tête en se réchauffant les doigts devant le feu. La femme interpella une jeune fille qui passait avec un plateau, saisit deux tasses de thé vert, léger mais bien chaud, et en tendit une à Kazuko.

— Yôko, elle avait le même âge que ma fille. Contrairement à ma fille, elle avait de bonnes notes à l'école et c'était une belle plante ; ses parents voulaient satisfaire tous ses désirs et ils l'ont même envoyée à l'université.

— … Je le sais.

— Oui, mais maintenant qu'elle est morte, la belle affaire !

Kazuko but une gorgée de thé en silence.

— Tokyo, c'est un endroit effrayant.

— Un accident de la circulation, ça peut arriver n'importe où, répondit Kazuko. Yôko n'a pas eu de chance.

Son ton sec lui attira un regard réprobateur de la femme. Kazuko contemplait le feu de bois, les bûches émirent un crépitement sourd, et elle plissa les yeux devant les étincelles.

Exactement. Yôko n'avait pas eu de chance. Ce qui lui était arrivé était un accident. Deux suicides et un accident. Même si on alignait trois cadavres, il n'y avait pas de raison pour qu'il existe le moindre lien entre eux.

La sœur de Yôko émergea de la marquise de l'accueil. Kazuko adressa un signe de tête à sa voisine, posa sa tasse sur un plateau et s'approcha de la jeune fille.

— Tu es la sœur de Yôko, n'est-ce pas ?

La jeune fille s'arrêta et tourna vers elle des yeux noirs qui ressemblaient beaucoup à ceux de Yôko.

— Oui, je suis sa sœur Yukiko.

— Je suis une amie de Yôko, de Tokyo.

— Ah bon ? Merci d'avoir fait le déplacement de si loin.

Pour ne pas gêner le passage, elles se rapprochèrent de la rue. Les branches des arbustes, complètement dénudées, frottèrent contre le tailleur en laine de Kazuko dans un bruissement sec.

— Tu étais en contact avec ta sœur, ces derniers temps ?

Yukiko secoua la tête.

— La dernière fois qu'elle m'a téléphoné, c'était il y a deux semaines environ. Pourquoi ?

— Comme ça.

Feignant l'indifférence, Kazuko esquissa un sourire, dans les limites convenables pour une veillée funèbre.

— Ça a été tellement soudain, moi aussi, la dernière fois que je lui ai parlé remonte à assez longtemps. C'est dommage…

— Elle disait qu'elle voulait revenir ici, vous savez, annonça Yukiko.

Kazuko releva la tête.

— Revenir ?

— Oui. Elle disait qu'elle était triste. Mais ça faisait déjà trois ans qu'elle était à l'université. Il suffisait qu'elle tienne encore un an pour décrocher son diplôme… J'ai essayé de lui faire entendre raison, elle serait bientôt en vacances à la fac, et puis maman irait passer quelques jours avec elle, et voilà ce qui est arrivé.

J'ai peur. La voix de Yôko résonna aux oreilles de Kazuko.

— Et toi ? Yôko m'en avait parlé, tu ne devais pas venir à Tokyo, toi aussi ?

— J'en ai eu envie à un moment, mais j'ai changé d'avis.

— Pourquoi ?

— Il n'y a pas de raison particulière. J'ai trouvé un bon travail ici, et puis je n'aime pas spécialement les études. Ma sœur, elle, est entrée à l'université parce qu'elle voulait apprendre l'anglais.

Son visage arbora une expression un peu boudeuse.

— De toute façon, on n'était pas assez riches pour aller toutes les deux à l'université.

On entendait continuellement des voix, comme le murmure d'un ruisseau. Une odeur d'encens flottait.

— Mourir de cette façon, quelle andouille ! s'exclama soudain Yukiko d'une voix enfantine. Ses yeux étaient pleins de larmes.

— Tu ne sais donc rien… dit doucement Kazuko.

— Comment ça, rien ? Que voulez-vous dire ?

Kazuko ouvrit son sac et en sortit un mouchoir qu'elle fourra dans la main de Yukiko.

— Rien.

Elle décida de retourner à la gare. Elle avait fait ses adieux à Yôko, plus rien ne la retenait ici. Elle allait vite rentrer à Tokyo.

C'est à ce moment-là qu'il y eut du tapage près de la porte d'entrée des Sugano. Des cris fusèrent, des coups retentirent. Peut-être bousculée par quelqu'un, une couronne de fleurs tangua, des pétales de chrysanthème tombèrent. Les gens qui se trouvaient à côté rattrapèrent précipitamment la couronne.

— C'est la femme du chauffeur de taxi, dit Yukiko.

— Celui qui a renversé Yôko ?

— Oui. Elle est venue avec son avocat. Oh là là, papa, non !

Yukiko partit en courant. Kazuko la suivit, évaluant la situation.

— Je vous dis de sortir de là, dégagez !

Des cris de colère s'élevèrent. Depuis l'intérieur de la maison éclairée jaillirent deux personnes, comme si elles avaient le feu aux trousses. L'une était un homme en costume, l'autre une femme un peu boulotte vêtue d'un tailleur sombre.

— Nous souhaitions seulement vous présenter nos excuses.

— Vous pouvez vous excuser tant que vous voulez, ça ne fera pas revenir Yôko, cassez-vous !

En même temps que la voix, une chose noire vola à toute vitesse. La femme n'eut pas le temps de l'esquiver, elle la reçut en pleine face.

— Madame Asano !

L'homme en costume retint la femme qui s'écroulait. Kazuko approcha à petites foulées et examina l'objet qui l'avait percutée. Il était tombé à ses pieds.

C'était une chaussure. Une lourde chaussure d'homme en cuir.

La femme s'accroupit, pressant sa main sur le côté droit de son visage. Du sang coulait. Les gens du quartier venus à la veillée funèbre se contentaient de la regarder de loin, sans faire mine de se porter à son secours.

— Ça va ? s'enquit Kazuko.

— C'est vraiment moche.

L'homme en costume s'était penché pour regarder et il fit la grimace, comme s'il avait été lui-même blessé. Un insigne doré luisait au revers de sa veste. Yukiko avait raison, il était avocat. Il était arrivé à Kazuko, dans le cadre de son travail, d'être confrontée une fois à un avocat. Ce jour-là, l'homme avec son insigne brillant lui avait paru terriblement effrayant.

Kazuko et l'avocat, soutenant ensemble la femme, la guidèrent vers le muret de la maison voisine pour qu'elle s'asseye. De sa main libre, elle leur fit un signe d'apaisement.

— Je vais bien, maître.

— Vous n'en avez pas l'air. Mademoiselle… L'avocat se tourna vers Kazuko. Je suis désolé, mais auriez-vous l'obligeance de rester un instant à ses côtés ? Je vais appeler une voiture. Je pense qu'il vaut mieux la conduire immédiatement chez un médecin.

— Oui, bien sûr. Je vous en prie.

L'avocat partit en courant vers la gare. Pourvu qu'il trouve facilement un véhicule. Kazuko était un peu inquiète.

— Pardon. Je vous crée des embêtements alors que nous ne nous connaissons même pas. Je me sens bien, alors si vous voulez…

— Ça n'a pas l'air. Vous êtes couverte de sang, répliqua Kazuko en posant sur la plaie du visage de la femme le grand mouchoir laissé par l'avocat.

— Vous êtes une connaissance de mademoiselle Sugano ?

— Oui. Je suis venue de Tokyo. Vous êtes de la famille de monsieur Asano… du conducteur ?

— Oui. Je suis sa femme, Yoriko.

— … C'est difficile, n'est-ce pas ?

— On n'y peut rien. Ils ont perdu leur fille, vous comprenez, répondit fermement Yoriko

Asano. Même avec des excuses, ce n'est pas quelque chose qu'ils sont prêts à pardonner.

— Mais quand même, ce n'est pas une raison pour agir ainsi.

— Le fait d'avoir demandé à maître Sayama – l'homme que vous avez vu est avocat, il s'appelle maître Sayama – de m'accompagner a peut-être joué contre moi. Mais nous, nous voulions leur montrer que nous étions décidés à agir comme il se doit. Et puis, je voulais qu'ils écoutent nos explications.

Devant cette sorte de confession, Kazuko détourna les yeux. Yoriko Asano, comme si elle avait l'air embêtée, leva un seul œil vers elle.

— Oh, pardon ! Qu'est-ce que je raconte à une amie de mademoiselle Sugano !

— Ne vous en faites pas. Je n'étais pas proche de Yôko au point d'être incapable de garder mon sang-froid.

D'une façon compliquée, ces mots comportaient une part de mensonge, mais Yoriko parut quelque peu soulagée.

— Vous savez, mon mari dit que c'est mademoiselle Sugano qui s'est précipitée devant la voiture.

Un instant, Kazuko eut le souffle coupé.

— Comment dire, elle est arrivée en courant à toute vitesse, comme si elle fuyait quelque chose. Il affirme qu'il n'a rien pu faire pour l'éviter. Un tel comportement, c'est suicidaire.

— Euh, pardon…

— Oui ? Yoriko leva de nouveau les yeux vers Kazuko, tant bien que mal.

— C'est vrai ?

— Oui. Yoriko Asano hocha la tête avec force. Mon mari n'est pas homme à mentir.

Des phares brillèrent au loin et grossirent peu à peu. Maître Sayama était de retour avec un taxi. Yoriko et l'avocat s'engouffrèrent dans la voiture et partirent aux urgences de l'hôpital municipal. Kazuko leur dit au revoir.

Elle marcha lentement dans les rues sombres, vers les lumières de la gare.

Yôko Sugano s'était précipitée devant la voiture. A une telle vitesse que celle-ci n'avait pu l'éviter.

Ecoute, j'ai peur. Une nouvelle fois, la voix de Yôko résonna à ses oreilles. Toi aussi, Kazuko, tu le sais bien, ces deux-là ne se seraient pas suicidées. Ça, c'est quelqu'un qui les a…

C'était impossible. Kazuko rejeta cette pensée. Enfin, qui aurait pu le faire, et comment ? S'il était possible d'assassiner quelqu'un, il semblait impossible de pousser les gens au suicide contre leur gré.

Impossible. Pourtant…

Dans l'obscurité sous le pont ferroviaire, Kazuko entendit un autre bruit de pas que le sien et se retourna.

A quelques mètres d'elle, une silhouette pas très grande s'arrêta. Eclairée de derrière par la lumière de l'unique réverbère qui se dressait au loin, son visage était invisible.

— Désolé de vous avoir surprise, dit la silhouette.

Kazuko scrutait fixement son interlocuteur à travers les ténèbres.

L'ombre approcha.

4

Ce soir-là, quand Mamoru rentra à la maison, l'une des vitres de la porte coulissante de derrière était brisée en mille morceaux. Et sur le mur à côté s'étalait le mot assassin, un graffiti grossier tracé avec une sorte de peinture brune.

En interrogeant les voisins, il apprit qu'en fin d'après-midi ils avaient entendu un bruit de verre cassé. Ils étaient sortis et avaient aperçu un garçon de dos, probablement un lycéen, qui s'enfuyait.

Mamoru balaya les éclats de verre et effaça le graffiti sur le mur. C'est alors qu'il réalisa qu'il ne s'agissait ni de peinture ni d'un marqueur, mais d'une inscription sans doute faite avec du sang.

Il se lavait les mains au lavabo quand le téléphone sonna. Il décrocha en pensant que ce devait être Yoriko, et une voix masculine retentit à ses oreilles. C'était la voix de la veille :

— Monsieur Asano, qui a eu l'amabilité de tuer Yôko Sugano, est-il encore retenu par la police ?

— Eh, dis donc, toi…

— J'espère qu'il pourra vite rentrer chez lui. Les policiers sont des imbéciles. S'ils cherchaient un peu, ils comprendraient pourtant tout de suite qu'il était normal qu'elle meure, cette fille.

— Attends, écoute un peu, ce que tu racontes, c'est vraiment…

La communication fut coupée. Mamoru interpella plusieurs fois son interlocuteur, mais seule la tonalité occupée lui répondit.

Si les policiers cherchaient un peu, ils comprendraient tout de suite ?

Enquêtaient-ils vraiment ? Mamoru posa la bouilloire sur la gazinière et, dans la maison triste où résonnait seulement le tic-tac de l'horloge, il réfléchit. A la vie privée de la jeune femme dénommée Yôko Sugano.

Parfaitement impossible, se dit-il. C'était un accident, point final.

— Bonsoir !

Une voix s'éleva dans l'entrée. Il alla voir et découvrit Miss, les bras chargés de gros sacs. Des sacs dans les mains aussi, son petit frère Shinji était également là.

— Bonsoir ! lança-t-il d'une voix douce en faisant une petite courbette.

— Dis, tu m'avais bien dit qu'aujourd'hui tu étais seul à la maison, non ? On t'a apporté de quoi dîner.

Miss était en grande forme.

— Moi je joue les chaperons, s'esclaffa Shinji. Parce que si on vous laisse tout seuls, c'est dangereux. Pas pour ma sœur, mais pour toi.

Miss leva vivement une jambe à l'horizontale, comme une ballerine, et décocha un coup de pied à son petit frère.

— Maki est toujours en fugue ?

— Drôle d'histoire, hein ? fit Miss une fois les hamburgers avalés, en versant une généreuse dose de sucre et de lait dans sa deuxième tasse de café.

Depuis la pièce du fond où se trouvait la télévision, des bips électroniques faibles mais perçants leur parvenaient. Shinji semblait essayer un à un les nouveaux titres de la collection de jeux vidéo de Maki.

— Mais quand même, tu ne crois pas que tu devrais en parler à la police ou à l'avocat ? Ce monsieur Takano avec qui tu travailles a peut-être vu juste, tu sais.

— C'est ce que j'ai l'intention de faire. Mais aujourd'hui, maître Sayama est parti avec ma tante chez les parents de mademoiselle Sugano…

Mamoru regarda la pendule. Il était un peu plus de vingt heures trente.

— Je pense qu'ils devraient bientôt appeler.

— Quand même, ça craint ! Si ce que déblatère ce type au téléphone a un sens, ça pourrait peut-être aider ton oncle… Mais enfin, aller raconter à un parfait inconnu que cette fille, c'était normal qu'elle meure, j'y crois pas. Yôko Sugano, elle était étudiante, n'est-ce pas ? Elle avait autour de vingt ans. Ça sent la vengeance par en dessous d'un type qui s'est fait plaquer, tu trouves pas ?

— A fond. Mamoru poussa un soupir. C'est bien pour ça que c'est dur d'y croire.

— Qu'est-ce qui est dur ? Le visage de Shinji apparut.

— Occupe-toi de tes oignons, le mioche. Miss fit mine de lui retourner une taloche.

— En parlant de vengeance par en dessous, rien à signaler ? Miura n'est pas venu s'en prendre à toi en dehors du lycée, c'est bon ?

Mamoru ne trouva pas immédiatement les mots pour démentir, il s'efforça donc de rester impassible. A la tête de Miss, il comprit qu'il avait échoué. Quand il le réalisa, un fou rire irrépressible s'empara de lui.

— Y a pas de quoi rire. Qu'est-ce qu'il a fait, cette fois ?

— Rien de bien grave. Je t'assure. Ce n'est pas la peine de t'inquiéter.

— Mais quand même…

— C'est le monde à l'envers, non ? Si tu te fais trop de souci pour moi, je vais vraiment me sentir minable, avec une fille qui me sert de garde du corps.

— Ce n'est pas mon intention !

Miss cligna plusieurs fois des yeux. Ce n'était pas vraiment le moment, mais Mamoru se fit la réflexion qu'elle avait de beaux cils, très longs.

— Pardon, je blague, fit-il en riant. Merci.

Elle sourit. Voir le sourire de Saori Tokita – pas un éclat de rire – était un privilège rare.

— Tu ne vas pas te fâcher ? demanda-t-elle après une légère hésitation.

— A quel propos ?

— Tu ne te fâches pas, d'accord ?

— … OK. Tu me demandes une chose difficile, mais bon, d'accord. Alors, quoi ?

— Moi, je crois que ton père se fait du souci pour toi. A cause de cette histoire.

Il ne sut que répondre.

— Si ça se trouve, il n'est pas loin, il a toujours veillé sur ta mère et toi. Il sait parfaitement que maintenant tu vis chez les Asano et il a envie de venir te voir, mais il n'ose pas…

— Tu crois que, quand je vais sur la tombe de ma mère pour l'anniversaire de son décès, quelqu'un est passé avant moi et qu'il y a déjà des fleurs… Mamoru écarta légèrement les mains. Ça n'est jamais arrivé, pas une seule fois.

Miss, gênée, haussa les épaules.

— Tu sais, les hommes sont comme ça ; ma mère le disait parfois.

— Je m'en souviendrai.

L'atmosphère se tendit.

— Mais… reprit Mamoru.

Il se disait que ce serait dur à son égard de rester sur cette note-là.

— Mon père, j'ai parfois le sentiment qu'il est près de moi. Je me dis que peut-être, sans que je le sache, on se croise.

— Si tu le croisais, tu ne t'en rendrais pas compte ? Tu ne te souviens même pas de son visage ?

— Je l'ai oublié. Et lui aussi, il a sans doute oublié le mien.

— Quand il vous a quittés, tu avais quel âge ?

Mamoru dressa quatre doigts de sa main droite.

— En effet, c'est peut-être impossible. Il ne te reste pas de photos ?

— Non, parce que les choses ont fait que je n'avais pas envie d'en garder. Si je cherchais dans le *Tôhoku Shimpô* d'il y a douze ans, ils en ont sans doute publié, au moins un portrait. Une photo un peu floue.

— Il te reste quelque chose de ta mère ?

— Oui. Des photos et son alliance.

Miss hocha légèrement la tête, d'un air étonné et aussi un peu ému.

— Ta mère a donc continué à porter son alliance…

Le jour où Toshio Kusaka avait quitté son domicile, il pleuvait depuis le matin. Dans le Nord, la pluie de mars est glaciale. Il pleuvait déjà la veille au soir et, à l'aube, la pluie avait redoublé ; le jeune Mamoru avait mal dormi.

Toshio était parti tôt, peu après cinq heures. A un horaire encore plus matinal que celui du premier train express qui s'arrêtait à la gare de Hirakawa.

La chambre de Mamoru jouxtait l'entrée et il avait entendu son père sortir. Le garçonnet avait entrouvert la porte coulissante et l'avait vu, vêtu d'un costume, en train d'enfiler ses chaussures.

Peut-être une ré-u-ni-on-ma-ti-na-le, avait-il alors pensé. Et aussi : Est-ce que maman dort encore ? Avec le recul, Keiko ne dormait sans doute pas, elle devait faire semblant. A l'époque, Toshio menait une vie chaotique, il arrivait même qu'il ne rentre pas à la maison durant des jours entiers.

C'était à cause de l'« autre », Keiko le savait, bien entendu. Mais Mamoru, lui, n'avait jamais vu ses parents se disputer, ni sa mère pleurer. Ce n'était peut-être pas une bonne chose, se disait-il maintenant.

A l'époque, ce que Mamoru ressentait, c'était que dans la maison quelque chose était incontestablement en train de se casser. Ça n'était pas quelque chose qu'on détruisait, mais qui se délitait.

Avant de sortir, Toshio était resté un instant dans l'entrée à parcourir du regard l'intérieur de la maison.

La porte s'était ouverte et le crépitement de la pluie avait enflé. La porte s'était refermée et le crépitement de la pluie s'était de nouveau atténué. Ainsi était parti Toshio. A jamais.

Après sa disparition, quand le détournement de fonds publics avait été découvert, Keiko avait de plus en plus souvent eu l'air absent. Elle coupait des légumes dans la cuisine. Elle pliait du linge. Ses mains s'arrêtaient, ses yeux étaient dans le vague.

Pour Mamoru, l'épreuve s'était tout d'abord concrétisée ainsi : plus aucun de ses amis ne voulait jouer avec lui. La signification du fait de ne plus avoir de père, la signification des actes de son père s'étaient imposées à lui plus tard, en grandissant.

Papa m'a abandonné. Prendre conscience de cette réalité était une expérience proche de celle du bébé qui touche pour la première fois un poêle, se brûle et comprend que le feu est une chose effrayante. Mamoru avait vécu de façon à s'en tenir le plus loin possible, en s'interdisant d'y penser.

Enfin, Keiko ne lui avait jamais donné d'explications concernant son père, ni ne l'avait critiqué ou défendu. Elle lui disait simplement : « Mamoru, tu n'as rien fait dont tu doives avoir honte. Ne l'oublie jamais. »

— Tu n'as jamais eu envie de quitter Hirakawa ?

— Si. Mais je ne l'ai pas fait.

— Pourquoi ?

— J'y avais un excellent ami. Il n'y est plus, maintenant. Je ne voulais pas me séparer de lui.

Et puis, je ne pouvais pas laisser ma mère toute seule.

— Mais pourquoi n'est-elle pas partie de cette ville ? Tu t'es déjà posé la question ? demanda Miss.

Il y avait souvent réfléchi. A une époque, il ne pensait même qu'à ça. L'entêtement, ou l'espoir. Ou simplement parce qu'elle n'avait pas d'autre possibilité.

La maîtresse de Toshio travaillait dans un bar du centre-ville. Elle avait dix ans de moins que Keiko et dix centimètres de tour de taille de moins. Et elle était énergique. Une semaine avant la disparition de Toshio, elle avait quitté Hirakawa.

La police avait cherché sa trace avec patience. Car, de toute évidence, la probabilité était grande que Toshio Kusaka soit à ses côtés.

Elle vivait dans un appartement à Sendai. Pas la moindre trace de Toshio ; à sa place, elle avait mis le grappin sur un jeune commercial d'un établissement financier local. Au moins, la police avait ainsi pu aider à temps celui qui risquait de devenir un deuxième Toshio Kusaka.

L'argent que Toshio lui avait donné était tombé presque intégralement dans l'escarcelle de son maquereau. Le mac en question, un yakuza déclassé, l'avait peut-être fait chanter. Mais les preuves manquaient pour le démontrer, parce qu'ils n'avaient pas réussi à retrouver Toshio Kusaka.

Le vrai visage de la femme et le contexte de l'affaire avaient peut-être redonné espoir à sa mère, pensait Mamoru. Mon mari reviendra sûrement un jour. Il me contactera. Le jour venu, je ne voudrais surtout pas compromettre nos retrouvailles parce qu'il ignore où je suis. Alors, je reste ici.

— Ta mère, elle aimait vraiment ton père, hein ? constata Miss à voix basse.

— Ce n'est pas exactement le sentiment que j'ai.

— Eh bien, dis-toi que c'est le cas. Ta mère, c'est ce qu'elle voulait. Certainement. C'est vrai, quoi, elle ne t'a jamais dit : « Mamoru, je me dévoue pour toi, ne deviens pas comme ton père », n'est-ce pas ?

— Pas une seule fois.

— C'était une femme forte.

Le visage entre ses poings, Miss baissa les yeux. Sa voix était douce.

— Du coup, je pense que ça a été dur pour toi. Ta mère, elle croyait en ton père. Elle n'était pas du genre à renoncer à ses convictions pour son enfant. Moi, j'aime les gens comme elle…

— Qui est-ce qui aime qui ? demanda Shinji en faisant une nouvelle fois irruption.

Un peu après le départ de Miss et de Shinji, maître Sayama téléphona.

— Et ma tante ? Il lui est arrivé quelque chose ?

— Elle souffre d'une légère blessure. La colère emplissait la voix de maître Sayama. Nous sommes allés voir un médecin, qui a demandé des examens complémentaires, par précaution. J'ai fait venir quelqu'un de mon cabinet, ne te fais pas de souci.

— Que s'est-il passé ?

— Je pense que tu peux le comprendre, dit en préambule maître Sayama avant de lui expliquer les faits.

Mamoru en resta bouche bée. Quand il pensait à ce que Yoriko avait subi, il sentait son estomac se nouer.

— Maître !

— Quoi ?

— J'ai un peu réfléchi de mon côté… Quand l'accident s'est produit, mademoiselle Sugano n'était-elle pas en compagnie de quelqu'un ?

— Si c'était le cas, tout serait plus facile.

Mamoru lui soumit l'hypothèse dont il avait discuté avec Takano et Miss.

— Ce n'est pas inconcevable. Toutefois, à l'heure actuelle, aucun rapport n'indique que quelqu'un a été vu en train de s'enfuir du lieu de l'accident.

— Mais c'est une possibilité, n'est-ce pas ?

— Effectivement. Seulement, si une simple possibilité suffisait à faire avancer les choses, l'humanité aurait depuis longtemps fait de la planète Mars une destination touristique.

Après avoir raccroché, Mamoru réfléchit longuement.

S'ils cherchaient un peu, ils comprendraient pourtant tout de suite...

Taizô dormait dans une cellule au commissariat et Yoriko était à l'hôpital.

On lui avait balancé une chaussure à la figure ?!

S'ils cherchaient un peu...

L'horloge sonna vingt-deux heures.

Eh bien, je vais chercher un peu, se dit-il.

5

Prendre sa décision n'avait pas été si difficile que cela. Par chance, tous les éléments jouaient en sa faveur.

Par chance... Il savoura l'ironie de ces mots.

A vingt-deux heures passées, il téléphona. Son ami toujours surchargé de travail était encore au bureau.

— Désolé de t'appeler encore une fois, lança-t-il quand son interlocuteur répondit. En fait, c'est à propos de l'affaire dont je t'ai parlé ce matin... Oui, c'est ça. Cette affaire-là. Je ne t'ai pas tout dit. Pourrais-tu m'accorder quelques minutes ? Mmm... j'arrive tout de suite.

Il raccrocha et se prépara à sortir. L'employée de maison nouvellement embauchée s'approcha, l'air inquiet.

— Monsieur sort ?

— Oui. J'en ai sûrement pour un certain temps, vous pouvez aller vous coucher.

— Mais que dois-je dire à Madame quand elle rentrera ?

— Ne vous inquiétez pas de ma femme.

De toute façon, d'ici une semaine, elle aussi réaliserait sans doute à quel point ni lui ni sa femme n'éprouvaient d'intérêt pour les agissements de l'autre.

Il gagna le garage et, pendant que le moteur chauffait, il eut l'impression que les vibrations sourdes faisaient trembler aussi son cœur.

Cela allait-il vraiment fonctionner ? Tout allait-il s'arranger ? L'opération ne se solderait-elle pas par des regrets ?

Il ferma les yeux et pensa au visage de l'adolescent. Quand il démarra, il était serein.

Lorsqu'il se trouva devant le bâtiment en question, pour la première fois la peur l'envahit.

Jusqu'où tiendrait-il ? Si, incapable d'en supporter plus, il était tenté de dire l'entière vérité, parviendrait-il à se contrôler jusqu'au bout ?

La réponse ne lui serait pas donnée ; il devrait la trouver lui-même.

6

Assise dans le train express en direction de Tokyo, Kazuko Takagi rêvait.

Au fond du crâne, une douleur la lancinait. Elle était épuisée. Même dans son rêve, elle était épuisée.

Tu sais, Kazuko, je suis morte. Yôko se tenait tout près d'elle et lui parlait, l'air triste. Pauvre Kazuko. Maintenant, c'est ton tour. Tu es la dernière.

Je ne mourrai pas ! Dans ce rêve irritant, Kazuko cria de toutes ses forces.

Yôko était là. Fumie Katô était là. Atsuko Mita aussi était là. Atsuko n'avait pas de tête. Pourtant, elle sanglotait sans discontinuer. Quelqu'un a caché ma tête quelque part… Dis, Kazuko, aide-moi à la chercher, s'il te plaît… Cherche-la… Cherche-la… Pauvre Kazuko, la dernière est celle qui souffre le plus…

C'est à ce moment qu'elle s'éveilla. La tête lui lançait, son cœur battait à tout rompre dans sa poitrine.

Dehors, il faisait nuit noire. Son visage pâle se reflétait dans la vitre.

Elle regarda sa montre. Dans moins d'une heure, elle serait à Tokyo. Elle pourrait s'allonger tranquillement chez elle. Elle avait hâte d'y être. Elle voulait se mettre en sécurité.

Pourquoi ai-je peur ? En respirant lentement et profondément, elle se posa la question. Le suicide, ce n'est pas pour moi. Certainement pas. Il n'y a aucune raison d'être effrayée.

Elle regarda de nouveau l'heure. Puis, quand elle repensa à l'indicateur d'horaires acheté à la gare en quittant Tokyo, elle trouva une raison flagrante d'avoir peur.

En se fondant sur l'heure à laquelle elle avait quitté la maison des parents de Yôko, elle aurait dû prendre l'avant-dernier express du jour. Elle n'avait pas eu de raisons de flâner, ni d'endroit où le faire.

Dans ce cas, pourquoi se trouvait-elle maintenant dans le dernier express de la journée ?

Qu'est-ce que j'ai fabriqué ? Kazuko se tordit les mains.

CHAPITRE III

Les muses inquiétantes

1

Une heure du matin. Mamoru se trouvait au carrefour où s'était produit l'accident.

Le ciel nocturne était dégagé, on voyait les étoiles. Dans l'air froid, la ville paraissait cristalline, comme un bocal de poissons rouges à l'eau fraîchement changée.

Tout le monde dormait.

Mamoru contempla pendant un moment les feux de signalisation qui changeaient de couleur. Rouge, orange, vert. Une performance électrique solitaire. Les feux tricolores qui, le jour, gouvernaient un grouillement de voitures régulaient peut-être, la nuit tombée, le trafic des rêves dans cette ville où une foule de gens dormaient en même temps.

Mamoru inspira profondément, faisant pénétrer la nuit jusqu'au fond de ses poumons.

Au moment de quitter la maison, il avait enfilé un survêtement gris sombre. Une ligne noire courait le long de l'emmanchure et des jambes. Comme chaussures, de vieilles baskets beaucoup portées, aux semelles usées. Car il avait pensé que celles qu'il mettait habituellement pour aller courir, des chaussures à la semelle épaisse protégeant la cheville des chocs, risquaient de faire plus de bruit. Il avait mis des gants de travail aux doigts coupés. Autour du cou, une serviette blanche. Dans cet accoutrement, son excuse serait toute trouvée si quelqu'un lui posait des questions. Dans le centre-ville, où les endroits adaptés au jogging étaient limités, un nombre croissant de coureurs sillonnaient en pleine nuit les rues désertées par les voitures.

Et puis, dans la poche droite de son pantalon, il y avait les outils indispensables à l'objectif de ce soir, ainsi qu'une lampe-stylo.

Le feu devant lui passa au vert.

Mamoru traversa le croisement paisible. Comme l'avait expliqué Yoriko, un distributeur automatique de tabac et un téléphone public montaient la garde près de la boutique au rideau de fer baissé. A côté, une plaque de rue était fixée. Avant de sortir, il avait vérifié sur le plan de l'arrondissement, il savait donc dans quelle direction aller. Il tourna le dos au carrefour et se mit à courir lentement.

Le petit immeuble dans lequel avait vécu Yôko Sugano était situé à une cinquantaine de mètres à l'ouest de l'intersection, dans une étroite rue transversale. C'était un bâtiment de trois étages carrelé de rouge, mais, là où les murs n'étaient pas éclairés par la lumière des réverbères, ils étaient d'une couleur noirâtre semblable à du sang coagulé.

A l'extrémité du bateau, un escalier extérieur en béton équipé d'une veilleuse était visible. C'était ce qu'on appelait un immeuble « ouvert ».

Il fit un peu de surplace en balayant du regard les environs. Il n'y avait personne, il discernait seulement une voix qui chantait un peu faux, peut-être dans un bar à karaoké au loin.

A petites foulées, Mamoru franchit le bateau et s'approcha de l'escalier. Au même instant, un chat noir surgit de derrière le bâtiment, ses yeux dorés lancèrent un éclair et il s'enfuit en courant. L'animal aussi avait sûrement été surpris, mais le cœur de Mamoru fit un bond dans sa poitrine. Un témoin.

Au pied de l'escalier, des boîtes aux lettres en aluminium étaient divisées en quatre rangées, et un cadenas à chiffres était accroché à chacune d'entre elles.

Il trouva le nom Sugano sur la rangée du haut. Le numéro de l'appartement, 404, était écrit de façon soignée.

Avant de gravir les marches, il ôta ses chaussures. Les bruits de pas en pleine nuit s'entendaient plus loin qu'on ne l'imaginait. Il planqua ses souliers dans un buisson.

Le troisième étage lui parut terriblement loin. Même quand, pour se muscler, il montait les escaliers de l'école avec un sac de sable sur le dos, cela ne lui semblait pas si loin. Il avait froid à la plante des pieds. La lumière de la veilleuse qui se reflétait sur les marches blanches l'éblouissait et il avait l'impression d'être exposé à la vue de tous.

Arrivé au palier du deuxième étage, il entendit des voix. Il ne savait pas d'où elles venaient, mais il s'accroupit instinctivement et tendit l'oreille.

C'était des gens qui passaient dans la rue. En écoutant les battements de son propre cœur, il attendit, immobile, qu'ils s'éloignent. Puis il reprit son ascension.

Au troisième, il s'approcha de la balustrade et regarda en bas, découvrant les habitations endormies et une multitude de lumières. Par-delà les toits de deux maisons à un étage, un immeuble de la même taille que celui-ci se dressait, ses fenêtres aux rideaux fermés alignées. Aucune n'était éclairée, mais Mamoru se baissa vivement.

Cinq portes blanches donnaient sur le couloir. Cinq chauffe-eau individuels aussi. Sur la plaque au-dessus de la porte la plus proche, il était écrit 401. Celle qu'il visait était la deuxième en partant du fond. Mamoru avança, le corps collé à la rambarde.

Sur la plaque de l'appartement 404, seul le numéro était indiqué. Comme il n'y avait pas de gardien, tout était fait en sorte qu'on ne devine pas qu'une femme seule vivait là.

Adossé à la balustrade, Mamoru poussa un gros soupir. En tout cas, il était arrivé jusqu'ici.

Je vais chercher un peu... et d'abord, je vais m'occuper de l'appartement qu'habitait cette femme, Yôko Sugano. C'était l'idée de Mamoru. Parce qu'il pensait s'y connaître suffisamment pour y parvenir.

Pépé...

En se remémorant le visage de son précieux « ami », Mamoru se fit la réflexion : Je n'aurais jamais imaginé que ce que tu m'as appris me servirait dans de telles circonstances...

La disparition de son père et le scandale qui avait éclaté ensuite avaient apporté de profondes et désagréables transformations dans la vie quotidienne d'« enfant » du jeune Mamoru.

Malgré tout, immédiatement après et jusqu'à ce qu'il entre à l'école primaire, la situation était restée supportable. Comme Mamoru lui-même, en effet, les enfants de son âge ne connaissaient pas encore la signification des mots « détournement » et « disparition ». Mamoru trouvait étrange que les parents des enfants chez qui il allait jouer se montrent subitement distants. Ses amis se demandaient pourquoi leur mère leur interdisait de jouer avec le petit Kusaka.

Cependant, à ce stade-là, c'était Keiko qui avait à subir le plus pénible. Mamoru, lui, quand il allait jouer chez un ami et qu'on lui disait que ce jour-là celui-ci n'était pas à la maison, le croyait sincèrement et se contentait de s'amuser seul chez lui. Il y croyait encore.

Mamoru et l'impact à Hirakawa du scandale impliquant Toshio occupaient chacun l'extrémité d'un tape-cul. Tant que Mamoru avait été petit, le scandale, beaucoup plus lourd, était en bas. Au fur et à mesure que Mamoru avait grandi et que sa capacité à comprendre avait progressé, l'affaire était peu à peu remontée, pour finir par arriver à hauteur de ses yeux. C'est alors que l'épreuve avait réellement commencé.

Aucune équipe de base-ball locale n'avait voulu de lui. Il n'y avait personne non plus pour l'inviter au festival d'été, lui faire revêtir un costume de fête et marcher à ses côtés.

C'étaient d'abord les adultes qui l'avaient écarté. Mais la discrimination est une chose extrêmement contagieuse et les enfants ne sont pas armés pour lutter contre. Parfois, ils la contractent d'eux-mêmes et la propagent. Pourquoi ? Parce que c'est amusant.

Peu après son entrée à l'école primaire, Mamoru n'eut plus aucun copain. Après les cours, il n'était plus invité à aller jouer au foot. Plus personne avec qui faire ses devoirs ou se lancer des boulettes de papier en classe. C'est ainsi que jouer seul, d'une activité « choisie » devint une activité « imposée ».

C'était peut-être compréhensible. Parce que, pour les gens qui vivaient à Hirakawa, Toshio Kusaka était, sans erreur, l'homme qui avait dilapidé leurs impôts pour sa maîtresse, avant de prendre la fuite. Si la femme et le fils Kusaka étaient incapables d'encaisser leur hargne, ils n'avaient qu'à partir.

C'est aussi vers cette époque que Keiko, pour la première fois, expliqua la situation à Mamoru. En détail, sans rien lui cacher. Mais à la fin, elle n'oublia pas d'ajouter : « Mamoru, tu n'as rien fait dont tu doives avoir honte. Ne l'oublie jamais. » Vivant, comme son jeune fils, sous un faisceau de regards froids, elle se le répétait aussi à elle-même.

A cette époque, Keiko travaillait dans un atelier de laque de la ville. Si elle avait malgré tout réussi à trouver un emploi, c'est parce qu'un membre d'une vieille famille de Hirakawa, « proche de monsieur Kusaka », était intervenu en sa faveur, indirectement certes. Sinon, pour satisfaire sa volonté de rester à Hirakawa quoi qu'il arrive, Keiko n'aurait sans doute eu d'autre solution que de mourir, en se suicidant avec Mamoru.

Tu n'as rien fait dont tu doives avoir honte. Mais Mamoru était toujours seul.

A ce moment-là, il rencontra « Pépé ».

C'était pendant les grandes vacances. Mamoru, solitaire, son vélo couché par terre dans le jardin de derrière, était assis sur le perron de l'immeuble, sous le soleil du mois d'août. N'ayant nulle part où aller, il en avait assez de rester seul à la maison ; il rêvassait.

— Alors, p'tit gars, fait chaud, hein !

Quelqu'un lui adressait la parole ; il releva la tête. Un vieillard petit et trapu se tenait à l'ombre, près du mur. Un sac élimé à la main gauche, il portait une chemise gris souris à col ouvert. Son crâne à moitié chauve était couvert de transpiration sous la chaleur du plein été.

En s'épongeant, il reprit :

— Si tu restes assis là, tu vas attraper une insolation. Ça te dirait d'aller manger de la glace pilée avec moi ?

Après avoir hésité un moment, Mamoru se leva. Dans la poche de son short, la monnaie que sa mère lui avait donnée pour s'acheter du pain à midi tinta.

C'est ainsi que tout avait commencé.

Le nom de « Pépé » était Go'ichi Takahashi. Mais Mamoru, de leur rencontre jusqu'à leur séparation, l'avait toujours appelé « Pépé ». Celui-ci ne lui avait jamais dit son âge exact, mais il avait sans doute alors déjà plus de soixante ans.

Il avait travaillé dans les coffres-forts – c'était un fabricant de coffres-forts à la retraite. Né à Hirakawa, il était entré immédiatement après la fin de la guerre en apprentissage chez un serrurier d'Osaka, pour lequel il avait travaillé jusqu'au bout. S'il avait pris sa retraite et était revenu à Hirakawa, c'est parce qu'il avait senti ses forces décliner – Pépé n'en avait jamais dit plus sur lui-même.

Ils avaient fait connaissance autour d'une coupe de glace pilée et, de ce jour, Mamoru devint un habitué de la maison de Pépé. Un petit atelier y avait été installé, avec des outils étranges et brillants, un coffre-fort si grand que Mamoru pouvait tenir à l'intérieur et des sortes de coffrets dont on ne savait comment ni par où les ouvrir, mais superbement ouvragés.

— C'est ma marotte, avait lancé en riant Pépé à Mamoru qui, écarquillant les yeux, regardait timidement ici et là. Sans leur compagnie, je suis triste, ça ne va pas. Et eux aussi, ils sont tristes s'ils n'ont personne.

Pépé accordait toute liberté à Mamoru quand celui-ci venait lui rendre visite :

— Sauf si je te dis d'arrêter parce que c'est dangereux, tu peux toucher, regarder, faire tout ce que tu veux.

Mamoru caressa la surface froide du coffre-fort. Il colla son œil au mécanisme des serrures, semblable à un labyrinthe, et observa. Il se plongea dans les vieux recueils de photos de la collection de Pépé. Dedans, il y avait des photos de clés ajourées, si ouvragées que le simple terme de clé ne leur rendait pas justice, et aussi de coffres-forts qui semblaient plus précieux que ce qu'ils renfermaient.

— C'est beau, disait-il, et Pépé hochait la tête.

— Pour sûr que c'est beau.

La plupart du temps, même quand Mamoru se trouvait à ses côtés, Pépé était plongé dans son travail. Quand il eut fini d'explorer l'atelier, Mamoru commença à l'observer. Il scrutait les mouvements de ses doigts étonnamment souples, le léger sourire de bonheur qui se dessinait sur ses lèvres quand il travaillait sur un coffre-fort ou une serrure.

Un jour, environ deux semaines après leur rencontre, il le regardait ainsi quand Pépé lança soudain :

— Ça te dirait d'essayer ?

A ce moment-là, à l'aide d'une lime à grain fin, il était en train d'ôter la rouille d'un vieux coffre-fort approximativement de la taille d'un carton de mandarines.

— Tu crois que je vais y arriver ?

— Bien sûr. Pépé rit et lui tendit la lime. Mais vas-y avec beaucoup de douceur.

Suivant ses conseils, en y consacrant une semaine entière, Mamoru ôta lentement la rouille. Ce coffre-fort, sous la rouille de l'âge, dissimulait une surface argentée brillante. Les quatre coins de la porte étaient ornés de minuscules mais superbes pivoines sculptées. Quand il eut achevé son travail, Pépé lui dit :

— Alors, c'est une vraie beauté maintenant, tu ne trouves pas ?

Du rôle de simple observateur, Mamoru était passé à celui de petite main. A partir de là, s'intéresser au travail de Pépé – cette fois-ci, pas le dérouillage – ne lui demandait plus qu'un tout petit pas en avant.

Un jour, il perdit sa clé, impossible de rentrer chez lui. Il restait encore plus de deux heures avant que Keiko ne revienne du travail. En haut, à la fenêtre du deuxième étage, il voyait le linge qui aurait dû être rentré depuis longtemps, complètement gelé, flotter au vent. En plus, la pluie menaçait. Mamoru courut chercher Pépé.

En à peine cinq minutes, Pépé lui ouvrit la porte. Comme par magie. Puis, l'air grave, il lui dit :

— Vous vivez tout seuls, ta mère et toi. Il vous faut un verrou un peu plus solide. Celui-là, c'est un jouet.

Le lendemain, il vint changer le verrou de l'appartement. Lorsqu'il eut fini, Mamoru l'interrogea :

— Tu crois que moi aussi, j'y arriverais ?

Pépé le regarda fixement.

— Tu as envie d'essayer ?

— Oui.

— Ah bon ! fit Pépé, l'air content. Alors, essaie. Quand on est motivé, il n'y a rien d'impossible.

C'est ainsi que Mamoru commença à apprendre le métier. Au début, petit à petit. D'abord, il devait mémoriser la structure et les différents types de serrures. En fonction du fabricant bien sûr, mais aussi du pays de fabrication, l'aspect des coffres-forts et des verrous varie.

Quand il passa à la pratique, la masse de connaissances à engranger, et qu'il souhaitait apprendre, le submergea comme une inondation.

Le maniement des fins cadenas à combinaison chiffrée, des antivols pour vélo, des serrures des portières de voiture. Ensuite, les techniques de la serrure à goupilles, le verrou à cylindre le plus courant. Le crochetage, pour lequel on utilise deux outils en forme de crochet. A la fin de cette étape, il fabriqua lui-même un pistolet de crochetage.

Et puis l'impression, où l'on glisse une ébauche dans la serrure pour fabriquer une clé. Il dupliqua des centaines et des centaines de clés. Insérer une clé pas parfaite mais ressemblante afin d'ouvrir le verrou en rusant est une technique proche de celle utilisée pour convaincre une personne têtue.

Enfin, le stade de la manipulation, c'est-à-dire l'ouverture d'une serrure à chiffres en cherchant la combinaison à tâtons.

Au cours des dix années entre leur rencontre et le décès de Pépé, ce dernier transmit à Mamoru toutes les connaissances et les techniques qu'il pouvait lui inculquer.

C'était un sujet bien étrange à enseigner et à apprendre. Mamoru lui-même s'en faisait parfois la réflexion. Mais c'était amusant. Sans rien d'autre à quoi s'accrocher, même s'il s'était engagé dans cette voie par hasard, c'est parce qu'il y prenait plaisir qu'il avait continué pendant dix ans.

Et pourtant, vers le milieu du mois d'octobre précédent, en même temps qu'à Hirakawa tombait la dernière feuille morte de l'automne, Pépé était subitement mort, emporté par une crise cardiaque.

C'était la fin du monde. Mamoru le pensa réellement.

Le set d'outils actuellement en sa possession était celui que Pépé lui avait remis quelques jours avant sa mort. Quand Mamoru y repensait, ce dernier avait peut-être eu un pressentiment…

En fixant longuement le garçon, il lui demanda :

— Dis, Mamoru, tu sais pourquoi je t'ai initié au crochetage ?

Fasciné par les outils neufs, Mamoru répondit sans trop réfléchir :

— Parce que je t'ai demandé de me l'apprendre, non ?

Pépé éclata de rire.

— Quelle franchise ! Mais tu as raison.

— Ça a été un sacré travail de me l'enseigner ?

— Pas tant que ça. Je te l'ai déjà dit, non ? Quand on est motivé, il n'y a rien d'impossible.

Après un silence, il reprit :

— Tu ne m'as jamais parlé de ton père, pas une seule fois.

— Je n'avais pas besoin de t'en parler puisque tu es au courant. Mamoru était perplexe.

— Est-ce qu'il y a encore des types qui viennent déblatérer sur lui ?

— De temps en temps… Mais pas autant qu'avant.

— Bien. Avec le temps, les gens oublient ce qui s'est passé.

— Moi aussi, j'ai oublié mon père, tu sais.

— Mamoru, c'était amusant d'apprendre le crochetage ?

— Oui.

— Pourquoi ?

Après avoir un peu réfléchi et cherché ses mots, Mamoru répondit :

— Parce que personne d'autre ne sait le faire.

Pépé hocha la tête et regarda les mains du garçon.

— Avec ça, tu pourrais voler quelque chose ou mettre quelqu'un dans l'embarras, y as-tu déjà pensé ?

— Jamais ! Mamoru écarquilla les yeux. Pépé, tu crois que je ferais quelque chose comme ça ?

— Non. Absolument pas.

Il secoua catégoriquement la tête, puis, en détachant bien les mots, lentement, il dit d'un air un peu triste :

— Ce que je t'ai appris, ce sont des techniques déjà anciennes. Qui vont devenir de plus en plus démodées. Mais si, tu le sais bien. Parce que je suis déjà un vieux. A partir de maintenant, les clés et les serrures vont sans cesse évoluer. Les serrures comme on les connaît vont peut-être même disparaître. Mais ça ne veut pas dire que les techniques que tu maîtrises ne serviront à rien. Dans la vie quotidienne, tu seras un peu différent des autres. Les objets qu'une personne veut cacher, qu'elle veut mettre en sécurité, tu pourras les voir. Tu pourras aussi pénétrer là où l'on désire que personne n'entre. Bien entendu, seulement si toi tu le souhaites.

Pépé regarda Mamoru dans les yeux.

— Jusqu'à présent, si tu avais voulu le faire, tu l'aurais pu. Mais tu n'as pas essayé. Tu n'y as même pas pensé. J'en suis convaincu, et c'est pour cette raison que je t'ai enseigné tout ça. Mamoru, tu sais, une clé, c'est tout simplement ce qui protège le cœur des gens.

Ton père… reprit Pépé avec tristesse. Il ne maîtrisait pas l'art du crochetage. Il ne savait pas dupliquer une clé tout seul. Et pourtant, il a fait une chose qu'il ne fallait pas faire, il a pris l'argent des autres. Ça, c'est comme s'il avait ouvert sans permission le cadenas du cœur que de nombreuses personnes lui avaient confié – on appelle aussi ça la « confiance ».

Jusqu'à ce que tu deviennes adulte, tu seras sans doute amené à te rappeler plus d'une fois, avec tristesse et dégoût, ce qu'a fait ton père. Tu lui en voudras aussi, certainement. Mais écoute-moi, Mamoru. Ce qui me fait peur, ce n'est pas ça.

Ton père n'était pas un mauvais homme. Il était faible, c'est tout. Faible à en pleurer. Cette faiblesse, nous la portons tous en nous. Tu la portes aussi en toi. Et quand tu la découvriras en toi, tu penseras sûrement : Ah ! je suis comme mon père. Si ça se trouve, tu te diras que vu le père que tu as, tu n'y peux rien. Comme le disent les gens, de manière irresponsable : « Tel père, tel fils. » C'est ça qui me fait peur.

Mamoru, silencieux, dévisageait Pépé qui continua :

— Pour moi, il y a deux catégories d'êtres humains. La première, c'est les gens qui ne font pas ce qu'ils ne veulent pas faire, même si la possibilité s'en présente. La seconde, c'est les gens qui mettent tout en œuvre pour faire ce qu'ils veulent, même si c'est impossible. On ne peut pas dire que l'un est bon et l'autre mauvais. Ce qui est mal, c'est de chercher un prétexte à ce qu'on a fait ou pas, en toute connaissance de cause.

Mamoru, ne prends pas prétexte de l'existence de ton père. Quoi que tu fasses, tu ne dois pas te trouver d'excuse. Si tu vis selon ce principe, un jour, c'est certain, tu comprendras la faiblesse de ton père et en quoi cette faiblesse est affligeante.

Sur ces mots, comme il l'avait fait la première fois qu'il lui avait appris à tenir les outils, Pépé serra la main de Mamoru. C'était une main sèche et lisse, d'une force surprenante.

Alors, cette serrure ? Devant la porte de Yôko Sugano, Mamoru commença par réfléchir.

A ce stade-là, la lumière n'était pas encore nécessaire pour travailler. Les néons du couloir suffisaient. Parce que, de toute façon, il ne pouvait pas voir l'intérieur de la serrure.

C'était un verrou peu solide. Il compara avec les portes voisines. Elles étaient toutes de même facture, des serrures à cylindre en applique, mais moins sophistiquées que celles utilisées dans les appartements à loyer modéré. Il ne s'agissait pas d'un monobloc, ce qui était déjà un moindre mal (celles-là, quand elles prenaient du jeu en vieillissant, il suffisait parfois de glisser dans l'interstice un objet dur et plat, et de pousser fort pour les faire sauter), mais ce n'était pas non plus une serrure assez fiable pour qu'une jeune femme vivant seule puisse lui accorder toute sa confiance. Les verrous renseignaient sur les intentions de l'entrepreneur. Dans cet immeuble, à coup sûr, il n'y avait que deux rivets dans les murs là où il en aurait fallu trois, se dit Mamoru.

Le cylindre à goupilles fonctionne grâce à l'assemblage complexe d'une multitude de broches. Puisque les dents de la clé épousent parfaitement les creux et les bosses formés par les broches, seule une clé spécifique permet de faire pivoter le barillet et d'actionner le pêne.

A cause de son poids et de l'encombrement, Mamoru n'avait pas apporté son trousseau de passe-partout. Maintenant, avec la serrure sous les yeux, il le regrettait, ça aurait largement suffi.

Bon, allez, je bricole un duplicata. Il décida de procéder par impression. Le cas échéant, il aurait peut-être besoin de rapporter ce qu'il allait trouver cette fois-ci en s'introduisant dans l'appartement. Crocheter la porte à chaque fois serait fastidieux.

Dans le couloir, il mit un genou à terre et tira de sa trousse à outils compacte – à peu près de la taille d'une trousse d'école, un peu plus épaisse et courte – une clé toute neuve, pourvue seulement d'une rainure. Quand il avait appris avec Pépé, ils la recouvraient de suie et la glissaient dans la serrure, mais Mamoru utilisait de la levure chimique. Parce que cela se voyait bien et se trouvait facilement. Celle qu'il avait apportée, Maki l'utilisait quand elle faisait de la pâtisserie, et il en avait discrètement prélevé un peu.

Prudemment, il inséra la clé saupoudrée de poudre blanche. A cet instant, le plus gênant était ses propres battements de cœur. Quand il était tendu, cela résonnait dans tout son corps, faisant trembler jusqu'à l'extrémité de ses doigts.

Il retira la clé. Sur la poudre blanche, une ligne se dessinait à peine. Une ligne qu'il n'était pas donné à tout le monde de voir. Comme les distorsions du son que seule sait repérer l'oreille du maniaque de matériel audio.

Cette trace ténue, c'était le profil de la serrure. Mamoru sortit une lime fine et tailla des encoches le long de la ligne, donnant peu à peu forme au visage de la serrure. En essayant la clé de temps à autre, il était essentiel de progresser sans forcer, sans s'énerver, avec élégance. Parce qu'une serrure est une dame aux mœurs rigides.

Au quatrième essai, il sentit les cinq dents de la clé s'enclencher à l'intérieur du cylindre. Il tourna lentement. Le barillet pivota une fois, le doux bruit du pêne qui se dégage se fit entendre. Il lui avait fallu environ douze minutes.

Mamoru mit dans sa poche le duplicata fabriqué en toute hâte, souffla dans le trou de la serrure – sans doute que personne ne s'en apercevrait, mais on ne savait jamais – pour disperser les traces de levure chimique, se leva et ouvrit la porte.

2

Une fois la porte refermée, il se trouva dans des ténèbres encore différentes de celles de la nuit. Dans cette nouvelle obscurité, il décelait un parfum sucré. A l'intérieur de la pièce sans propriétaire, les effluves de l'eau de Cologne d'une femme disparue.

Figé sur place, il sortit ensuite sa lampe-stylo, un article déniché à Akihabara, au faisceau directionnel puissant. Quand il appuya sur le bouton et poussa au plus fort la luminosité réglable à trois niveaux, il découvrit l'endroit où il se tenait. C'était, plus qu'une entrée, un espace exigu où se déchausser. A sa droite, il y avait un meuble à chaussures peu profond, un vase vide posé dessus. Au mur était accrochée une petite reproduction encadrée d'un tableau de Marie Laurencin.

Le visage pâle de la jeune fille se penchait vers Mamoru, qui en fut passablement ébranlé. Maki aussi appréciait cette artiste, elle possédait une série de catalogues de ses œuvres. Les coloris étaient romantiques, mais ce n'était pas des tableaux à regarder dans le noir. Il allait les détester pour de bon.

Il éclaira le sol devant lui et vit qu'il avait bien fait de ne pas bouger à la légère. Juste à côté de son pied droit se dressait un fin porte-parapluies en métal. S'il avait avancé sans y prendre garde, le raffut aurait sans doute tiré les voisins des bras de Morphée.

Il le contourna avec précaution et entra dans la pièce.

C'était une cuisine-salle à manger qui, vu sa taille, en méritait à peine le nom. Sur la paillasse de l'évier, deux tasses à café et deux assiettes étaient retournées. Il les toucha du bout des doigts, elles étaient parfaitement sèches.

Une table blanche et deux chaises. Un lustre à abat-jour rouge si bas qu'on risquait de s'y cogner. Sur le petit réfrigérateur pour célibataire, un grille-pain. Les deux appareils étaient blancs, ainsi que le placard à vaisselle voisin. Il éclaira une porte avec sa lampe : un autocollant Salle de bains y était apposé.

Il avança à pas feutrés et ouvrit la porte. Balayant la pièce du faisceau de lumière, il s'assura qu'il n'y avait pas de fenêtre et tâtonna à la recherche de l'interrupteur. Le néon clignota et s'alluma enfin, comme à contrecœur.

Yôko Sugano aimait que tout soit propre, pensa-t-il, et ses couleurs de prédilection semblaient être le rose et le blanc. Dans la salle de bains et les toilettes blanc cassé, les serviettes, les accessoires de toilette et les chaussons, tout était coordonné en rose pastel. Même la savonnette entamée était rose.

Par hasard, son regard s'arrêta sur un long cheveu tombé sur le bord de la baignoire. Il appartenait sans doute à Yôko, elle avait donc les cheveux longs, se dit Mamoru, et soudain il réalisa quelque chose.

Il ne connaissait même pas le visage de Yôko Sugano. Ni sa coiffure ni sa taille. Il n'était pas allé aux funérailles et, dans le journal, aucun portrait n'avait été publié. Taizô lui-même se souvenait-il de ses traits ? L'accident avait été si soudain.

La découverte faillit lui ôter tout courage d'un coup. Comment ça, il allait *chercher un peu* ?

Il quitta la salle de bains à reculons. La lumière toujours allumée, il laissa la porte entrebâillée. Ainsi, la lueur ne filtrerait pas à l'extérieur et il verrait mieux l'appartement entier.

A l'autre bout de la cuisine s'ouvrait une pièce, et c'était tout. Un sol parqueté, une surface de dix tatamis [1] environon. Un lit métallique et une

1. Approximativement seize mètres carrés.

commode. Près de la fenêtre, un bureau et une chaise en bois typiques d'un logement étudiant. Un tapis occupait le centre de la pièce, devant une penderie en plastique à monter soi-même, dans les mêmes tons. La fermeture éclair était restée à demi ouverte.

La mère, venue en urgence, avait-elle choisi parmi les vêtements de sa fille de quoi l'habiller pour la mise en bière ? Il s'approcha, un parfum agréable émanait de la penderie.

Par où commencer ? Il y avait réfléchi avant de venir. Il avait pensé chercher un journal intime ou quelque chose de semblable, mais, changeant de stratégie, il décida de voir d'abord s'il n'y avait pas un album de photos. Ne pas connaître le visage de la personne à qui il s'intéressait était impoli.

Il trouva un seul album, sur l'étagère du bas d'une haute bibliothèque. Il le feuilleta, découvrant de nombreux clichés. Principalement des photos sur lesquelles n'apparaissaient que des filles, avec une cascade en toile de fond – peut-être pendant un voyage ? Sur d'autres clichés, un groupe en tenue de randonnée faisait le V de la victoire devant l'appareil. Parmi elles, revenait souvent une jeune femme au teint pâle, grande et mince, aux cheveux raides tombant jusqu'au milieu du dos ; il comprit qu'il devait s'agir de Yôko Sugano.

Un cliché la montrait en compagnie d'une jeune fille qui lui ressemblait beaucoup, toutes deux en kimono. Sans doute sa petite sœur. La photo avait sûrement été prise quand elle était rentrée pour les congés du jour de l'an.

Il allait remettre l'album à sa place quand, de la pochette intérieure de la couverture, tomba une sorte de petite carte. Il la ramassa, c'était une vieille carte d'étudiant. Celle d'une école de préparation à l'entrée à l'université. La photo prouva à Mamoru qu'il avait supposé juste.

C'était une belle fille, pensa-t-il. Pas du genre à qui on demande aisément son chemin dans la rue, mais elle aurait été parfaitement à sa place dans un show-room d'équipement de bureautique.

Enchanté. Et pardon. D'être entré chez vous sans autorisation, murmura Mamoru en son for intérieur.

Sur l'étagère, il ne restait quasiment pas le moindre espace. Des livres de poche, romans policiers ou sentimentaux, s'alignaient, mais ce qui attirait l'attention, c'étaient les livres de langues. Au vu des dictionnaires, elle semblait avoir étudié l'anglais et le français. Parmi les titres : *Vers le niveau 1 du test d'aptitude en anglais*, *Devenir interprète : diplômes et stratégies,* ou encore *Recommandations pour les séjours linguistiques*.

Aucun journal intime en vue. Peut-être n'avait-elle pas pour habitude de consigner ses faits et gestes. Pas non plus de carnet d'adresses ou d'agenda. Ce genre de documents, elle devait les avoir sur elle au moment de l'accident.

Et des lettres ?

A côté d'un panneau en liège à la tête du lit, un range-courrier était suspendu. Il ne contenait pas grand-chose. Aujourd'hui, tout se faisait par téléphone. Mamoru lui-même n'avait pas écrit une lettre depuis des années.

Une carte d'un salon de coiffure annonçant une campagne promotionnelle. Une carte postale d'une amie, sans doute envoyée de l'étranger. (Comment vas-tu ? Moi, je m'amuse bien...) La brochure d'une école d'anglais.

Il y avait une seule enveloppe. Expéditeur : Yukiko Sugano. Sur le papier à lettres parsemé de fleurs, une écriture ronde, en petits caractères. La lettre était courte.

Il était écrit que tout le monde allait bien, elle avait trouvé du travail et, si Yôko venait pour le pont en septembre, elle pourrait voir le bébé d'Ayako... Enfin, en dernier : L'autre jour, au téléphone, tu n'avais pas l'air en forme, tu es fatiguée ? Je me fais du souci pour toi, grande sœur.

C'était donc bien sa sœur cadette. En repliant la lettre, Mamoru sentit un poids dans son estomac.

S'ils cherchaient un peu, ils comprendraient pourtant tout de suite, avait dit l'autre.

Vraiment, il n'aurait pas dû prendre cet appel au sérieux. Ce qu'il était en train de faire, qu'est-ce que cela allait lui apporter ? S'imaginait-il qu'elle avait laissé une lettre d'aveux ? Et puis, existait-il des gens dont on saurait tout en fouillant leur logement ?

Par exemple, si quelqu'un s'introduisait dans ma chambre et découvrait mes outils de crochetage, qu'en penserait-il ? Mamoru y réfléchit. On le considérerait peut-être comme un cambrioleur professionnel. Mais c'était faux.

Dans un soupir, il s'assit par terre et balaya la pièce du regard.

Un intérieur simple. C'était sa première impression. Comparé à la chambre de Maki, qui avait à peu près le même âge, c'était flagrant.

Ici, la télévision comme la radio étaient des appareils un peu anciens. Peut-être les avait-elle achetés d'occasion. Il n'y avait pas de lecteur vidéo. L'abat-jour du plafonnier était d'une forme ancienne, laide, les rideaux tout fins, bon marché sûrement.

L'immeuble lui-même accusait son âge. Sur les murs, on voyait les traces d'au moins deux fuites d'eau. Le robinet de la cuisine et celui de la salle de bains étaient des vieux mélangeurs. Le parquet était tout rayé.

Combien pouvait donc coûter le loyer ? Ses parents lui envoyaient de l'argent et elle avait sans doute un petit boulot, mais elle ne devait pas avoir été très à l'aise financièrement. Toutes les étudiantes ne passaient pas leur temps à s'amuser, toujours habillées à la dernière mode.

Mais oui, l'argent !

Tout en se faisant horreur d'y avoir pensé, Mamoru se força à raisonner. Quelle était sa situation financière ?

De toute façon, il ne pouvait pas repartir sans avoir fait ce qui s'imposait. Sinon, pourquoi s'être introduit ici ? Cela n'aurait aucun sens. Dans la pièce vide, avec un haussement d'épaules désolé, il entreprit de fouiller les tiroirs.

Au fond du deuxième tiroir soigneusement ordonné, avec une liasse de factures et un livre de comptes assez sommaire, étaient rangés deux livrets d'épargne. L'un d'eux portait un tampon Annulé.

Il ouvrit le plus récent.

Les sommes en jeu étaient maigres, de sorte que, tous les mois, le solde du compte tombait au moins une fois à un nombre à trois chiffres. Le « virement » de quatre-vingt mille yens qui intervenait à la fin du mois était sans doute l'argent envoyé par ses parents. A peu près à la même date figurait un « salaire ». Le mois dernier, le montant s'élevait à 103 541 yens. Son petit boulot, sûrement.

Il remonta dans le temps. Septembre, août, juillet ; quand il arriva en avril, les choses changèrent du tout au tout.

Les sommes étaient plus importantes.

Deux cent cinquante mille yens, quatre cent mille yens… Il y avait même des rentrées de six cent mille yens. Comme il ne s'agissait ni de la catégorie « virement », ni de la catégorie « salaire », elle avait dû recevoir l'argent en liquide puis le verser sur son compte. Il n'y avait pas de changement manifeste concernant les dépenses peu importantes, mais quand le solde atteignait environ cinq cent mille yens, ce montant était retiré en une seule fois.

Qu'est-ce que c'est que ça ? se demandait Mamoru en tournant les pages, quand il atterrit sur la colonne des montants épargnés.

Il n'en crut pas ses yeux.

Sept dépôts d'environ cinq cent mille yens chacun. L'un d'entre eux avait fait l'objet d'un retrait anticipé au mois d'avril dernier, mais il restait encore plus de trois millions de yens.

Mamoru regarda une nouvelle fois autour de lui. En vivant comme ça, elle avait économisé trois millions ?

Il ouvrit également le livret portant le tampon Annulé. Là aussi, vers la fin, les montants étaient énormes. Il remonta en arrière ; c'était à partir du mois de février de l'année passée qu'étaient apparus ces chiffres extraordinaires.

Sur une période de quinze mois entre février de l'année passée et avril de cette année, la situation financière de Yôko Sugano avait été bonne, très bonne. Et elle avait économisé chaque sou.

Dans quel but ? Et en faisant quoi ?

Il ouvrit le cahier de comptes. Comme le faisait sa tante Yoriko, les menues dépenses mensuelles étaient consignées. Dans le lot, à la date du 12 avril dernier, étaient notés Frais de déménagement et Caution, commission. Le retrait anticipé sur les montants épargnés avait donc servi à cela. Yôko Sugano avait emménagé ici seulement six mois auparavant.

Durant quinze mois, elle avait été en position de toucher un revenu extrêmement élevé et, au moment où cela avait pris fin, elle avait changé d'appartement.

Comme la même mélodie se répète quand l'aiguille d'un électrophone est coincée, Mamoru retournait cette pensée dans son esprit.

Il était normal qu'elle meure, cette fille.

Mais qu'est-ce qu'elle avait bien pu faire ?

Il rangea le livret bancaire, croisa les bras et réfléchit. N'y avait-il pas d'autres endroits à examiner ? Où pourrait-il regarder ?

Alors, dans l'obscurité, là où ne parvenait pas la lumière de la salle de bains, il s'aperçut qu'une lumière rouge luisait, solitaire.

C'était un téléphone avec répondeur intégré. La lampe rouge indiquait que l'appareil était allumé.

Après une brève hésitation, Mamoru s'approcha du téléphone. Il souleva le capot de l'appareil, une microcassette y était insérée.

Quelque chose s'y trouvait peut-être encore enregistré.

S'éclairant avec sa lampe-stylo, il appuya sur un bouton et rembobina la cassette, puis l'écouta depuis le début.

« C'est Morimoto. Je pars en voyage, ça s'est décidé brusquement et je ne pourrai pas aller au séminaire demain. Passe-moi tes notes à mon retour, s'il te plaît. Je te rapporterai quelque chose. »

Bip. Voix suivante.

« Allô, c'est Yukiko. Je te rappellerai, mais en ce moment, tu n'es jamais là. »

Bip. Encore une autre voix. Cette fois-ci, c'était un homme.

« Sakamoto du cours préparatoire Hashida à l'appareil. Merci d'avoir passé l'entretien pour un poste de vacataire. Alors, eh bien, vous êtes engagée, pourriez-vous venir à partir de la semaine prochaine ? Merci de rappeler à votre retour. »

Bip. Encore une voix d'homme. Sur un ton beaucoup trop enjoué…

« Tu as changé de numéro de téléphone ? »

C'était la voix du type.

Pas d'erreur. *Merci d'avoir tué Yôko Sugano.* C'était cette voix-là. Mamoru, surpris, écouta attentivement.

« Ça n'a pas dû être facile. Mais tu sais, une adresse ou un numéro de téléphone, si on les cherche pour de bon, on les trouve. Tu t'es donné bien de la peine. Au fait, il y a quelques jours, j'ai encore trouvé un exemplaire de *Chaîne d'info* chez un libraire d'occasion. C'est triste pour toi, mais il est inutile d'essayer de te cacher. Allez, à bientôt. »

Bip. L'enregistrement s'arrêtait là.

C'était lui.

Mamoru regagna la rue et, pendant qu'il se dirigeait lentement vers le carrefour, la voix du téléphone tournait en boucle dans sa tête. C'était lui, il en était certain. L'homme qui avait téléphoné à la maison avait aussi appelé Yôko Sugano.

Quand était-ce ? Combien de temps avant sa mort ? Avait-il ensuite téléphoné chez eux parce qu'elle était morte ?

Il est inutile d'essayer de te cacher.

Le déménagement. Le fait qu'elle semblait avoir changé de numéro de téléphone. *Inutile d'essayer de te cacher...*

Chaîne d'info, qu'est-ce que c'est ? Est-ce que ça aurait un lien avec les importantes rentrées d'argent ?

Comme s'il avait eu un pied cloué au sol, ses pensées tournaient sans cesse en rond autour du même point.

Ça suffisait comme ça pour ce soir. En tout cas, il avait trouvé un indice. Ce que racontait ce type au téléphone contenait un sens caché.

Comme il les avait noués précipitamment en bas des escaliers, les lacets de ses baskets se défirent en cours de route. Il se baissa pour les renouer et, quand il releva la tête, il vit une voiture gris métallisé s'engager lentement dans le croisement et s'arrêter devant le parc.

La portière s'ouvrit et quelqu'un descendit. Sans raison précise, Mamoru n'eut pas envie d'être vu et il s'effaça dans l'ombre de la rue.

C'était un homme. Des épaules larges sous la veste. Comme il lui tournait le dos, son visage était invisible, mais il ne paraissait pas jeune.

Près de sa tête, un nuage de fumée violette s'éleva doucement. Il fumait une cigarette.

Que pouvait-il bien faire à cette heure-là ?

Exactement comme Mamoru l'avait fait, il leva la tête vers les feux tricolores, debout à l'intersection paisible.

La silhouette de haute taille se retourna. Mamoru recula vite la tête.

Au-dessus des mâchoires carrées, une coiffure soignée et des lunettes de soleil. Ce qui brillait à ses tempes était peut-être des cheveux blancs.

Au bout de cinq minutes environ, l'homme remonta en voiture et s'éloigna. Mamoru se mit à courir vers la maison. Quand il passa le carrefour, il sentit le parfum de la cigarette qui planait encore légèrement.

3

— *Chaîne d'info* ?

Le travail du dimanche débuta par le tri des invendus ayant dépassé la limite de trois semaines, à renvoyer aux maisons d'édition. Le brouhaha de la foule s'élevait des rayons bondés. Mamoru et Satô étaient absorbés par cette tâche fatigante, à demi accroupis.

— Eh bien… j'en ai jamais entendu parler. T'es sûr que c'est le nom d'un livre, ça ? Satô fronça les sourcils, dubitatif.

— Oui. Puisqu'on parle d'exemplaire, il doit s'agir d'un livre, à mon avis. Je me disais que tu connaîtrais certainement.

La voix du type sur le répondeur avait bien dit « un exemplaire de *Chaîne d'info* ».

— C'est sûrement une revue. Le titre est louche, non ? dit Satô, une imperceptible lueur de plaisir dans les yeux.

— Ça ne sonne pas comme un titre à succès.

— Ça sent la faillite immédiate. Si la publication tient en gros un an, je m'en souviens, en général. T'en as pas un exemplaire sous la main ?

— Non. Je n'ai que le titre, et je suppose que la publication date de moins d'un an.

— Bon, alors, on peut voir du côté du catalogue des publications... mais est-ce que ça va y figurer ? Tu parles, un titre comme *Chaîne d'info*. C'est peut-être une revue souterraine. Avec un sous-titre carrément crade.

— Une revue souterraine ?

Mamoru tressaillit. Comment n'y avait-il pas pensé ? Yôko Sugano était une belle fille. Elle aurait même pu devenir mannequin.

Et ces chiffres sur son livret d'épargne. Des sommes absolument impossibles à gagner juste avec un petit boulot normal.

En découpant au cutter, d'un geste vif, la couverture des magazines à renvoyer, Satô murmura :

— Ah, la pauvre ! Ça me fait de la peine. Même si je sais qu'elles vont finir au pilon, quand même, découper des couvertures avec de si jolies filles dessus !

Sur la moitié restante de la couverture découpée, le mannequin faisait un large sourire.

— Mais dis donc, réfléchis un peu. Tu te rends compte du nombre de revues en circulation ? On parle souvent de « chercher une aiguille dans une botte de foin », mais avec le peu d'indices que tu as, trouver ce magazine, c'est comme chercher une aiguille précise dans une montagne d'aiguilles.

— On peut le dire, répondit Mamoru, découragé.

— Salut les jeunes ! Ça bosse ?

C'était Makino, l'agent de sécurité en civil du rayon librairie, qui approchait lentement depuis les escaliers de service. Ce jour-là, il était bien mis, en costume.

— Qu'est-ce qu'il vous arrive ? Vous êtes tiré à quatre épingles.

— J'avais une réunion. Et mes supérieurs sont pointilleux.

Pour les employés du rayon librairie, ce garde d'une cinquantaine d'années – certains disaient qu'il avait cinquante-trois ans, mais d'autres le pensaient plus proche de la soixantaine – était un personnage à peu près aussi énigmatique que Himiko[1]. Tout ce dont ils étaient sûrs, c'était que son existence était réelle, que son niveau dans la

1. Reine de la région du Yamatai de 175 à 248.

hiérarchie lui valait le respect du chef, Takano, et que ses capacités étaient démontrées, mais personne ne savait où il était né et avait grandi, ni quoi que ce soit sur sa famille ou son passé. Il aurait été un excellent inspecteur spécialisé dans les pick-pockets qui aurait démissionné, impliqué dans un scandale de corruption, ou bien professeur de lycée… Seules des suppositions circulaient.

Ses tenues vestimentaires impressionnaient toujours Mamoru. Pas parce qu'il portait de beaux vêtements ou avait du goût, mais parce que, quoi qu'il mette, il donnait toujours l'impression d'être à l'aise. Vêtu d'un costume anglais, il avait l'air d'un administrateur qui en possédait une armoire pleine. Avec une veste légère et un journal hippique dans la poche arrière d'un pantalon élimé, il avait tout du turfiste forcené qui va aux courses, son crayon rouge à la bouche. Par bonheur ou par malheur, il ne l'avait encore jamais vu habillé en femme, mais, s'il se travestissait, cela lui irait comme un gant, sans le moindre doute.

— Les jeunes, aujourd'hui, gardez l'œil ouvert. Parce que nos petits clients sont nerveux à l'approche des examens de fin de trimestre. C'est l'époque à laquelle leur mauvais génie leur souffle de piquer un truc pour se changer les idées. Les bachoteurs aussi sont dangereux !

— J'avais oublié. Moi aussi, j'ai bientôt des examens, dit Mamoru.

— Ah ! Désolé pour toi. Moi, je suis bien content de ne plus être étudiant.

Satô posa la main sur sa poitrine pour montrer son soulagement, mais Makino lui assena :

— Ça te va bien de dire ça, après huit ans à l'université. Quand est-ce que tu vas te décider à trouver un vrai travail ?

— J'en ai déjà un, non ?

— Si tu passes ta vie à jouer les oiseaux migrateurs en faisant un petit boulot dans une librairie, tu ne pourras jamais prétendre à vivre aux crochets de l'Etat, avec une pension de retraite. L'agent de sécurité émit un grognement désapprobateur. De toute façon, les bouquins, quand on en lit trop, ça ne donne rien de bon. Les femmes restent vieilles filles et les hommes deviennent des lavettes.

— Vous y allez fort ! C'est ce qu'on appelle un avis tranché, riposta Mamoru, mais, à côté de lui, Satô s'écria :

— Ah ! Tiens, ça m'a fait retrouver ce que je cherchais ! Hé, Mamoru, ton *Chaîne d'info*, on va peut-être le trouver.

— Vraiment ?

— Oui, grâce à notre mademoiselle Anzai. Si elle est toujours avec le gars avec qui elle sortait avant, elle devrait savoir.

— Ils ne sont plus ensemble, ces deux-là, dit Makino.

Masako Anzai travaillait au rayon livres depuis plus longtemps que Satô. Voilà pourquoi il l'appelait « mademoiselle », mais si elle apprenait qu'il reliait ce terme à celui de « vieille fille », elle lui ferait passer un mauvais quart d'heure.

Elle était en caisse, mais quand Satô l'appela, elle vint les rejoindre.

— Pas question de prêter l'oreille à une demande de Satô, mais si c'est pour Kusaka, alors je ne peux pas refuser.

— Il va savoir ?

— Je pense, oui. Mais accorde-moi un peu de temps, s'il te plaît. Quand je l'appelle, je ne suis jamais sûre d'arriver à le joindre tout de suite, ce garçon.

L'un de ses amis, pigiste, collectionnait des revues par passion, en plus de son travail, expliqua-t-elle.

— Il veut monter un jour une bibliothèque spécialisée dans les magazines. Pour les revues, sa base de données est certainement plus détaillée que celle des éditeurs de journaux.

Qu'allait-il trouver ? Sans arrêter de travailler, Mamoru repensait sans cesse à cette question. Dans la revue *Chaîne d'info*, qu'est-ce qui pouvait bien tourmenter Yôko Sugano ?

Si, comme l'avait suggéré Satô, il s'agissait d'une revue souterraine… Mamoru réfléchit. Il y avait peut-être eu là une raison de la faire chanter ?

Après tout, elle était étudiante. Séduite par des paroles enjôleuses et par l'argent, le monde dans lequel elle s'était lancée sans réfléchir (comme le répètent les émissions télévisées et les magazines, toutes les filles d'aujourd'hui le font) s'était peut-être retourné contre elle.

Peut-être avait-elle rendez-vous avec le maître-chanteur près du carrefour où s'était produit l'accident. La rencontre avait mal tourné et elle avait pris la fuite.

Ou alors… Une possibilité qu'il n'avait jamais envisagée se présenta à son esprit.

C'était peut-être un suicide. Incapable d'en supporter davantage, elle s'était jetée sous la voiture qui arrivait. Et, à l'agonie, elle avait crié : « C'est affreux, quelle méchanceté ! C'est incroyable. »

Pendant qu'il attendait des nouvelles, il eut l'occasion de voir Makino en action. Celui-ci arrêta des voleurs à l'étalage.

Le premier vol avait été commis par deux lycéennes. Un recueil de photos d'un groupe de rock à la mode caché sous un sweat-shirt beaucoup trop grand, elles avaient à peine posé le pied sur l'escalier mécanique que Makino leur mettait la main sur l'épaule. Les deux lycéennes s'étaient figées précisément devant le grand écran vidéo, avec en toile de fond les images rafraîchissantes d'un lac canadien.

— Quelle bêtise ! Elles vont se faire virer de leur lycée, c'est clair.

A la caisse, mademoiselle Anzai regardait les jeunes filles qu'on conduisait vers le bureau.

Ni l'une ni l'autre ne semblaient particulièrement mortifiées ou effrayées. Elles affichaient même un léger sourire.

— Vous croyez ? Le règlement est-il si strict ? A les voir, j'ai l'impression qu'elles considèrent ça comme une simple incartade.

— Elles, oui. Mais ça ne va pas durer. Ici, on ne les traite pas si durement que ça, et depuis quelque temps, même si on appelle la police, elle se contente de leur faire la morale et de les renvoyer à la maison, mais à l'école, c'est une autre histoire. Ces deux-là, il paraît qu'elles sont en seconde au lycée de filles Keiai.

C'était un prestigieux établissement privé.

— C'est monsieur Makino qui me l'a dit, mais dans ces établissements très stricts, quand on découvre qu'une élève fume, a commis un vol à l'étalage ou est allée en cachette à un concert interdit, les parents sont immédiatement convoqués et on les fait attendre debout dans le couloir pendant la réunion qui décidera des sanctions à appliquer. Quel que soit le temps que ça prenne, ils attendent debout. Rien que ça, c'est une punition.

— Et alors, au bout du compte, l'élève est exclue ?

— Il paraît.

— Même sur un simple coup de tête ? Mamoru avait un peu pitié d'elles.

— Un coup de tête…

Mademoiselle saisit la monture de ses lunettes qui avaient glissé sur son nez, la remonta et pencha la tête sur le côté.

— Peut-être que c'est moi qui ne suis plus à la page et que ta génération voit les choses différemment, mais je crois que le terme « coup de tête » n'a plus cours. Aujourd'hui, les jeunes qui commettent un vol à l'étalage, à part les cas vraiment particuliers, sont tous considérés comme des voleurs conscients de leur acte. D'abord, s'entendre dire : « Je ne sais pas ce qui m'a pris, pardon », alors qu'on a un trou énorme de quatre millions et demi de yens par an, merci bien.

— Les dommages sont si importants que ça ?

Mamoru savait que les vols à l'étalage étaient nombreux, mais il n'en connaissait pas le montant exact.

Mademoiselle Anzai hocha la tête.

— Pour commencer, notre chiffre d'affaires mensuel global est en moyenne de vingt millions de yens… La superficie totale de la librairie approche les cent *tsubo*[1], alors ce n'est déjà pas très brillant.

Mamoru l'interrompit malgré lui.

— Vingt millions, ce n'est pas très bon ?

— Non. Mais malgré tout, depuis que monsieur Takano assume la direction, ça a bien remonté. Et puis, les vingt millions n'entrent pas entièrement

1. Environ trois cents mètres carrés.

dans les caisses, il y a beaucoup de dépenses, les salaires, etc., n'est-ce pas ? Les profits mensuels se montent à environ vingt-deux pour cent du chiffre d'affaires total, donc… ça fait plus de quatre millions de yens. Alors, si les pertes annuelles engendrées par le vol à l'étalage atteignent quatre millions et demi de yens, cela veut dire qu'à cause des vols nous travaillons plus d'un mois par an pour rien.

Mademoiselle serra les lèvres, l'air irrité.

— Ça craint, hein ? Bien sûr, ce n'est pas seulement ici. Au rayon disques, je me demande s'ils ne sont pas encore plus touchés. Comme nous appartenons à une grande enseigne, nous tenons le coup, mais un petit magasin, ça le ruinerait.

Imperceptiblement, mais souvent : les montants des larcins étaient faibles mais, cumulés, cela représentait une grosse somme.

— Et puis, maintenant, il paraît que les jeunes s'échangent les articles qu'ils ont volés ! De vrais receleurs !

Mademoiselle s'indignait quand Makino revint.

— Alors ?

— Elles lui ont pleuré dans le paletot, « s'il vous plaît, ne prévenez pas l'école ». Il vient d'appeler les parents, à mon avis, il va leur faire la morale et les laisser rentrer chez elles.

L'agent de sécurité semblait mécontent.

— Elles, elles n'en sont pas à leur premier coup. Je suis certain qu'elles ont déjà volé plusieurs fois. Aujourd'hui, elles s'y sont mal prises et je les ai repérées, mais il m'est peut-être arrivé de n'y voir que du feu.

Mademoiselle prit une pose affectée.

— Monsieur Takano est trop gentil avec les femmes.

Dans le deuxième cas, le coupable était bien différent des lycéennes. Se disant étudiant d'une troupe de théâtre dont aucun des employés n'avait jamais entendu parler, il avait dissimulé dans un grand sac, sans passer à la caisse, un recueil de pièces de théâtre grand format et un numéro spécial d'un magazine de photographie consacré aux décors. En tout, il y en avait pour douze mille yens.

C'était un cas limite, sur le fil du rasoir. Car quand Makino lui avait mis la main sur l'épaule, le corps du coupable ne se trouvait pas encore complètement hors de la surface de vente. Il était manifestement en train de se diriger vers les ascenseurs, mais sans pour autant prendre la fuite en courant.

— Je vais vous attaquer pour diffamation ! s'énerva-t-il. J'avais l'intention de payer.

En effet, dans le portefeuille du coupable, il y avait près de trente mille yens en liquide. Mamoru l'observait en rangeant les étagères de nouveautés, le cœur battant. Le magasin de Jôtô n'était pas en cause mais, dans le passé, Laurel avait déjà été traîné en justice par un client arrêté de cette façon, il le savait. La presse en avait fait ses choux gras, et il avait entendu dire qu'une fois l'affaire réglée, des mesures plutôt sévères avaient été prises en interne.

Malgré tout, cette fois-ci, la chance était avec eux. Deux logiciels de jeux vidéo qui n'avaient pas été payés furent trouvés dans le sac du coupable. Renseignements pris auprès du rayon du premier étage, ils avaient été volés. La situation bascula alors. En plus, quand, sur les conseils de Makino, la police fut avertie, il s'avéra que l'individu avait déjà un casier avec huit condamnations pour vol.

— Lui, je l'avais à l'œil depuis un bout de temps déjà. Je m'étais juré de le prendre sur le fait un de ces jours.

Chose rare, Makino était légèrement excité. Mais après, songeur, il ajouta :

— Quand même, ce salaud, il s'y est vraiment pris comme un pied aujourd'hui. Contrairement à d'habitude, il était bizarrement craintif…

— C'est votre perspicacité qui a joué, sans doute.

— Dis donc, il a la pêche cette semaine, Makino ! C'est sa quatrième arrestation. Tu crois qu'il a eu une illumination et a percé les secrets du métier ?

Quand Satô lui fit la réflexion, plus tard, Mamoru réalisa que cela l'avait aussi surpris.

C'est pendant la pause après le déjeuner que le copain de mademoiselle Anzai rappela. Mamoru buvait son café dans la réserve quand elle déboula, une feuille de papier à la main.

— On a trouvé ! La revue *Chaîne d'info* existe bien.

— C'est vrai ?

D'un geste vif, il se leva, faisant déborder son café. Mademoiselle fit un léger bond de côté.

— Oh là là, fais attention ! C'est si important que ça ?

— Super important.

— Eh bien, toi alors ! Quand même, c'est une revue pas très recommandable. Il paraît qu'elle a été créée à la fin de l'année dernière et a fait faillite au bout de quatre numéros seulement. Ils ont bien un distributeur, mais je n'ai jamais entendu parler de cette maison d'édition.

— C'est quel genre de revue ? Comment s'appelle l'éditeur ?

— Comme il n'a que les informations sous la main et pas la revue, il ne sait pas trop, mais d'après lui, si on considère que *Playboy Japon* est une maison close, *Chaîne d'info*, c'est la pute qui fait le trottoir… Tiens, voilà.

Mademoiselle lui tendit la feuille.

— Le nom et l'adresse de l'éditeur, et comme de toute façon ils ne sont sans doute plus joignables, tu as les coordonnées du responsable de l'entreprise en dessous.

Mamoru prit la feuille avec révérence, comme si on lui remettait un ticket pour un tour du monde.

— A ce propos, ajouta Mademoiselle, l'air sévère, maintenant que tu as les informations, tu as l'intention de te rendre sur place, je suppose ? Aujourd'hui, il y a du travail, tu le sais ?

Alors que c'était un jour de congé, où l'affluence était toujours importante, de surcroît une des employées à temps partiel s'était plainte d'une terrible migraine et était repartie dans la matinée. De toute évidence, ils manquaient de bras.

— Je suis désolé. Mais…

Mademoiselle tendit vivement sa main gauche, qu'elle avait gardée derrière son dos tout le long.

— Ton autorisation de départ anticipé. Avec l'accord de monsieur Takano. Il m'a demandé de te laisser faire comme tu l'entendais.

Empli de gratitude pour Mademoiselle, son copain et Takano, Mamoru courut vers les vestiaires.

4

C'est une voix féminine enjouée qui répondit au téléphone.

— Bonjour, vous êtes bien à La Brava.

Mamoru examina une nouvelle fois sa feuille. De l'écriture soignée de Mademoiselle, il était indiqué : Responsable et directeur de la publication : Yoshiyuki Mizuno.

— Pardon, je ne suis pas chez monsieur Mizuno ?

— Si, vous êtes bien chez les Mizuno, c'est à quel sujet ?

La voix haut perchée, aux inflexions presque charmantes, laissa transparaître une légère surprise.

— Monsieur Yoshiyuki Mizuno est-il là ?

— C'est mon mari ; que voulez-vous ?

Mamoru inspira profondément.

— J'aimerais parler de la revue *Chaîne d'info* que monsieur Mizuno publiait avant.

Un silence, puis la voix de son interlocutrice, étouffant un rire :

— Ah bon… De quoi s'agit-il ?

— C'est un peu délicat au téléphone… Pourrais-je vous rendre visite ? Je m'appelle Mamoru Kusaka. Je suis étudiant, je ne suis pas quelqu'un de louche. Euh…

— Comme tu veux. Viens donc. Tu connais l'adresse ? C'est un café, La Brava. Tu notes ? Je t'explique où c'est.

Le café La Brava était situé juste en face de la gare, rendant inutile toute explication sur son emplacement. C'était un établissement d'allure méditerranéenne aux murs blancs, avec des fenêtres surmontées d'auvents. A l'intérieur, un énorme ventilateur tournait lentement au plafond.

On était dimanche, le café était plein. A première vue, une clientèle jeune. Une allègre musique de fond était diffusée, mais il y avait aussi un juke-box.

— Eh bien, voilà un jeune garçon bien mignon qui nous arrive.

C'était une femme mince, dans la trentaine. Un pull écru lâche sur un jean serré. Des sandales lacées en cuir. Elle n'était pas maquillée, mais dégageait un léger parfum d'eau de Cologne. Sa chevelure qui lui arrivait aux épaules était sillonnée, à droite, d'une mèche châtain clair.

— Je suis Akemi Mizuno. La femme du Yoshiyuki Mizuno après qui tu demandais. Tu t'appelles Kusaka, c'est ça ? Tu parlais de *Chaîne d'info*, si tu veux en savoir plus sur cette revue, je peux te renseigner aussi. Parce que c'est moi qui l'ai financée et ai fait les démarches après l'arrêt de la publication.

— Et monsieur Mizuno… ?

Akemi sourit d'un air amusé.

— Ha, ha, où peut-il bien être ? Lorsqu'il sort, on ne sait jamais quand il reviendra.

Ils s'assirent face à face au comptoir. Akemi lui prépara elle-même un café.

— Un gentil petit gars comme toi, pourquoi tu t'intéresses à une revue aussi scabreuse ? Je sais bien que les garçons deviennent des hommes en faisant des expériences cochonnes, mais des revues et des vidéos pour ça, il y en a partout, non ?

— *Chaîne d'info*, c'était une revue scabreuse ?

— C'est comme ça qu'elle était cataloguée, oui. Mais elle n'était pas assez obscène pour bien se vendre. Il y avait de l'idée, mais le reste n'a pas suivi. C'est toujours comme ça avec Yoshiyuki.

— Il vous en reste des exemplaires ?

Akemi, pour la première fois, se fit grave.

— Tu es vraiment sérieux, dis ? Tu as des raisons ? Ce n'est pas que je sois soupçonneuse, mais j'ai l'impression que si tu ne me racontes pas pourquoi, je vais être bien embêtée.

Mamoru lui expliqua. Il s'agissait d'un prétexte, inventé en chemin :

— A ma grande surprise, un ami m'a dit qu'il croyait avoir vu, dans un exemplaire de *Chaîne d'info* trouvé chez un libraire d'occasion, une photo de ma sœur aînée qui a fait une fugue et dont je suis sans nouvelles depuis longtemps.

— Cet ami, il n'a pas immédiatement acheté la revue pour te la montrer ?

— Non. Il s'est dit qu'il faisait erreur. Ce n'est pas malin, hein ?

Sa tasse de café à la main, Akemi réfléchissait. Son vernis rose perle lui allait bien.

— Vous n'en avez plus ? J'espérais pouvoir y trouver un indice.

Akemi regarda Mamoru, la tête penchée sur le côté.

— C'était il y a deux ou trois mois, je crois, quelqu'un qui, comme toi, cherchait *Chaîne d'info* est venu. Il n'était pas tout jeune et il semblait avoir ses raisons… Je ne l'ai pas trop questionné, mais il avait aussi l'air très sérieux. A ce moment-là, les invendus n'avaient pas encore été envoyés au pilon, ils étaient dans notre remise, et il a tout acheté. Lui, à mon avis…

Akemi tourna les yeux vers le pot de cyclamen à côté d'elle.

— Je pense que sa fille ou sa petite-fille, bref, une femme de sa famille, avait dû servir de mannequin dans *Chaîne d'info*. C'est pour ça qu'il est venu acheter tous les exemplaires. Je me suis disputée avec Yoshiyuki à cause de ça. Même s'il payait ces femmes, même s'il s'agissait d'un travail, c'était outrageant. Tu crois pas ?

— Alors, il ne vous en reste aucun ? s'enquit Mamoru, qui avait l'impression que sa température corporelle avait baissé de cinq degrés d'un coup.

— Si, j'en ai. Un de chaque. Parce que Yoshiyuki ne m'a pas écoutée, il a voulu les garder en souvenir. Mais tu veux vraiment les voir ? Il doit bien y avoir un autre moyen de retrouver la trace de ta sœur. Si ton ami ne s'est pas trompé, mon petit, je crois que tu vas avoir un sacré choc.

— Ne vous en faites pas. Montrez-les-moi, s'il vous plaît.

Akemi se leva et le conduisit dans une sorte de bureau exigu derrière le comptoir. Sur la table, une rangée de livres de comptes. Un calendrier couvert de rendez-vous.

Akemi Mizuno était une femme d'affaires. Son mari Yoshiyuki, sous son aile, était sans doute le genre d'homme heureux qui lançait des idées chimériques et s'embarquait dans des affaires d'un genre nouveau.

— Voilà le tout. Parce que ça a été la débâcle au bout de quatre numéros.

Akemi posa les revues sur le bureau et laissa Mamoru seul.

Chaîne d'info était le genre de revue qu'on lit la nuit dans une supérette, le dos tourné à la caisse. Mamoru examina chaque page avec attention et se fit la réflexion que, si quelqu'un le regardait, il offrait sans doute un spectacle cocasse.

Et puis il la trouva.

Quand il retourna à l'intérieur, Akemi discutait gaiement avec un client par-dessus le comptoir. Quelqu'un avait choisi un disque de rock dans le juke-box. Les paroles lui disaient quelque chose : « Hé oui, tout le monde en a un. Un visage qu'il aimerait cacher à tout jamais. Un visage qu'on sort et qu'on met quand personne n'est là… »

— Tu as trouvé, n'est-ce pas ?

Akemi se retourna. Mamoru hocha la tête.

— Savez-vous qui a écrit cet article ?

C'était le numéro deux de *Chaîne d'info*. Il l'ouvrit et le lui tendit.

La photo en buste de quatre jeunes femmes couvrait la double page entière. Elles étaient toutes belles et même sur le cliché à gros grain, leur peau et leurs cheveux resplendissaient. Elles discutaient amicalement et riaient.

La deuxième femme en partant de la droite était Yôko Sugano, vue dans l'album de photos.

Sous le cliché s'étalait un gros titre :

Elles feignent l'amour par tous les moyens
Elles gagnent gros avec leur corps
Entretien à cœur ouvert avec les marchandes d'amour

En dessous du titre, sous forme de citation des propos des jeunes femmes ayant participé à l'entretien, une phrase entre guillemets :

« Nous sommes des prostituées modernes, nous vendons de l'"amour". »

5

L'adresse qu'il avait obtenue était située dans une petite ville de la métropole de Tokyo, à environ une demi-heure de train du café La Brava. De l'autre côté de l'unique portillon de la gare s'étendait une cité toute neuve, très arborée, complètement différente de celle où vivait la famille Asano.

Ne voyant pas de poste de police aux alentours, Mamoru demanda son chemin dans une agence immobilière devant la gare. L'homme d'âge moyen qui lisait son journal le renseigna, allant même jusqu'à gentiment dessiner un plan au dos d'un des prospectus empilés autour de son bureau.

— C'est à une dizaine de minutes en marchant lentement.

C'était un pavillon à un étage, en béton peint en vert mat. Le rebord du toit plat et l'encadrement des fenêtres, entre autres, étaient abîmés. Les vantaux du portail cassé, démontés, étaient appuyés contre le mur. Il n'y avait pas de rideaux aux fenêtres, mais des stores au bord tordu, qui étaient baissés. A vue de nez, les carreaux ne devaient pas avoir été nettoyés depuis plus d'un an.

Il gravit trois marches basses et se tint devant la porte. Sur la plaque en plastique était inscrit Nobuhiko et Masami Hashimoto. C'était bien le nom qu'Akemi Mizuno lui avait donné.

Il s'apprêtait à appuyer sur le bouton de l'interphone couvert de poussière quand une voix s'éleva :

— Il est cassé.

Surpris, Mamoru regarda autour de lui ; un visage mangé par une barbe de plusieurs jours s'encadrait dans une petite fenêtre à côté de la porte.

— L'électricien ne vient pas le réparer. Il se fiche de moi, hein ?

Sa voix était endormie et il clignait des yeux, comme ébloui. C'était la fin de l'après-midi, mais l'homme donnait l'impression de venir de se réveiller.

— La porte n'est pas fermée à clé, entrez. Il vous faut une signature, je suppose, dit-il sans façon, puis son visage disparut.

Mamoru ouvrit la porte et pénétra dans l'entrée exiguë.

Le placard à chaussures d'origine, en imitation acajou, était très abîmé. Quelqu'un, dans un accès de mauvaise humeur, paraissait avoir projeté dessus, de toutes ses forces, un objet très lourd. Par exemple… une bouteille d'alcool. Il y en avait plein le couloir. On aurait dit les restes d'une bringue à tout casser de sept ou huit personnes.

— Où est le colis ? L'homme était revenu.

— Vous êtes bien monsieur Nobuhiko Hashimoto ? s'enquit calmement Mamoru.

— Oui. Tenez, voilà mon sceau.

— Je ne suis pas livreur. Je suis venu vous voir pour obtenir des informations sur cet article.

Il lui montra *Chaîne d'info*. Les paupières de Hashimoto frémirent.

— Je suis désolé d'être venu sans m'annoncer. Mais j'ai absolument besoin de ce renseignement.

— Qui t'a parlé de moi ?

Quand il nomma Akemi Mizuno, l'homme hocha la tête, l'air moqueur. Il regarda Mamoru.

— Tu es encore un peu jeune pour des infos sur les meilleurs *soaplands*[1], dis-moi ?

Son rire, selon les cas, aurait pu être pris comme une invitation à la bagarre.

— C'est cet article sur un entretien. Je suis venu parce qu'on m'a dit que vous en étiez l'auteur.

Hashimoto ferma les yeux. Il porta ses mains à ses tempes.

---

1. Etablissements de bains offrant des services de prostitution.

— J'ai la gueule de bois. Toi aussi, mon gars, tu comprendras bientôt. C'est dur. Je n'ai pas la moindre envie de parler boulot avec quelqu'un.

Mamoru tint bon.

— Je vous en prie. Au moins, écoutez-moi. Car vous allez sans doute comprendre que je ne suis pas venu par simple curiosité.

Les yeux plissés examinèrent Mamoru, puis la revue, et revinrent sur lui.

— Oh, et puis zut ! Allez, entre.

A droite de l'étroit couloir se trouvait la cuisine. Ou, plus précisément, ce qui en restait. La pièce croulait sous des monceaux de vaisselle sale et de restes à demi moisis. Ce devait être laborieux de trouver quelque chose là-dedans. Ici aussi, les bouteilles vides s'entassaient, survolées par des mouches.

A l'odeur qui émanait de lui quand on s'approchait, Hashimoto paraissait avoir bu seul. Mais, en matière d'alcool, il semblait qu'il ne buvait pas n'importe quoi. Toutes les bouteilles étaient de la même marque.

— Assieds-toi où tu peux.

La pièce dans laquelle il fit entrer Mamoru était sans doute le « salon » sur les plans de construction de la maison. Actuellement, c'était un bureau.

La pièce était coupée à peu près en deux, avec un grand bureau contre un mur. Dessus, encore deux bouteilles d'alcool. Une machine à écrire électronique sous une housse grise. Sur une autre table, était posé un ordinateur de bureau. Des armoires de rangement montaient jusqu'au plafond. Une bibliothèque à panneaux coulissants était remplie de quantité de livres, serrés dans les étagères, empilés à plat comme sur les tables des librairies. Parmi ceux qui étaient visibles, le seul que Mamoru connaissait était *Ton père honoreras* de Gay Talese. Un an auparavant, attiré par le titre, il avait choisi ce livre avec ironie, se demandant comment s'y prendre quand on n'avait pas de père digne d'être honoré.

Tout était uniformément couvert de poussière. Ici, les seules choses qui y échappaient étaient les bouteilles encore pleines.

Mamoru s'assit sur le canapé à l'opposé du bureau. Le revêtement était déchiré par endroits, le rembourrage s'échappait. Il était constellé de taches douteuses, comme des îles solitaires. Même dans la pire des extrémités, mieux vaut ne pas aller aux toilettes dans cette maison, pensa Mamoru. C'était un endroit où Yoriko et Maki, organisées et aimant la propreté, viendraient sans doute d'elles-mêmes faire le ménage, même sans être payées.

— Alors, qu'est-ce que tu veux ?

Hashimoto s'assit en face de Mamoru et alluma une cigarette. Il devait avoir dans les trente-cinq ans. Il avait déjà l'expression vacante d'un retraité. Il semblait également ne pas se soucier de ses cheveux en bataille.

Cette fois-ci, Mamoru n'inventa rien et expliqua la situation par le menu. L'appel téléphonique d'un jeune homme inconnu qui l'avait amené jusqu'ici, les paroles prononcées par Yôko Sugano à l'agonie…, il raconta tout.

Jusqu'à ce que Mamoru ait fini, Hashimoto fuma sans discontinuer. Il tirait sur chaque cigarette jusqu'au filtre, au risque de se brûler les doigts, et jetait les mégots dans une canette vide qui lui servait de cendrier.

— C'est donc ça, dit-il comme s'il se parlait à lui-même. Yôko Sugano est morte.

— C'est même paru dans le journal.

Mamoru n'en avait pas eu conscience, mais son ton semblait avoir impliqué une critique – vous êtes journaliste, mais vous ne lisez même pas les journaux ? Hashimoto eut un rire ironique.

— A vrai dire, cela fait un moment que je ne suis plus abonné au journal. Il ne se passe rien d'intéressant, et puis les journalistes d'aujourd'hui écrivent tous mal, ça ne fait que m'énerver.

— Vous connaissiez Yôko Sugano, n'est-ce pas ? C'est bien elle, sur cette photo ?

Dans l'article, les noms des quatre jeunes femmes n'étaient pas donnés, elles étaient dénommées A, B, etc.

Un moment, Hashimoto garda le visage tourné vers la fenêtre, absent, comme s'il avait oublié l'existence de Mamoru.

— Oui, c'est elle.

Il revint enfin vers lui.

— Tu as raison, Yôko Sugano a participé à cet entretien. Elle a répondu à mes questions. C'est vrai. Parmi les quatre filles réunies ce jour-là, c'était celle qui gagnait le moins, mais elle était d'une beauté remarquable, alors je me souviens très bien d'elle.

Son soulagement était tel que Mamoru crut un instant qu'il allait se sentir mal.

— Ces personnes font partie de vos relations ?

— Non. Quand j'ai commencé mon reportage, j'ai contacté plusieurs agents et j'ai réuni des filles. Evidemment, j'ai payé cher pour les interviewer. Pour un entretien de deux heures, cent mille yens chacune. Le repas et les frais de transport aller-retour en plus.

— Cent mille yens ? Pour deux heures ?

— Oui, parce que leur portrait a été publié. Devant l'air éberlué de Mamoru, Hashimoto éclata de rire. Mais à elles non plus, au début, je ne l'avais pas dit. Je leur avais parlé d'anonymat dans l'article, disant que je prendrais des photos, mais sans les publier telles quelles. Elles étaient bien présomptueuses. Parce qu'elles avaient l'habitude de gagner beaucoup d'argent sans se donner de mal, elles n'ont jamais pensé que moi, je n'allais pas dépenser un tel fric juste pour qu'elles puissent manger, boire et papoter. Quelle ironie, tu ne trouves pas ?

Hashimoto continua à rire.

— Du coup, après, il y en a qui sont venues se plaindre. Yôko Sugano m'a téléphoné.

— Qu'est-ce qu'elle vous a dit ?

— Que ce n'était pas ce qui était prévu. Elle m'a demandé : « Vous avez l'intention de foutre ma vie en l'air, ou quoi ? » Alors, je ne me suis pas gêné. « Ne vous faites pas de souci, toi et les autres, puisque vos amis purs et droits se tiennent éloignés de ce genre de revue libidineuse, vous ne vous ferez jamais pincer », je lui ai dit. Et elle s'est mise à pleurer. Cette petite, elle était trop timorée pour ce genre de boulot.

Elle avait peur. Mamoru se fit de nouveau la réflexion. Un appartement dans lequel elle venait à peine d'emménager. Un nouveau numéro de téléphone. Ce message sur le répondeur : « Inutile d'essayer de te cacher. »

— Alors, ces quatre filles aussi se sont rencontrées pour la première fois ce jour-là ?

— Sans doute. Est-ce qu'ensuite elles sont devenues amies ? Ça, je n'en sais rien. N'empêche, si ç'avait été moi, j'aurais pas eu envie de me faire des camarades de mauvaise conscience.

Hashimoto se leva d'un air las. Il attrapa une bouteille sur le bureau, farfouilla çà et là, et extirpa un verre terni de gras de sous une pile affaissée de revues économiques.

— T'es mineur, je ne t'en propose pas.

— Non merci. Même s'il avait été majeur, pas question de boire l'alcool de cette maison.

Hashimoto parvint à verser l'alcool de la bouteille à moitié pleine dans son verre tout en se rasseyant. Evidemment, un peu de liquide ambré déborda du verre.

L'odeur se répandit.

— Pas mal, non ? C'est le *nec plus ultra* du whisky.

Pour se procurer ce *nec plus ultra*, il semblait sacrifier la majeure partie du reste. De plus, à le voir ainsi, le nez enfoui dans son verre, cela lui paraissait bien égal. Mamoru se sentit déprimé.

— Alors, p'tit gars, ce « commerce de l'amour » auquel elles se livraient, tu as idée de ce que c'est ?

Mamoru hocha la tête. Pendant le trajet, il avait lu l'article dans le train, il pensait avoir compris en gros.

— Qu'est-ce que tu en penses ? La citation entre guillemets sous le titre n'est pas d'elles, c'est moi qui l'ai écrite. Mais avec le recul, j'étais à côté de la plaque. Les comparer à des prostituées, ce n'est pas correct pour leurs partenaires. Parce que les femmes qui se prostituent, elles se laissent baiser par les clients qui ont payé.

Une mouche passa entre eux dans un vrombissement aigu. Hashimoto la chassa d'un geste irrité et, de la main qui tenait son verre, pointa un doigt vers Mamoru.

— Qu'est-ce que tu dis de cet exemple ? Imaginons que tu es un opérateur qui fait les trois-huit dans une entreprise informatique. Ou alors, chauffeur de camion chez un transporteur. Ou même enseignant dans une école de garçons. Bref, tu as des horaires irréguliers, beaucoup de travail et désespérément peu de femmes dans ton entourage. Et là, un beau jour, tu reçois un appel inopiné, c'est la voix d'une jeune femme inconnue.

Hashimoto porta à son oreille un combiné invisible et lança soudain :

— « Dring ! Vous êtes bien monsieur Mamoru Kusaka ? C'est un de vos amis qui m'a donné vos coordonnées, accepteriez-vous de me rencontrer ? Vous trouvez peut-être cette demande déplacée de la part d'une femme, mais on m'a dit que vous étiez quelqu'un de bien. Si vous ne fréquentez personne en particulier à l'heure actuelle, nous pourrions peut-être devenir amis ? »

Forçant sa voix dans les aigus, battant des cils dans le vide, Hashimoto pérorait d'un air enjoué. En d'autres circonstances, son imitation aurait eu de quoi faire rire.

— Toi aussi, au début, tu te méfies. Tu demandes quel ami lui a donné tes coordonnées. La voix féminine, dans un rire, te dit qu'il l'a priée de rester discrète. Et puis elle te rappelle, inlassablement. Quand tu es fatigué, quand tu as envie de parler à quelqu'un, quand tu manges tout seul ton dîner froid. Et un jour, tu finis par céder. Tu donnes rendez-vous à la fille. Pourquoi pas, juste une fois ? De toute façon, tu as du temps, et puis c'est une fille.

Les yeux rivés sur Hashimoto, Mamoru acquiesça d'un hochement de tête. Ce genre d'appel, il en avait déjà reçu une ou deux fois. En général, il s'agissait d'abord de répondre à un sondage, avec une interlocutrice extrêmement volubile et trop enjouée.

— A ta surprise, la fille qui te rejoint est ravissante. Elle se montre si amicale qu'il est difficile d'imaginer que c'est votre première rencontre, elle est gaie, elle s'exprime bien. Elle paraît vraiment heureuse de faire ta connaissance. Cela te fait plaisir. Tu commences à sortir avec elle. Au début, vous allez au cinéma, vous vous promenez, vous allez pique-niquer en voiture. Bien sûr, c'est toi qui paies tout. Puisque tu es avec une dame… Et puis, tu tombes amoureux d'elle. Rien d'étonnant. Elle est belle, gaie et, par-dessus tout, elle a l'air sincèrement éprise.

Hashimoto posa son verre sur la table.

— Un jour, elle arrive à votre rendez-vous avec deux invitations. « J'ai eu ces billets, si on y allait ? » Il s'agit par exemple de tickets pour une exposition spéciale de fourrures et de kimonos, ou de coupons de réduction chez un joaillier. Tu y vas, main dans la main avec elle. Sur place, il y a beaucoup d'autres couples comme le vôtre qui examinent les présentoirs, qui discutent gaiement avec les vendeurs. Elle, plein d'articles lui font envie. Mais elle se lamente, c'est cher. « Si vous profitiez des facilités de paiement ? » lui conseille le vendeur. C'est ce qu'elle fait. Et elle te demande ton aide. « Toute seule, le plafond du crédit est trop bas, tu peux me prêter ton nom ? » Ou alors, tu t'emballes et tu proposes de lui offrir ce qu'elle veut. Parce que, à tes yeux, elle le vaut bien.

Parfois, ça se passe aussi comme ça, continua Hashimoto en agitant la main. Voilà ce qu'elle te raconte : « Je travaille dans un établissement financier, mes objectifs sont très élevés et c'est dur. Surtout en ce moment, il y a une campagne de promotion et si je ne fais pas mon chiffre, mon salaire va baisser. Tu veux bien me prêter ton nom, pour m'aider ? Tu n'auras pas d'ennuis, promis. » Ou alors, cette version-là : « Je connais quelqu'un qui travaille dans une maison de titres, il m'a dit qu'il avait un tuyau sur une occasion unique, il me recommande d'investir. Et toi, ça te dirait ? Il garantit que c'est sans risques. Avec l'argent qu'on va gagner, on fera un voyage à l'étranger ensemble ! » Ou encore, elle t'annonce qu'elle peut se procurer des cartes d'adhérent à une résidence de vacances à un prix défiant toute concurrence. En les revendant, vous pourriez immédiatement gagner plusieurs centaines de milliers de yens. Tu vois la vie en rose, tu vides ton compte d'épargne et tu lui confies tes économies. Elle t'est extrêmement reconnaissante, elle est contente, tu as peut-être même droit à un baiser.

Hashimoto vida son verre et fit une pause.

— Et c'est fini, dit-il d'un ton résigné. Subitement, le téléphone ne sonne plus. Lorsque tu l'appelles, tu tombes toujours sur le répondeur. Quand, rarement, tu arrives à l'avoir, elle est froide. Si tu l'invites, elle refuse. Dans le pire des cas, c'est un autre homme qui répond à ton appel. Une voix d'homme qui suffit à te faire faire dans ton froc. Tu te tourmentes. Tu te sens encore plus seul qu'avant de la rencontrer. Et c'est à ce moment-là qu'arrive dans ta boîte aux lettres le premier courrier de mise en demeure… Voilà comment ça marche.

Nous sommes des prostituées modernes, nous vendons de l'« amour ».

— Le bijou que tu lui as acheté. Le manteau de fourrure. La carte d'adhérent pour laquelle tu as servi de prête-nom afin de l'aider… Avec les chiffres alignés ici, tu es sûr de voir s'envoler la moitié de ton salaire annuel. Et c'est là que tu comprends enfin. Tu réalises que c'était son boulot. Il est trop tard.

Hashimoto leva les mains.

— Tu paies. Ou bien, un peu tardivement, tu te précipites dans un centre de défense des consommateurs pour apprendre à rédiger un courrier certifié [1]. Comme ça, les sommes à payer seront peut-être un peu moins importantes. Mais… et le

1. Courrier certifiant les noms de l'expéditeur et du destinataire, le contenu et la date d'envoi. Forme de recours classique en cas de vente forcée.

temps passé avec elle ? Et les rêves auxquels tu as cru – qu'on t'a fait miroiter – pendant tout ce temps ?

La voix de Hashimoto se fit plus forte. Son masque d'alcoolique tomba, laissant apparaître un visage dur, sévère, réfractaire aux compromis.

— Tu as été idiot. Tu as été naïf et crédule. Tu es puni pour les arrière-pensées que tu nourrissais. Et elle, pendant ce temps, elle manipulait plusieurs autres hommes comme toi. Tu n'es pas le seul à t'être fait rouler. Exactement. Mais on a beau être stupide, ignorant et trop bon, on a le droit de rêver. Et un rêve, ça ne s'achète pas. Et c'est encore moins quelque chose qu'on vous vend de force. Tu comprends ? La fille qui s'est jetée dans tes bras ne respectait même pas cette règle de base. Tout ce qu'elle voyait, c'est que tu étais stupide, brave et triste. Que tu avais assez d'argent pour la satisfaire jusqu'à un certain point.

Le souffle un peu court, Hashimoto se versa une nouvelle rasade de whisky et l'éclusa d'un trait.

— En réalité, cet article sur l'entretien, je ne voulais pas le vendre à une revue comme *Chaîne d'info*. Même le titre, ce n'était pas cette accroche piètrement sensationnelle. Les types de *Chaîne d'info*, ils s'y connaissaient autant en édition qu'un nourrisson dans ses langes.

Mais tu sais, continua Hashimoto en se tournant vers Mamoru, je n'ai pas ajouté un seul mot à ce qu'ont raconté les quatre poules réunies pour l'entretien. Même les mots les plus grossiers, les expressions les plus scabreuses, il n'y avait absolument rien à rajouter. Ils sont tous sortis de leurs bouches. Tous. Du début à la fin, il n'y a pas la moindre exagération ni correction. Ces filles ! Mignonnes, bien habillées, incapables de tuer un moucheron. Elles ne viennent pas d'une famille pauvre, elles ont été élevées par des parents sérieux, ont reçu une solide éducation dans des écoles de bon niveau et elles ont des amis, un copain. Tous les ans, au mois d'octobre, elles sont les premières à se balader avec une plume rouge épinglée à la poitrine [1]. Voilà ce que des filles comme elles m'ont raconté, satisfaites d'elles-mêmes. Tu entends bien ? Satisfaites d'elles-mêmes ! Ça les amusait. Elles étaient contentes d'elles. Des hommes qui n'avaient personne à retrouver en rentrant du travail, nulle part où aller le dimanche, qui trouvaient triste d'acheter un plat préparé pour une personne au supermarché tard le soir sur le chemin du retour… leur soutirer de l'argent, elles trouvaient cela amusant. Elles riaient de la jubilation éprouvée quand elles fourraient dans une poubelle de la gare l'écharpe informe qu'un homme avait achetée pour leur faire plaisir, pour laquelle il s'était creusé la tête et avait dépensé son argent.

1. Insigne remis aux personnes qui font un don pendant la campagne annuelle du Central Community Chest of Japan.

Hashimoto redressa les épaules et braqua un doigt sur Mamoru. Son haleine fétide frappa celui-ci en pleine figure.

— Je vais te dire, p'tit gars. Ces filles-là sont des moins que rien. Sans exagérer, des moins que rien. C'est pour ça que moi, quoi qu'il leur arrive, je n'éprouve pas une miette de compassion ou de pitié à leur égard. C'est juste que l'heure de payer l'addition a sonné pour elles.

Avant de quitter Hashimoto, Mamoru écrivit sur un papier l'adresse et le numéro de téléphone de la famille Asano.

— Je pense qu'on vous demandera de raconter cela à notre avocat ou, selon les circonstances, à la police. Vous êtes d'accord ?

Hashimoto haussa les épaules.

— Je n'y couperai pas. Pour résumer, il suffit qu'il soit clair que Yôko Sugano avait sans doute un ennemi qui la poursuivait ou que, pourquoi pas, elle s'est suicidée par dégoût de soi, c'est ça ?

— Oui, c'est ça.

Hashimoto farfouilla dans une armoire de rangement, dont il sortit un épais dossier qu'il jeta sur la table.

— Regarde-moi ça ! Mes notes et les photos de l'entretien, il y a même mon manuscrit.

Les clichés étaient nets. Sur l'envers, le nom de chacune des filles était noté.

Yôko Sugano. Fumie Katô. Atsuko Mita. Et Kazuko Takagi.

— Si c'est nécessaire, je fournirai ça aussi.

— Vraiment ?

— Oui. Une fois déjà, un type est venu me voir, il voulait intenter un procès à l'une des filles et il m'a demandé des détails sur l'entretien. Ce jour-là je lui ai montré ce dossier. Voilà comment il m'a remercié.

Hashimoto leva la bouteille de whisky.

— Je ne sais pas du tout comment avance le procès, mais de temps en temps il me téléphone, et les bouteilles arrivent ponctuellement.

— Nous aussi… nous ferons de notre mieux.

Hashimoto rit aux éclats, la tête rejetée en arrière.

— Oh, pour ça, faites comme vous l'entendez.

Les yeux sur les notes de l'entretien et le manuscrit agrafé devant lui, Mamoru se remémora ce qu'Akemi Mizuno lui avait dit.

— L'homme qui est venu vous demander de lui montrer vos notes, il avait déjà un certain âge, n'est-ce pas ?

— Oui. Il était vieux. Comment le sais-tu ?

— Parce que je vous ai trouvé en procédant comme lui. Cet homme, il paraît qu'il a acheté tous les numéros restants de *Chaîne d'info* chez monsieur Mizuno, le responsable de la publication. Qui voulait-il attaquer en justice ?

Hashimoto tapota l'une des photographies du bout du doigt.

— Cette fille-là.

C'était Kazuko Takagi.

Chaîne d'info à la main, Mamoru se leva.

— Pour l'instant, gardez les notes de l'entretien. Je vous rappellerai et je reviendrai vous voir. Si vous partez en reportage ou qu'il se passe quelque chose, téléphonez-moi, dit-il en montrant la feuille du doigt.

Toujours affalé, Hashimoto désigna d'un geste l'intérieur de la pièce.

— Ne me passe pas de la pommade alors que tu n'es qu'un gosse. Dans l'état où je suis, tu crois que j'ai l'air prêt à partir en reportage ?

— Qu'est-ce que vous écrivez en ce moment ?

En se resservant du whisky, Hashimoto ricana.

— A ton avis ?

— Aucune idée.

— Moi non plus. Ma femme s'est barrée, alors…

Mamoru quitta la maison, poursuivi par un rire grossier.

6

— Ecrivez votre nom ici et ici… Vous avez votre sceau ?

Les deux jeunes filles assises face à Kazuko secouèrent négativement la tête à l'unisson. L'une, le teint terne, repoussait sans cesse ses longs cheveux abîmés qui lui pendaient devant le visage. L'autre était couverte de boutons. Kazuko, tout en calculant l'angle qui mettrait le mieux en valeur sa propre peau dénuée de la moindre imperfection, reprit :

— Ah bon. Dans ce cas, je suis désolée parce que ça va vous salir les doigts, mais vous voulez bien apposer votre empreinte ?

Les deux filles s'exécutèrent sans broncher. Kazuko attendit qu'elles aient fini pour leur tendre des mouchoirs en papier à la texture douce. Puis elle leur sourit comme pour les encourager.

— Merci beaucoup. Voilà, c'est tout pour le contrat. Quand on regarde le montant global, ça semble cher, mais vous en avez pour une année entière, vous savez. Il suffit de faire le calcul pour voir que cela revient à peu près au même prix qu'une gamme de produits de beauté classiques. Avec le prélèvement bancaire, ça fait environ dix mille yens par mois, on paie sans même s'en rendre compte.

Et ça, c'est en prime, ajouta-t-elle en sortant de son sac des tickets vert pâle ; elle en tendit un à chacune. C'est un coupon préférentiel pour un institut de beauté sous contrat avec notre société. Il n'y a pas de date limite de validité, allez-y quand vous voulez. Vous pourrez bénéficier d'un soin du visage et d'un massage complet du corps avec une crème aux extraits d'algues. Mais ne dites pas que c'est moi qui vous ai donné ce coupon quand vous avez signé le contrat. Parce qu'on n'a pas le droit de l'offrir gratuitement. C'est un petit cadeau de ma part.

Elle rit d'un air espiègle, en fronçant le nez, et les deux filles gloussèrent.

Si ces deux-là se rendaient effectivement à l'institut indiqué sur le coupon, elles ne riraient plus autant, à coup sûr. Ce qui était gratuit avec ce ticket préférentiel, c'était seulement la location du peignoir qu'on vous faisait porter à l'intérieur et le jus de fruits coupé à l'eau servi dans la salle d'attente. Kazuko n'avait parlé de gratuité ni pour le soin du visage ni pour le massage.

Tout était à l'avenant depuis l'instant où elle leur avait mis le grappin dessus. Aujourd'hui, Kazuko s'était postée près d'un stand de cosmétiques au rez-de-chaussée d'un grand magasin et avait pris pour cible les jeunes femmes qui passaient en contemplant les séduisants produits.

Elle choisissait son moment pour les aborder. Les filles s'imaginaient qu'elle était l'une des conseillères beauté du stand. Elle leur parlait alors gentiment, leur prenait le bras et s'éloignait du rayon ; si elle arrivait à les faire entrer dans un café à l'atmosphère sympathique, le tour était pratiquement joué.

— Toutes les deux, vous avez de beaux traits réguliers, dit Kazuko en se reculant, le dos contre le dossier de la chaise du café, et en comparant les visages des filles. L'important, c'est l'ossature.

Parce que ça, même en faisant de la chirurgie esthétique, on ne peut pas tellement l'améliorer. J'ai ce genre de clientes. Les mâchoires saillantes, des traits complètement irréguliers…

Elle leva les yeux au ciel en agitant les mains et les filles éclatèrent de rire.

— C'est drôlement ennuyeux. Elles ont beau me demander de les aider, qu'est-ce que vous voulez que je fasse ? Faute de mieux, je leur apprends à jouer sur le maquillage. Quand même, maintenant, elles ne sont pas mal du tout. Alors vous, vous allez devenir de vraies beautés.

Kazuko rangea dans son sac les contrats de vente, l'encre rouge pour les sceaux, les brochures et les contrats de paiement de la société de crédit, et se leva. Elle tendit la main vers la note.

— J'ai un autre rendez-vous, alors je vais vous laisser. Vous connaissez la société Patorax ?

— Non. C'est quel genre d'entreprise ? demanda l'une des filles avec curiosité.

— C'est une société d'Hollywood. Qui emploie beaucoup de maquilleurs sous contrat avec des actrices et des mannequins. Brooke Shields et Phoebe Cates, c'est grâce à ces artistes qu'elles sont devenues si raffinées. Ils vont bientôt s'installer au Japon et ils cherchent du personnel. Alors, moi aussi…

— Waouh, ils vous ont contactée ?

Kazuko se contenta de légèrement hausser les épaules, sans répondre à la question.

— Il faut voir si les conditions sont acceptables. Et puis, si on laisse de côté le maquillage, je suis convaincue que nos produits de soins sont meilleurs, alors je ne sais pas ce que je vais faire.

— C'est chouette, un travail comme ça, ça doit être motivant.

— Oui, plutôt. Ce qui est sûr, c'est que c'est mieux que d'être employée de bureau.

Kazuko fit mine de saisir la note. L'une des filles, après une brève hésitation, jeta un coup d'œil à l'autre et lança :

— Laissez, s'il vous plaît. En fin de compte, nous allons manger un gâteau avant de partir.

Dans la vitrine près de la caisse s'alignaient des gâteaux à la française de toutes les couleurs.

— Ah bon ! Mais ça m'embête. Juste ma part, alors…

— Certainement pas. Vous nous avez fait plein de cadeaux.

Kazuko leur décocha un sourire.

— Vraiment ? Eh bien, merci. C'est vrai, vous n'avez plus besoin de vous priver de sucreries. Avec nos produits, votre peau sera toujours au top.

Elle poussa la porte vitrée et sortit. Les deux jeunes filles se réinstallèrent face à face et quand Kazuko, avant de traverser la rue, se retourna pour leur faire un signe de la main, l'une hocha légèrement la tête et l'autre lui rendit son salut.

Patorax était le nom inscrit sur l'enseigne d'une société parfaitement inconnue, vue ce matin en passant en train. Le rendez-vous suivant était également un mensonge.

Les cosmétiques que les deux filles s'étaient engagées à payer en douze mensualités plus deux remboursements exceptionnels étaient le genre de produits qu'on trouvait au rayon hygiène du supermarché du coin. Et elles en avaient pour deux cent quarante mille yens chacune. La moitié irait dans la poche de Kazuko.

East Kôsan, pour qui elle travaillait actuellement, était une entreprise qui, avec un corps de *nue*[1], ratissait l'argent avec la puissance d'un aspirateur. A l'heure actuelle, les principaux produits proposés étaient des produits de maquillage comme ceux qu'elle venait juste de vendre, des couettes « de luxe » et des extincteurs. Ces deux derniers étaient du ressort des commerciaux masculins.

Si elle avait changé d'employeur, ce n'était pas parce que son travail précédent la dégoûtait. Mais elle en avait eu ras le bol. Parvenir à « ferrer » des hommes ayant peu d'occasions de fréquenter des femmes, au quotidien laborieux et dur, demandait avant tout de l'énergie. Même si, cinq minutes après avoir quitté l'homme, elle ne pensait qu'au montant qu'elle allait pouvoir lui soutirer et au temps que cela lui prendrait, quand elle était en sa compagnie, Kazuko devait aussi s'amuser. Elle devait se persuader du fait qu'elle « prenait du bon temps ».

1. Chimère japonaise à tête de singe, corps de chien viverrin, membres de tigre et queue de serpent.

Par comparaison, escroquer des femmes était aisé. Elles étaient toutes comme des joueurs dont les cartes auraient été transparentes. Elles avaient beau rester impassibles, il suffisait de leur annoncer ce qu'elles avaient ou n'avaient pas en main pour disposer librement d'elles. Et en un temps limité.

En admettant que son commerce soit du théâtre, jouer la petite amie d'un homme et lui faire ouvrir son portefeuille équivalaient à interpréter une pièce en trois actes. Dans cette pièce, elle pouvait quitter la scène à sa guise avant que le rideau ne retombe, mais si elle ne s'appliquait pas pour les dialogues et les mimiques, ça ne fonctionnait pas. Cela avait fini par lui peser et elle avait changé de travail. Cependant, dans la mesure où il s'agissait de duper les gens, c'était pareil dans son nouveau job.

Elle y réfléchissait parfois. Est-ce que ça m'amuse ?

La réponse ne lui venait jamais. Comme un ordinateur quand on appuie sur la mauvaise touche, quelque part au fond de son corps, un bip d'erreur retentissait, qui disait : continuer ainsi ne mène à rien.

Kazuko était habile. Elle possédait les qualités d'actrice indispensables au commerce de l'amour. C'est-à-dire la faculté de parvenir d'abord à se duper elle-même.

Avec ses revenus élevés, elle pouvait faire ce qu'elle voulait. A une époque, elle avait beaucoup voyagé. Il lui était même arrivé de partir deux fois par mois à l'étranger. Son passeport était noir de visas. Malgré tout, quand elle y repensait maintenant, elle ne trouvait ni lieu ni paysage qui l'aient marquée.

Chose étrange, elle se souvenait seulement des aéroports. Partout dans le monde, ils ne sont pourtant qu'une étape vers une destination, un lieu de passage.

Un jour, elle s'était subitement demandé si ce n'était pas juste pour dépenser tout ce fric qu'elle courait inconsidérément d'un endroit à un autre. Du coup, même si tout ce qui lui restait était la réalité de son passage, du seul fait qu'elle y ait mis les pieds, elle était satisfaite.

Puis elle était de nouveau revenue dans ce quartier pour gagner de l'argent.

Au début, elle voulait du fric. C'était vraiment tout. Pour se lancer.

Si elle avait réellement eu la volonté d'entreprendre quelque chose, elle n'aurait pas eu besoin d'argent pour le faire – pas davantage que ce qu'elle pouvait gagner avec un travail normal ; cela, Kazuko n'y avait pas pensé. Pendant qu'elle martelait le pont de pierre qu'elle devait traverser pour se lancer, afin de s'assurer de sa solidité, le marteler avait commencé à prendre un sens en soi, mais, à force, le pont de pierre risquait de s'effondrer ; cela non plus ne lui était pas venu à l'esprit.

Faire un travail banal lui répugnait. Le contenu des emplois réservés aux femmes, partout, était finalement toujours le même. La seule différence résidait dans le glaçage du gâteau, crème fouettée ou crème au beurre, mais il moisissait aussi rapidement et on le jetait au même moment.

Les trois jeunes femmes avec lesquelles elle avait fait connaissance à l'occasion de l'entretien pour *Chaîne d'info* avaient des motivations similaires. L'argent. Se libérer d'un travail assommant. Elles étaient belles toutes les trois, sans avoir la chance de pouvoir vivre simplement de cela.

Yôko Sugano avait expliqué qu'elle voulait aller étudier à l'étranger sans demander d'argent à ses parents. Fumie Katô, pour fuir des objectifs commerciaux élevés et la station debout, avait démissionné de son poste de vendeuse. Atsuko Mita, dégoûtée du travail dans une compagnie d'assurances et des incessantes querelles entre employées, cherchait une autre voie. Toutes affirmaient que dès qu'elles auraient suffisamment d'argent pour passer à l'étape suivante, elles arrêteraient ce boulot d'escrocs.

Pendant l'entretien, elles avaient beaucoup ri. Elles avaient bavardé sans arrêt, comme sous l'emprise d'un alcool fort. Elles riaient, car c'était le seul moyen d'arriver à aborder ces choses-là.

Tout cela était une blague. Comme une photo de soi prise inopinément dans une pose bizarre et déplaisante, glissée dans le long album de la vie.

Les deux filles de tout à l'heure avaient de quoi payer deux cent quarante mille yens. Kazuko réfléchit. Non, laissons de côté leur solvabilité… Pendant qu'elles discutaient avec elle, durant une petite heure, elles avaient été capables d'imaginer qu'elles « pouvaient payer ». Pour Kazuko, à ce moment-là, seule cette illusion comptait.

Les « clients » dont elle avait temporairement été la petite amie et qui se retrouvaient avec de grosses factures sur les bras fonctionnaient de la même façon.

Ils pensaient qu'il était réellement possible de s'entendre aussi bien, d'être aussi heureux. Cette illusion, ils l'avaient toujours. Voilà pourquoi ils se faisaient rouler par Kazuko. Si un soupçon de doute voilait leur regard, si le désenchantement s'y lisait – une chose si fantastique ne pouvait pas leur arriver si opportunément –, Kazuko cessait immédiatement de jouer la comédie. Elle avait ainsi « jeté l'éponge » en cours de route avec un certain nombre d'hommes.

Ceux qui étaient devenus ses clients étaient d'une naïveté agaçante. Comme des enfants convaincus que s'ils lançaient sur le toit la dent de lait qu'ils venaient de perdre, ils trouveraient de l'argent sous leur oreiller le lendemain matin.

Alors, il n'y avait pas de mal à les plumer. De toute façon, cela ne les blessait pas vraiment.

Et puis, dans un recoin de son cœur qu'elle-même ignorait, Kazuko haïssait profondément les femmes comme ces deux filles, intimement convaincues qu'il suffisait de payer pour réaliser leurs vœux, pour obtenir tout ce qu'elles désiraient – devenir belles, maigrir, s'amuser tous les jours –, ainsi que ces hommes prisonniers de leur vie quotidienne et de leur travail, tellement obtus qu'ils croyaient qu'une femme apparaissant subitement pour se pendre à leur bras n'entretenait pas la moindre arrière-pensée.

Car elle, il ne lui restait plus la moindre illusion.

Parce que le pont s'était écroulé.

Et aussi parce qu'elle savait que les hommes et les filles qu'elle avait plumés n'auraient jamais, au grand jamais, l'idée de se venger en plumant quelqu'un d'autre à leur tour.

La fin du jour approchait. Allez, j'arrête pour aujourd'hui. Ces deux-là, c'étaient des clientes faciles. Se montrer trop gourmande n'apportait rien de bon.

Devant la gare, elle aperçut une rangée de cabines téléphoniques et s'arrêta.

Depuis la veille, elle avait été tentée à maintes reprises d'appeler sa mère, mais elle avait renoncé. En particulier quand elle avait pris conscience d'un laps de temps dont elle avait perdu tout souvenir après sa visite chez les parents de Yôko Sugano, elle s'était mise à trembler. Elle avait même envisagé de retourner sur-le-champ à la maison familiale.

Si elle ne l'avait pas fait, c'est parce que le visage de sa belle-sœur s'était présenté à son esprit. A moins d'une heure de train d'ici, la maison où elle était née et avait grandi était aujourd'hui celle de son frère aîné et de sa femme. Si la mère de Kazuko ne venait pas rendre visite à sa fille qui vivait seule dans un lieu guère éloigné, se contentant de lui envoyer des colis, c'était parce que sa belle-sœur, qui répugnait à laisser la mère et la fille discuter librement en tête-à-tête, en avait décidé ainsi.

Si elle téléphonait, sa belle-sœur lui dirait sans doute, comme d'habitude, viens, Kazuko. Ta mère n'est plus toute jeune, depuis quelque temps ses jambes semblent de nouveau la faire souffrir. Elle ne te voit pas si tu ne viens jamais lui rendre visite, elle est triste. Viens passer une nuit avec nous. Rentre à la maison. Ne te gêne pas.

Sur ces mots, sa belle-sœur raccrochait. Et, dans le bref laps de temps entre le moment où elle éloignait le combiné de sa bouche et celui où elle le reposait, elle poussait un profond soupir que Kazuko entendait parfaitement. Ah, ça va me donner encore plus de travail. Alors que le petit dernier, enrhumé, a de la fièvre, alors que je suis déjà débordée, je vais avoir encore moins de temps pour moi. Un soupir bien plus éloquent que des paroles directes.

Ce soupir, en fait, n'avait pas de signification profonde. Dans le monde entier, des dizaines de milliers de belles-sœurs dans la même situation poussent le même soupir. Les querelles puériles qui en découlent sont seulement passagères, comme les averses d'été.

Mais Kazuko, à travers le soupir de sa belle-sœur, contemplait le vide profond qui béait en elle. Le vide de n'avoir nulle part où aller. Si elle en avait eu l'envie, elle aurait pourtant pu commencer immédiatement à le combler avec une pelle, mais la peur l'empêchait de seulement se tenir au bord de ce gouffre.

Kazuko renonça à téléphoner.

Sur le chemin du retour, dans le flot des passants, elle réfléchit. Autant que les deux filles qui avaient cru ses mensonges et l'avaient regardée avec admiration, non, même encore plus qu'elles, avec un sérieux proche de la prière, elle espéra.

Si Patorax pouvait vraiment exister ! Ah, vraiment, ce que ce serait bien si Patorax existait !

7

Quand Mamoru arriva à la maison, la nuit était tout à fait tombée.

Il avait la tête lourde et ses tempes battaient. Il rentrait pourtant porteur de ce qu'on pouvait qualifier d'une bonne nouvelle, mais il n'était pas du tout content.

C'était sans le moindre doute un élément positif pour Taizô. La nuit de l'accident, Yôko Sugano fuyait. Peut-être se fuyait-elle elle-même. Peut-être fuyait-elle quelqu'un qui la pourchassait. Elle avait une raison qui la poussait à courir dans la nuit. Même un tas de raisons.

Cependant, le savoir ne changeait rien au fait que Yôko Sugano était morte. Il était impossible de la sauver à moins de remonter le temps, et révéler les faits découverts aujourd'hui reviendrait peut-être à l'assassiner une deuxième fois.

Il préférerait aider son oncle sans en passer par là. Pendant un moment, après avoir quitté Hashimoto, Mamoru n'avait pensé qu'à cela.

— Me voilà ! lança-t-il.

Quelqu'un traversa le couloir en courant. C'était Maki. Il allait lui demander « Tu es rentrée ? » quand elle se jeta sur lui.

— Eh, eh, calme-toi… Qu'est-ce qui t'arrive ?

Agrippée au col de la chemise de Mamoru, Maki ne faisait que pleurer. Yoriko arriva à son tour. La moitié de son visage disparaissait sous un bandage, mais son œil gauche souriait.

— Maître Sayama a téléphoné. Il paraît qu'un témoin oculaire s'est présenté.

Maki s'essuya le visage sur la chemise de Mamoru.

— Nous avons un témoin. Le feu de papa était vert, mademoiselle Sugano a surgi devant la voiture et s'est fait renverser, nous avons une personne qui le certifie.

Secouant le bras de Mamoru stupéfait, Maki répéta :

— Tu comprends ? Il était là, il regardait. On a un témoin oculaire !

CHAPITRE IV

Les maillons s'enchaînent

1

Se répéter, se répéter, se répéter.

A la police, voilà tout ce qu'il aurait à faire. Comme un mauvais acteur qui accumule les prises ratées, il continuerait à jouer toujours la même scène. Jusqu'à ce que quelqu'un lui donne le feu vert.

— Je vous repose la question, dit un inspecteur.

C'était au bas mot la cinquième ou sixième fois. Il répondit avec aisance. La même réponse, pour la cinquième ou sixième fois. Puis encore une autre question fusa. De la bouche d'un autre inspecteur, avec en préambule la même formule consacrée :

— Je vous repose la question.

Les hommes sont loin d'être égaux. Les pauvres et les riches. Les intelligents et les autres. Les malades et les bien portants. Mais, malgré tout, le seul endroit où tous sont égaux, c'est devant le tribunal. Il avait entendu dire cela autrefois, quand il était étudiant.

Ici et maintenant, il apporta une légère correction à cette formule. Devant la police, aussi.

Ici, ce à quoi il était habitué ne fonctionnait pas. L'influence de l'ami qui lui avait été utile jusque-là n'atteignait pas ce lieu. Les inspecteurs ne se départissaient pas de leur ton poli, de leurs bonnes manières. Il pouvait fumer quand il le souhaitait. Mais les questions étaient impitoyables, opiniâtres, et il suffisait de formuler les choses un peu différemment pour être immédiatement interrompu.

— Un instant je vous prie, tout à l'heure vous avez bien dit que…

Il était un morceau de fromage. Il fit en sorte de se considérer ainsi. Les inspecteurs, des souris qui se démenaient autour. Çà et là, sous un angle différent à chaque fois, les petites dents l'attaquaient. Si elles mordaient inopinément à un endroit imprévisible, elles découvriraient qu'il n'était pas un fromage jusqu'au cœur, se disait-il.

Si la vérité n'était pas aussi simple, je ne tiendrais peut-être pas jusqu'au bout, pensa-t-il. Aussi, la part de l'entrepreneur en lui, qui s'observait constamment de l'extérieur quelles que soient les circonstances, admirait sincèrement l'obstination des inspecteurs.

— Quand vous avez assisté à l'accident, où étiez-vous ?

— Je marchais immédiatement derrière mademoiselle Sugano.

— A quelle distance environ ?

— Eh bien… je dirais une dizaine de mètres à peu près. Comme elle courait vers le carrefour, la distance s'est accentuée.

— Que faisiez-vous à cet endroit ?

— Je marchais, c'est tout.

— Quelle heure était-il ?

— Un peu après minuit.

— A une telle heure, où alliez-vous à pied ?

— L'immeuble où habite une de mes connaissances est dans ce coin. Je m'y rendais.

— Quelle distance entendez-vous par dans ce coin ?

— Dans le même quartier. A une vingtaine de minutes à pied.

— Si loin que ça ? Pourquoi marchiez-vous ? Tout à l'heure, vous avez déclaré être descendu de taxi sur l'avenue, comme mademoiselle Sugano, et avoir marché à partir de là. Pourquoi ? Cela aurait été plus simple d'aller directement en taxi jusqu'à l'immeuble de votre relation, non ?

— Quand je rends visite à cette connaissance, j'ai l'habitude d'aller en taxi jusqu'à un lieu proche et de marcher ensuite.

— C'est inhabituel. Pourquoi ?

— Dans mon travail actuel, je jouis d'une certaine réputation.

— On peut même dire d'une réputation établie.

— Merci. Mais cela me rend d'autant plus vulnérable. C'est-à-dire…

— Laissez-moi le dire à votre place. Vous, PDG adjoint de la très influente maison de commerce Shin Nihon Shôji, seriez embarrassé d'être vu en train de vous rendre discrètement en pleine nuit chez une amie. Parce que cela ferait un scandale et, même sans aller jusque-là, il serait déplaisant que cela arrive aux oreilles de votre épouse. C'est bien ça ?

— … Oui.

— Celle que depuis tout à l'heure vous appelez une « connaissance » est une femme de vingt-cinq ans, Hiromi Ida. Ai-je raison ?

— Oui.

— Elle vit grâce à votre soutien financier. Vous lui rendez visite. En pleine nuit, pour ne pas vous faire remarquer. Dans quel but ?

— …

— Hiromi Ida est votre maîtresse, n'est-ce pas ?

— C'est le terme généralement utilisé.

— Eh bien, employons nous aussi ce terme. Hiromi Ida est votre maîtresse. La nuit où vous dites avoir assisté à l'accident, vous alliez chez elle. C'est juste ?

— Oui.

— Votre épouse était-elle au courant ?

— Peut-être, je l'ignore. Quoi qu'il en soit, elle va certainement l'apprendre, maintenant.

— De quelle couleur était le taxi que vous dites avoir vu ?

— Il m'a semblé vert foncé, mais je n'en suis pas certain. Il était en tout cas d'une couleur sombre.

— Un client se trouvait-il dans le taxi ?

— Il m'a paru vide.

— De l'endroit où vous vous trouviez, le feu tricolore de l'intersection était-il visible ?

— Il était parfaitement visible. Parce que la rue est en ligne droite.

— Vous regardiez le feu ?

— Oui.

— Pourquoi ?

— Eh bien… faut-il une raison particulière ? Il était en face de moi, dans la direction où j'allais, et j'avais moi aussi l'intention de traverser ce carrefour. Il se trouvait naturellement dans mon champ de vision.

— Vous rappelez-vous le numéro d'immatriculation du taxi ?

— De quel taxi ?

— Du taxi que vous dites avoir vu, celui qui a provoqué l'accident.

— Non, je ne m'en souviens pas.

— Etait-ce le taxi d'un chauffeur à son compte ou celui d'une entreprise ?

— Je ne sais pas. Tout s'est passé très vite, je n'ai pas prêté attention à cela.

— Je vois. Après l'accident, qu'avez-vous fait ?

— Je me suis immédiatement dirigé vers l'immeuble de Hiromi Ida.

— Ah bon… Et pourquoi donc ? Un accident s'est produit sous vos yeux. Vous n'avez pas eu l'idée d'intervenir ?

— J'ai pensé qu'il ne serait pas bon que je me trouve impliqué. A cause du bruit, des gens commençaient à se rassembler et je me suis dit qu'il y aurait beaucoup d'autres personnes pour aider.

— Impliqué ? Mais l'accident ne vous concernait pas.

— J'ai pensé qu'il serait ennuyeux que ma présence sur les lieux soit connue d'une façon ou d'une autre.

— Bref, vous avez pris la fuite, n'est-ce pas ?

— … Oui.

— Vers quelle heure êtes-vous arrivé à l'appartement de Hiromi Ida ?

— Comme j'ai fait un petit détour, il était minuit et demi passé.

— Approximativement jusqu'à quelle heure y êtes-vous resté ?

— J'ai quitté l'appartement vers deux heures trente.

— Donc, cette nuit-là, vous êtes rentré très tard chez vous. Votre femme n'a rien dit ?

— Non. Il m'arrive fréquemment de rentrer tard.

— Je vois. Alors, si vous avez fui les lieux de l'accident, c'est parce que vous redoutiez qu'on découvre votre présence dans un lieu où vous étiez censé ne rien avoir à faire à une telle heure, c'est bien ça ?

— Redouter est un peu fort. J'ai simplement pensé que ce serait embarrassant.

— Désolé. Nous nous sommes exprimé en tenant compte de votre situation. Votre épouse est PDG de Shin Nihon Shôji, dont vous êtes le directeur adjoint, et elle est aussi la fille unique du fondateur de l'entreprise. Non, non, nous nous contentons d'établir les faits.

— Oui. Et il est aussi avéré que je suis dans les faits seul à m'occuper de la gestion de l'entreprise.

— Ah bon. Bien, avez-vous parlé de l'accident avec Hiromi Ida ?

— Non.

— Pourquoi ?

— Je ne voulais pas l'inquiéter.

— Vous l'aviez échappé belle, si vous aviez été impliqué, votre relation aurait peut-être été révélée au grand jour. Vous ne vouliez pas lui en parler de peur de lui causer du souci ?

— Exactement.

— Je vois. Vous vous trouviez à un endroit d'où le carrefour était visible. La victime a couru jusqu'à l'intersection. A ce moment-là, le feu tricolore devant le taxi était…

— Vert. C'est certain.

— Donc, cela signifie que le feu du côté de la victime, mademoiselle Sugano, était rouge, n'est-ce pas ?

— Oui. Elle l'a ignoré et s'est engagée dans le carrefour en courant.

— Pourquoi pensez-vous qu'elle a fait ça ? Sur le coup, que vous êtes-vous dit ?

— Il faisait nuit. J'ai pensé qu'elle voulait vite rentrer chez elle. Parce que c'était une jeune femme. Au croisement, du côté d'où a surgi le taxi, il y a un immeuble en construction, bâché. La vue était vraiment bouchée. Moi-même, jusqu'à l'instant de l'accident, je n'ai pas vu le taxi arriver. Je pense qu'il en a été de même pour mademoiselle Sugano. Cela arrive souvent.

— Comment la victime était-elle habillée ?

— Je ne m'en souviens pas très bien. Je crois qu'elle portait une sorte de tailleur sombre. C'était une belle jeune femme, aux cheveux longs.

— Ah ! Vous marchiez simplement derrière elle, mais vous avez vu son visage ?

— Je lui ai parlé.

— Vous lui avez parlé ? De quoi ?

— Avant de tourner dans la rue qui mène à cette intersection, quand je suis descendu du taxi, je l'ai vue marcher devant moi. Nous avancions dans la même direction. Je l'ai alors interpellée pour lui demander l'heure. Car ma montre avançait un peu.

— Pourquoi lui avez-vous demandé l'heure ?

— Parce que je me suis dit qu'il valait mieux savoir quelle heure il était avant de rendre visite à Hiromi Ida. Elle dormait peut-être déjà.

— Vous allez toujours chez mademoiselle Ida sans prévenir ?

— Oui.

— Quand vous lui avez demandé l'heure, comment la victime a-t-elle réagi ?

— Elle a eu l'air surprise d'être accostée par un inconnu. Mais je lui ai parlé poliment et elle m'a répondu de même.

— Quelle heure était-il ?

— Il était minuit cinq. C'est ce que m'a dit mademoiselle Sugano.

— C'est après qu'elle s'est mise à courir ?

— Non. Elle a continué à marcher pendant un temps. Cependant, j'avais beau ne pas être un individu louche, cela devait lui déplaire de côtoyer un inconnu, en pleine nuit. Elle a peu à peu accéléré le pas et puis elle s'est mise à courir.

— Vous n'avez pas trouvé cela étrange ?

— Non. Pour une jeune femme, c'était même plutôt une conduite normale. Je me suis dit que je lui avais joué un mauvais tour.

— Et l'accident s'est produit.

— Oui. En ce sens, j'ai ma part de responsabilité dans le fait qu'elle est arrivée en courant au carrefour.

— Si on cherche à établir les responsabilités jusque-là, c'est sans fin. En ce qui nous concerne, le fait que vous ayez ensuite pris la fuite pose davantage problème.

— Je le sais.

— À ce propos, notre enquête révèle que personne, parmi les gens arrivés sur les lieux après l'accident, ne vous a vu vous esquiver.

— Rien d'étonnant à cela. Car, pour être exact, je ne me suis pas enfui immédiatement. Quand l'accident s'est produit, j'étais sur les lieux. Mais je me suis dissimulé pour ne pas me faire remarquer.

— Ah…

— En prenant la fuite, je me serais au contraire fait remarquer. J'ai attendu que les gens du voisinage se regroupent au carrefour. Quand il y a eu une petite foule et de l'agitation, je me suis mêlé aux autres. Et j'ai attendu le bon moment pour m'éloigner.

— Vous qui avez agi avec tant de prudence afin de protéger votre position, pourquoi vous manifester maintenant ?

— Comme vous le savez, j'ai des connaissances dans la police comme dans les médias. Des amis très proches.

— Effectivement.

— Je me suis renseigné sur cet accident auprès d'eux. Parce que cela me titillait malgré tout. J'ai appris qu'il n'y avait pas de témoin, que la faute revenait entièrement au chauffeur et qu'il avait été arrêté. J'ai été surpris. Parce que cela ne s'était pas passé ainsi.

— Vous voulez dire que le chauffeur n'a pas menti ?

— Oui. Le feu de son côté était vert. Mademoiselle Sugano s'est engagée dans le carrefour au feu rouge. Je l'ai clairement vue. Je regrette maintenant de m'être enfui à ce moment-là. Si seulement j'avais témoigné sur-le-champ, le chauffeur n'aurait certainement pas été mis en détention provisoire.

Il releva la tête et déclara énergiquement :

— J'ai une maîtresse et je ne m'entends plus avec ma femme. Assurément, j'ai des problèmes personnels. Mais je ne suis pas homme à abandonner un innocent dans la tourmente. Voilà pourquoi je me suis manifesté.

— C'est tout à votre honneur.

2

Le jour se leva sur une nouvelle nuit sans sommeil, et les trois membres de la famille Asano se retrouvèrent autour de la table du petit-déjeuner.

— Pour le moment, je dois rester à la maison pour attendre des nouvelles de maître Sayama, annonça calmement Yoriko en servant le café.

Son intonation était contrôlée, elle faisait tout son possible pour rester maîtresse d'elle-même en présence des enfants.

— Parce que même s'il s'est présenté quelqu'un qui a vu l'accident, rien ne va se régler en deux coups de cuiller à pot.

— Moi je ne vais pas au travail aujourd'hui, dit Maki.

— Moi aussi, aujourd'hui, je reste à la maison. Mamoru lui fit écho.

— Alors là, vous deux…

Les enfants s'écrièrent à l'unisson :

— Pas de discussion !

— Je vais faire le ménage, alors déguerpissez, leur dit Yoriko en les envoyant tous les deux à l'étage. Et tiens, par la même occasion, ajouta-t-elle en chargeant Maki d'une pleine panière de linge, étends-moi tout ça. Et proprement, hein !

Maki monta jusqu'à la terrasse en grommelant et là, dans le lumineux soleil matinal, elle s'étira avec grâce.

— Une belle journée d'automne. J'ai le sentiment qu'il va nous arriver quelque chose de bien.

Mamoru espérait aussi que le résultat serait positif. Mais pas tout à fait de la même façon que Maki.

Qui était donc le témoin ? Dans quelle mesure la police lui accorderait-elle crédit ? Jusqu'à quel point son témoignage influerait-il sur la peine de Taizô ?

Si seulement le témoignage de cette personne pouvait tout régler ! Ainsi, il n'aurait pas besoin de révéler les agissements, le passé de cette fille, Yôko Sugano. Mamoru l'espérait tant qu'il n'avait parlé de ses découvertes de la journée précédente ni à Yoriko ni à Maki. *Chaîne d'info* aussi était resté enfoui au fond de son étagère.

Ce qui le préoccupait le plus, c'était la sœur cadette de la jeune femme, Yukiko. Ce visage souriant à côté de Yôko, en kimono.

Si elle apprenait que sa sœur aînée avait gagné des sommes énormes en se livrant à une escroquerie, si elle apprenait qu'à cause de cela celle-ci avait été menacée et pourchassée, que deviendrait sa vie ? Elle qui commençait à travailler, à s'insérer dans la société, parviendrait-elle à surnager dans cette tourmente imprévue ? Quand il y pensait, cela le déprimait.

Il aurait aimé laisser enfouie à tout jamais la vérité que Yôko avait cachée. Il le souhaitait presque aussi intensément qu'il se faisait du souci pour Taizô.

— Psst, Mamoru !

Maki l'appelait à voix basse, le visage dans l'entrebâillement de la porte.

— Dis, quand j'étais absente, il y a eu des coups de fil pour moi ?

— Non. Personne n'a appelé.

— Ah bon… Maki baissa les yeux.

— Monsieur Maekawa ?

Elle hocha la tête. Mamoru décida de faire preuve de délicatesse.

— Mais je n'étais pas là non plus. Sans doute qu'il se fait du souci aussi. Si tu l'appelais au bureau ?

— C'est vrai. Elle retrouva le sourire. J'essaierai tout à l'heure.

C'est à ce moment que le téléphone sonna en bas. Ils se regardèrent un instant, puis dévalèrent l'escalier à toute vitesse. Yoriko, un plumeau à la main, arrivait aussi en courant, mais c'est Mamoru qui fut le plus rapide.

— Allô, Asano à l'appareil !

— C'est toi, Kusaka ?

C'était la voix de son professeur, monsieur Nozaki. Impulsivement, Mamoru tira la langue et, de la main, il fit un geste de dénégation à Yoriko et Maki.

— Oui. Désolé d'avoir tardé à vous prévenir. En fait, aujourd'hui…

— Viens immédiatement au lycée.

— Hein ?

— Je te dis de venir illico. Passe à mon bureau. Je t'expliquerai après.

La communication fut brutalement coupée.

— C'était le lycée ?

— Oui.

Mamoru contempla un instant le combiné qu'il tenait à la main, avant de le reposer. Nonashi l'incapable était dans tous ses états.

— Il m'a dit de venir immédiatement.

— Quelle andouille ! Tu n'avais pas encore téléphoné pour prévenir que tu serais absent ? Tu n'as pas le choix, va te préparer. Si les nouvelles sont bonnes, je te téléphonerai tout de suite, ne t'inquiète pas.

Yoriko lui donna une chiquenaude et Mamoru rentra la tête dans les épaules.

— Moi aussi, je vais appeler au travail, dit Maki en riant, et elle décrocha le combiné.

Mais il n'y avait pas matière à rire.

Monsieur Nozaki attendait l'arrivée de Mamoru dans la salle des professeurs d'anglais. Il ne le fit pas asseoir et attaqua sans préambule :

— Avant-hier, samedi après-midi, il y a eu un vol.

Cela suffit à Mamoru pour comprendre où il voulait en venir.

— Qu'est-ce qui a été volé ?

— Les cotisations du mois et l'argent pour le stage intensif du jour de l'an, conservés dans la salle du club de basket-ball.

Le club de basket. Le visage de Miura traversa brièvement l'esprit de Mamoru.

— Combien y avait-il ?

— Environ cinq cent mille yens en tout. Parce que cela comprend le paiement des vingt-deux membres du club pour un séjour d'une semaine.

Mamoru ferma les yeux. Evidemment…

— Mais enfin, pourquoi ont-ils gardé une telle somme dans la salle du club ?

Dans ce lycée, aucune fille n'était chargée de la gestion des clubs, même dans les cercles sportifs masculins. Sur l'ordre du responsable du département d'éducation physique, qui n'était autre que monsieur Iwamoto, conseiller du club de basket, cette règle était strictement appliquée depuis cinq ans.

Sa philosophie était : « Vous n'êtes pas des pros. Laver et repriser les uniformes font aussi partie des activités du club. Si ça ne vous plaît pas, dehors ! »

C'est pourquoi la collecte et la gestion des cotisations étaient effectuées par les membres des clubs. Ce rôle revenait systématiquement à un élève de première année, un certain Sasaki dans le cas du club de basket.

Et Sasaki était l'ami de Miura.

— L'argent était gardé dans un placard du club, fermé à clé. La porte de la salle était verrouillée. C'est dimanche, à leur arrivée pour les exercices matinaux, que les membres du cercle se sont aperçus que l'argent avait disparu. D'après eux, les deux cadenas avaient été sectionnés avec des tenailles.

Monsieur Nozaki poursuivit, le visage un peu pâle :

— Kusaka, on estime que le vol a eu lieu entre samedi dix-huit heures trente, à la fin de l'entraînement, et dimanche à sept heures, quand les membres du club se sont réunis pour l'entraînement matinal. Pendant ce temps, où étais-tu ?

— J'étais à la maison.

— Avec quelqu'un ?

— Il n'y avait personne de la famille. Samedi soir jusqu'à vingt et une heures environ, des amis sont venus me voir, mais après je suis resté seul.

Agacé, Mamoru ajouta :

— De quoi s'agit-il ? On me soupçonne ?

— Samedi, dans la journée, en classe, dit monsieur Nozaki d'un ton sévère, sans répondre à la question, quand Sasaki, Miura et Tsunamoto parlaient de la réservation de l'auberge pour le stage du jour de l'an, il paraît que tu étais à côté d'eux. Que tu écoutais leur conversation. A ce moment-là, ils ont aussi parlé de l'argent. Ils se demandaient si c'était prudent de le laisser dans la salle du club.

— Et j'aurais entendu ça ? Et c'est pour ça que c'est moi le coupable ?

Encore Miura. Toujours lui. Tsunamoto faisait partie de sa bande.

— Ils disent qu'à part toi personne d'extérieur au club n'était au courant pour l'argent.

— Mais je ne sais rien de cette histoire d'argent ! Je ne suis pas au courant. Vous croyez Sasaki et Miura, mais moi, vous ne me croyez pas ?

Il s'agissait d'un coup monté. C'était évident.

Ce soir-là, si Miss était venue le voir avec son petit frère, c'était parce que, dans la journée, Mamoru lui avait dit : « Ce soir, je suis tout seul à la maison. » Miura et les autres l'avaient entendu. Ils savaient que pour ce samedi soir, Mamoru n'avait personne pour prouver son alibi.

Ils m'ont eu, se dit-il.

— Qu'en est-il au sein du club de basket ? Tout le monde savait pour l'argent, non ?

— Ce n'est pas le fait d'un membre du cercle.

— Comment pouvez-vous en être sûr ?

Monsieur Nozaki garda le silence. Mamoru voyait le sang lui battre aux tempes.

— Pourquoi moi ? insista Mamoru. Pourquoi ?

Il connaissait la réponse sans l'entendre. Elle se lisait sur le visage du professeur.

Le fils d'un voleur est un voleur. C'était écrit en toutes lettres.

Monsieur Nozaki, bien entendu, était au courant de l'affaire du père de Mamoru. Les élèves comme les professeurs, tout le monde savait. Car Miura et sa bande avaient propagé cette histoire avec une telle vigueur que si la rumeur avait été une maladie infectieuse, il aurait fallu fermer l'établissement.

Comme une lame acérée, le désespoir s'insinua en Mamoru. C'était toujours pareil. Rien n'avait changé.

— Monsieur Iwamoto dit la même chose ? Que c'est moi le coupable ?

— Il a suspendu les entraînements pour tous les membres du club et il étudie la situation. Même si l'argent est retrouvé, il a décidé d'annuler le stage intensif du jour de l'an. A cause de la mauvaise gestion, pour commencer. Il a également écouté les déclarations de Miura et des autres, mais il va enquêter de son côté.

Mamoru se sentit un peu rassuré. Ce professeur, surnommé « Iwamoto l'ogre » par les élèves, était certes sévère, têtu et peu compréhensif, mais il n'était pas dans son tempérament de s'accommoder d'ambiguïtés. S'il disait qu'il allait enquêter, il le ferait sans doute jusqu'au bout, quitte à mettre tout le lycée sens dessus dessous.

— Qu'en pensez-vous ? Mamoru s'adressa au visage pâle de monsieur Nozaki. Vous pensez que c'est moi ?

L'enseignant ne répondit pas. Au bout d'un moment, sans même accorder un coup d'œil à Mamoru, il lâcha :

— Je veux juste que tu me dises la vérité.

— Dans ce cas, c'est facile. Je n'ai pas volé. C'est tout.

— C'est tout ? répliqua-t-il d'un ton cassant. C'est vraiment tout ?

Mamoru pensa fugitivement à la situation dans laquelle se trouvait Taizô. Il comprit, douloureusement, ce que celui-ci devait ressentir. Croyez-moi, je vous en prie ! Je dis la vérité.

La colère enfla en lui. Tout cela était ridicule. En quel honneur devrait-il supporter un tel discours ?

Toi, tu as la trouille. Il avait envie de jeter ces mots au visage du professeur qui restait muet, le regard fuyant. L'idée que l'un des élèves dont tu as la responsabilité ait provoqué un scandale te fait tellement peur que tu ne sais plus où te mettre, pas vrai ?

— Je ne viendrai pas en cours pendant un certain temps, se borna-t-il à dire en se dirigeant vers la porte. Je pense qu'il sera plus facile d'enquêter en mon absence.

— Tu as l'intention de t'infliger une mise à pied ?

— Non. Je prends quelques jours de repos, c'est tout.

Incapable de résister plus longtemps, il laissa échapper ce qu'il s'était retenu de dire :

— Ne vous inquiétez pas. Je n'irai pas porter plainte auprès de la commission éducative pour violation de mes droits.

— Qu'est-ce que tu racontes… ? L'enseignant blêmit encore d'un cran.

— Monsieur Nozaki, donnez-moi juste un renseignement, s'il vous plaît. De quel type de verrou sont équipés la salle du club et le placard ?

— De cadenas. C'est monsieur Iwamoto qui a la clé.

Mamoru se fit intérieurement la remarque. Même si, victime de crises de somnambulisme crapuleux, il avait eu tendance à s'introduire ici et là à son insu, jamais il n'aurait sectionné un cadenas avec des tenailles. Franchement, pour un simple cadenas, quel procédé disgracieux !

— Ça, c'est du travail d'amateur, monsieur.

Quand il quitta l'école, son pas était malgré tout pesant. Plutôt que de descendre les escaliers, il avait l'impression que ses jambes tombaient l'une après l'autre en avant.

Je ne peux pas rentrer à la maison, pensa-t-il. Tout en élevant une fille aussi franche que Maki, allez savoir où elle avait appris cela, Yoriko n'avait pas son pareil pour percer à jour les sentiments de ses enfants. S'il rentrait avec cette tête-là, il ne parviendrait qu'à lui ajouter des soucis.

Pris d'une inspiration subite, il se rua sur le téléphone rouge installé dans l'entrée de derrière. Si elle recevait de bonnes nouvelles de maître Sayama, Yoriko téléphonerait au lycée, ça craindrait pour lui.

— On ne sait encore rien.

Yoriko répondit à la première sonnerie, d'une voix un peu déprimée. La police a beaucoup de choses à vérifier, patientez encore deux jours, lui avait dit maître Sayama.

Il raccrocha et, derrière lui, quelqu'un l'interpella.

— Kusaka !

C'était Yôichi Miyashita. Il haletait.

— Ah ! je suis content de t'avoir trouvé. Avec Tokita, on te cherchait.

— Merci, mais… Mamoru eut le souffle coupé. Qu'est-ce qu'il t'est arrivé ?

Yôichi était couvert de blessures. Il portait le bras droit en écharpe et un bandage au pied gauche. Il ne pouvait pas enfiler sa chaussure, seuls ses orteils y entraient. Le bord de sa lèvre était fendu, une croûte s'était formée et sa paupière droite était enflée.

— J'ai fait une chute de vélo, répondit-il précipitamment. Je suis vraiment maladroit.

— Quand même, tu ne t'es pas raté ! Et ton bras ? Il est cassé ?

— Non. C'est juste une petite coupure.

— Une coupure ? Comment ça ?

— Ce n'est rien. C'est le médecin qui en a trop fait. Yôichi afficha un sourire, mais c'était encore plus douloureux à voir.

— Tu prépares un dessin pour l'exposition, non ? Ça ne te handicape pas ?

— Ça va. Ce genre de blessure, ça guérit tout de suite. Dis-moi plutôt, qu'est-ce que tu vas faire ?

— Ce que je vais faire… Mamoru esquissa un sourire. Qu'est-ce que je pourrais bien faire ?

— Tout ça, c'est des mensonges. Yôichi pinça les lèvres. Ce n'est absolument pas fondé. Miura et sa bande ont tout inventé.

— Je le pense aussi.

— Pourquoi monsieur Nozaki ne croit que ces gars, et pas toi ?

— Ça, c'est sans doute parce que je suis le fils d'un type qui a détourné des fonds, répondit Mamoru d'un ton brusque.

Devant le visage doux de Yôichi, le contrecoup de ce qu'il avait encaissé sans broncher se fit sentir.

— Tu ne le penses pas, toi aussi ? C'est l'histoire des lois de l'hérédité de Mendel, non ?

Yôichi l'observait en clignant des yeux. Mamoru se demanda s'il n'allait pas se mettre à pleurer.

Cependant, d'une voix étonnamment ferme, Yôichi lança :

— « Zéro plus zéro », tu connais ?

— Quoi ?

— « Zéro plus zéro égale la tête à Toto. » Quand j'étais petit, mon père me le dessinait souvent. Je trouvais ça drôle. Mais je lui réclamais aussi plein d'autres dessins. Des trains, des fleurs, tout ça. Alors, il m'a emmené à l'école de dessin du quartier. Mon père était vraiment nul en dessin, il ne savait faire que la « tête à Toto ».

Yôichi lui sourit.

— Moi, quand je serai un artiste, ma signature, ce sera la « tête à Toto ». Mais quand je dessine « Toto », il a toujours la tête de mon père, c'est bête, hein ?

3

Taizô ne rentra ni le lendemain ni le surlendemain.

Que se passait-il donc ? Les trois membres restants de la famille Asano, chacun lisant sur le visage des deux autres sa propre irritation et ses propres doutes, n'avaient d'autre choix que de prendre leur mal en patience.

Chaque matin, Mamoru faisait semblant de partir en classe et allait travailler à Laurel. Après s'être mis de son propre chef en disponibilité du lycée, il s'était directement rendu à la librairie, avait expliqué la situation à Takano et obtenu de travailler.

— Tu as l'intention d'arrêter les cours pour travailler ?

— Non, ce n'est pas ce que j'envisage, répondit Mamoru. Si jamais je suis viré, ce sera autre chose, mais bon…

— Pas de jérémiades ! Le coupable sera forcément démasqué.

Puis, en apprenant qu'un témoin de l'accident de Taizô s'était manifesté, il s'était réjoui avec Mamoru.

— Tout va s'arranger, c'est sûr. Sois patient.

Les employés du rayon librairie, en voyant Mamoru travailler en journée la semaine, avaient tous été étonnés.

— Qu'est-ce que tu fais là ? Et le lycée ? Mademoiselle, en particulier, avait l'air soupçonneux.

— Eh bien…

— Fermé pour cause d'épidémie, n'est-ce pas ? dit Satô en assenant une claque sur l'épaule de Mamoru.

— Hum ? Etrange. C'est un peu tôt pour une épidémie de grippe, répliqua Mademoiselle, sur ses gardes.

— Comment ça, vous n'êtes pas au courant ? En ce moment, il y a une recrudescence de cas d'oreillons.

— Les oreillons ?

— Oui. Vous les avez eus quand vous étiez petite ?

— Non. Pas les oreillons.

— Alors, soyez prudente. Vous feriez bien d'en parler aussi à votre petit ami. C'est dangereux pour les hommes.

— Ah bon, vraiment ?

— Oui. Ça les rend stériles. Ce serait dommage, non ? pérora Satô d'un ton sentencieux, avant d'entraîner Mamoru hors de portée du regard de Mademoiselle.

— Merci.

— Laisse tomber. Moi, ça m'arrange que tu sois là. On dirait que tu as des soucis, mais ne te prends pas trop la tête. Tu vas pas en mourir de pas aller à l'école.

Décembre approchait, les calendriers, agendas et autres articles de promotion de fin d'année commençaient à être livrés, il y avait beaucoup à faire. Plongé dans son travail, Mamoru en oubliait de penser à Taizô et aux cinq cent mille yens disparus.

Le jeudi, en début d'après-midi, il prenait une pause dans la réserve quand l'agent de sécurité, Makino, arriva.

— Salut les jeunes ! Alors, tu sèches les cours pour bosser ?

Satô, à côté de Mamoru, grimpa sur un carton et entonna un couplet de « Ecoutez, travailleurs de tous pays ! » en agitant un bras. Il avait une belle voix.

— Bien, bien. Tu peux t'asseoir.

— Merci !

— Dis donc, t'as vraiment vingt-six ans ? Tes pauvres parents !

Mamoru éclata de rire.

— Et vous, monsieur Makino, comment vous portez-vous ?

— Gonflé à bloc, à cent vingt pour cent. Je n'ai rien à faire, c'est la galère.

— Rien à faire ? Avec le monde qu'il y a ?

Makino aussi avait l'air étonné.

— Je ne te le fais pas dire. Et il n'y a pas que moi, j'ai demandé aux gars des autres rayons, c'est pareil.

— Bah, c'est parce que l'économie marche bien en ce moment, non ? lança Satô avec nonchalance.

— Idiot ! Plus l'économie est florissante, plus les vols à l'étalage sont nombreux. Ce sont les cambriolages qui augmentent avec la crise. Et pour commencer, la reprise économique ne date pas d'hier, hein ?

— Le niveau de la clientèle s'est amélioré, dit Mamoru.

— J'en doute. Je n'ai entendu parler d'aucun séminaire de morale civique organisé par un quelconque centre municipal…

Takano arriva sur ces entrefaites. Son expression était tendue.

— Monsieur Makino !

L'agent de sécurité partit au pas de course. Mamoru et Satô se regardaient d'un air interrogateur quand il revint en courant.

— Hé, appelez le 110 [1] ! Il y a une cliente sur le toit, elle dit qu'elle va sauter. Appelez aussi les pompiers. Mais s'ils se pointent avec la sirène, ils vont m'entendre.

Sur ces mots, il disparut de nouveau. Satô se précipita sur le téléphone. Mamoru s'élança après Makino.

Quand il déboucha dans le couloir, il l'aperçut avec Takano en train de gravir les marches quatre à quatre. La musique diffusée dans le magasin passa d'un pot-pourri de classique à de la pop au rythme enlevé. Cela servait à signaler à tout le personnel qu'il y avait un problème urgent.

Il monta en courant les escaliers menant au toit ; la vaste porte de la terrasse ouvrant sur le jardinet et l'aire de jeux pour enfants était déjà bloquée par une foule de curieux. Mamoru intercepta un employé posté devant la masse de gens :

— C'est dans quel secteur ?

— Vers la citerne d'eau, il paraît. C'est une jeune fille.

Mamoru exécuta un demi-tour à droite, redescendit d'un étage et prit la direction opposée, en se remettant en mémoire la configuration du toit. A son embauche, on lui avait fait apprendre par cœur le plan du magasin, afin qu'il puisse répondre immédiatement aux questions de la clientèle.

---

1. Numéro d'urgence.

Il franchit au pas de course un couloir barré d'une pancarte Accès réservé aux employés, tourna et déboucha devant une porte coupe-feu en métal. Derrière se trouvait un étroit escalier qui menait au toit. Il se souvenait avoir vu des ouvriers passer par là pour des opérations de maintenance et du ménage.

Il gravit les marches basses et tomba sur une porte à un battant. Une vitre renforcée d'un maillage métallique se découpait dans la partie supérieure, laissant filtrer la vive lumière du jour.

C'était un cadenas à anse qui maintenait la porte fermée. A l'intérieur du magasin, leurré par la décoration, on n'y prêtait pas attention, mais le bâtiment était plutôt décrépit. Les alarmes et verrous électroniques avaient été rajoutés, et cette porte menant au toit, par ailleurs inaccessible à moins d'escalader les murs de l'immeuble, était restée en l'état.

A la manière d'un resquilleur qui cherche son portefeuille après avoir mangé tout son soûl, Mamoru fouilla dans toutes ses poches, sans rien y trouver d'utilisable. Pas de femme, donc pas d'épingle à cheveux non plus.

C'est alors qu'il remarqua son badge. Sur l'envers, une épingle à nourrice de trois centimètres.

Si l'on comparait le cylindre d'une serrure à goupilles à un labyrinthe, un cadenas ressemblait à une zone résidentielle bâtie au cordeau. Mamoru mit un genou à terre et, une minute plus tard, le verrou jouait en émettant un clic tout bête. Avec beaucoup de précautions, il entrebâilla la porte et y passa la tête.

La lumière était si vive qu'elle faillit lui tirer une grimace. Il cligna des yeux.

Pile poil !

Devant lui, la cabane abritant la pompe – avec des murs en béton, quand même – bouchait la vue. La citerne était de l'autre côté.

La jeune fille en question lui tournait le dos et, en effet, elle était assise au sommet du réservoir. De l'endroit où il se trouvait, Mamoru ne voyait qu'un dos vêtu d'un pull rouge et une tête. Pendant qu'il l'observait, la fille se déplaça petit à petit vers la rambarde du toit.

Comment s'était-elle débrouillée pour grimper là-haut ? La citerne mesurait deux mètres de haut. Mamoru n'en revenait pas. Il y avait certes des prises pour les pieds, mais pour une fille il devait s'agit d'un tour de force. Il aurait compris si elle avait été pourchassée par des chiens sauvages et que sa survie avait été en jeu, mais ici, c'était un hypermarché.

La jeune fille parvint à l'extrémité du réservoir. Comme la citerne était pratiquement collée à la rambarde, si elle sautait de là, elle partait pour un vol express, non pas sur le toit mais directement jusqu'au sol, six étages plus bas.

Elle tournait toujours le dos à Mamoru et ne paraissait pas avoir remarqué sa présence. Son regard semblait fixé sur les adultes rassemblés pour tenter de la dissuader de sauter.

Mamoru sortit la tête de derrière un pied du réservoir et regarda de l'autre côté.

Les négociateurs, à droite, étaient regroupés à cinq ou six mètres de la citerne. En tête, une femme agent de sécurité. La femme d'âge mûr qui se tordait les mains à côté d'elle était sans doute la mère de la jeune fille.

Devant elles, presque en face de lui, se trouvait Takano. Makino assurait les arrières. Le brouhaha des curieux parvenait jusqu'aux oreilles de Mamoru.

Alors, que faire ? Il recula et réfléchit.

La seule solution était de grimper à partir de là. Il examina une nouvelle fois la citerne et prit sa décision. S'il arrivait à agripper le haut, il pourrait certainement se hisser à la force des bras.

Il entendit la voix calme de l'agent de sécurité.

— Personne ne te fera de mal. C'est dangereux, arrête, d'accord ?

La fille répondit dans un gémissement :

— N'approchez pas… Je vous dis de ne pas approcher !

Mamoru passa de nouveau la tête sur le côté et essaya d'attirer l'attention de Takano. Vite, remarquez-moi vite ! Takano l'aperçut et écarquilla les yeux. Sa bouche s'ouvrit sous l'effet de la surprise. Mamoru se dépêcha de remuer les lèvres, en silence.

(Faites comme si de rien n'était.)

Takano hocha la tête de façon à peine perceptible. Il lança un regard à la jeune fille.

(Qu'est-ce que tu vas faire ?) Ses lèvres bougeaient.

La voix stridente de la fille retentit :

— Ne vous approchez pas ! Je vais sauter pour de bon !

(Je vais grimper de ce côté et me glisser derrière elle.)

De la main, il indiqua la direction.

(Parlez-lui pour détourner son attention.)

Au lieu d'opiner, Takano battit frénétiquement des paupières. Il sembla sur le point de faire un pas en direction de Mamoru, mais il rentra le menton et se contint.

Mamoru retourna le long de la cabane abritant la pompe. Le mieux était de ne pas se faire repérer, dans la mesure du possible. Il allait d'abord grimper par là puis il progresserait vers le réservoir.

Un saut. Ses mains atteignirent le toit, il essaya de s'accrocher, en vain.

— Jeune fille ! La voix de Takano s'éleva. Ne crains rien. Si tu veux rester là, tu peux. Discutons un peu. Je travaille ici, je m'appelle Takano. Hajime Takano. Hajime, c'est le même caractère que pour le chiffre un. Et toi, comment tu t'appelles ? Tu veux bien me dire ton nom ?

— Misuzu ! C'était la voix de la mère de la jeune fille, entrecoupée de sanglots. Je t'en supplie, descends !

Encore un saut. Cette fois-ci, ses mains étaient bien positionnées. Mamoru posa un pied sur la poignée de la porte de l'abri et commença à se hisser. La voix de Takano poursuivait, d'un ton apaisant :

— Alors, aujourd'hui tu es venue faire des courses avec ta mère. Merci. Qu'est-ce que tu as acheté ?

Son buste émergea au-dessus de la cabane. Immédiatement, son champ de vision s'élargit et il vit le dos de la jeune fille assise, les employés rassemblés. Takano fit un pas en avant.

— N'approchez pas !

Mamoru entendait nettement la voix de la fille. Il se hissa sur le toit.

Il se força à ne pas regarder en direction de la rambarde. Malgré tout, de ce côté-là, son corps le démangeait.

Doucement, en restant courbé, il progressa vers la jeune fille. Son pull rouge ondulait dans le vent. Takano continuait à parler.

— Est-ce que tu es passée au rayon librairie ? Tu aimes les livres ?

Mamoru arriva devant la citerne. Encore deux mètres jusqu'au dos de la fille. Elle recommença à se déplacer petit à petit. Mamoru fit de même. La rambarde était maintenant tout près.

— Je déteste ça, murmura la jeune fille.

— Tu détestes les livres ? Quel dommage ! Pourquoi ?

Mamoru se mit en position.

— J'ai peur, dit-elle. Sa voix commençait à dérailler. Je déteste ça, j'ai peur, j'ai peur, peur, peur…

A ce moment-là, les autres négociateurs repérèrent aussi Mamoru. La surprise se peignit sur le visage de la femme de la sécurité. La jeune fille le vit. Elle se retourna et découvrit Mamoru.

Elle hurla. Un tel cri que, un instant, Mamoru faillit reculer. Sans avoir le temps de réfléchir, il s'élança aveuglément vers le pull rouge. La jeune fille dans les bras, il tira pour l'éloigner de la rambarde, tomba à la renverse, roula, puis poussa sur ses jambes pour éviter de glisser de la citerne.

La fille criait toujours. Les négociateurs se précipitèrent vers eux, Takano grimpa à toute vitesse sur le réservoir et, venant à la rescousse de Mamoru qui allait lâcher prise, il prit la jeune fille dans ses bras.

— Ça va, c'est fini, c'est fini. Calme-toi, calme-toi. Chut, tais-toi.

Takano répétait ces mots comme une incantation, soutenant la jeune fille qui cessa enfin de se débattre et se mit à pleurer faiblement. Il fallait une échelle pour la faire descendre ; les pompiers qui étaient arrivés s'en occupèrent et l'adolescente fut emportée sur un brancard.

— C'était ric-rac…

Assis ensemble sur la citerne, ils épongèrent la sueur qui leur trempait le front. Takano poussa un gros soupir.

— Quelle idée, franchement ! Un pas de travers et toi aussi tu passais par-dessus bord.

— Mais ça s'est bien terminé.

— Hé, le jeunot ! tu regardes trop de séries policières à la télé.

Au pied du réservoir, Makino, les mains sur les hanches, l'engueulait. Mamoru lui adressa une courbette.

— Il aurait fallu poser une rambarde autour de cette citerne aussi. Je vais le conseiller au directeur.

— La fille, comment a-t-elle fait pour grimper ?

— Comme toi, tiens. Il paraît qu'elle se trouvait au rayon instruments de musique, au deuxième, quand subitement elle a agi bizarrement. Elle a filé vers le haut, toujours plus haut, comme un animal talonné par le feu, jusqu'ici.

— Ah bon ? Qu'est-ce qui a bien pu lui arriver ?

— C'est la première fois que je vois ça. On aurait vraiment dit qu'elle était traquée.

Soudain, Takano pencha la tête sur le côté et regarda Mamoru.

— Au fait, par où es-tu monté ?

— Par l'escalier de service.

— Mais la porte devait être fermée à clé ?

— Pas aujourd'hui.

Les tremblements avaient enfin cessé et il se sentait capable de redescendre. Il jeta un coup d'œil en bas, un pompier le regardait, l'air en colère.

— Désolé de vous avoir dérangés.

Takano s'inclina et le pompier lui répondit sèchement :

— Ça ne va pas, de prendre les choses en main vous-mêmes !

A cause du tumulte provoqué par la tentative de suicide, entre les interrogatoires de la police et des pompiers, les remontrances et le retard pris dans le travail, Mamoru fit ce jour-là une heure supplémentaire. Quand il quitta Laurel, il était épuisé.

A bicyclette, il tournait au coin de la rue longeant les berges quand, dans son dos, quelqu'un l'interpella. Il ralentit et se retourna : Maki le rattrapa en courant, les pans de sa veste battant au vent.

En faisant coulisser la porte d'entrée qui coinçait un peu, ils lancèrent en chœur, comme deux écoliers :

— Nous voilà !

— Bonsoir !

Une voix connue, mais aux accents nostalgiques, s'éleva. Mamoru et Maki, écrasant le talon des chaussures qu'ils avaient commencé à ôter, se regardèrent.

Taizô ouvrit la paroi coulissante et apparut.

— Me voilà, dit-il lui aussi.

4

Ce soir-là, Yoriko s'activa frénétiquement et prépara un tel dîner que tous les plats ne tenaient pas sur l'étroite table.

— Il paraît que papa avait tellement envie de boire une bière qu'il en rêvait. Maki fit la moue, gonflant les joues. C'est pas sympa, hein, de nous préférer une bière.

Taizô avait les traits un peu tirés. Mais son visage, quand il vida son verre de bière et rit, était exactement le même qu'avant.

— C'est pas grave ! Puisqu'il est de retour à la maison.

Taizô reposa sa chope, arrêta de la main Yoriko qui avait saisi la bouteille et la lui tendait, puis se mit à genoux, assis sur ses talons.

— Avec cette affaire, je vous ai vraiment causé du souci et de l'embarras. Je suis terriblement désolé. Je vous suis reconnaissant. Maman a même été blessée à cause de moi…

Courbant son corps trapu, Taizô posa les mains sur les tatamis et s'inclina profondément.

— Arrête, papa ! Tu nous embarrasses ! s'exclama Maki. Allez, on mange ! D'accord ?

Après le dîner, Mamoru et Maki se firent expliquer en détail comment Taizô avait pu rentrer à la maison.

— Quel genre de personne est le témoin qui s'est manifesté ? En définitive, c'est son témoignage qui a été décisif, non ?

— Maki, tu connais une entreprise qui s'appelle Shin Nihon Shôji ? s'enquit Taizô.

— Bien sûr. Au bureau, les commerciaux essaient tous de décrocher un contrat avec eux.

Maki travaillait pour Air Cargo, une entreprise de fret aérien.

— Shin Nihon Shôji, au départ, s'occupait principalement de l'importation de meubles de luxe et d'antiquités. Mais depuis cinq ans, ils se sont lancés dans la construction d'immeubles résidentiels et d'hôtels de tourisme. Evidemment, il s'agit uniquement de résidences de standing, bâties avec des matériaux luxueux et somptueusement meublées, mais ça marche du tonnerre et l'entreprise se développe à toute vitesse. La mode rétro d'il y a quelque temps a aussi été lancée par cette boîte.

— Qu'est-ce que cette entreprise vient faire là-dedans ? demanda Mamoru.

— C'est son PDG adjoint qui s'est manifesté. Un certain Kôichi Yoshitake…

— Vraiment ? Je sais qui c'est ! Il tient dans un magazine une chronique intitulée Visitons le bureau de…, ses articles ont été rassemblés dans un livre broché. Je l'ai vu.

— Ce bouquin-là, je le connais. C'est un grand format, avec des photos, pas vrai ?

— Oui, c'est ça. Il y a plein de bureaux de gens célèbres, des écrivains, des journalistes, des architectes…

— Ça s'est bien vendu, fit Mamoru.

— C'est quelqu'un de célèbre, dit pensivement Yoriko. Rien d'étonnant à ce qu'il ait tardé à se manifester…

— Comment ça ?

Yoriko jeta un regard rapide à Taizô. Celui-ci se racla la gorge et dit :

— Quand monsieur Yoshitake a été témoin de mon accident, il se rendait chez sa maîtresse.

Mamoru et Maki restèrent bouche bée.

— Comme le témoin s'est manifesté après coup, la police a enquêté avec beaucoup de prudence, semble-t-il. Pour voir s'il n'y avait rien de bizarre dans ses déclarations. Un peu avant l'accident, monsieur Yoshitake a parlé avec mademoiselle Sugano. Il lui a demandé l'heure et elle lui a répondu… D'après lui, peut-être qu'elle courait parce qu'elle était pressée de rentrer.

Yoriko résuma brièvement le témoignage de Yoshitake.

— Je comprends. Ça se tient. Moi aussi, je fais pareil quand je rentre toute seule. Maki hocha la tête à plusieurs reprises. Zut alors ! Les policiers sont vraiment soupçonneux. Moi, je ne me marierai jamais avec un policier.

— De toute façon, il ne voudrait pas de toi, lança Yoriko, et Maki lui tira la langue.

— Effectivement, quelqu'un dans sa situation…

— N'a aucune raison de mentir exprès. C'est pour ça que j'ai pu rentrer. Taizô était ému.

— Monsieur Yoshitake a pris le nom de sa belle-famille. Le PDG de l'entreprise, c'est sa femme. C'est l'inspecteur en charge du dossier qui me l'a dit, mais monsieur Yoshitake va sans doute avoir des problèmes. Il paraît même qu'il est question de divorce.

— Le pauvre ! Yoriko semblait peinée. Nous lui devons une fière chandelle, puisqu'il a témoigné sans se préoccuper de tout ça. Il a drôlement dû hésiter.

— Tu rigoles ? Tu es trop gentille. Maki n'était pas d'accord. A la base, si papa a été arrêté, c'est à cause de lui. Parce qu'il s'est enfui, alors qu'il aurait dû témoigner immédiatement. Ne l'oublie pas.

— Tu es sévère, Maki. Taizô eut un rire forcé. Cette histoire t'en a fait voir de toutes les couleurs, hein ?

Il se tourna vers Mamoru :

— Toi aussi, Mamoru, tu as dû vivre des moments désagréables au lycée.

— Rien de bien grave, répondit celui-ci.

Maki garda le silence.

— Dis-moi plutôt, que va-t-il se passer à partir de maintenant ? s'enquit Mamoru pour changer de sujet. Puisqu'il est établi que mademoiselle Sugano était en faute.

— Pour autant, cela n'annule ni le défaut d'attention ni l'infraction de conduite. Mais maître

Sayama va faire en sorte que je m'en tire avec une amende. L'accord à l'amiable est en bonne voie.

A partir de maintenant, c'est ça qui va être compliqué, pensa Mamoru. Son oncle n'échapperait sans doute pas à une suspension de permis.

Malgré tout, il a pu rentrer à la maison, tant mieux. Et je vais pouvoir abandonner le secret de Yôko Sugano, tant mieux aussi. Mamoru s'appliqua à ne penser qu'à cela. Aux points positifs. Car il s'était passé plein de choses, mais il semblait possible de s'en sortir avec un minimum de casse.

— … Mais il y a aussi des dommages irrémédiables, lâcha Maki dans un murmure. Comme si elle avait lu dans l'esprit de Mamoru et qu'elle lui répliquait, sa voix était rude.

Ce soir-là, peu après vingt et une heures, Mamoru téléphona à Nobuhiko Hashimoto, pour lui annoncer qu'il n'aurait pas besoin de témoigner.

Il était absent. Le message du répondeur défila. Mamoru expliqua brièvement la situation, exprima sa profonde gratitude pour l'aide de Hashimoto et raccrocha. En toute honnêteté, il était soulagé de ne pas avoir eu à lui parler.

Ensuite, il reçut un appel de Miss. Elle prenait les cours en notes pour lui et l'informait aussi des mouvements de Nozaki, Miura et monsieur Iwamoto. Quand il lui apprit que Taizô était rentré et qu'il y avait de l'espoir, elle applaudit.

A vingt-trois heures précises, il partit courir.

Ce soir-là, il modifia son itinéraire et se rendit une nouvelle fois au carrefour où s'était produit l'accident. Les mêmes étoiles que la nuit où il avait joué les cambrioleurs brillaient, accompagnées d'une lune tranchante à s'y couper les doigts.

Le carrefour était calme ce soir-là encore. Désertique ; seul le feu changeait de couleur.

Mamoru se tourna vers l'immeuble de Yôko Sugano et s'inclina.

Pardon d'avoir fouillé vos affaires. Je n'en parlerai à personne. Reposez en paix.

Le cœur léger, Mamoru prit plaisir à courir. Quand il arriva près de la maison, il vit sur la berge une silhouette blanche, solitaire.

C'était Taizô.

— Tu n'arrives pas à dormir ?

Mamoru s'assit à côté de Taizô. Le contact du béton froid était agréable à son corps échauffé par l'exercice.

Par-dessus son pyjama, Taizô portait un épais pull tricoté à la main que Maki lui avait offert pour son anniversaire. Il jeta dans la rivière le mégot qu'il tenait entre ses doigts. Le point rouge décrivit un arc de cercle et disparut en un clin d'œil.

— Si tu restes comme ça après avoir couru, tu vas prendre froid.

— Ça va.

— Attends un instant, dit Taizô, et il s'éclipsa.

A son retour, il tenait deux canettes de café à la main ; il en tendit une à Mamoru.

— Attention, c'est chaud.

Ils burent en silence.

— Je t'ai causé de sacrés ennuis, murmura Taizô.

— Je n'ai rien pu faire pour t'aider.

De nouveau, un silence se fit. Taizô finit son café, posa la canette à ses pieds et dit :

— Il paraît que tu ne vas pas en cours en ce moment.

Mamoru recracha la gorgée de café qu'il était en train d'avaler et toussa. Taizô tendit le bras et lui tapa dans le dos.

— Tu m'as surpris ! s'exclama Mamoru quand il arriva enfin à parler, la voix encore étranglée. Comment le sais-tu ?

— Aujourd'hui, quand je suis rentré à la maison, ta tante était partie faire les courses, ça devait être autour de quinze heures. Le lycée a téléphoné.

Une sueur froide envahit Mamoru.

— Heureusement que c'est toi qui as pris l'appel. C'était qui ?

— Monsieur Iwamoto. Il m'a demandé de te dire de venir demain et de te rendre à son bureau dès ton arrivée.

Qu'est-ce que ça signifie ? se demanda Mamoru. A-t-il découvert le vrai coupable ? Ou alors… ma punition a-t-elle été décidée ?

— Ce n'est pas à cause de ton accident que je ne vais pas en cours.

Taizô regardait la rivière.

— Vraiment, ça n'a rien à voir du tout.

Pendant qu'il lui expliquait de quoi il retournait, Taizô n'émit pas un seul commentaire. Quand il eut fini, son oncle lui demanda doucement :

— Et alors, que va-t-il se passer ?

— Je ne sais pas. Mais comme monsieur Iwamoto n'est pas du genre à faire les choses à moitié, demain j'irai au lycée et j'écouterai ce qu'il a à me dire.

Ils gardèrent le silence, les yeux sur le panneau géant de la compagnie de cars de la rive opposée. Un autobus rentrait justement à l'entrepôt. Il y a donc des cars de tourisme qui circulent si tard… se dit vaguement Mamoru.

— Pour toi aussi, c'est dur, hein. Taizô parla enfin. C'est dur pour les enfants, à leur niveau.

En observant le profil de son oncle, Mamoru comprit à quoi celui-ci pensait.

— Maki est déjà une adulte, elle.

— C'est vrai. Il rit un peu.

Le visage de Maki, qui semblait empreint de crainte quand elle l'avait interrogé : *Il y a eu des coups de fil pour moi ?*

Mais il y a aussi des dommages irrémédiables…

— Je ne peux plus conduire.

Taizô, dans un murmure, lâcha les mots davantage qu'il ne parla.

— Oui… Ton permis va être suspendu pendant un temps ? Mais c'est juste une question de patience.

— Non, ce n'est pas ce que je veux dire.

Taizô répondit lentement et alluma une cigarette. Il avait le regard dans le vague.

— J'ai toujours fait ce métier et je n'ai jamais provoqué un seul accident. C'était ma fierté.

— Je trouve ça remarquable.

— Mais avec cet accident, quelqu'un est mort par ma faute. Une jeune fille. Alors que si elle avait vécu, un tas de choses agréables l'attendaient sans doute.

Ce n'était pas exactement le cas… nuança Mamoru en son for intérieur.

— C'est seulement par chance que je n'avais jamais eu d'accident jusque-là. Parce que je l'ai oublié et que j'en ai tiré de l'orgueil, j'ai été puni un bon coup. C'est comme ça que je le ressens. Ce soir-là, j'étais tout gai…

Taizô lui raconta, d'une voix sourde.

Le jour en question, légèrement enrhumé, il ne sentait pas très bien. Alors, vers vingt heures, il avait décidé de rentrer même s'il était encore tôt, mais, au moment où il avait affiché Service terminé, une cliente s'était présentée.

— Une femme d'une quarantaine d'années, elle allait à Narita. Son mari, un employé d'une maison de commerce en poste à l'étranger, avait perdu connaissance et elle se rendait à son chevet. Ne supportant plus d'attendre le taxi qu'elle avait demandé par téléphone, elle avait marché jusqu'à une rue fréquentée et je suis passé au même moment.

— Tu as eu de la chance.

— C'était aux confins de la ville nouvelle de Sanyû. Un endroit où je ne tourne presque jamais en temps normal. Cela tombait bien que je passe par hasard. La dame m'a dit la même chose. Que cela relevait du miracle qu'un taxi apparaisse comme ça, alors que d'habitude on n'en voyait jamais.

Renonçant à afficher Service terminé, il avait conduit la cliente jusqu'à l'aéroport de Narita, puis à la station de taxis, il avait pris un homme. C'était un jeune père qui, à l'annonce de la naissance de son premier enfant, rentrait précipitamment d'un déplacement à l'étranger. Ce client était descendu à deux pâtés de maisons au nord de l'intersection où s'était produit l'accident.

— J'avais la pêche. Je me disais que ce métier n'était pas si mal que ça. Et là, ça a été l'accident…

Un silence tomba. Au loin, une seule fois, un puissant bruit de pétarade retentit.

— Mademoiselle Sugano a surgi sans un regard, comme si elle était poursuivie.

D'une voix blanche, Taizô continua.

— J'ai braqué de toutes mes forces, mais c'était foutu. Elle a d'abord heurté le pare-chocs, puis elle a volé comme une poupée de paille et est retombée de tout son long sur le capot. Elle a heurté le pare-brise…

Taizô se passa les mains sur le visage et soupira.

— … Ça a fait un bruit ! Je n'avais jamais rien entendu de tel et je ne veux plus jamais l'entendre. Mais parfois, ça me revient aux oreilles. Dans mes rêves, dans la salle d'interrogatoire de la police, et aussi quand j'étais à ne rien faire dans ma cellule, je l'ai entendu plein de fois.

Mamoru essaya d'imaginer. La fille d'aujourd'hui, en pull rouge. Si elle était tombée, sûrement…

— Je suis descendu de voiture et j'ai couru vers elle, elle était étendue sur le dos, elle était encore en vie. Je me souviens lui avoir dit : « Tenez bon ! » Mais elle ne semblait pas m'entendre. Une expression de surprise figée sur le visage, les yeux écarquillés, elle répétait la même chose d'une voix faible : « C'est affreux, quelle méchanceté ! C'est incroyable. » Moi, j'avais la tête prise dans un étau, j'étais complètement perdu ; debout au milieu du carrefour, j'ai regardé autour de moi. Sur le coup, j'ai pensé qu'elle était peut-être avec quelqu'un. Mais il n'y avait personne. Et alors, un agent est arrivé en courant.

C'est affreux, quelle méchanceté, c'est incroyable. Mamoru crut entendre cette voix, dans un souffle rauque.

— J'étais dans tous mes états et le policier devait être également paniqué. Je ne me rappelle pas bien ce que j'ai fait, mais il paraît que j'ai hurlé des choses comme : « Appelez vite une ambulance ! Cette fille était poursuivie ! Cherchez qui la suivait ! »

— Quand as-tu appris que mademoiselle Sugano était morte ?

— Au commissariat. Sur le coup, je me suis dit que là, je ne pourrais peut-être plus jamais rentrer à la maison.

Taizô se tut. Côte à côte, le regard tourné vers la rivière, ils restèrent assis sans échanger un mot. On entendait le faible bruissement de l'eau. La marée descendait.

Sa voix grave s'éleva enfin :

— Je ne peux plus conduire. Jusqu'à la fin de ma vie, je ne toucherai plus jamais un volant.

Taizô, la tête reposant sur ses poings, les yeux fixés sur la surface luisante de la rivière, restait parfaitement immobile. Mamoru, contemplant un radeau qui se balançait, réfléchissait à ce qui se passait une fois que l'eau s'était retirée sous la cote d'alerte.

5

— Comment ça, c'est Miyashita le coupable ? C'est ridicule !

Dans un coin de la salle d'équipement du département sportif, monsieur Iwamoto était campé sur une chaise. A environ un mètre de lui, Mamoru se tenait au garde-à-vous contre un mur, comme cela lui avait été intimé, mais instinctivement il fit un pas en avant.

— Vous avez enquêté pendant plusieurs jours pour parvenir à cette conclusion aberrante ?

En temps normal, Iwamoto l'ogre n'était pas le genre de professeur à laisser un élève lui parler sur ce ton. Cependant, conscient d'être confronté à un problème plus grave qu'une simple question de langage, il laissa passer le dérapage verbal de Mamoru.

— Lorsque Miyashita est venu avouer, c'est aussi ce que je me suis immédiatement dit.

— Quand était-ce ?

— Hier, à la pause de midi. Et quand je l'ai pressé de me donner des détails, il s'est empêtré et contredit. Je lui ai dit de reprendre ses esprits et je l'ai renvoyé chez lui.

Le visage massif du professeur de sport se plissa en une grimace.

— Il est rentré tout droit et s'est pendu à un linteau.

Mamoru eut un violent coup au cœur. L'enseignant se dépêcha de poursuivre :

— Il s'est pendu, mais la corde s'est dénouée et il est tombé par terre. Comme ses parents se sont précipités à son secours, ça va, il n'a pas une égratignure. Ne fais pas cette tête-là. Si quelqu'un entre, il va croire que j'ai essayé de t'étrangler.

— Et alors… Mamoru déglutit à plusieurs reprises et rassembla ses forces pour demander : Où est Miyashita ?

— Il est chez lui aujourd'hui. Il souhaite te voir. Il refuse catégoriquement de m'expliquer pourquoi il s'est dénoncé aussi stupidement. Il se borne à dire qu'il veut te voir et te parler.

— J'y vais immédiatement.

— Pas si vite. Tu vas d'abord en classe et tu iras chez Miyashita après les cours. Il est d'accord, il t'attend. Si tu continues à prendre des vacances impromptues, tu vas avoir affaire à moi.

Inopinément, il lui assena un coup de poing. Il m'a bien eu, se dit Mamoru et, pendant un moment, son monde oscilla verticalement et horizontalement.

— Ça, c'est mon sceau pour cautionner tes quatre jours d'absence improvisés. Si tu trouves que ça fait mal, ne te conduis plus ainsi. De toute façon, toi, quand tu as une idée en tête, tu ne l'as pas ailleurs.

— Sans doute que je vous ressemble.

— Je me passerais bien de la comparaison.

Monsieur Iwamoto émit un grognement, mais ses yeux riaient.

— Et alors, où en est l'histoire du vol des cotisations du club ? Pour finir, il a été décidé que c'était moi le coupable ?

Le professeur écarquilla les yeux.

— Idiot ! Je n'ai jamais cru à cette histoire.

— Mais…

— Je savais pertinemment que c'était Miura et sa bande qui manigançaient quelque chose. Mais sans la moindre preuve, je ne pouvais pas affirmer qu'il s'agissait d'un mensonge. Ça ne leur aurait pas non plus servi de leçon. Alors, depuis le vol, je vais traîner tous les soirs en ville, et finalement, hier en fin d'après-midi, j'ai coincé Miura et Sasaki à la sortie d'un cinéma interdit aux moins de dix-huit ans. Les imbéciles, ils avaient même bu de l'alcool, lâcha-t-il d'un air furieux.

Monsieur Iwamoto, à cause d'une maladie du foie, avait dû arrêter de boire. Mamoru se le rappela, cela lui parut quelque peu cocasse.

— J'ai même demandé l'aide du poste de police, ça m'a donné du boulot. Ils m'ont bien enquiquiné.

— Mais ils peuvent dépenser tout leur argent là-bas, ça n'a aucun lien avec le vol des cotisations, n'est-ce pas ?

— C'est sûr. Parce que, maintenant, tous les élèves ont un petit boulot. En principe, c'est pourtant censé être interdit en dehors des grandes vacances.

Mamoru, qui s'était attiré un regard noir par la même occasion, rentra la tête dans les épaules.

— Quoi qu'il en soit, c'est bien une violation du règlement de l'école. Et aussi du règlement intérieur du club de basket-ball. C'est parce que des morveux de seconde ne se gênent pas pour enfreindre les règles qu'il arrive que les cotisations disparaissent. Les élèves de première et de terminale qui les laissent faire sont coupables de négligence, eux aussi. J'en ai profité pour leur passer un bon savon. Jusqu'à la fin de l'année, tous les membres du club de basket sont de nettoyage des toilettes du lycée. A la place du stage du jour de l'an, ils feront un petit boulot que j'aurai choisi pour eux, afin de remplacer l'argent disparu.

Monsieur Iwamoto sortit son mouchoir de sa poche et se moucha dans un bruit d'explosion.

— Voilà en ce qui concerne le vol. Plus que tout, ma responsabilité est engagée parce que je n'ai pas su surveiller correctement ces imbéciles. De ce fait, je t'ai causé du tort. Pardon.

Il se leva et s'inclina dignement.

— Tu trouves peut-être que la punition est trop légère, mais j'ai l'intention de garder Miura et sa bande au sein du club de basket. Ils peuvent me supplier en pleurant pour quitter le club, je ne les laisserai jamais faire. Justement parce qu'ils sont ce qu'ils sont, je dois les garder et leur en faire baver. Tu comprends ?

Mamoru opina.

— Bien, tu peux disposer. Avant d'aller en classe, va d'abord voir monsieur Nozaki et excuse-toi d'avoir manqué les cours. C'est un prof sérieux.

— D'accord.

Il s'apprêtait à quitter la pièce quand monsieur Iwamoto, comme si cela lui revenait seulement à l'esprit, dit :

— Kusaka, moi, je ne crois pas à l'hérédité.

La main sur la poignée de la porte, Mamoru s'arrêta.

— Si tous les têtards devenaient des grenouilles, il y aurait des grenouilles partout et ça ferait un barouf insupportable. Moi, je ne suis qu'un simple prof de gym, les histoires compliquées, ce n'est pas mon truc. Ce n'est pas mon truc, mais si je ne me lasse pas d'un boulot aussi pénible que l'enseignement, c'est parce que c'est intéressant de voir des têtards se transformer en chien ou en cheval.

Mamoru sentit se dessiner un sourire sur ses lèvres. Un rire franc montait en lui, pour la première fois depuis longtemps.

— Mais dans la vie, il y a un tas de types bigleux. Ils touchent la queue d'un éléphant et piaillent que c'est un serpent, ils saisissent la corne d'une vache et croient que c'est un rhinocéros. Ces types-là, ils ne voient même pas le bout de leur nez. Ne te mets pas en colère à chaque fois qu'il y en a un qui te rentre dedans, débrouille-toi pour les esquiver.

La maison de Yôichi Miyashita était un bâtiment en béton à deux étages, avec des bureaux au rez-de-chaussée. Ses parents tenaient ensemble une étude notariale. La phrase Inscription au registre du commerce et estimations immobilières sous la pancarte et, à côté, le dessin d'une ville verdoyante semblaient être l'œuvre de Yôichi.

Sa mère avait la même silhouette fine que lui. Elle conduisit Mamoru jusqu'à une pièce du deuxième étage ; près de la porte, des cadres mettaient en valeur plusieurs dessins de Yôichi.

Mamoru frappa et une voix faible lui répondit :

— Qui est-ce ?

— Zéro plus zéro égale la tête à Toto.

La porte s'ouvrit. Le visage de Yôichi, déjà au bord des larmes, apparut.

— Je ne suis qu'un bon à rien. Même pas capable de faire un nœud correctement, dit Yôichi, la tête basse, en évitant soigneusement de regarder Mamoru.

Mamoru examina le linteau. Solide, il paraissait parfaitement capable de supporter le poids de Yôichi. Heureusement que la corde s'était dénouée.

Yôichi portait toujours ses bandages et il semblait s'être ratatiné encore un peu plus.

— Pourquoi tu as fait ça ?

Yôichi ne répondit pas.

— Monsieur Iwamoto m'a tout raconté. Tu as eu pitié de moi parce que je risquais de me faire virer, accusé injustement, c'est pour ça que tu as essayé de m'aider en mentant ?

Le silence régnait. C'était calme en bas également, peut-être parce que les parents de Miyashita s'inquiétaient de leur conversation, se dit-il.

— Mais tu as eu tort. Et pour couronner le tout, tu essaies de te tuer, c'est n'importe quoi ! Est-ce que tu as un peu pensé à la tristesse de ton entourage ? Et puis d'abord, tu fais tout ça pour moi, mais je ne peux pas te suivre. C'est impossible à assumer.

Après un long silence, une voix semblable à un vrombissement de moustique répondit :

— C'est moi le coupable…

— Mais puisque ce n'est pas vrai ! dit Mamoru en secouant la tête, mais Yôichi lui coupa la parole et poursuivit :

— C'est moi le coupable. C'est moi qui ai tout fait. Toi aussi, si tu savais ce que j'ai fait, tu me mépriserais.

— De quoi tu parles ? Mamoru était un peu déstabilisé par la force avec laquelle Yôichi s'exprimait. Qu'est-ce que tu as fait ?

Des larmes coulaient sur les joues de Yôichi.

— C'est moi le coupable, répéta-t-il. L'article sur ton oncle, le message sur le tableau noir, le graffiti assassin sur le mur de ta maison, tout ça, c'est moi. C'est moi le coupable.

Comme s'il avait soudain reçu un coup de poing, Mamoru resta sans voix. Il regarda tour à tour la tête de Yôichi qui tressautait à chaque hoquet et sa main droite bandée.

— Alors, ta main… Tu t'es coupé quand tu as brisé la vitre chez moi ?

Yôichi opina. Mamoru reprit ses esprits.

— J'ai compris, dit-il à voix basse. C'est Miura et sa bande qui t'ont forcé. C'est ça ?

Yôichi hocha de nouveau la tête, vigoureusement.

— En agissant eux-mêmes, s'ils se faisaient prendre, ça aurait craint. Alors, ils t'ont intimidé pour que tu le fasses à leur place.

Mamoru repensa au jour où Yôichi était venu à Laurel. Voilà ce qu'il avait cherché à lui dire à ce moment-là.

— Tes blessures, là, ce n'est pas une chute de vélo, n'est-ce pas ? Quelqu'un de la bande de Miura a appris que tu étais venu me voir au boulot, que tu voulais tout me dire. Alors ils t'ont tabassé, hein ?

Yôichi, de sa main gauche intacte, s'essuya le visage.

— Ils m'ont dit que si je n'obéissais pas, si j'en parlais à quelqu'un, la prochaine fois, je ne m'en tirerais pas aussi bien. Qu'ils pouvaient me bousiller les deux mains pour toujours, me rendre aveugle. Que personne ne saurait que c'étaient eux les coupables.

Le sang bouillait jusqu'au fond des oreilles de Mamoru.

Un jour, Taizô avait dit : « De colère, le sang a failli me jaillir des oreilles. » C'était quand il avait rattrapé un chauffard qui avait renversé un enfant. Si Taizô ne l'avait pas pris en chasse et contraint à s'arrêter, l'homme aurait réussi à s'enfuir. Il conduisait sans permis et sous l'emprise de l'alcool.

Il comprit ce que son oncle avait ressenti. S'il avait été vieux, quelque part dans son crâne, un vaisseau sanguin aurait éclaté.

— Je ne sais rien faire. Je suis nul en sport, j'ai de mauvaises notes en classe. Les filles ne m'accordent pas la moindre attention. A part le dessin... Le dessin, c'est tout ce que j'ai. Il n'y a que là que je suis meilleur que les autres. Si on m'enlevait ça, je ne serais vraiment plus qu'une coquille vide. C'est pour ça que quand ils m'ont menacé, j'étais mort de trouille. J'aurais peut-être mieux supporté qu'ils menacent de me tuer. S'ils m'avaient rendu aveugle, s'ils m'avaient bousillé les mains, je me serais transformé en zombie. Je ne serais pas mort, mais j'aurais été privé de toute substance, vide et desséché. A cette idée, je n'ai pas pu faire autrement que d'obéir à Miura et sa clique. Parce que mettre leurs menaces à exécution, ça n'a rien de plus compliqué pour eux que des exercices d'échauffement.

Regardant enfin Mamoru, Yôichi continua :

— Mais j'étais torturé par ma conscience. Tu essayais de me comprendre. Alors que personne ne s'intéressait à moi, tu étais le seul à vraiment me parler. Et pourtant moi je faisais des choses qui m'interdisaient de te regarder en face. Alors, j'ai voulu racheter ma faute.

— Racheter ta faute... ?

— Si je m'accusais de ce vol, si cela réglait l'affaire, tu serais sauvé. C'est ce que je me suis dit. Mais ça non plus, je n'y suis pas arrivé. Devant monsieur Iwamoto, je n'ai même pas réussi à mentir de façon convaincante. Alors que j'y avais réfléchi toute la nuit précédente. Il m'a dit : « Toi, contente-toi de dessiner gentiment. » Et aussi : « Laisse Kusaka se débrouiller tout seul, ça ira. » Je suis rentré chez moi. Et alors, je me suis trouvé encore plus nul et pitoyable. Ma vie ne valait rien. Donc, j'ai essayé de me pendre, mais là encore, j'ai raté mon coup.

Mamoru inspira à fond et répliqua :

— Ça, c'est le plus beau des ratages.

Mamoru quitta la maison des Miyashita et retourna au lycée. Dix-huit heures trente. Il sauta par-dessus le portail de derrière qui était fermé, prit garde à ne pas se faire remarquer et franchit l'entrée de service ouverte le soir.

A l'intérieur, toutes les lumières étaient éteintes, une obscurité vide régnait. Mamoru gagna directement l'étage, sortit sa lampe-stylo et chercha le casier de Miura.

Le quatrième à partir de la droite, rangée du haut. Un cadenas à chiffres tout rouge luisait.

De la gnognotte, pensa-t-il.

Il ouvrit le casier et rangea méticuleusement le capharnaüm à l'intérieur, avec un soin que même la mère de Miura n'y aurait pas apporté. Des serviettes pas très nettes, des livres de cours, des classeurs, des cahiers à la couverture pliée, des tee-shirts empestant la sueur, un paquet de cigarettes Lark à moitié plein… Ensuite, il arracha une page d'un cahier et y écrivit au stylo : Kunihiko Miura croit à l'hérédité.

Il posa la feuille sur le dessus, bien en vue, ferma la porte et remit le cadenas en place.

Il quitta l'établissement et entra dans la cabine téléphonique toute proche. Il composa le numéro des Miura.

— Allô ?

L'autre répondit du premier coup. Attendait-il un coup de fil de sa copine ? Sa voix était bizarrement aimable.

— Miura, c'est toi ?

— Oui, mais… Il se tut un instant puis, l'air soupçonneux : Quoi, c'est toi, Kusaka ?

De nouveau, la tension de Mamoru monta d'un cran, ses tempes battirent douloureusement. Le plus clairement possible, d'un ton mesuré, il commença à parler :

— Je ne me répéterai pas, alors écoute bien. Miura, je sais exactement tout ce que tu as fait. Et aussi pourquoi tu fais ça. Parce que je suis un étranger, un péquenaud, le fils d'un voleur, un parasite orphelin, n'est-ce pas ? Toi, tu adores emmerder ce genre de personne. Mais tu sais, Miura, c'est toi, le pauvre type. Tu as ouvert une porte qu'il valait mieux garder fermée.

Un silence surpris lui parvint. Puis des cris. Mamoru, inébranlable, haussa lui aussi le ton :

— Je t'ai dit que je ne me répéterai pas. Ferme-la et écoute. Parce que, même si tu viens me voir après pour discuter, ce sera trop tard.

Ecoute-moi bien, Miura, je suis effectivement un parasite orphelin, le fils d'un voleur. Mais je vais t'apprendre encore mieux. Mon père n'a pas seulement détourné de l'argent, c'est aussi un assassin. Il a tué ma mère. C'est juste qu'il ne s'est pas fait prendre.

La responsabilité de la mort précoce de Keiko, usée, revenait en partie à Toshio. Mamoru l'avait toujours pensé. Donc, ce n'était pas un mensonge.

— Le graffiti que tu as fait gribouiller sur le mur de chez moi, c'est la vérité. Je suis aussi le fils d'un assassin.

Silence. Cette fois, l'autre retenait son souffle.

— Tu as vu juste, Miura. Je suis le fils d'un assassin. Tu crois à l'hérédité, non ? Le fils d'un voleur est un voleur, hein ? C'est exactement ça. L'hérédité, ça existe. Alors, ne me prends pas à la légère. Le sang d'un assassin coule dans mes veines. Le fils d'un assassin est un assassin. N'est-ce pas ?

— Attends… Une voix cherchant à se justifier s'éleva.

— Ta gueule, je te dis. Tiens, Miura, on va faire comme ça. Si tu essayais de te souvenir ? De la fille que tu visais avant. Avec son vélo. Elle a retrouvé sa clé et elle a pu rentrer chez elle, eh bien, ce n'était pas vrai. Il paraît que tu es au courant aussi, mais c'est moi qui ai forcé l'antivol. Quand on a du sang de voleur dans les veines, un truc comme ça, c'est trois fois rien. C'est inné. Mais dis donc, Miura, ne t'imagine pas que je ne sais ouvrir que les antivols de vélo.

De la colère naissaient les mots, qui la nourrissaient. Mamoru vida son sac.

— Ecoute bien, à partir de maintenant, si tu nous cherches des embrouilles, à moi, mes amis ou ma famille, si tu touches à un de leurs cheveux, alors je ne réponds plus de rien. Tu pourras te planquer derrière autant de portes verrouillées que tu veux, partir aussi loin que tu veux, ce sera inutile. Parce que je forcerai toutes les serrures et je te traquerai aussi loin qu'il le faudra. Ta moto chérie, où est-ce que tu la gares ? Dans un lieu sûr, bien fermé à clé ? Méfie-toi avant de prendre la route. Quand tu fonces à cent à l'heure, découvrir que les freins ne répondent plus, c'est pas cool, hein ?

Il avait l'impression de sentir les genoux de Miura trembler à l'autre bout du fil.

— T'as pigé ? Crois à l'hérédité. Et prends bien soin de toi.

Pour finir, il coupa la communication en raccrochant violemment le combiné.

Un lourd poids disparut de son estomac. Il s'aperçut que ses genoux à lui aussi tremblaient. Il s'adossa à la vitre de la cabine et poussa un profond soupir.

6

Extrait de l'hebdomadaire de photoreportage *Spider*, numéro 524, daté du 30 novembre :

Entre « bonne conscience » et « maîtresse »
Le cas du témoin de bonne volonté qui se manifeste

Parmi nos chers lecteurs, certains d'entre vous ont-ils le bonheur d'être membres du conseil d'administration d'une entreprise affichant dix milliards de yens de chiffre d'affaires annuel, d'être mariés à une femme belle et fortunée, et d'avoir une maîtresse encore plus jeune et jolie que ladite épouse ? Le personnage figurant sur la photo de gauche, monsieur Kôichi Yoshitake, PDG adjoint de Shin Nihon Shôji, possède cette chance exceptionnelle. En outre, il est également doté d'un rare sens de la justice et de l'équité.

Tout a commencé avec un accident de la circulation, dans la nuit du 13. Un accident dans lequel est décédée une étudiante de vingt et un ans, renversée par un chauffeur de taxi à son compte ; or, dans cet incident, faute de témoin oculaire, les affirmations du chauffeur, d'après lequel la victime avait ignoré le feu et surgi devant la voiture, et celles des proches de la victime, affirmant que c'était le conducteur qui n'avait pas respecté le feu rouge, étaient radicalement opposées. Et c'est le témoignage de monsieur Yoshitake, dont il est ici question, qui a mis un terme à cette opposition, a lavé de tout soupçon le chauffeur qui avait été arrêté et lui a rendu sa liberté.

L'endroit où monsieur Yoshitake a été témoin de l'accident est fort éloigné de son domicile et aucune raison valable ne justifiait sa présence en ce lieu à cette heure. La seule raison, éminemment préjudiciable, est qu'il allait rendre visite à mademoiselle I., sa maîtresse, dont l'appartement se trouve près des lieux de l'accident.

Monsieur Yoshitake, quarante-cinq ans, est originaire de la ville de Hirakawa, dans la préfecture de X. C'est un homme d'affaires habile, qui, de simple commercial, s'est hissé à sa position actuelle. Mais Shin Nihon Shôji, dont il est le PDG adjoint, est la propriété de son épouse et du père de celle-ci, le fondateur de l'entreprise. On imagine aisément que, dans sa position, avoir une maîtresse requiert la plus grande prudence.

Néanmoins, quand monsieur Yoshitake apprend que, faute de témoignage au moment de l'accident, le chauffeur est injustement accusé, il se présente au commissariat de Jôtô et témoigne que le déroulement de l'accident est conforme aux déclarations du conducteur. Ses souvenirs sont précis, il se rappelle même que juste avant l'accident, lorsqu'il lui a demandé l'heure, la victime, une étudiante, a répondu : « Il est minuit cinq. » De ce fait, le commissariat de Jôtô a reconnu la véracité de son témoignage, et la cause de l'accident a été attribuée à un manquement de la victime. Le réel courage de monsieur Yoshitake et sa générosité d'homme préférant la justice sociale à la paix dans son foyer ont ainsi été démontrés, mais, parallèlement, des spéculations pessimistes se font également jour, d'après lesquelles son divorce ne serait plus qu'une question de temps.

Malgré tout, celle qui mérite toute notre compassion est mademoiselle I. Ses relations avec monsieur Yoshitake dévoilées au grand jour, elle a démissionné du club où elle travaillait et s'est réfugiée chez une amie, où elle attend de voir quelle sera la décision de monsieur Yoshitake et de son épouse. Si, parmi nos chers lecteurs, il s'en trouve d'aussi chanceux que monsieur Yoshitake, de grâce, soyez prudents. Afin de prévenir le courroux de votre femme ainsi que les larmes de votre maîtresse, évitez d'être témoins d'un accident de la circulation sur le chemin d'un rendez-vous galant.

7

La vie chez les Asano était, de prime abord, revenue à la normale.

Maki semblait un peu abattue, mais elle partait au travail chaque matin. Yoriko secouait Mamoru tous les jours au réveil, l'envoyait au lycée avec son bento et se mettait au ménage, sa première tâche quotidienne.

Seul Taizô avait changé de rythme. Lui qui, jusqu'alors, travaillait la nuit et était au lit quand les enfants partaient le matin était désormais assis près de la fenêtre du salon, d'où il les regardait s'en aller.

Il lisait aussi plus longuement le journal. Lorsqu'il en examinait attentivement les pages, c'était toujours à la rubrique « Offres d'emploi » qu'il était ouvert, tous le savaient. Simplement, personne ne le disait.

Sa voiture vert bouteille était revenue du garage un jour après son retour, mais il s'était borné à la nettoyer et n'y avait plus touché.

Monsieur Satomi, le patron de Tôkai Taxi, l'avait invité à plusieurs reprises à travailler pour lui jusqu'à ce que sa suspension de permis soit levée. Pour aider au ménage et à la maintenance, à la gestion des ressources humaines. En dehors de la conduite, il y avait du travail.

Mais Taizô avait courtoisement décliné. Sa décision de ne plus jamais conduire et même de ne plus jamais approcher une voiture était inflexible, quoi qu'il arrive.

— Tai, il est têtu, dit monsieur Satomi à Yoriko en repartant, après avoir finalement renoncé à le convaincre. Quand on est chauffeur professionnel, cela arrive à tout le monde de ressentir cela de temps à autre, je le comprends. Comment allez-vous faire maintenant ?

— On va se débrouiller, répondit Yoriko en riant.

Le quotidien de Mamoru en classe s'était également apaisé. Son offensive avait dû porter, Miura et sa bande avaient subitement renoncé à l'embêter. Les blessures de Yôichi Miyashita étaient guéries, il était de retour.

C'était peu après le début du mois de décembre, au cours d'un dîner en famille. La télé était restée allumée, les informations de dix-huit heures défilaient à l'écran. Mamoru y jeta un coup d'œil sans grand intérêt et son regard s'arrêta sur un bâtiment qui lui disait quelque chose. Le présentateur commença à parler :

« Vers quinze heures aujourd'hui, à l'hypermarché Laurel de Jôtô, arrondissement de K., un homme d'âge mûr s'est soudain déchaîné… »

C'était Laurel. Mamoru arrêta de manger.

« Avec un gros couteau de cuisine dont il s'était emparé au rayon des articles ménagers, il a blessé deux employés. L'homme, Kazunobu Kakiyama, quarante-cinq ans, sans emploi, domicilié dans le même arrondissement… »

— Oh là là, c'est l'endroit où tu bosses, non ? demanda Maki en ramassant les baguettes tombées des mains de Mamoru.

« Les deux victimes sont Gorô Makino, cinquante-sept ans, agent de sécurité, et Hajime Takano, trente ans, employé du magasin. Monsieur Takano, poignardé à l'épaule gauche, a été grièvement blessé. Par ailleurs, au moment de l'incident, quelque mille cinq cents clients se trouvaient dans le magasin, mais aucun n'a été touché. Le commissariat de Jôtô a arrêté Kakiyama et enquête sur son mobile, mais, au vu de son état d'excitation anormale après les faits et en raison d'arrestations antérieures pour possession d'amphétamines, son acte pourrait être lié à des troubles psychologiques passagers dus à l'absorption de drogues. »

Mamoru faillit aussi lâcher son bol de riz.

Il arriva juste avant la fin des heures de visite à l'hôpital où avait été transporté Takano.

Celui-ci, plâtré et bandé du cou jusqu'à l'épaule, était allongé sur un lit. Sur sa main droite restée libre était fichée une aiguille de perfusion. Quand Mamoru passa doucement la tête par la porte de la chambre, Takano leva le visage autant qu'il le pouvait dans sa position :

— Ah ! ça alors, entre ! Il sourit. Désolé. Tu as dû être surpris ?

— Je l'ai appris aux infos. J'ai avalé mon dîner de travers.

Les policiers étaient repartis. Le véritable interrogatoire commencerait le lendemain.

— Vous avez passé un sale quart d'heure. Vous souffrez ?

— Pas trop. La blessure n'est pas si profonde que ça. Mais vu l'endroit, par prudence, on m'a mis dans cette posture.

Du menton, Takano désigna sa blessure. Dix centimètres plus haut et c'était le cou, quinze centimètres plus bas et c'était en plein cœur.

Il minimisait les faits, mais il l'avait sans doute échappé belle. Mamoru sentit son échine se glacer.

— J'ai peut-être été lent. J'avais pourtant l'impression de pouvoir l'éviter, c'est pas brillant. Enfin, heureusement qu'aucun client n'a été blessé.

— Et monsieur Makino ?

— Lui, il s'est cogné le bassin en maîtrisant le coupable. Mais il paraît que les examens n'ont révélé aucune fracture, ça va, il doit être chez lui en train de se reposer.

— Quand même, c'est effrayant. Un incident comme ça dans notre magasin.

La librairie et le rayon des articles ménagers étaient situés à chaque extrémité du troisième étage. Quand Kakiyama s'était déchaîné, brisant une vitrine à mains nues pour s'emparer d'un couteau, l'employée du rayon avait immédiatement déclenché l'alarme, mais si Takano et l'agent de sécurité n'étaient pas accourus, des clients auraient peut-être été blessés.

— Ça vaut une décoration, ça. Que ce soit l'autre jour, avec la fille qui voulait sauter, ou aujourd'hui, sans vous c'était foutu.

— Tu n'es pas au courant ? C'est pour parer à ce genre d'éventualité que la boîte embauche des gens costauds, même si leurs résultats laissent un peu à désirer.

Takano rit. Cela semblait quand même un peu douloureux.

— Et puis, l'autre fois, c'est toi qui as fait des prouesses, non ?

Pendant qu'ils parlaient, le liquide de la perfusion s'écoulait à intervalles paresseux. Le médicament commençait peut-être à faire effet, Takano avait des absences, il semblait ensommeillé. Mamoru s'écarta doucement du lit.

— … Mais je crois que c'est une bonne occasion, murmura Takano.

— Pour quoi faire ?

— Eh bien… j'ai réfléchi un peu… Tu te souviens de la fille ?

— Bien sûr.

— Cette fille, c'est une excellente élève. Il semble n'y avoir aucune raison… pour qu'elle ait agi de cette façon. Quand ça s'est tassé, il paraît qu'elle ne savait pas elle-même pourquoi elle s'était conduite ainsi…

La dernière syllabe des mots était étouffée. Mamoru resta un moment à observer Takano, qui gardait les yeux fermés. Il quitta la chambre en silence.

Il fit quelques pas dans le couloir et croisa une jeune infirmière, un porte-bloc-notes à la main. Une belle fille… Il la regarda passer, elle entra dans la chambre de Takano.

D'après Satô, qui avait subi une appendicectomie, un homme seul, quand il est hospitalisé, a forcément le béguin pour une infirmière.

Alors, pour Takano aussi, le moment était peut-être venu de se caser ? A quelque chose malheur est bon, n'est-ce pas ? se dit Mamoru.

Malgré tout…

Qu'entendait-il par « une bonne occasion » ? Ce n'étaient pas les mots d'un homme qui a failli mourir.

Il sortait de l'hôpital par la porte de service lorsque, dans une lumière éblouissante, une ambulance arriva à toute allure. Un brancard recouvert d'une couverture jaune fut transporté à l'intérieur.

Cette fille… Comment ça, *elle ne savait pas elle-même pourquoi elle s'était conduite ainsi* ?

8

En fin d'année, pas besoin d'aller chercher les clients, ils viennent d'eux-mêmes. Les articles se vendent bien. Les objectifs de chiffre d'affaires quotidien sont fixés en conséquence, et les employés vivent des journées tendues.

Le premier dimanche de décembre, de l'ouverture du magasin à leur pause de l'après-midi, Mamoru et Satô restèrent à l'écart du rayon livres. C'était en effet leur tour de tenir le stand de loterie installé dans l'espace communautaire du rez-de-chaussée. Devoir consacrer ainsi du temps à des activités autres que leur travail habituel était également l'une des particularités de la saison.

Le système de tirage au sort utilisé ici n'était pas celui qui consiste ordinairement à tourner bruyamment une manivelle afin de faire tomber une boule ; pour faire un peu plus moderne, il était relié à un ordinateur. C'était une sorte de machine à sous : l'employé abaissait un levier et l'écran de la machine défilait à une vitesse incroyable. Le client, un boîtier d'arrêt à la main, appuyait sur le bouton quand il le souhaitait. Il recevait ensuite le lot correspondant aux chiffres indiqués sur l'écran. C'était beau, discret, et les enfants étaient ravis, mais pour les employés chargés chacun d'une machine, à force d'abaisser et de relever, d'abaisser et de relever encore le lourd levier, sans souffler face au flot ininterrompu de clients, en une heure ils avaient les bras endoloris.

— Eh ! Mamoru, tu connais l'*ashuradô* ? demanda Satô, qui dissimulait son ras-le-bol sous un visage souriant, tout en continuant à travailler.

— L'*ashuradô* ? C'est un art martial ?

— Non, non ! C'est l'*ashura*, l'une des six Voies, le monde où tombent les gens morts ou tués au combat.

— Ça a un rapport avec la loterie ? Tenez, un lot de consolation. N'hésitez pas à revenir.

Le client qui avait reçu un paquet de mouchoirs s'éloigna en jetant un regard plein de regrets au poster sur lequel s'étalaient les mots :

PRIX SPÉCIAL – UN GAGNANT :

UNE CROISIÈRE DE SEPT JOURS EN MER EGÉE.

D'un ton soudain doctoral, Satô reprit :

— Obsédés par le combat, englués dans la haine et le ressentiment, les guerriers tombent dans l'*ashura*. Et alors, que se passe-t-il ? Le monde où ils se retrouvent est un champ de bataille. Le jour se lève. Ils se redressent et saisissent leur sabre, il leur faut se battre contre les ennemis qui attaquent en rangs serrés. Blessés, ils s'écroulent, se relèvent et brandissent leur arme. A la tombée du jour, ils ont perdu leurs bras, ils ont perdu leurs jambes, ils pleurent en gémissant de douleur…

— Tu as encore lu un livre bizarre.

— Ecoute jusqu'à la fin. Et pourtant, ils ne meurent pas. Ils sont immortels. C'est évident puisqu'ils sont déjà morts une fois, mais même couverts de blessures et mortellement frappés, quand les premiers rayons du soleil apparaissent, ils guérissent complètement. Et les ennemis attaquent de nouveau. Il faut combattre. Et ça recommence. Ça, c'est vraiment insupportable !

— Moi, ça me rappelle le match entre l'équipe japonaise de rugby et les All Blacks.

— On passe des heures à abaisser et relever ce levier. Satô secoua la tête pour montrer qu'il n'en pouvait plus. Mamoru, là, on est en train de gruger les clients.

— Pourquoi ? Ils prennent plaisir à participer à la loterie.

— Justement. C'est bien ça le problème. Le grand prix spécial, tu crois vraiment qu'il va être attribué ? Mon œil, tiens. A mon avis, au mieux, ça ira jusqu'au troisième prix, le lecteur vidéo hi-fi.

— Hein ? Vraiment ?

Une cliente à l'ouïe fine ajouta son grain de sel à la conversation. Elle fronçait les sourcils.

— Bien sûr que non. Le premier prix et le grand prix sortiront sans faute.

Satô afficha un large sourire et arracha le ticket de loterie des mains de la cliente. Il abaissa le levier. Un prix de quatrième classe.

— Tu ferais mieux de te taire. Voilà, quatrième prix. Que préférez-vous, un rouleau de film alimentaire ou des bonbons ?

Satô baissa certes la voix, mais il poursuivit :

— Les clients, à la recherche d'un peu de rêve, arrivent avec leur ticket serré dans la main. Moi, ça me fait mal au cœur. Quand je pense que pour avoir un ticket de loterie, ils achètent même des articles dont ils n'ont pas besoin. Toi et moi, pour ce péché, nous tomberons dans l'*ashura* quand nous mourrons. L'enfer de la loterie. Du matin au soir, nous manœuvrerons ce levier jusqu'à ce que nos bras tombent, et quand le jour se lèvera, une nouvelle horde de clients se pointera. Chacun son billet de loterie à la main. Et tout recommencera. Crac boum, crac boum…

— Mais qu'est-ce que tu vas imaginer ?

C'est alors qu'arriva Mademoiselle qui, en l'absence de Takano, était *de facto* aux commandes du rayon librairie.

— C'est bon pour aujourd'hui. Je vous remplace, allez déjeuner. Cet après-midi, vous irez à la réserve vérifier les commandes reçues, s'il vous plaît.

— Bouddha Amida, aie pitié de nous ! lança Satô.

Pendant le déjeuner en compagnie de Satô à la cafétéria, Mamoru en profita pour téléphoner à Hashimoto. Yoriko avait paraît-il appelé tandis qu'il se trouvait au stand de loterie, elle lui avait laissé un message : « Ce matin, juste après ton départ, un certain Hashimoto a téléphoné. Il a demandé que tu le rappelles. »

Que pouvait bien lui vouloir Nobuhiko Hashimoto ?

La ligne était occupée. En surveillant la pendule, Mamoru rappela trois fois, à deux minutes d'intervalle, puis, comme cela sonnait toujours occupé, il reposa le combiné.

— « Si tu ne viens pas me voir immédiatement, je te largue ! » C'est ta copine ? ricana Satô.

— Oui. Mais pas de souci, elle m'a déjà plaqué plein de fois. Elle aime bien les retrouvailles.

— Hou là là, c'est chaud ! Satô s'inclina profondément. Je t'envie… Moi, je suis un électron libre, je me laisse porter de voyage en voyage. Les filles, ne me retenez pas !

— Tu vas où pour les vacances du jour de l'an ?

— Voir le Paris-Dakar.

— Ah bon ! Super ! Mais ça doit coûter une fortune ?

— Le fric ? Mouais. Mais bon, comme j'ai bien bossé et économisé, je devrais m'en sortir. Bon courage pendant que je serai en vacances. Si je ne reviens pas, tourne-toi vers l'Europe et prie pour moi.

Cette remarque rappela à Mamoru l'histoire de tout à l'heure – le monde de l'*ashura*, etc. – et il interrogea Satô. Depuis l'incident avec Yôko Sugano, c'était quelque chose qui le titillait par moments.

— Tu n'as jamais envisagé de trouver un meilleur travail pour pouvoir voyager librement ?

— Un meilleur travail ?

— Eh ben… un truc plus facile et qui rapporte un max.

Satô eut l'air surpris.

— C'est une question qui ne te ressemble pas. Qu'est-ce qu'il t'arrive ?

— Rien. Juste un peu de curiosité, c'est tout.

— Hum. Satô se frotta le dessous du nez. Gagner un max, tu dis. C'est clair que j'aimerais bien, mais ce genre de job, en général, ça craint, non ? Soit tu gruges quelqu'un, soit tu te fais gruger. Ça ne me dit rien. La librairie, c'est intéressant, et puis ça me plaît. Et on est payés comme il faut, à la mesure du travail fourni.

Quand ils retournèrent à la réserve, une montagne d'articles à vérifier et de livres à renvoyer les attendaient. Cerise sur le gâteau, ce jour-là, le fameux écran vidéo du magasin diffusait un défilé de la collection de maillots de bain de l'été suivant, et Satô n'arrêtait pas de s'éclipser.

— Ils sont super échancrés ! Avec ça, elles sont encore plus à poil que si elles étaient toutes nues. Toi aussi, va jeter un œil.

Au bout d'une heure, le tee-shirt que Mamoru portait sous son uniforme était trempé de sueur. Il avait beau ranger encore et encore, il restait une tonne de travail. Un sourire ironique lui vint : c'était ici, le monde de l'*ashura*.

En contemplant la pile de paquets de magazines à retourner, il repensa soudain à *Chaîne d'info*.

Combien avait-il bien pu s'en vendre ? Combien de personnes avaient lu cet article ? La majeure partie avait sûrement suivi cette route et fini au pilon.

Quelqu'un a acheté tous les exemplaires.

Une histoire de procès ou je ne sais quoi… Mais, dans des cas comme une arnaque à la petite amie, était-il vraiment possible d'attaquer quelqu'un en justice pour escroquerie ?

A cet instant, les yeux de Mamoru se posèrent sur une revue à l'aspect légèrement différent des autres, et il sortit de sa rêverie.

C'était ce qu'on appelle une « revue de coupures de presse ». Des articles de publications courantes, journaux, magazines, hebdomadaires de photoreportage et éditions du soir, étaient simplement découpés et classés par thème. A la connaissance de Mamoru, il existait deux revues de ce type, l'une spécialisée dans les critiques littéraires et l'autre dans les informations sur la mise au point de nouveaux produits du secteur informatique ; la demande devait exister, car elles se vendaient bien.

Seulement, celle-là était un peu différente. Il s'agissait d'une revue spécialisée dans la rubrique « Société », dans les faits divers. Avec uniquement des articles sur des délits, des accidents et des scandales, elle n'attirait pas le grand public, et les gens qui en avaient besoin pour leur travail faisaient sans doute leur propre revue de presse, ils n'allaient pas l'acheter exprès. Les catalogues de coupures de presse, préparés manuellement, coûtaient sensiblement plus cher qu'un magazine classique.

Cette revue avait été apportée directement par la maison d'édition, sans passer par un distributeur, et, quand il l'avait acceptée, Takano avait expliqué la même chose à l'éditeur, insistant lourdement pour qu'il vienne sans faute récupérer les invendus à la date limite qu'il lui fixerait.

Son intérêt éveillé par le gros titre :

DEUXIÈME QUINZAINE DE SEPTEMBRE-
PREMIÈRE QUINZAINE DE NOVEMBRE :
ACCIDENT, SUICIDES, ETC.

Mamoru en saisit une. Il se dit qu'il devait y avoir quelque chose sur l'accident de Taizô.

C'était le cas, mais les articles étaient plutôt maigres. Ceux des trois grands quotidiens, d'un quotidien économique et du *Tokyo Nippô* auquel étaient abonnés les Asano. Rien que des entrefilets qui, même mis bout à bout, ne représentaient pas la moitié d'un des articles consacrés à la tentative d'enlèvement d'un bébé qui s'était déroulée à la fin du mois.

Malgré tout, même si ce n'était pas écrit ici, il s'était passé une foule de choses. C'était sans doute le cas pour n'importe quel incident. Car, pour les personnes impliquées, c'est comme si la lune leur tombait soudain sur la tête.

Quand même, tous les jours, c'était incroyable le nombre de gens qui mouraient… A Hirakawa, c'était impensable. Aux yeux de Mamoru, cette ville, Tokyo, apparaissait parfois comme un monstre pourvu d'une rangée de molaires puissantes et impitoyables, qui broyaient les hommes.

Il feuilletait la revue quand, dans la première quinzaine d'octobre, le titre :

SUICIDE SUR LA LIGNE TÔZAI

attira son regard. Tiens, effectivement, Maki, qui utilisait cette ligne, en avait parlé. *Je l'ai entendu dire à la gare, la tête de la personne qui s'est suicidée était coincée dans l'attelage entre deux voitures. C'est vrai, je te dis.*

Mamoru continua à lire et, machinalement, il s'agenouilla, assis sur ses talons.

La jeune femme décédée, une employée, s'appelait Atsuko Mita (vingt ans)…

Atsuko Mita.

L'une des filles ayant participé au fameux entretien ?

Impossible. La revue sur les genoux, Mamoru cligna des yeux. Il eut beau relire le texte plusieurs fois, il était toujours écrit la même chose. Atsuko Mita. Suicide. Pas de message d'adieu.

Octobre, Atsuko Mita, suicide sous un train. Novembre, Yôko Sugano, accident mortel. Mais dans les faits, cela ressemblait à un suicide. Puisqu'elle avait couru et s'était jetée sous les roues de la voiture.

La revue à la main, il se précipita vers le téléphone public à carte dans un recoin de l'étage. Une nouvelle fois, il appela Hashimoto.

Cela sonnait encore occupé.

Il réfléchit en se mordillant les lèvres, eut une autre idée et téléphona à l'éditeur de la revue de coupures de presse. Les exemplaires précédents avaient déjà été retournés.

Quand il exposa sa requête, on lui demanda de patienter un instant, et un air de boîte à musique s'éleva. Mamoru attendit, tapant du pied d'irritation.

— Allô ? Désolé de vous avoir fait attendre. J'ai trouvé le nom de Fumie Katô. Un article daté du 2 septembre est sorti. Suicide du haut d'un immeuble.

— Est-il précisé si elle avait laissé un mot ?

— Oui. Aucun message ne semble avoir été retrouvé. Enquête sur les motifs, c'est tout.

Fumie Katô. Suicide par saut dans le vide. Pas de message d'adieu.

— Et Kazuko Takagi ? Vous n'avez pas ce nom ?

Un silence, un léger froissement de pages tournées, et son interlocuteur répondit.

— Non… je ne trouve pas.

Donc, cela en faisait trois. Seulement trois. Déjà trois.

Trois femmes étaient mortes. Trois des quatre filles ayant participé à l'entretien.

Peut-être avait-il remarqué l'air bizarre de Mamoru, Satô s'était approché.

— Eh, qu'est-ce que t'as ? Tu fais une de ces têtes, on dirait que tu viens juste de donner deux litres de sang.

— Désolé, j'ai une urgence.

Mamoru courut vers les escaliers. Je dois voir Hashimoto. A coup sûr, c'est pour ça qu'il a téléphoné.

Trois sur quatre. Une coïncidence de cette taille, ça ne risquait pas d'arriver.

9

Nobuhiko Hashimoto s'était évaporé.

Non, il n'était pas le seul à s'être évaporé… Sa maison aussi. Il ne restait que les ruines du pavillon vert mat où il avait habité.

Des murs lézardés, noirs de suie. Des piliers métalliques à nu, brûlés, se dressaient vers le ciel comme des stèles funéraires. De l'autre côté d'un encadrement de fenêtre dont ne restaient que des débris en dents de scie rappelant la mâchoire d'un poisson, s'étendaient des ténèbres qui sentaient le cramé.

Il s'approcha du cordon marqué Danger – entrée interdite et, sous ses pieds, un craquement se fit entendre. Mêlés aux éclats de verre acérés des vitres, des débris arrondis de bouteilles d'alcool brillaient ici et là parmi les cendres et les flaques d'eau.

Il ne restait rien, tout avait brûlé.

Une armoire de rangement à demi fondue. Un bureau dont ne subsistait que le cerclage métallique. Des ressorts affaissés, seule trace du canapé sur lequel Mamoru s'était assis.

Que s'était-il donc passé ? Les yeux sur les ruines, Mamoru restait interdit. Qu'était-il arrivé à monsieur Hashimoto ?

— Tu es un ami de monsieur Hashimoto ?

Il se retourna et vit une femme en tablier rouge, un balai à la main.

— Euh… oui.

— Tu es de sa famille ?

— Non. Une simple connaissance, mais… qu'est-ce que… ?

— Monsieur Hashimoto est mort.

Mort ? Mamoru était pétrifié. Même Nobuhiko Hashimoto était mort ?

— Que s'est-il passé ?

— Une explosion de gaz, répondit la femme. Ça a été terrible. Jusqu'aux vitres de la maison du bout de la rue qui ont été soufflées. Quelle plaie !

La femme observa Mamoru comme si c'était un enfant rentré plus tôt de l'école parce qu'il ne se sentait pas bien.

— Ça va ? Tu fais une de ces têtes !

— Monsieur Hashimoto est mort dans l'explosion ?

— Oui. Il paraît qu'il était complètement carbonisé.

Avec son balai, la femme invita Mamoru du geste.

— Quoi qu'il en soit, sors de là. C'est dangereux. Et puis les policiers nous ont dit qu'il ne fallait pas y aller.

Tout en obéissant, Mamoru se retourna encore une fois et regarda les ruines calcinées. Dans la montagne de débris tout noirs gisait une pendule qu'il se souvenait avoir vue quand il était venu. Le verre était brisé, les aiguilles arrêtées à deux heures dix.

Tout avait explosé. En mille morceaux.

Si le téléphone ne répondait pas, c'était également pour cette raison. Il avait entendu dire qu'en cas de coupure due à un incendie ou un accident, la ligne sonnait temporairement occupé.

— Vous savez quelle est la cause ?

— Alors ça… Sûrement l'alcool, ou parce que sa femme a pris la tangente. Ce type, il était bizarre. Je ne sais pas ce qu'il avait dans la tête.

Il ne comprenait pas ce que voulait dire la femme.

— Qu'entendez-vous par là ?

— Que c'est un suicide. La femme agita son balai. Toutes les arrivées de gaz de la maison étaient ouvertes à fond, à ce qu'on m'a dit. En plus, il a pris soin de répandre un jerrican entier d'essence. Et après, il a sans doute gratté une allumette. Les pompiers sont en train d'enquêter, il paraît. Tu es sûr que ça va ? Dis donc, si tu es un ami de monsieur Hashimoto, tu ne pourrais pas contacter sa famille ? Tout le monde est embêté. Chez moi aussi, les vitres ont été brisées et c'est inondé, comment je vais faire ?

Il n'entendit pas la suite. Tous les sons extérieurs avaient disparu.

Nobuhiko Hashimoto était mort lui aussi. Il se serait suicidé.

La tête appuyée contre les parpaings du mur d'enceinte de la maison d'en face, Mamoru réfléchit.

Encore un suicide. Ce n'était pas trois personnes sur quatre. Mais quatre sur les cinq qui avaient participé à cet entretien.

C'était impossible. Il n'y croyait pas. Il ne pouvait accepter un tel enchaînement de hasards.

Il s'agissait d'assassinats. Quelqu'un, de façon préméditée, s'était livré à de froids calculs et avait supprimé ces quatre personnes. Un frisson le parcourut, comme si on lui avait plaqué un couteau sur la gorge.

Hashimoto était l'unique maillon qui reliait ces quatre filles. Le pivot entre trois cadavres apparemment sans lien. C'est pourquoi on l'avait fait sauter.

Cette rage de destruction implacable. Cela voulait tout dire. Dans l'armoire de rangement, il y avait eu les notes de l'interview des quatre jeunes femmes, les photos. Pour le « quelqu'un » qui orchestrait et accomplissait ces assassinats, c'était gênant.

Si Hashimoto avait réalisé que trois des quatre filles étaient décédées dans des lieux différents… non, il s'en était sûrement aperçu. Il savait. Voilà pourquoi il avait été assassiné.

Mais… Mamoru leva les yeux.

Comment ? En faisant abstraction du cas de Yôko Sugano, les deux autres femmes, au moins en apparence, s'étaient indubitablement suicidées. Il y avait des témoins. L'adversaire était un être de chair et de sang. Il pouvait certes les pousser du haut d'un immeuble ou du quai d'une gare, mais il lui était impossible de les contraindre à le faire de leur propre gré.

Un coup de vent lui apporta l'odeur de brûlé des ruines calcinées. Un relent d'essence.

De l'essence. Exactement, de l'essence. S'il s'était seulement agi de tuer Hashimoto, une explosion de gaz aurait été suffisante. Ce « quelqu'un », parce qu'il souhaitait liquider jusqu'au contenu des armoires de rangement, avait répandu de l'essence. Et ensuite mis le feu.

Par quel moyen ? Il fallait voir le résultat. Si ce « quelqu'un » s'était aussi trouvé sur place, il ne s'en serait pas sorti sain et sauf. C'était bien pour cette raison que la police avait conclu à un suicide.

Alors, comment s'y était-il pris ?

Que voulait donc me dire monsieur Hashimoto ? Il y repensa.

Le coup de fil de ce matin. De quoi voulait-il me parler ? Seulement me dire que la mort des trois femmes était une série d'assassinats, ou alors avait-il découvert jusqu'à la méthode employée… ?

Le coup de fil de ce matin… Le fil de sa réflexion s'interrompit là.

Les ruines calcinées étaient déjà froides. Quand l'explosion s'était-elle produite ?

L'horloge était arrêtée sur deux heures dix. Il était maintenant un peu plus de seize heures trente. Cela signifiait donc deux heures dix du matin…

Ce n'était pas monsieur Hashimoto. « Quelqu'un » avait téléphoné en se faisant passer pour Nobuhiko Hashimoto.

Mamoru comprit brutalement, comme un coup de poing.

Chaîne d'info, dont il ne restait qu'un seul exemplaire. C'était l'autre maillon. L'unique preuve du lien entre les quatre filles, qui démontrait que la mort de trois d'entre elles ne pouvait être une coïncidence. De la sueur froide ruissela sous ses aisselles.

La revue est chez moi. Et j'ai donné à monsieur Hashimoto un papier portant mon adresse et mon numéro de téléphone. Ce « quelqu'un » le sait. C'est parce qu'il le sait qu'il m'a téléphoné.

Pour me mettre en garde.

Il ne trouvait pas de téléphone. Il courut partout, comme un fou, et quand il se précipita dans la cabine publique à un pâté de maisons de là, il faillit se trouver mal. Dans l'affolement, il n'arrivait même plus à se rappeler le numéro de téléphone de chez lui.

Crispé sur le combiné, il écoutait la tonalité aux accents métalliques, se demandant s'il n'était pas déjà trop tard. Si le téléphone de la maison se bornait à lui renvoyer la sonnerie occupée…

— Allô, Asano à l'appareil. La voix de Yoriko répondit.

— Tante Yoriko ? Sors vite de la maison !

— Hein ? C'est qui ?

— C'est Mamoru. Je n'ai pas le temps de t'expliquer. Je t'en prie, ne discute pas et fais ce que je te dis. Tu dois rapidement quitter la maison. N'emporte rien. Oncle Taizô et Maki aussi. Maintenant !

— Enfin, Mamoru, qu'est-ce qu'il te prend ?

— S'il te plaît, fais ce que je te demande ! Je t'en supplie.

— Ecoute-moi bien. Le ton de Yoriko se durcit. Je ne sais pas ce que tu me chantes, mais, pendant que tu étais sorti, il y a encore eu un appel pour toi. Un certain monsieur Hashimoto, il demande que tu le rappelles…

— Je sais, alors…

— Je lui ai demandé son numéro. Tu le veux ?

Il en resta bouche bée. L'autre avait donné son numéro de téléphone ?

— Il a dit qu'il avait quelque chose d'important à te dire. Tu es prêt ? J'y vais.

Ce n'était pas le numéro de téléphone du domicile de monsieur Hashimoto. L'indicatif était celui de Tokyo.

Quelles étaient ses intentions ? Mamoru avait mal à la tête. Il avait l'impression de jouer à la balle au prisonnier avec l'homme invisible. D'où viendrait le prochain coup ?

Il hésitait à appeler. Il avait peur. Il avait envie de tout laisser tomber et de prendre la fuite.

Mais c'était hors de question. Mamoru composa le numéro dicté par Yoriko.

Deux sonneries seulement et son interlocuteur répondit. Mamoru ne savait pas quoi dire. Il serrait tellement fort le combiné que le bout de ses doigts était blanc.

Une voix posée, grave, s'adressa à lui :

— Salut, mon garçon. C'est bien toi, n'est-ce pas ?

La voix marqua une pause et reprit gaiement :

— On dirait que je t'ai fait peur. Je tenais absolument à te parler. Mais sans Nobuhiko Hashimoto. Son rôle a pris fin…

CHAPITRE V

La lumière invisible

1

C'était la voix de ce « quelqu'un ».

Un étrange sentiment de « déjà-vu » assaillit Mamoru. *Merci d'avoir tué Yôko Sugano.* Pareil que ce jour-là.

Tout avait commencé par un appel téléphonique et, pour finir, tout le ramenait encore à un appel téléphonique.

— Tu es un jeune homme intelligent, poursuivit la voix, légèrement rauque. Comme celle d'un gros fumeur.

— Et tu n'hésites pas à agir. Je suis impressionné. J'aimerais vite te rencontrer.

— Dis donc, toi… Mamoru parla enfin, après avoir serré fort les dents. C'est toi, hein ? C'est toi qui as fait tout ça ?

— Tout ça, c'est-à-dire ?

— Tu le sais bien. La mort de monsieur Hashimoto dans une explosion et le décès de trois des quatre femmes ayant participé à l'entretien pour *Chaîne d'info*.

— Oh oh ! La voix exprimait une admiration sincère. Tu as déjà progressé jusque-là ! Tu me surprends. Si je t'ai contacté aujourd'hui, c'était pour t'informer du décès de Hashimoto et, par la même occasion, te parler de ces femmes, mais je vois que ce n'était pas nécessaire.

— Pourquoi ? Il ne parvint pas à éviter une note d'hystérie sur la dernière syllabe. Pourquoi tu fais ça et pourquoi tu veux m'en informer ? Qu'est-ce que tu cherches à faire ?

— Il est encore trop tôt pour t'expliquer mes raisons.

Contre toute attente, d'un ton presque doux, son interlocuteur continua.

— Quand l'heure sera venue, je te le dirai. Pour l'instant, qu'il te suffise de savoir que ces trois filles, comme Nobuhiko Hashimoto, sont mortes en obéissant à mes ordres.

— Sur tes ordres ? Ne te fous pas de moi ! Comme s'il était possible d'ordonner à une personne saine d'esprit de se suicider.

Un rire enjoué retentit. Comme un professeur qui, en classe, rit par mégarde de la blague d'un élève. Et en effet, la voix qui lui parvenait se teintait des inflexions de celui qui prodigue son enseignement à un plus jeune.

— Oui, tu n'y crois peut-être pas encore. Il existe en ce bas monde une montagne de choses incroyables pour toi. Ce n'est pas surprenant, tu n'es encore qu'un enfant.

Deux femmes passèrent devant la cabine publique en poussant leur vélo. Brièvement, son regard croisa celui de l'une d'elles. Le visage de la femme s'assombrit. Dis, qu'est-ce qu'il t'arrive ? Tu ne te sens pas bien ? Si tu as un problème, va demander conseil à un adulte.

A l'autre bout du fil, ce « quelqu'un » arborait peut-être une expression similaire : Mon pauvre, tout ça est un peu trop pour toi, mais malheureusement, il n'y a que toi.

Il se fout de moi ou quoi ? Le penser fit reculer un peu la peur.

— Les trois femmes qui sont décédées, tu pourras chercher autant que tu veux, il s'agit indéniablement de suicides. Yôko Sugano aussi, c'était un suicide. Une légère erreur de calcul de ma part a engendré des soupçons fâcheux, mais c'est de son propre gré qu'elle a fait irruption au milieu du carrefour.

— Sur tes ordres ?

— Oui. Je les ai liquidées.

Liquidées ? Comme on se débarrasserait de quelque chose ?

— Je ne le regrette pas le moins du monde. Et j'ai l'intention d'agir de la même façon avec la dernière.

Plus qu'une. Mamoru se remémora le nom de la dernière jeune femme. Takagi… oui, Kazuko

Takagi. Elle était tout à gauche sur la photo. Une belle fille aux cheveux tombant sur les épaules et aux traits bien dessinés.

— Je n'ai pas peur du tout. Puisque mes actes ne risquent pas d'être découverts. Mais il n'est pas question d'attirer une attention inopportune et d'échouer. C'est pourquoi j'ai aussi fait disparaître Nobuhiko Hashimoto. Ce type, il était tombé tellement bas qu'il n'était plus que l'ombre de lui-même, mais il n'était pas bête. Ta visite pouvait causer un déclic, il aurait pu chercher à savoir ce qu'étaient devenues ces quatre femmes. Ensuite, s'il avait découvert que trois d'entre elles étaient mortes, il aurait forcément eu des soupçons. Il m'aurait soupçonné, moi.

— Comme ça, tu connaissais monsieur Hashimoto ? Et lui aussi te connaissait.

— Oui. Je vais te donner un indice. Je suis l'homme qui s'est rendu chez l'éditeur de *Chaîne d'info* et lui a acheté tous les exemplaires invendus. Et je suis aussi celui qui a raconté des bobards à Nobuhiko Hashimoto sur un prétendu procès pour voir ses notes de reportage.

C'était un homme d'un certain âge. Les paroles d'Akemi Mizuno lui revinrent à l'esprit.

— Dis donc… on m'a dit que tu étais assez âgé.

— Oui. Comparé à toi, j'ai vécu un demi-siècle de plus.

— Pourquoi tu fais ça ?

— Par conviction.

C'était une assertion, une proclamation.

— C'est une conviction intime. C'est ce qui fait bouger mon vieux corps fatigué. Mon garçon, passons un contrat. Quand l'heure aura sonné pour Kazuko Takagi, la quatrième, je te contacterai sans faute. Alors, je te montrerai ce dont je suis capable. Pour que tu comprennes.

— Comme si j'allais attendre jusque-là !

Sa peur avait totalement été balayée. Seule la colère restait. En Mamoru, une partie enragée de lui-même martelait de ses poings la porte ouvrant sur l'extérieur.

— Ce que tu es capable de faire, je n'ai même pas envie de le savoir. Je n'ai pas besoin de le savoir et je ne pense pas que tu puisses m'empêcher, là, maintenant, de raccrocher et de me précipiter au poste de police le plus proche.

En même temps qu'il finissait sa phrase, il faillit vraiment couper la communication. Ce qui l'en dissuada, c'est que ce « quelqu'un », comme s'il avait deviné son intention, s'écria vivement :

— Si ! Je le peux.

La voix débordait d'assurance.

— Réfléchis un peu. Tu as certainement beaucoup à perdre. Hashimoto, lui, n'avait rien. Ce qui restait à ce type, c'était tout au plus sa petite fierté. Donc, pour le faire taire, le seul moyen était d'utiliser la manière forte. Mais toi, c'est différent.

Mamoru se figea. « Quelqu'un » attendit qu'il soit entièrement paralysé avant de continuer.

— Tu le sais bien, non ? Tu peux détenir n'importe quelle preuve, savoir n'importe quoi, cela ne m'inquiète absolument pas. Pourquoi ? Parce que tu es impuissant. Je peux manipuler les autres suivant mon bon plaisir. Ajouter ta famille et tes amis aux « autres » est tout ce qu'il y a de plus simple.

La peur qu'il pensait avoir chassée était de retour dans un panache lumineux, comme une balle traçante. Dans cette gerbe de lumière, il entrevit de nombreux visages.

— Lâche !

Seul ce mot parvint à franchir ses lèvres.

— Dans ce cas, autant me tuer vite fait, non ? Pourquoi tu ne le fais pas ?

— Parce que je t'aime bien. Parce que j'apprécie ton courage et ton intelligence. Et aussi parce que je suis convaincu que nous pouvons nous comprendre.

— Qui voudrait, avec toi…

— Laisse-moi te faire une petite démonstration, poursuivit « quelqu'un », coupant la parole à Mamoru. Ce soir à neuf heures. Je vais te donner la preuve, en utilisant un membre de ta famille, que je suis réellement capable de manœuvrer les gens à ma guise. Tu es libre de me croire ou pas, il sera toujours temps pour toi d'agir après.

Légèrement moqueur, il ajouta :

— Si tu as encore envie d'agir, bien sûr.

— T'es cinglé. Tu sais ce que tu fais ?

— Sur ce point, rencontrons-nous d'abord, après nous pourrons en discuter et tirer des conclusions.

Jusqu'à la fin, la voix garda son ton enjoué.

— Au plaisir, mon garçon. J'attends du fond du cœur le moment de te rencontrer. Entre toi et moi, il existe sûrement des points communs. Jusqu'à ce que vienne l'heure où je pourrai t'en parler, oublie-moi un peu. Je te rappellerai sans faute.

— Je vais chercher Kazuko Takagi, lança Mamoru. Je vais la chercher et faire en sorte que tu ne puisses pas la toucher.

— Comme tu veux.

Un rire.

— Dans cette vaste ville de Tokyo, comment vas-tu t'y prendre pour la trouver ? Enfin, essaie donc. A l'heure actuelle, je ne pense pas qu'elle se trouve dans un lieu à ta portée, ni qu'elle fasse son apparition à ta demande. Car elle doit avoir suffisamment peur maintenant.

Cela signifiait que Kazuko Takagi savait qu'il ne restait plus qu'elle.

— Encore une chose, pour finir. Même si tu tentes de me retrouver, ce sera en pure perte. Tu ne possèdes aucun indice et je n'ai pas l'intention de rester dans l'endroit lié à ce numéro de téléphone. Il ne te reste qu'à attendre que je te contacte.

En mettant le ton comme s'il s'agissait d'une sorte de citation, il termina sur les mots suivants avant de couper :

— Je ne répondrai ni ne reviendrai. Jusqu'à ce que l'heure ait sonné.

2

C'est également devant les ruines de la maison de Nobuhiko Hashimoto que Kazuko Takagi apprit la mort de celui-ci.

Si elle s'était décidée à lui rendre visite, c'est parce qu'elle était à bout. Jour après jour, en continuant à fourguer des produits de beauté avec un sourire factice, la graine bien plantée dans le cœur de Kazuko la rongeait progressivement. Comme une tache sur la moquette qu'on cache sous un meuble, rien n'y faisait, elle était là.

Une réalité inamovible : trois des quatre filles étaient mortes et la seule qui restait, c'était elle.

Hashimoto savait peut-être quelque chose. Cette idée l'avait stimulée. Quand elle avait participé à l'entretien, elle s'était juré de ne plus jamais revoir ce type si désagréable, mais maintenant ce même Hashimoto lui apparaissait comme l'unique solution. Le seul homme qui les connaissait toutes les quatre, qui savait qui elles étaient.

Ce Hashimoto était également mort.

Devant les vestiges du portail soufflé par l'explosion, elle découvrit que la terreur qu'elle avait nourrie jusqu'alors était insignifiante.

— Dites donc, vous !

Quelqu'un lui adressa la parole. Une femme accoutrée d'un tablier rouge vif, l'air désagréable, les sourcils froncés, regardait dans sa direction.

— Vous êtes de la famille de monsieur Hashimoto ?

— Non. Juste une connaissance.

— Hem… fit la femme en relevant la tête d'un air méprisant. Lui alors, depuis qu'il est mort, c'est incroyable le nombre de connaissances qui passent le voir !

— Quelqu'un d'autre est venu ?

Kazuko se raidit. Dans sa mémoire, Hashimoto n'était pas du genre à avoir des amis qui se souciaient de lui. Si quelqu'un était venu, c'était à coup sûr en lien avec cette affaire.

— Il y a une heure, à peu près. Un garçon, un lycéen, je dirais. Et comme vous, il est resté planté là, il faisait une de ces têtes, comme s'il avait la gueule de bois.

— Un garçon ?

C'était une nouvelle déconcertante.

Quand, après Fumie Katô, Atsuko Mita était morte, Kazuko et Yôko Sugano avaient envisagé la possibilité qu'il ne s'agisse pas d'une coïncidence. En fait, c'était surtout Yôko qui le pensait, Kazuko, elle, avait réfuté ses conjectures.

— Un client, c'est sûr, lui avait dit Yôko ce jour-là. Il nous hait et va nous tuer l'une après l'autre.

— Comme s'il y en avait un d'assez courageux pour ça ! avait ricané Kazuko. D'abord, pourquoi faudrait-il qu'on y passe toutes les quatre ? Nous n'avons pas plumé les mêmes clients. Les miens ne connaissent que moi. Les tiens ne connaissent que toi. C'est chacune de son côté qu'on nous déteste.

— Il a lu ce magazine…

— Mais enfin, rien ne dit que nos clients lisent cette revue ! Il est bien plus probable qu'ils ne la lisent pas.

— Il y en a un, murmura Yôko. Un de mes anciens clients qui a lu l'article de ce magazine. Il ne me lâche plus. J'ai peur…

— Yôko, c'est pour ça que tu as déménagé ?

Yôko acquiesça.

— Mais ça n'a servi à rien. Il m'a tout de suite retrouvée. Il continue à me poursuivre.

— Reprends-toi.

Tout en tremblant secrètement à l'idée qu'il pouvait lui arriver la même chose, Kazuko parla avec fermeté.

— Ce type, il ne peut rien faire. Il ne peut même pas t'intenter un procès. Parce que nous étions de simples employées. Même s'il y a eu escroquerie, cela relève de la responsabilité de l'entreprise, nous ne sommes pas mises en cause personnellement.

— C'est peut-être précisément pour ça qu'il tue, chuchota Yôko d'une voix faible. Parce qu'il n'a pas d'autre moyen d'assouvir sa haine.

— Ne raconte pas d'idioties ! Ni Atsuko ni Fumie n'ont été assassinées, elles se sont suicidées, c'est tout. Combien de fois faudra-t-il te le répéter ? Et puis, d'après toi, qu'est-ce qu'on a fait ? D'accord, on a peut-être utilisé des moyens un peu douteux. Mais c'est les affaires. Le commerce. On n'a rien fait qui mérite qu'on se fasse assassiner.

Yôko fixait Kazuko en silence.

— Quoi ?

— Kazuko, tu y crois vraiment ? Tu crois vraiment qu'on n'a rien fait de mal ? Tu es persuadée que personne ne peut nous en vouloir ?

— Bien sûr.

Mais Yôko ne se laissa pas convaincre. Ce jour-là, quand elles se quittèrent, elle lui dit :

— Kazuko, toi aussi tu en as un, n'est-ce pas ? Tu vois quelqu'un qui pourrait faire ça. Je le sais, toi aussi tu as peur.

C'était le cas. Elle avait effectivement un « client » en tête. A ce moment-là.

Mais ce « client » était décédé. Elle s'était renseignée, à partir de son ancienne adresse qu'elle avait notée, et cet homme était mort. En mai. Plus de quatre mois avant la disparition de la première, Fumie Katô.

C'était un suicide par empoisonnement, l'avait informée la personne à laquelle elle s'était adressée. Kazuko se rappela que ce « client » travaillait dans un laboratoire de recherche universitaire. Quelle était sa spécialité ?... Quelque chose en lien avec la médecine, lui semblait-il.

En fait, Kazuko avait envoyé *Chaîne d'info* à ce « client ». C'était l'exemplaire que Nobuhiko Hashimoto, un sourire ironique flottant sur les lèvres, lui avait remis « en souvenir ».

Ce « client » était d'une naïveté odieuse. Immergé dans la science, il prenait tout pour argent comptant, les stratagèmes comme les coquetteries. Kazuko avait eu affaire à de nombreux « clients », mais, même avec le montant de la mise en demeure sous les yeux, le seul à ne pas avoir compris qu'elle faisait du commerce, c'était lui.

— Tu es stupide ou quoi ? lui avait-elle lancé quand il lui avait téléphoné. Tu n'as pas encore pigé ? Tout ça, c'est de la comédie. Seulement de la comédie. Moi, j'en ai strictement rien à faire de toi.

Mais il n'avait pas cru Kazuko. Il n'avait cessé de la poursuivre aveuglément. Non pas qu'il lui en veuille, mais il l'aimait.

Voilà pourquoi elle lui avait envoyé *Chaîne d'info*. Pour lui faire comprendre ce qu'elle pensait vraiment des « clients » comme lui.

Après, ce « client » – son nom était Ken'ichi Tazawa, c'était ça – ne l'avait plus jamais appelée. Il s'était suicidé, et alors ? Elle n'y était pour rien.

Un garçon, sans doute un lycéen… Kazuko fouilla sa mémoire. Ken'ichi Tazawa avait-il eu un frère cadet ?

— Ce garçon, de quoi avait-il l'air ? demanda-t-elle.

La femme au tablier rouge était hésitante.

— Quel air… ? Celui d'un garçon comme les autres. Il n'avait pas les cheveux permanentés, ses vêtements n'étaient pas voyants. Il ne donnait pas l'impression d'être un loubard.

— Il ressemblait à monsieur Hashimoto ?

— Pas du tout. Il avait un joli petit visage.

Mamoru Kusaka, dont il était question, se trouvait alors déjà dans le train. Si Kazuko était arrivée dix minutes plus tôt à la gare, depuis le quai opposé où il se tenait, il l'aurait peut-être repérée et rattrapée en courant.

— Dites-moi, vous ne pourriez pas contacter la famille de monsieur Hashimoto ? s'enquit la femme au tablier rouge. Je voudrais être dédommagée. Je suis vraiment ennuyée.

— Tant que cela peut se régler avec de l'argent, vous avez de la chance.

Sur ces mots, Kazuko s'éloigna.

Elle rentra chez elle et fit rapidement ses valises, puis, sans même prévenir son propriétaire, s'assurant que personne ne se trouvait dans les parages, elle sortit en courant. Pour commencer, elle vivrait quelque part, loin d'ici. Elle pourrait louer un appartement à la semaine, par exemple.

De cette façon, personne ne devrait pouvoir la retrouver. Pendant quelque temps.

3

Mamoru fit tout son possible pour oublier l'heure.

Il courut longuement, jusqu'à l'épuisement. Il ferma à clé la porte de sa chambre et nettoya tous ses outils de crochetage. Il téléphona à Miss et à Yôichi Miyashita. Il contacta l'établissement où était hospitalisé Takano et s'informa de son rétablissement. Maki était sortie et, quand elle rentra vers dix-neuf heures, ils discutèrent longuement du film qu'elle venait de voir.

— Je me suis endormie, avoua Maki. J'avais pourtant bien dit que je préférais un film d'action, mais les gens avec qui j'étais voulaient tous voir un drame historique. On a voté et j'ai perdu.

Yoriko intervint, sautant sur l'occasion :

— C'est parce que tu sors tard tous les soirs.

Maki lui tira la langue.

— Bah oui, c'est la saison des soirées de fin d'année, répondit-elle comme si de rien n'était, mais Mamoru savait que ce n'était pas seulement cela, qu'elle sortait et buvait en partie pour noyer son chagrin.

L'accident de Taizô semblait avoir jeté une ombre sur la relation de Maki avec son amoureux, monsieur Maekawa. A plusieurs reprises, Mamoru l'avait entendue pleurer au téléphone, la nuit. Elle rentrait très tard tous les soirs, mais toujours seule, et ne s'en ouvrait pas à sa famille, ne cherchait pas à se faire consoler. Tout cela était plutôt inquiétant.

— Mais quand même, ces derniers temps, je me laisse un peu trop aller. Hier, par exemple, j'ai beau me creuser la tête, à un moment, je ne me souviens pas où j'étais. J'étais vraiment soûle.

— Ça fait peur. C'est comme si tu annonçais : « Agressez-moi, s'il vous plaît ! », tu ne crois pas ?

— Mais non, ça va ! Le genre d'incidents auquel tu penses, maman, il paraît que dans quatre-vingt-dix pour cent des cas, ça se produit entre des personnes qui se connaissent. Moi, je marchais seule, à la recherche d'un taxi, alors c'était plus sûr, au contraire.

— Tu parles d'un argument !

Même pendant qu'il écoutait leur discussion, le regard de Mamoru revenait inévitablement à la pendule. Il se sentait l'esprit vide, les aiguilles lui semblaient avancer avec lenteur, à la façon d'un soldat qui rampe à travers un champ de mines.

— Mamoru, depuis tout à l'heure, tu ne lâches pas l'horloge des yeux.

C'est après le dîner léger du dimanche soir que Maki fit cette réflexion. Vingt heures allaient sonner.

— Tu trouves ?

— Oui. Tu as un rendez-vous ?

— Cette pendule, elle ne retarde pas un peu ?

Taizô répondit :

— Ça ne devrait pas. Aujourd'hui, je l'ai justement remontée et remise à l'heure.

Dans la salle à manger des Asano, il y avait une pendule ancienne, une horloge manuelle, qu'un antiquaire récupérerait en pleurant de joie, offerte à Taizô et Yoriko par un membre de la famille pour leur mariage.

Jusqu'alors, elle avait vécu plusieurs tremblements de terre, l'emplacement où elle était accrochée avait changé, mais son mécanisme ne s'était jamais arrêté. Une fois par semaine, Taizô remontait le ressort et, de temps à autre, il la graissait. C'était tout, mais elle donnait toujours l'heure précise, d'un joli carillon qui retentissait dans toute la maison.

Même dans cette pendule, Mamoru voyait à cet instant une bombe à retardement.

A vingt heures trente, il monta dans sa chambre. S'il était seul, sans personne à ses côtés, peut-être ne se passerait-il rien… Il s'accrochait à cette pensée, immobile dans la pièce obscure.

Ensuite, il garda les yeux fixés sur le réveil numérique posé sur la table de chevet.

A vingt heures quarante, on frappa à la porte.

— C'est moi, je peux entrer ?

Le visage de Maki apparut. Avant qu'il ait le temps de répondre, elle se glissa par la porte comme un enfant qui joue à cache-cache et referma derrière elle.

— Qu'est-ce que tu as ? Tu fais une de ces têtes ! Tu as mal au ventre ou quoi ? Maki avait l'air perplexe.

Mamoru ne pouvait pas la chasser. Il sourit vaguement et secoua la tête.

— Alors, qu'est-ce que tu en penses ? C'est une bonne chose, non ?

— Ce que je pense… de quoi ?

— Comment ça, de quoi ? C'est évident ! De ce dont on parlait tout à l'heure. Tu n'écoutais pas, ou quoi ? Maman nous a dit qu'aujourd'hui monsieur Yoshitake était passé à la maison.

Effectivement, ils en avaient peut-être parlé. En l'absence de Mamoru et de Maki, Kôichi Yoshitake était venu avec un employé de Shin Nihon Shôji…

— Moi, je trouve que c'est bien. De toute façon, si papa arrête de conduire son taxi, il faudra qu'il cherche du travail. Et à son âge, il n'y a pas tellement d'offres d'emploi. Puisque monsieur Yoshitake a eu la gentillesse de le proposer, il devrait en profiter.

Kôichi Yoshitake était apparemment venu offrir un emploi à Taizô.

— Pourquoi monsieur Yoshitake fait-il cela ?

— Eh bien, à ses yeux, c'est un moyen de réparer sa faute. En s'enfuyant, il a infligé une expérience pénible à papa. Alors, il veut se racheter, dit Maki en riant.

— Demander un peu de temps pour réfléchir, quelle drôle d'idée de la part de papa comme de maman ! Chez Shin Nihon Shôji, les salaires sont bons, en plus. Je vais essayer de le convaincre, alors toi aussi tu peux lui parler, l'air de rien ? On fait front commun, d'accord ?

Pendant qu'ils discutaient ainsi, vingt et une heures approchaient inexorablement. Mamoru sentit son corps se raidir, sa bouche se dessécher.

Un membre de ta famille… Lequel ?

— Voilà. Dis, c'est d'accord ? On tient bon, hein !

Sur ces mots, Maki quitta la pièce. Mamoru poussa un gros soupir et regarda fixement la pendule.

Il était vingt heures cinquante.

— Mamoru, range ton linge ! cria Yoriko depuis le rez-de-chaussée. Tu m'entends ? Ma-mo-ru !

Vingt heures cinquante-cinq minutes et trente secondes.

— Pff, vraiment !

Après avoir frappé à la porte pour la forme, Yoriko fit irruption dans la pièce. Avec une brassée de linge entre les mains.

— Voilà. Pour l'instant, Taizô est dans le bain, tu iras prendre le tien après. Je t'appellerai.

Ensuite, elle aussi prit un air interrogateur.

— Qu'est-ce que tu as ?… Tu ne te sens pas bien ?

Mamoru, en silence, secoua frénétiquement la tête. Vingt heures cinquante-neuf.

— Tu es sûr ? Tu es tout pâle. D'ailleurs, cet après-midi aussi, au téléphone, tu m'as raconté des histoires incompréhensibles.

Comme Mamoru ne répondait pas, Yoriko sortit en faisant la grimace. Elle lui lança un regard par-dessus son épaule.

L'instant suivant, le réveil numérique palpita et afficha vingt et une heures. En même temps, au rez-de-chaussée, la pendule se mit à sonner. Mamoru serra fort ses bras autour de ses genoux.

Ding, ding, dong. Elle continuait à sonner. L'affichage numérique changea. Une seconde, deux secondes.

L'horloge se tut, il était vingt et une heures et dix secondes.

Et quinze secondes.

Vingt secondes passées.

Trente secondes.

La porte de la chambre de Mamoru s'ouvrit doucement. Une nouvelle fois, Maki passa son visage dans l'entrebâillement.

Ses yeux étaient tournés vers lui, mais sans le voir. Ils regardaient un point à au moins cent mètres de là. Puis elle dit, d'une voix monocorde :

— Mon garçon, j'ai téléphoné à Nobuhiko Hashimoto. C'est comme ça qu'il est mort.

La porte se referma en claquant.

Quand il parvint à bouger, le charme rompu, Mamoru se précipita dans le couloir. Il ouvrit la porte de la chambre de Maki, en y mettant tout le poids de son corps. Elle était accroupie devant son tourne-disque.

— Ouah ! Qu'est-ce qui t'arrive ?

Un disque à la main, Maki fit un bond.

— Arrête ! Qu'est-ce qu'il y a ?

— Maki… Là, qu'est-ce que tu viens de me dire ?

— Comment ça, quoi ?… Ce dont on vient de parler ? L'histoire de monsieur Yoshitake ?

Elle ne se souvenait de rien…

— Vraiment, tu es bizarre, Mamoru, qu'est-ce qu'il t'arrive ?

— Rien, t'en fais pas.

Il s'excusa et regagna sa chambre. Il s'assit au bord du lit, la tête entre les mains.

En bas, la voix de Yoriko s'éleva :

— Maki, téléphone !

— C'est qui ? demanda Maki en descendant les escaliers. Son pas était léger, il n'y avait rien de bizarre.

Tout ce qui restait à Mamoru, c'était seulement une profonde terreur et un effrayant sentiment d'impuissance.

4

Désormais, chaque jour fut pour Mamoru un cauchemar sans cesse renouvelé. Comme le roi du conte pour enfants, croulant sous les richesses mais condamné à mourir de faim parce que tout ce qu'il touchait se transformait en or, il vécut en évitant de s'approcher de qui que ce soit.

Il devait l'arrêter. Seul. Sans en parler à quiconque. Il ne pouvait pas se permettre d'impliquer d'autres personnes.

On était à la mi-décembre et en ville l'animation grandissait. La rue commerçante était décorée de feuilles de bambou et, devant la gare, les trompettes de l'Armée du Salut résonnaient. La tournée nocturne de lutte contre les incendies organisée tous les ans par l'association de quartier débuta ; dans la rue, les appels allègres à prendre garde au feu laissaient indifférent Mamoru qui, incapable de trouver le sommeil, se tournait et retournait dans son lit.

— Cette année, comme il y a eu trois jours du coq dans le mois, il va y avoir beaucoup d'incendies[1].

Sur ces mots, Yoriko colla un sticker Attention aux incendies sur la porte de la chambre de Mamoru. Cela lui rappela cruellement la mort de Nobuhiko Hashimoto. Il revit les armoires de rangement fondues. Il se rappela la désagréable odeur de brûlé des ruines.

Pendant plusieurs jours, dans ses rêves, il entendit le sifflement d'une fuite de gaz. Comme cela arrive fréquemment dans les songes, il se trouvait dans un lieu qui était à la fois la maison où il vivait actuellement et celle de Nobuhiko Hashimoto.

En rêve, il voyait la silhouette sombre de Hashimoto. Celui-ci dormait. Puis le téléphone sonnait. La sonnerie retentissait. Une fois, deux fois, trois fois. « Il ne faut pas répondre ! » hurlait Mamoru. Mais Hashimoto se levait et décrochait le combiné. Alors, en même temps que le son étouffé d'une explosion, des flammes s'échappaient des fenêtres.

---

1. D'après la tradition, le risque d'incendie est plus grand les années où le mois de novembre compte trois jours du coq et non deux.

Il se réveillait toujours à ce moment-là. Trempé de sueur, il était recroquevillé, comme s'il cherchait à échapper à l'impact de la déflagration.

Et s'il se confiait à quelqu'un ? S'il racontait tout ? Son interlocuteur balaierait peut-être tout d'un rire. Lui dirait qu'il était fatigué. Avec un peu de chance, Mamoru lui aussi arriverait à en rire.

Mais, quelques jours plus tard, cette personne mourrait. En se jetant dans le vide du haut d'un immeuble. En s'élançant devant une voiture lancée à toute vitesse. Et puis le téléphone sonnerait, une voix basse lui dirait : « Mon garçon, tu n'as pas tenu parole… »

Il ne pouvait en parler à personne.

Parce qu'il gardait cela pour lui, il ouvrait le moins possible la bouche.

Maki boudait :

— Depuis quelques jours, tu es de nouveau distant, Mamoru.

Yôichi Miyashita s'approchait, l'air d'avoir envie de lui parler, puis il renonçait et s'éloignait. Chez Miss, la colère avait supplanté l'inquiétude. A son travail, prenant prétexte du rythme effréné imposé par les ventes de fin d'année, il ne discutait même pas avec Takano, enfin sorti de l'hôpital.

Une semaine après sa première visite, Kôichi Yoshitake revint chez les Asano. Pour demander sa réponse à Taizô.

Taizô et Yoriko avaient maintes fois discuté de l'opportunité d'accepter son offre. Parfois, les enfants se joignaient à eux, ils avaient étudié la question sous tous les angles. La vie à partir de maintenant. Le fait qu'à l'âge de Taizô il lui serait difficile de trouver un nouvel emploi.

Au bout du compte, Taizô avait décidé d'accepter l'offre de monsieur Yoshitake. Son nouvel employeur serait un service de location de meubles et d'accessoires d'intérieur, récemment lancé par Shin Nihon Shôji, et le travail de Taizô consisterait, sur la base des bons de commande, à charger les camions de livraison.

Quand ils lui annoncèrent leur décision, Yoshitake se réjouit ouvertement.

Cette fois, il était passé seul, en rentrant du travail. Maki avait discrètement jeté un coup d'œil devant l'entrée et était revenue en s'émerveillant : bien entendu, il avait une belle voiture.

— Une voiture étrangère ?

— Non. Tu sais, monsieur Yoshitake n'est pas quelqu'un de snob. Il a écrit quelque part : « Dans le monde, il existe plein de produits superbes qu'un pays peut fournir avec fierté aux autres nations. Nos voitures en font partie. C'est pourquoi je ne conduis que des voitures japonaises. »

Kôichi Yoshitake, que Mamoru rencontrait pour la première fois en chair et en os, lui parut bien plus jeune et plus en forme que sur les photos qu'il avait notamment vues dans des magazines.

Il arborait un beau bronzage de golfeur, le teint en harmonie parfaite avec sa chemise blanche et son costume sombre.

Son témoignage l'avait mis dans une position délicate et les railleries étaient nombreuses, tous les membres de la famille Asano le savaient. En particulier, Mamoru et Maki, quand Taizô fit les présentations : « Ma fille Maki et mon fils Mamoru », ne purent dissimuler leur trouble, sans savoir quelle attitude adopter.

Mais Yoshitake, lui, ne semblait absolument pas embarrassé.

Il complimenta la cuisine familiale, que Yoriko avait préparée en se demandant : Qu'est-ce que je pourrais lui servir ? Si ça ne lui plaît pas, comment je fais ? Il se réjouit de l'embauche de Taizô et, laissant Maki guider la conversation, épuisa divers thèmes, des anecdotes sur ses voyages d'affaires à l'étranger aux dernières nouvelles du monde de la mode, en passant par l'évolution des tendances en matière d'ameublement, sans jamais manquer de sujets de discussion.

L'histoire du jour où il avait pour la première fois participé à une vente aux enchères chez Sotheby's, quand il avait acquis un long et beau *kiseru*, une pipe de la fin de la dynastie Qing utilisée par l'impératrice douairière Cixi à la Cité interdite, éveilla l'intérêt de Maki. Depuis l'accident de Taizô, c'était la première fois qu'elle se détendait.

— L'impératrice Cixi avait des goûts particulièrement luxueux, n'est-ce pas ?

— C'est ce qu'on dit, oui. En un sens, elle a peut-être provoqué la chute de la dynastie Qing. On raconte qu'elle possédait deux mille toilettes. Avez-vous vu le film *Le Dernier Empereur*, mademoiselle ?

— Oui. C'était splendide.

Elle l'avait certes vu, mais elle avait somnolé durant la majeure partie des deux longues heures de projection. Mamoru était avec elle et il s'en souvenait très bien, mais il se tut.

Pendant qu'il observait Yoshitake qui continuait à discuter d'un air enjoué, Mamoru ne parvenait pas à se défaire de l'impression de l'avoir déjà rencontré quelque part. Où cela pouvait-il bien être ?

Lorsqu'il fit semblant de se rendre aux toilettes pour aller voir la voiture de Yoshitake garée devant la maison, cela lui revint enfin. Une carrosserie gris métallisé.

La nuit où Mamoru s'était introduit chez Yôko Sugano, cette voiture se trouvait au carrefour où avait eu lieu l'accident.

Quand il partit, Yoshitake leur dit : « Ne vous dérangez pas » et les salua dans l'entrée. Taizô et les autres retournèrent au salon, et Mamoru se glissa dehors.

L'homme, les mains dans les poches, cherchait ses clés de voiture. Même le plus brillant des entrepreneurs est un conducteur comme les autres.

Yoshitake s'aperçut de la présence de Mamoru.

— Tiens ! Désolé d'être resté si tard. J'ai oublié quelque chose ? Il lui adressa un sourire commercial impeccable.

— Puis-je vous poser une question bizarre ?

— De quoi s'agit-il ?

— Monsieur Yoshitake, avec cette voiture, vous vous êtes rendu au carrefour où s'est produit l'accident, n'est-ce pas ? Le dimanche suivant, vers deux heures, deux heures et demie du matin.

Yoshitake regarda fixement Mamoru. Enfin, son regard s'adoucit et des rides de rire se creusèrent au coin de ses yeux.

— Eh bien ça alors, comment le sais-tu ?

— Je vous ai vu. J'ai l'habitude de faire du jogging la nuit, et comme ça me turlupinait après l'accident, il m'est arrivé d'aller courir près de l'endroit où ça s'est passé.

— C'est donc ça.

Yoshitake tira une cigarette de sa poche de poitrine et l'alluma.

— Et puis j'ai reconnu votre tabac. Il a un parfum agréable. Un peu particulier, cela dit.

Yoshitake rit doucement.

— La prochaine fois que je serai en mission secrète, j'y prendrai garde.

La fumée violette s'élevait élégamment.

— Je voulais vous remercier, dit Mamoru. De vous être présenté à la police, malgré votre... situation.

— Tu es au courant parce que certains médias en ont fait leurs choux gras, n'est-ce pas ? Ils ont monté tout ça en épingle. En ce qui me concerne, tu n'as pas de souci à te faire. Je ne vais pas divorcer, je ne quitterai pas mon poste de PDG adjoint non plus. J'ai beau être un gendre adopté, je ne suis pas un parfait bon à rien, mais c'est pourtant l'image qu'avait de moi la société. Avec ce qui vient de se passer, je l'ai bien compris. Je vais redoubler d'efforts pour montrer ce que Shin Nihon Shôji doit à ma présence, ça m'a motivé.

Devant son expression enjouée, Mamoru éprouva du soulagement. Effaçant son sourire, Yoshitake poursuivit :

— Je dois plutôt vous présenter des excuses, à toi et ta sœur. D'avoir pris la fuite. D'avoir mis du temps avant de me manifester. J'ai hésité, tu sais. Je pensais que si j'attendais encore un peu, un autre témoin se présenterait peut-être... Je suis un lâche.

— Mais, en définitive, vous êtes allé à la police.

— C'est normal.

Ensuite, Yoshitake arbora un air inquiet.

— Tu as un peu maigri ces derniers temps, non ?

Mamoru fut décontenancé.

— Qui ça, moi ?

— Oui. Comme tu m'as surpris tout à l'heure, c'est mon tour de t'étonner. Avant de me présenter au commissariat, je suis passé dans le coin. Je me disais qu'avant d'aller à la police, je pourrais peut-être rencontrer directement la famille de monsieur

Asano et m'expliquer. En fin de compte, je suis reparti sans le faire, mais ce jour-là je t'ai vu.

Mamoru fouilla dans sa mémoire.

— Cette fois-là aussi, c'était cette voiture ?

— Oui.

Cela lui revint.

— Vous vous étiez garé sous les berges ?

Yoshitake hocha la tête.

— Tu faisais ton jogging. Depuis ce jour-là, ton visage s'est aminci.

— Vous trouvez ?

C'est peut-être le cas, se dit-il. Car depuis l'apparition de ce « quelqu'un », il n'avait pas eu un seul instant de tranquillité.

Yoshitake reprit lentement :

— Ce qui est arrivé était un incident malheureux. Mais les circonstances m'ont permis de faire votre connaissance à tous et j'en suis heureux. Avec ma femme, nous n'avons pas eu d'enfant.

Yoshitake sourit. C'était un sourire semblable à la caresse d'une main tiède sur la poitrine.

— Je suis très content d'avoir pu vous rencontrer, ta sœur et toi. S'il vous arrive quoi que ce soit, j'aimerais que vous m'en parliez sans hésiter. Je vous aiderai dans la mesure de mes moyens.

— Merci. Pour cela et pour le reste. Pour tout.

Yoshitake regarda Mamoru droit dans les yeux et lui dit :

— Je devais réparer ma faute envers ton père. Je fais mon devoir, c'est tout.

Alors que la vie quotidienne poursuivait son cours, il arrivait parfois que Mamoru, un bref instant, oublie presque sa situation.

« Quelqu'un » ne l'approcherait peut-être plus jamais. Et si tout cela était fini ? S'il n'y avait plus rien à craindre ?

Mais, l'instant d'après, il se reprenait. Les paroles de « quelqu'un » lui revenaient à l'esprit : *Pour Kazuko Takagi, la quatrième, je te contacterai sans faute.*

Ce n'était pas un mensonge.

Ni les journaux ni la télévision n'avaient annoncé le décès d'une femme appelée Kazuko Takagi. « Quelqu'un » attendait réellement son heure. Mamoru en arriva à penser qu'il pouvait se fier à sa parole.

Comme l'avait dit l'homme, Mamoru n'avait aucun moyen de trouver Kazuko Takagi. Il avait d'abord cherché le nom « Kazuko Takagi », puis juste « Takagi » dans l'annuaire téléphonique des vingt-trois arrondissements de Tokyo, et, en se raccrochant à une chance infime, avait essayé d'appeler ces numéros l'un après l'autre. Cependant, il n'avait pas trouvé la bonne Kazuko Takagi ; réalisant qu'il n'arriverait à rien si elle vivait hors de ces arrondissements ou en banlieue, ou si, pourquoi pas, elle avait pris un nom d'emprunt, il avait renoncé. Il en avait la gorge desséchée.

Il ne lui restait qu'à attendre. Mais quand l'heure viendrait, il arrêterait l'autre sans faillir. Il ne laisserait pas mourir Kazuko Takagi. Cela, il le grava fermement dans son cœur.

Mais alors, pourquoi ? Pourquoi cet homme en avait-il informé Mamoru et de quoi voulait-il donc lui parler ? *Entre toi et moi, il existe sûrement des points communs* : que signifiaient ces mots ?

Je ne répondrai ni ne reviendrai. Jusqu'à ce que l'heure ait sonné. C'est ce qu'avait décrété « quelqu'un ». Pour l'instant, il ne pouvait qu'attendre ce moment. En serrant les dents en silence, afin de ne pas perdre courage.

Un soir, quand il rentra de son jogging, une voiture inconnue était garée devant la maison ; la portière côté passager s'ouvrit et Maki en descendit. L'homme assis au volant lui parlait, mais elle ne se retourna même pas.

Il descendit de voiture, contourna le véhicule par l'avant et saisit le bras de Maki. Mamoru pensait s'interposer si l'autre faisait mine d'aller plus loin, mais Maki lui fit lâcher prise, se retourna et lui donna une gifle.

Elle se précipita à l'intérieur de la maison et claqua la porte d'entrée. Mamoru, ignorant l'homme stupéfait, la suivit.

Maki ne pleurait pas. Au contraire, elle arborait une expression radieuse.

— Quel tour de main ! lança Mamoru, et elle rit aux éclats, sans même une pointe d'hystérie.

— C'est lui, monsieur Maekawa, c'est ça ?

— Oui. Ce type, dès que papa a eu son accident, il s'est comporté bizarrement… Comme il fait partie de l'élite, il a dû se dire qu'il ne pouvait pas sortir avec une fille dont le père est en prison.

— Mais ce n'est pas le cas de tonton.

Grâce aux efforts de maître Sayama, aux bons états de service de Taizô en tant que chauffeur de taxi et à l'arrangement à l'amiable, la sanction semblait s'orienter vers une procédure expéditive. Dans ce cas, il s'en tirerait avec une amende.

— C'est vrai. Du coup, j'ai l'impression d'avoir vu sa véritable nature. Malgré tout, je n'arrivais pas complètement à me détacher de lui. J'espérais que, peut-être… Mais j'ai compris. Je n'aime plus Maekawa. C'est juste que je n'arrivais pas à digérer qu'on dise, tiens, mademoiselle Asano s'est fait larguer. Parce que j'étais fière, jusqu'à présent. Maekawa, il a beaucoup de succès auprès des filles du bureau… Ah, je me la jouais, quelle idiote ! Maki rit de bon cœur.

— Allez, tu trouveras quelqu'un de mieux.

— Oui. La prochaine fois, je choisirai un gars qui ne soit pas surfait.

— Un type absolument pas surfait, j'en connais un.

— Ah ! Tu me le présenteras à l'occasion ?

C'était à Takano que Mamoru pensait, mais un mur invisible se dressait toujours entre eux.

Puisque la responsabilité en revenait clairement à Mamoru, il était inexcusable. Précisément parce qu'il pouvait s'appuyer sur Takano, il avait peur. Il sentait qu'il risquait de lui parler de « quelqu'un », à lui davantage qu'à n'importe qui d'autre. Afin d'éviter cela, la seule solution était de rester à distance.

Cependant, le soir précédant le dernier jour de l'année, Takano vint rendre visite à Mamoru.

5

— Pardon de cette visite inopinée en fin d'après-midi, alors que tu as à faire.

Takano était complètement rétabli. Son plâtre avait disparu et, sous son gros pull, on ne soupçonnait même pas qu'il portait un bandage.

— Vous êtes tout à fait remis, n'est-ce pas ? Tant mieux, les membres de votre fan-club vont être soulagées.

— Mon fan-club ?

— Désolée de vous déranger, lança Maki en entrant dans la pièce. Elle posa les tasses de café sur la table d'un geste souple, décocha un sourire ravageur d'hôtesse d'accueil et se retira silencieusement.

— On dirait qu'ici il y a un nouveau membre, dit Mamoru en riant. Méfiez-vous. Maki est redoutable.

Pendant un moment, ils discutèrent de tout et de rien. Le motif de la visite de Takano, Mamoru le connaissait. Pour cette raison, il ne parvenait pas à aborder le sujet.

— A vrai dire… lança enfin Takano, lorsque sa tasse de café fut presque vide. Comme tu te comportes bizarrement depuis un certain temps, je suis venu voir comment tu allais. Au magasin, on ne peut pas discuter tranquillement, n'est-ce pas ? Et au téléphone… Dis donc, même quand on parle travail, tu te montres un peu plus aimable.

— Désolé.

Il ne pouvait que s'excuser. Takano n'était pas fâché, il se faisait du souci, ce qui peinait d'autant plus Mamoru.

— Il t'est arrivé quelque chose ?

— Pas du tout. Je m'en veux de vous avoir causé du souci.

Son mensonge ne se lisait-il pas sur son visage ? Un miroir aurait été le bienvenu.

— Tant mieux. Tu me rassures. En plus, comme ça, tu vas pouvoir me donner ton avis en toute liberté.

— Mon avis ?

— Oui. Je vais t'expliquer tout ça, c'est en rapport avec l'histoire de la fille qui a essayé de sauter. Je me suis drôlement trituré les méninges, mais là, c'est l'impasse totale.

Mamoru se rappela qu'à l'hôpital aussi Takano avait parlé de cette fille.

— Vous m'avez dit que c'était une bonne élève. Pas une fille du genre à provoquer un tel scandale.

— Exactement. C'est pour ça que cela me chiffonne. Et il y avait aussi quelque chose qui me dérangeait dans le comportement de sa mère au moment des faits. Alors, j'ai un peu approfondi la question et…

Soudain, Takano adopta un ton plus formel :

— La cleptomanie, tu connais ?

— Qu'est-ce que c'est que ça ?

— C'est un terme de sciences de la psychologie qui signifie « impulsion pathologique à voler ». Sans raison économique particulière, on commet des larcins et des vols à l'étalage à répétition sous l'impulsion d'un désir de voler. C'est une forme de trouble obsessionnel compulsif.

La psychologie ne figurait pas encore au programme des lycées publics. Mamoru répondit :

— Ah bon ? Vous voulez dire que… c'est ce qu'a cette fille ?

— Oui. Elle-même et ses parents se font beaucoup de souci. Il paraît qu'elle est suivie par un spécialiste.

— La pauvre !

J'ai peur, j'ai peur, j'ai peur… Ce qui l'effrayait, c'était peut-être cette impulsion que sa raison ne parvenait pas à contrôler.

— Et il y a aussi cet homme, Kakiyama, qui nous en a fait voir de toutes les couleurs, à Makino et moi.

— Je n'en ai pas spécialement entendu parler depuis, mais il souffrait bien d'une dépendance aux amphétamines, non ?

Takano fit non de la tête.

— Il a effectivement des antécédents. Mais quand il a provoqué cet incident, il était clean. Les analyses de sang faites par la police étaient négatives.

— Hum… Mais, quand on devient dépendant aux amphétamines, même après avoir arrêté de se droguer, il arrive d'avoir des hallucinations ou des crises de délire, je me souviens de l'avoir lu quelque part.

— C'est ce qu'on appelle un flash-back. Ouais. C'est aussi ce que pense la police.

— La police ? Mais à voir votre tête, vous ne semblez pas convaincu.

Takano tirait sur son menton. Quand il leva enfin les yeux, il dit :

— Ces deux incidents se sont produits en l'espace d'à peine dix jours. En un si bref laps de temps, deux affaires comme on n'en avait jamais vu, ce n'est pas un peu bizarre ?

— Il ne s'agit pas d'un hasard ? Les causes sont différentes, en plus.

— Tu crois ? Mais c'est depuis que nous avons signé avec Kôkoku Academy que ces incidents ont eu lieu.

— Kôkoku Academy ?

— Tu sais, le nouvel écran vidéo ? C'est eux.

Mamoru se remémora le logo estampillé sur le bord de l'écran. Il l'avait déjà vu quelque part, il s'était fait la réflexion à ce moment-là.

— Officiellement, leur nom commence par le mot « Marketing », mais on les appelle simplement « Kôkoku Academy ». C'est une entreprise qui se développe rapidement, avec pour clients des entreprises de la grande distribution, comme nous, ou de la restauration rapide, et aussi des *family restaurants*[1].

— C'est une agence de publicité ?

— Non, c'est différent. Plus louche. Ils font du conseil pour la promotion des ventes, de la formation, des études de marché et n'importe quoi d'autre. J'ai lu leur brochure commerciale, ça m'a rappelé le baratin des bonimenteurs. Mais ce qui est sûr, c'est que les entreprises qui travaillent avec eux améliorent leurs performances. C'est pour ça que nous aussi, nous avons signé un contrat, mais…

— Mmm mmm. Des rumeurs inquiétantes circulent, n'est-ce pas ? Des pots-de-vin ou une commission ?

Takano eut un rire forcé.

— Non, pas ça. Ou plutôt, si ce n'était que ça, c'est monnaie courante dans le métier.

Les sales rumeurs autour de Kôkoku Academy, en un sens, étaient d'une nature plus scientifique.

1. Restaurants bon marché destinés à une clientèle familiale et jeune.

— C'est un camarade d'université qui travaille pour l'institut de recherche d'une grande entreprise qui m'en a parlé. D'après lui, Kôkoku Academy, dans le passé, aurait utilisé un nouveau stimulant très léger dans un certain grand magasin. Sans être ni ingéré ni injecté, il pénètre dans le sang par la respiration. Il paraît que, par le biais d'une installation reliée au système d'air conditionné, ils l'ont diffusé dans le magasin. Bien sûr, comme c'est quelque chose qui s'est fait dans le plus grand secret, il n'existe aucune preuve, mais d'après lui ces informations sont d'une grande fiabilité.

— Mais, que cherchaient-ils à faire en diffusant un stimulant ? A faire faire la course aux clients ?

— A stimuler le désir d'achat, tiens.

Mamoru resta bouche bée.

— Tu sais, on parle bien d'« achat compulsif » ? Quand on achète une chose dont on n'a pas vraiment besoin ou un article de luxe et qu'on le regrette ensuite. Si on parvenait à déclencher artificiellement cet état psychologique en étudiant comment les consommateurs l'atteignent, les produits se vendraient sans qu'on ait besoin de lever le petit doigt.

— Sans doute, oui… Pendant les soldes, les clients sont terriblement excités.

— N'est-ce pas ? Chez nous aussi, au moment des soldes, on diffuse une musique de fond au rythme enlevé. Et au contraire, dans les rayons des produits de luxe comme la joaillerie ou l'ameublement, on passe de la musique douce. Parce que si les clients marchent à toute allure et passent leur chemin, ça ne va pas. On les manipule. Kôkoku Academy pousse le raisonnement encore plus loin et le met en pratique.

— Pff, c'est pas très plaisant, comme histoire.

— C'est sûr ! Dans le cas de la restauration rapide et des restaurants, c'est encore différent. A la base, ce ne sont pas l'estomac ou les intestins qui éprouvent la sensation de faim. C'est le cerveau. Dans le cerveau, il y a une partie qui régule l'appétit et qui lance les ordres : mange parce que tu as faim, arrête parce que tu es rassasié. Si on pouvait agir dessus grâce à un médicament, des ondes basse fréquence ou de la musique, par exemple, et stimuler l'appétit alors qu'on n'a pas vraiment faim, que se passerait-il, à ton avis ?

— Alors qu'en fait on a l'estomac plein, on aurait envie de manger… ?

— N'est-ce pas ? Résultat, le chiffre d'affaires s'envolerait. A une époque, on a beaucoup parlé de la possibilité de maigrir grâce à l'hypnose, mais le principe est le même, c'est seulement le résultat qui est à l'opposé.

— Ce que vous voulez dire, monsieur Takano, énonça lentement Mamoru, en mettant de l'ordre dans ses idées, c'est que Kôkoku Academy fait quelque chose de similaire chez nous, c'est ça ?

— C'est indubitable, selon moi.

— Mais comment relier ce fait et les deux clients en question ?

— Eux, ce sont des effets secondaires.

Takano répondit d'un ton péremptoire.

— Ils ont été victimes d'effets secondaires. Par exemple, cela arrive avec des médicaments couramment utilisés, non ? Moi qui te parle, je ne peux pas prendre de pénicilline parce que je risque un choc anaphylactique. Même les produits vaisselle, il y a des gens qui ne peuvent pas en utiliser parce que cela leur abîme les mains. C'est une question de compatibilité. Il ne serait pas étonnant que certaines personnes n'arrivent pas à s'adapter au nouveau moyen de stimulation des ventes mis au point par Kôkoku Academy. En plus, ces deux-là ont un point commun.

Takano dressa deux doigts et poursuivit :

— Le fait qu'ils prennent tous les deux des substances médicamenteuses – ou qu'ils en aient l'expérience. La jeune fille, pendant ses phases de dépression cyclique, prenait des anxiolytiques prescrits par son médecin. Et Kakiyama, des amphétamines. Un flash-back peut être déclenché ne serait-ce que par un verre de bière ou des médicaments contre le rhume, il paraît.

Cela devenait une histoire étrange.

— Donc, Kôkoku Academy utilise chez nous aussi ce stimulant pour attiser les pulsions d'achat, et il s'est mélangé avec les médicaments utilisés par ces deux personnes, ce qui a provoqué leur état de confusion mentale – c'est ce que vous pensez ?

— Oui. Au départ. Mais après, je bloque.

Takano poussa un soupir déçu.

— D'abord, j'ai eu beau interroger discrètement les responsables de la gestion de l'immeuble, d'après eux il n'y aurait pas eu de travaux récents dans les installations. S'il s'agit de diffuser un stimulant, c'est certainement impossible sans introduire des appareils d'assez grande taille. Parce qu'il ne suffit pas de répandre ça n'importe comment. En plus, il y a ce fameux Kakiyama. Il est sorti clean des analyses de la police. Pour les amphétamines à proprement parler, mais aussi pour les autres drogues. J'ai du mal à imaginer que Kôkoku Academy aurait mis au point dans le plus grand secret une drogue impossible à détecter.

— On revient à la case départ.

— Oui. Et puis…

On entendit de nouveau frapper à la porte. Maki passa la tête dans l'entrebâillement.

— La discussion a l'air animée ! Voulez-vous une autre tasse de café ? Et une part de gâteau aussi ? dit-elle en apportant une assiette sur laquelle reposait un gâteau au fromage. Je l'ai préparé à toute allure, je ne sais pas s'il est réussi. Vous aimez le sucré ?

Maki s'est parfaitement remise, pensa Mamoru en l'observant du coin de l'œil s'affairer avec empressement. Bah, c'est plutôt une bonne nouvelle.

— Kôkoku Academy aurait-elle fait des siennes ?

Elle s'était installée confortablement pour poser sa question.

— Comment ?

— Eh bien, vous parliez de Kôkoku Academy, n'est-ce pas ? J'ai vaguement entendu votre conversation. Eux, ils m'ont joué un vilain tour.

Takano prit un air intéressé.

— Que vous est-il arrivé ?

— Ah, je sais !

Mamoru intervint. Il n'avait pas l'intention d'interrompre Maki, mais son commentaire lui avait rafraîchi la mémoire.

— L'avant-première, c'est ça ?

Maki l'arrêta d'un geste et reprit :

— Exactement. L'avant-première d'un film sponsorisé par Kôkoku Academy et un fabricant de cosmétiques. Le film en lui-même n'était pas mal, mais quand il a été fini, des stands de vente des nouveaux produits de ce fabricant de maquillage s'alignaient dans le lobby et j'ai acheté une tonne d'articles dont je n'avais pas le moindre besoin. De retour à la maison, je m'en suis terriblement voulu. Mais cela aurait été du gâchis de les jeter, non ?

— Assurément.

Maki s'anima :

— Donc, bien obligée, je les ai utilisés. Mais ils ne convenaient pas du tout à ma peau et j'ai fait une allergie. Depuis, quand cette entreprise m'envoie une invitation à une avant-première, je l'ignore.

— Une fois, tu m'en as donné une.

Voilà pourquoi le logo lui disait quelque chose.

— Mais tu n'y es pas allé, je crois.

— Non, j'ai oublié. Mais, Maki, c'est toi qui as acheté sans réfléchir, c'est de ta responsabilité, ce n'est pas la faute de Kôkoku Academy.

— Oui, mais je me suis laissé entraîner par l'ambiance. Moi, en temps normal, je ne me conduis jamais comme ça. Je choisis soigneusement mes produits de beauté.

A ce moment-là, Takano adopta un comportement surprenant. Il siffla bruyamment, comme un voyou.

— Ça alors ! En plein dans le mille !

— Qu'est-ce qui est en plein dans le mille ?

— Maki, vous ne vous êtes pas seulement laissé emporter par l'atmosphère. Vous avez été victime de publicités subliminales.

Mamoru et Maki se regardèrent d'un air incertain.

— De la publicité sublime ?

— Non, subliminale. On parle aussi de méthode de projection sous le seuil de la conscience.

Après un instant de réflexion, Takano demanda à Mamoru :

— Tu n'aurais pas un dictionnaire des termes contemporains, ou quelque chose d'équivalent ?

— J'en ai un !

Maki partit comme une flèche vers sa chambre et rapporta un dictionnaire épais comme un bottin. Pendant que Takano cherchait la bonne page, Mamoru lui demanda discrètement :

— Comment ça se fait que tu aies un truc pareil ? J'y crois pas !

Maki lui chuchota à l'oreille.

— Je l'ai gagné à un bingo de fin d'année. Qu'est-ce que j'en ai bavé pour le rapporter à la maison !

— J'ai trouvé !

Takano leur tendit le livre ouvert à l'article PUBLICITÉ ET CAMPAGNES D'INFORMATION.

PUBLICITÉ SUBLIMINALE

Publicité qui s'adresse au subconscient. Publicité diffusée sur un écran, à la télévision ou dans une salle de cinéma, ou bien à la radio par exemple, sous forme de message transmis à une vitesse ou un volume non perceptible par la conscience et qui vise à stimuler le comportement d'achat. En 1957, l'Américain James Vicary et l'entreprise Precon Process & Equipment dévoilent conjointement des résultats d'expérimentation de cette méthode. D'après eux, en faisant apparaître une publicité toutes les cinq secondes, à une vitesse comprise entre un deux-millième et un vingt-millième de seconde, sur l'écran d'un programme en cours, le téléspectateur ne peut ni la voir ni en prendre conscience, mais elle reste dans son inconscient. De ce fait, ils auraient constaté une hausse des ventes de cinquante pour cent pour le pop-corn et de trente pour cent pour le Coca-Cola. Plus tard, la

Commission fédérale du commerce a signalé des problèmes d'ordre moral et a interdit cette pratique.

— Bref, Maki, pendant que vous regardiez le film, on vous a aussi montré des publicités pour les produits de beauté, insérées dans les images. Evidemment, sans que vous vous en rendiez compte.

Bien sûr… Mamoru comprit enfin.

— Dans *Columbo*, il y avait un épisode appelé « Subconscient » et effectivement, c'était ça l'astuce employée.

— Oui, exactement. C'est la même chose.

— Ils sont gonflés ! C'est déloyal.

— Au Japon, parce qu'il y a des doutes sur les effets concrets, aucune mesure d'interdiction n'a encore été prise. Kôkoku Academy ne va donc pas se priver. Tout à l'heure, si j'ai dit « en plein dans le mille », c'est en fait parce que, depuis que la piste du stimulant s'est évaporée, je pensais à ça.

Involontairement, Mamoru haussa le ton :

— C'est la vidéo, hein ?

— Oui. Ce fameux écran vidéo que Kôkoku Academy a installé chez nous sans vergogne.

Un profond silence s'installa, puis Maki s'exprima avec une prudence inhabituelle :

— Mais, est-ce que c'est vraiment ça ? Il y a des doutes sur les effets réels. C'est bien ce que vous venez de dire ?

— Oui. Mais, s'il y a des doutes, cela signifie sûrement, à l'inverse, que c'est possible. En plus,

Kôkoku Academy est bien plus à la pointe que nous, il se peut qu'ils aient mis au point un système qui rend les messages subliminaux efficients. En utilisant les sons et les couleurs par exemple, d'autres éléments que les seules images.

Mamoru changea de position.

— Il faut immédiatement les arrêter. S'il se produit encore un incident comme les deux autres…

Cette fois cependant, c'est Takano qui secoua lentement la tête en signe de dénégation.

— Justement, dans la limite de ce que j'ai pu trouver, il n'existe aucun exemple d'un état de confusion mentale déclenché par de la publicité subliminale. En théorie aussi, c'est impossible. Car même si la méthode pose certains problèmes, ce qui est montré, c'est une simple publicité.

La déception envahit Mamoru. Voilà pourquoi Takano se heurtait à un mur.

Maki lui tendit une perche :

— Le chiffre d'affaires n'a pas enregistré d'augmentation étonnante ?

— Non. Nous sommes en fin d'année, c'est normal qu'il progresse. La courbe correspond aux prévisions.

— La vidéo est en place depuis une quarantaine de jours… Les choses ne font peut-être que commencer.

— Même si c'est le cas, cela ne change rien au problème. On peut améliorer le chiffre d'affaires autant qu'on veut, qui se réjouirait d'utiliser une publicité qui suscite un état de confusion mentale ? Nos chefs ne sont pas aveuglés par le profit à ce point.

Takano but son café qui avait refroidi ; Mamoru, les bras croisés, s'adossa au mur.

— Il ne se passe rien d'autre d'inhabituel ? Maki ne lâchait pas prise. Par exemple, certains clients qui seraient soudain devenus très aimables.

— Les clients ? Pas les employés ?

— Oui, les clients. Par exemple, des gens qui se répandent en compliments sur les produits. Il y a peut-être des images qui induisent un état d'excitation, quelque chose dans ce goût.

— Mais ce qui est excitant diffère en fonction des gens, non ? Certains sont aiguillonnés par l'argent, d'autres, comme Satô qui travaille au magasin, ne tiennent plus en place devant des photos de montagnes et de déserts.

— Et toi, Mamoru, qu'est-ce qui t'excite ?

— Toi, évidemment.

Maki, avec le plateau qu'elle tenait à la main, lui frappa légèrement la tête. Takano rit.

— Ah, au fait ! dit Mamoru en esquivant Maki qui s'apprêtait à lui assener un nouveau coup. A un moment, il y a effectivement eu quelqu'un d'excité. Monsieur Makino.

Takano haussa les sourcils.

— Lui ? Même si les Forces d'autodéfense tentaient un coup d'Etat, il est du genre à les regarder faire en fredonnant.

— Et en plus, il rapporterait un éclat de grenade ramassé par terre, en souvenir. Mais là, il était un peu euphorique. Quand il a arrêté un récidiviste avec huit condamnations pour vol à l'étalage. Avant ça, il avait aussi attrapé deux lycéennes, n'est-ce pas ? Il avait la pêche.

Mais… ça lui revenait :

— Quand je lui en ai reparlé un peu plus tard, il m'a dit qu'il n'avait rien à faire, vraiment rien, ça craignait, même. Et pas seulement lui, c'était pareil pour les agents de sécurité des autres rayons. Le nombre de vols à l'étalage avait baissé.

— Dans les autres rayons aussi ? répéta Takano.

Son regard était fixé sur un point du mur.

— Il y a moins de vols ?

— Vous n'avez pas de données là-dessus ?

— Non, parce que pour connaître le montant précis des vols à l'étalage, il faut faire l'inventaire. Mais… en effet, après réflexion, c'est vrai. Ça me revient.

Un bref silence, puis, sous les yeux de Mamoru et de Maki qui l'observaient avec inquiétude, lentement, son visage s'éclaircit.

— C'est ça ! lança-t-il d'un ton péremptoire. Le vol à l'étalage. C'est l'idée inverse. Le but de Kôkoku Academy avec cette vidéo, ce n'est pas de faire augmenter le chiffre d'affaires, c'est de faire baisser les pertes liées aux vols !

Rien que pour le rayon librairie, quatre millions et demi de yens par an. Mademoiselle Anzai s'en était plainte. *Nous travaillons plus d'un mois par an pour rien.*

— Mais quand même, est-ce qu'on installerait exprès un système de cette envergure rien que pour ça ? Ça ne serait pas moins coûteux et plus rapide de renforcer le nombre d'agents de sécurité ?

— Ecoute. Cette fois, c'est Takano qui changea de position. Réfléchis un peu. Cet écran vidéo, il possède tout d'abord un rôle décoratif dans le magasin. On peut aussi y diffuser des informations sur les produits, s'en servir pour la publicité. Ajoute à ça des images qui découragent les vols. Tu fais d'une pierre deux coups. Tu as raison, Mamoru, ce ne serait pas rentable de mettre ce système en place uniquement pour lutter contre les vols. On a plus vite fait de se résigner à faire passer leur montant dans les pertes. Mais qu'en dirais-tu si, avec des images subliminales, on pouvait promouvoir les ventes et par la même occasion freiner les vols ? C'est facile. Il suffit de montrer aux clients une cassette trafiquée. Et c'est bien plus efficace que de compter sur des agents de sécurité aux performances inégales.

Quand même, ce salaud, il s'y est vraiment pris comme un pied aujourd'hui. Mamoru se rappela les paroles prononcées par Makino d'un air songeur. *Il était bizarrement craintif.*

— On diffuse des images montrant une scène où le voleur à l'étalage, pris sur le fait, se fait arrêter, ou bien des agents de sécurité qui arrivent en courant, par exemple, et on lance un avertissement au subconscient. Ainsi, le nombre de vols baisse et les voleurs sont plus faciles à repérer. Parce qu'on leur fait prendre conscience du fait qu'ils agissent mal, que s'ils font cela ici, ils se feront obligatoirement attraper.

— Mais alors, et les deux autres ? Ça explique aussi leur état de confusion ?

— Eux, ils ont un autre point commun que les médicaments. Leur extrême fragilité psychologique. L'une souffre de névrose, elle est cleptomane, et l'autre est un drogué avec un casier judiciaire. Envoie-leur donc un avertissement subconscient, « on va vous attraper, on va vous attraper » ! Ça revient à poser le pied sur une mine enfouie dans leur tête, tu ne crois pas ?

— Hou, ça fait froid dans le dos.

Maki fit semblant de frissonner.

— Moi qui croyais que les humains agissaient uniquement suivant leur propre volonté.

Je peux manipuler les autres suivant mon bon plaisir. La voix de « quelqu'un » résonna aux oreilles de Mamoru. *Tu n'y crois peut-être pas encore.*

— On n'a qu'à vérifier ! décréta Mamoru. Les cassettes se trouvent dans le poste de commande central, à l'intérieur de Laurel, n'est-ce pas ? Le mieux, c'est de les étudier directement.

Takano se donna une claque sur le genou.

— C'est vrai, ça. Mais comment ? Personne d'autre que la direction ne peut y accéder et la porte est verrouillée. L'armoire dans laquelle sont rangées les cassettes est aussi fermée à clé. Et pour couronner le tout, je n'ai la clé ni de l'une ni de l'autre.

On y est, se dit intérieurement Mamoru. Une fois de plus. Encore une occasion. Mais qu'est-ce qui se passe, enfin ?

Maki avait peut-être senti qu'il hésitait à parler, elle se leva.

— Bon, il faut que j'aille faire la vaisselle. Monsieur Takano, prenez votre temps, je vous en prie.

Elle sortit et Takano se tourna vers Mamoru, comme pour l'encourager.

C'était un pari. Mamoru réfléchissait. Ce que Pépé lui avait appris, il ne l'avait raconté à personne. Il n'avait pas l'intention d'en parler à l'avenir non plus. Il fallait voir jusqu'où Takano le croirait, sans explications.

— Monsieur Takano, je pense que je peux le faire. Je pense que je peux rapporter ces cassettes.

— Toi ?

— Oui. Je ne peux pas vous expliquer comment et je n'en ai pas envie non plus, bref, à vous de voir si vous me faites confiance ou non.

Takano s'absorba dans ses pensées.

— Quand tu as aidé la jeune fille, tu es monté sur le toit par l'escalier de service. La porte n'était pas fermée à clé – c'est bien ce que tu m'as dit ?

Il avait l'air grave.

— Pourtant, j'ai vérifié ensuite et je suis sûr que cette porte-là est fermée à clé en permanence. De la même façon que ce jour-là… Enfin, c'est ce que tu veux dire ?

Mamoru opina.

Takano réfléchit deux minutes avant de dire :

— OK. Comment on s'y prend ?

6

Ils décidèrent d'agir le lendemain, la dernière nuit de l'année. Le premier jour ouvrable de la nouvelle année étant le 3, ils disposeraient ainsi d'autant de temps pour enquêter.

Après la petite fête du rayon et le *tejime*[1], Mamoru fit semblant de partir en premier et se cacha dans les toilettes. Il attendit ainsi une trentaine de minutes puis, quand les voix s'évanouirent, quand toutes les lumières s'éteignirent à l'exception de celles du poste des vigiles et des veilleuses de secours, il s'engagea dans le magasin sombre, tenant à la main la lampe-stylo qu'il avait sortie de sa poche.

Comme il avait repéré le chemin dans la journée, il n'eut aucune hésitation, même dans l'obscurité. Là où étaient disposées des caméras

1. Brève cérémonie clôturant un événement, au cours de laquelle les participants tapent ensemble dans leurs mains suivant un rythme prédéterminé.

de surveillance, il courut le long des murs en se baissant comme un ninja. Il pulvérisait régulièrement du spray anti-odeurs, examinait le maillage de rayons infrarouges des systèmes d'alerte qui se détachait sur les fines particules de poudre et prenait bien soin de ne pas s'empêtrer dedans.

Toutes ces informations, il les avait obtenues dans la journée, en déambulant ici et là d'un air innocent, en questionnant les agents de sécurité, en feuilletant la brochure d'information de la société de gardiennage sous contrat avec Laurel. Personne n'avait rien soupçonné (l'un des agents, tout content, lui avait même dit que peu de gens s'intéressaient aux installations) et tous s'étaient montrés extrêmement coopératifs. Mamoru, en son for intérieur, était reconnaissant que son entourage le trouve sérieux et que sa mère lui ait légué ce visage aux traits doux, d'apparence parfaitement inoffensive.

Forcer la porte du poste de contrôle central fut un jeu d'enfant. Il s'agissait d'une serrure à code mécanique ; au-dessus de la poignée de la porte s'alignaient des boutons portant les chiffres 1 à 12 et les trois lettres A, B et C.

Il s'accroupit et, avec sa lampe-stylo, éclaira les touches par en dessous. Parmi les quinze boutons, cinq d'entre eux luisaient un peu plus faiblement. Ils avaient été salis au contact des doigts.

Ensuite, c'était de nouveau à la levure chimique de jouer. Sur chacune de ces cinq touches, avec un pinceau à lèvres, il étala soigneusement la poudre blanche et, sur quatre d'entre elles, les empreintes de la personne qui avait verrouillé la porte ce soir-là se détachèrent nettement.

Trois chiffres : 3, 7 et 9. Et la lettre A.

Il lui fallait alors sortir son ordinateur de poche, ôter la plaque de protection de la serrure, relier l'appareil au circuit interne et lancer un programme (qui n'était l'œuvre ni de Mamoru ni de Pépé, mais d'un maniaque d'informatique, publiée au su et au vu de tous dans un magazine) conçu pour appuyer sur ces quatre boutons l'un après l'autre – c'était la marche à suivre, mais Mamoru eut une illumination.

Ici, c'était l'hypermarché Laurel de Jôtô. Au niveau national, le 379e magasin.

Dans ce cas, en fonction de la place du A, il n'existait que quatre combinaisons possibles.

C'était 3A79. Bien joué.

Il pénétra à l'intérieur ; ce qui l'attendait maintenant était l'armoire dans laquelle étaient rangées les cassettes.

Une armoire de rangement. Un mot peut en cacher un autre, dit-on. Une serrure à combinaisons à molette. Le terme coffre-fort aurait été plus juste. Face à ces précautions, il se dit que Kôkoku Academy comportait en effet une part d'ombre.

Avant de s'y attaquer, Mamoru fouilla un peu la pièce exiguë. Car vu le choix du code d'accès de la porte, il supposait que le responsable des lieux n'était pas d'un caractère très précautionneux. Un pense-bête avec la combinaison de l'armoire était peut-être caché sur l'envers des tiroirs ou au dos du téléphone, dans un vase ou bien sous la moquette.

Pas de chance. Le responsable n'avait pas dissimulé l'aide-mémoire, il le gardait sans doute sur lui. Tant pis, au boulot !

Pour commencer, Mamoru fixa un fin crayon 2B dans la partie intérieure de la molette. Il disposa le crayon la pointe à sa droite. Ensuite, il colla une feuille blanche dessous, à la façon de la feuille d'enregistrement et du stylet d'un sismographe.

Il appliqua son oreille droite contre la paroi froide de l'armoire et commença à tourner la molette. Un ressort fixé à l'intérieur étouffait le déclic du verrou, on pouvait donc la tourner dans tous les sens, elle n'émettait qu'un grincement.

Cependant, à force de tourner, les goupilles finissaient par s'enclencher et, à cet instant seulement, imperceptiblement, le verrou entier réagissait. Ce mouvement infime se transmettait à la pointe du crayon et laissait à cet endroit la trace d'un tressaillement vertical. Après, il suffisait de regarder le tracé et de calculer où le crayon avait tressauté, puis, en tournant de nouveau la molette, de tester la résistance de chacun de ces emplacements.

Cela lui prit trente minutes. Trempé de sueur, les trois cassettes du coffre sous le bras, Mamoru repartit sur ses pas et sortit par la fenêtre des toilettes du rez-de-chaussée. L'alarme ne se déclenchait pas du moment qu'on ouvrait la fenêtre de l'intérieur.

Takano l'attendait sur le parking. En ouvrant la portière de sa voiture, il pressa Mamoru :

— J'ai réservé le studio de montage d'un ami. On file.

L'ingénieur du studio, un copain de fac de Takano, s'appelait Kamoshida. Imposant comme les ours qu'on voit dans les mangas pour enfants, il avait un visage sympathique. Il appelait Takano « Ichi » et Mamoru « jeune homme ».

Le studio était petit, encore neuf, avec un sol en linoléum et des murs insonorisés tout blancs. Cela ne correspondait pas à l'idée que se faisait vaguement Mamoru d'une salle d'audiovisuel ; tout le travail se faisait par ordinateur, des claviers et des comptoirs s'alignaient.

Kamoshida se mit immédiatement au travail. C'est-à-dire qu'il passa à l'ordinateur les vidéos chipées par Mamoru, attribua à chaque image une sorte de numéro d'identité, puis les fit défiler à l'écran dans l'ordre de numérotation. Dans une vidéo, on trouve trente images par seconde. C'était une tâche répétitive et fastidieuse.

La scène qui les intéressait apparut à la vingt-cinquième image de la première cassette.

Dans un magasin semblable à Laurel, un client immobilisé par un agent de sécurité. Une expression d'incrédulité flottait sur le visage de l'homme.

A l'image suivante, trois agents de police, la main sur la matraque, se dirigeaient vers le spectateur en courant si vite que les manches de leur veste se gonflaient.

Un homme était immobilisé par deux personnes, les bras plaqués dans son dos.

Poursuivie par un vigile, une femme s'enfuyait, la tête renversée en arrière, en poussant un hurlement – il n'y avait pas le son, mais sa bouche, tordue en un rictus, était ouverte.

Les unes après les autres, ces images étaient intercalées comme des taches disgracieuses parmi les scènes de ramassage des feuilles d'automne, d'une île paradisiaque du Sud, d'un défilé de mode.

Kamoshida siffla doucement.

— Alors c'est ça, le remède miracle contre le vol à l'étalage…

Takano répondit dans un grognement :

— La psychologie du vol, c'est quelque chose qu'on ne connaît pas encore bien. Ça, c'est destiné à intimider, ni plus ni moins.

— Et c'est cela qui provoque un état de confusion mentale. Le regard de Mamoru était rivé sur l'écran.

— Oui, chez ceux qui cachent une bombe à retardement au fond d'eux-mêmes.

Kamoshida fit pivoter sa chaise et se tourna vers Mamoru et son compagnon.

— Mais dites-moi, l'efficacité en soi de la publicité subliminale n'est pas encore vraiment prouvée, n'est-ce pas ? Avec ça, vous croyez que vous allez réussir à faire reconnaître le lien de cause à effet ?

— Mais cette vidéo était diffusée !

— Sans doute. Toi, tu as vu une vidéo sur le ramassage des feuilles d'automne. Pas d'erreur. Mais tu ne sais pas si, ce jour-là, elle contenait ces images, pas vrai ? Tu ne peux pas savoir non plus si ces images figuraient dans la vidéo diffusée quand deux personnes ont souffert de confusion mentale.

Il leva un peu les mains.

— Si tu me le demandes, Ichi, même si je dois y passer la nuit, j'extirperai toutes les images louches insérées dans ces trois cassettes. Mais Kôkoku Academy va apporter de nouvelles cassettes. C'est sans fin. Qu'est-ce que tu veux faire ?

Takano resta immobile, le visage tourné vers l'écran où plus rien ne s'affichait, puis il dit :

— Quoi qu'il en soit, fais-moi un double, s'il te plaît.

Dans le silence, le cliquetis du thermostat du climatiseur du studio retentit. Mamoru frissonna.

7

Kazuko Takagi passait la fin de cette année dans une ville loin de son appartement, loin de la maison familiale, dans un café appelé le Cerbère.

Le Cerbère était un établissement exigu, dix clients suffisaient à en occuper toutes les tables. Kazuko et un homme de son âge, Mitamura, faisaient tourner le café à eux deux.

Tout avait commencé un jour où, environ une semaine après que Kazuko avait quitté son appartement et emménagé dans une location à la semaine, Mitamura lui avait adressé la parole alors qu'elle était assise sur un banc dans un parc.

— Que faites-vous ici, tous les jours ?

Kazuko dévisagea son interlocuteur mais ne lui répondit pas. Elle imaginait facilement ce qu'il allait dire ensuite. Nous ne nous serions pas déjà rencontrés quelque part ? Ou alors : Et si nous prenions un café ? Ou encore : Si vous êtes libre, on pourrait passer un peu de temps ensemble ?

Comme de bien entendu, il dit :

— Si nous prenions un café là-bas, en face ?

Il montra du doigt l'autre côté de la rue. C'était le Cerbère.

— Je vous garantis qu'il est bon. Parce que c'est mon établissement.

Kazuko cligna lentement des yeux, regarda à tour de rôle l'enseigne du Cerbère et le visage de l'homme. Son interlocuteur rit d'un air amusé.

— C'est un café que je me suis approprié après avoir tué le propriétaire. Donc, son cadavre est enterré sous le plancher. Non, je blague. C'est vraiment mon établissement. Enfin, un pilier, environ. Le reste appartient encore à la banque.

— Pourquoi moi ? demanda brièvement Kazuko.

— Parmi mes clients fidèles, il y a des mamans dont les enfants vont à cette maternelle, là-bas. Entre elles et vous, il semblerait qu'il existe un malentendu, voilà pourquoi.

Kazuko tourna les yeux vers la maternelle contiguë au parc. Dans une cour minuscule, des enfants vêtus de leur uniforme bleu marine gambadaient gaiement.

— Parce que je viens tous les jours ici et que je regarde du côté de l'école, les mères sont inquiètes, c'est ça ?

— Oui. Vous savez, cela fait un moment qu'il arrive souvent des incidents déplaisants. Tout le monde se tient sur ses gardes.

Kazuko trouva cela comique. Elle n'avait pas eu l'intention d'observer l'école maternelle, et alors qu'elle-même s'était réfugiée ici parce qu'elle se sentait en danger, à la voir assise là, le visage grave, on la pensait prête à enlever un enfant.

— Vous avez ri. Son interlocuteur sourit aussi. Si vous êtes capable de rire ainsi, tout va bien. Je me charge de tout expliquer aux mamans. Quoi qu'il en soit, un café, ça vous dirait ? Il faut que je me fasse pardonner d'avoir été grossier.

Voilà comment Kazuko était allée au Cerbère.

Le nom était excentrique, mais le lieu confortable. Le café était fort et chaud. Mitamura se présenta en premier, lui narra, sur un ton dans lequel ne perçait pas le moindre tracas, ses difficultés jusqu'à l'ouverture, et ne demanda même pas son nom à Kazuko avant qu'elle ne le lui dise.

— Qui a choisi le nom de l'établissement ?

Kazuko, qui avait pris place sur un tabouret de bar, l'interrogea.

— Moi. C'est un nom bizarre, n'est-ce pas ?

— Complètement. On dirait un monstre.

— C'en est un. C'est le nom du chien qui garde la porte des Enfers dans la mythologie.

— Pourquoi avez-vous choisi un nom aussi étrange ?

— En gros, ce café est la porte des Enfers. Donc, quand les clients repartent, cela signifie qu'ils font demi-tour devant l'entrée des Enfers, d'accord ? Alors, aussi déprimé qu'on soit quand on pousse la porte d'ici, cela ne risque pas d'empirer.

Kazuko sourit. Quelque part dans son cœur, une valve qu'elle avait serrée bien fort s'ouvrit, comme si de l'eau agréablement chaude se déversait en elle.

Dès lors, tous les jours, elle prit l'habitude d'aller au Cerbère. Mitamura était toujours occupé et quand il y avait d'autres clients, ils ne pouvaient pas discuter, mais elle prenait plaisir à le regarder travailler.

— Que faites-vous pour le jour de l'an ? Vous avez prévu un voyage ?

Alors que la dernière journée de l'année approchait, Mitamura l'interrogea. Kazuko secoua la tête en signe de dénégation.

— Je n'ai absolument rien en vue. Je serai seule chez moi, c'est tout.

Elle avait prévenu sa famille qu'elle ne rentrerait pas cette année. Elle aurait risqué de fournir des indices à son poursuivant et cela l'effrayait.

Son poursuivant… Kazuko était maintenant parfaitement consciente de son statut de femme traquée.

— Moi, je serai fermé le 31 et j'ai l'intention d'ouvrir tôt le matin du jour de l'an. Parce que les clients passent au retour de la première prière de l'année. Avant d'ouvrir, ça vous dirait d'aller au sanctuaire ? Comme c'est en pleine nuit, il fait un peu froid, mais c'est agréable.

Kazuko accepta. Puis une pensée lui traversa l'esprit. Toute seule, elle avait peur, mais en compagnie de quelqu'un…

— Par la même occasion, je peux vous demander un service ?

— De quoi s'agit-il ?

— Avant d'aller au sanctuaire, cela m'arrangerait qu'on passe ensemble chez moi. C'est un peu loin d'ici, j'en suis désolée, mais j'aimerais aller chercher des affaires.

Mitamura se rembrunit et dévisagea Kazuko. Quelle sorte de vie menait-elle donc ? La question flottait dans ses yeux.

Enfin, il répondit :

— D'accord. Ça ne me dérange pas.

Pour aller chez elle, ils prirent la vieille Mini de Mitamura. Il avait la mine maussade.

— Avec le remboursement du prêt de la boutique sur les bras, il ne reste rien pour la voiture.

— Une voiture, du moment que ça roule, c'est suffisant, non ?

Cinq ou six enveloppes étaient coincées dans la boîte aux lettres de la porte d'entrée. Des prospectus de publipostage et le relevé d'une compagnie de carte de crédit, le catalogue d'une agence de voyages, il s'agissait surtout de courriers inintéressants, mais dans le tas, un seul ne portait ni destinataire, ni cachet de la poste, ni nom de l'expéditeur. Kazuko ouvrit l'enveloppe.

Le texte était simple.

Je pense que je peux vous aider, vous qui êtes maintenant la dernière. Le 7 janvier, avant quinze heures, soyez devant l'immeuble Mullion à Yûrakuchô. Je vous adresserai la parole. N'en parlez à personne et soyez prudente. C'est dangereux.

Elle était figée, la lettre à la main, quand Mitamura, qui l'attendait à l'entrée, approcha.

— Qu'y a-t-il ? Il la dévisagea. On vous expulse pour loyers impayés ?

Kazuko avait blêmi jusqu'au bout des doigts. Mitamura le remarqua.

— Qu'est-ce qu'il y a ?

Il l'interrogea une nouvelle fois. Cette fois, c'était une vraie question.

Kazuko lui tendit la lettre en silence. Mitamura la lut et releva la tête.

— De quoi s'agit-il ?

A l'intérieur de Kazuko, un barrage céda. Elle se mit à trembler. Sans pouvoir s'arrêter. Pendant assez longtemps, elle resta ainsi, agrippée au bras de Mitamura. Enfin, elle parla :

— Vous me croirez, vous ne penserez pas que je suis folle ? Jusqu'à présent, j'ai menti tout le temps. On m'a toujours crue. Et pourtant, j'ai l'impression que personne ne voudra me croire si maintenant je dis enfin la vérité.

Elle entreprit de lui raconter. Tout.

— Pour voir, obéissons aux instructions de l'auteur de la lettre.

C'est Mitamura qui avait lancé l'idée.

— Nous irons ensemble. C'est un endroit bondé, tout se passera bien, il n'y a absolument aucun danger. Sans rencontrer cette personne, il n'y a pas moyen d'avancer, n'est-ce pas ?

— Je vais me faire tuer, murmura Kazuko.

— Cela n'arrivera pas. Parce que tu n'es plus seule.

Ce soir-là, elle quitta sa location à la semaine, fit ses valises et emménagea au Cerbère. Ce soir-là, elle réapprit aussi à pleurer.

Sur le chemin du retour du sanctuaire, ils croisèrent dans la rue une jeune fille qui distribuait de minces livrets aux passants. Debout devant une pancarte portant l'inscription La parole du Seigneur, en compagnie d'une femme qui semblait être sa mère, elle chantait des cantiques d'une voix perçante.

— Une vraie messe de début d'année, hein ?

Mitamura sourit. La jeune fille s'approcha de Kazuko et lui tendit un imprimé.

— C'est un verset de la Bible. Lisez-le, s'il vous plaît. Que Dieu vous bénisse.

Kazuko prit la feuille. Sans raison, elle eut soudain l'impression qu'il s'agissait d'un objet précieux et sacré.

C'est après s'être installée sur le siège passager de la voiture de Mitamura qu'elle lut le texte.

L'imprimé qui lui avait été remis reprenait un verset de l'Apocalypse de Jean, tiré du Nouveau Testament. Même elle qui était indifférente à la religion chrétienne saisissait le caractère funeste des mots écrits sur cette feuille. Elle la froissa et la fourra dans la poubelle du tableau de bord.

— Qu'est-ce qui était écrit ? demanda Mitamura.

— Je ne sais pas trop.

Kazuko regarda dehors. Une nouvelle année. Une nouvelle ville. Le soleil allait bientôt se lever, ce serait l'aube.

La phrase sur laquelle ses yeux s'étaient posés en dernier, avant de jeter le livret, accablait son cœur.

Il se nommait la mort, et le séjour des morts l'accompagnait.

Si Mamoru Kusaka n'agissait pas à temps, Kazuko était destinée à mourir une semaine plus tard.

CHAPITRE VI
L'homme de la magie

1

A la réouverture du magasin au troisième jour de la nouvelle année, seuls Mamoru et Takano manquaient d'enthousiasme.

Quand Mamoru s'enquit du résultat des discussions avec les managers, Takano lui répondit en serrant les poings d'un air dépité :

— Ils ont fait semblant de ne pas comprendre. J'ai eu beau leur coller sous le nez la copie de la cassette, ils ont joué les idiots. Quand j'ai insisté, ils m'ont demandé si je pouvais prouver le lien de cause à effet. En plus, ils m'ont dit que si je m'intéressais trop à cette affaire, mes subordonnés allaient en pâtir.

— C'est-à-dire nous ?

— Ils ne sont pas bêtes. Moi, je me fiche de me faire virer, mais au rayon livres, il y a des gens qui tiennent à leur travail.

Il devait bien y avoir un moyen. Les yeux sur l'écran vidéo qui fonctionnait déjà, Takano dit :

— Je virerai ce truc d'ici, quoi qu'il arrive.

Pour Mamoru, le début de l'année était difficile, dans un autre sens. Toujours pas de nouvelles de « quelqu'un ». Par moments, il avait le sentiment que la pression allait l'écraser.

Le rayon librairie débordait d'enfants, leurs étrennes à la main. Mamoru, envoyé en renfort aux caisses, s'affairait face à l'afflux de petites mains qui achetaient livres-jeux et mangas. Satô, loin du Japon, devait baigner dans le sable du désert. Mamoru l'enviait vraiment.

Un élève du primaire venu, sous escorte de sa mère, acheter une collection complète des grandes œuvres littéraires lorgnait d'un œil amer le coin consacré aux personnages de dessins animés. Mamoru eut un peu pitié de lui et, avec la monnaie, il lui glissa un autocollant orné d'un personnage de manga à la mode. Les yeux de l'enfant brillèrent.

— Merci !

D'un geste, Mamoru lui fit signe de vite le ranger. A ce moment-là, quelqu'un l'appela :

— Kusaka !

A l'entrée du rayon, surplombant nettement les enfants, il vit le visage de Yoshitake.

— Désolé de vous emmener dans un tel endroit.

C'était justement l'heure du repas. Yoshitake l'avait invité à déjeuner et Mamoru le conduisit chez un Chinois à l'étage des restaurants, au quatrième. Il avait hésité à l'amener là, lui qui avait voyagé dans le monde entier et était sans doute un fin gourmet, mais comme il ne pouvait pas s'éloigner, c'était ainsi.

Yoshitake se passa la serviette chaude sur le visage, rit et le rassura d'un signe de la main.

— Comme si ça me dérangeait ! Je vais te dire ce que je mange en général le midi. Le plus souvent, c'est un bento.

— Vraiment ?

— Vraiment. Pour moi, un bol de riz fumant et une soupe de miso, c'est le meilleur des repas. Autrefois, quand je vivais dans le quartier des journaliers, j'en rêvais souvent.

Yoshitake choisit plusieurs plats coûteux à la carte et commanda également des litchis pour le dessert. Le serveur – Mamoru le connaissait, il faisait un petit job comme lui – repartit en cuisine la commande à la main, l'air incertain. Mamoru craignit que les litchis ne soient au menu que pour la forme.

— Je suis allé chez toi et j'ai appris que pendant les vacances, tu travaillais ici.

Taizô et Yoriko profitaient des congés du jour de l'an pour se reposer vraiment. En particulier, Taizô, peut-être fatigué par un travail de force auquel il n'était pas habitué, disait avoir mal au dos et restait allongé. A coup sûr, la visite surprise de Yoshitake les avait affolés.

Les plats arrivèrent et Yoshitake, invitant Mamoru à manger, saisit ses baguettes.

— Vas-y, ne te gêne pas. Cet après-midi aussi, tu vas avoir beaucoup de travail, n'est-ce pas ?

— A la maison, ils vont tous m'envier d'avoir eu droit à un si bon déjeuner.

— Eh bien, la prochaine fois, j'inviterai tout le monde. Ce serait avec plaisir. Je vis seul avec ma femme, alors, un repas animé, c'est un peu un rêve.

— Vous aussi, vous reprenez le travail aujourd'hui ?

Il était convaincu que les administrateurs prenaient de longues vacances.

— Oui, j'ai pas mal de choses à régler. Et puis, c'est plus agréable de travailler. Hawaii au jour de l'an, c'est plein de Japonais et on tombe sur des gens qu'on connaît dans les endroits les plus surprenants.

— Hawaii ?

Cela expliquait pourquoi son bronzage paraissait un cran plus foncé.

— J'ai passé pratiquement toutes les vacances à jouer au golf. Ma femme est restée là-bas, elle a du temps à revendre.

— C'est chouette.

— Viens avec nous, à l'occasion. Ce n'est pas très grand, mais j'ai acheté un appartement dans une résidence de vacances, dans un coin d'où on voit la plage de Waikiki. Tu y mangeras même mieux qu'à l'hôtel… Tiens, ce n'est pas très original, reprit-il en sortant une grosse boîte de chocolats. Pour tes collègues du rayon. Vous semblez tous crevés, vous avez l'air d'avoir besoin de sucre.

C'était l'« oncle d'Amérique ». En mangeant, Mamoru se remémora une histoire que Maki lui avait racontée. Une famille industrieuse mais pauvre reçoit la visite d'un oncle qui a fait fortune aux Etats-Unis. Une chance pour la famille, et l'affection familiale pour l'oncle riche mais solitaire – exactement le genre d'histoire qu'aimait Maki.

Ses pensées se lisaient peut-être sur son visage, car Yoshitake lui demanda d'un air amusé :

— Quelque chose de drôle qui te revient ?

— Euh, non, pardon. Ce n'est rien. Je pensais à mon oncle, c'est tout.

— Ton oncle ?

Mamoru perdit contenance.

— Oui. Je me disais qu'il semble s'être habitué à son nouveau travail, il a l'air content d'y aller. C'est grâce à vous.

Après avoir parlé, il s'aperçut que cela ne tenait pas debout.

— Euh… pardon. C'est encore plus bizarre, n'est-ce pas ?

Yoshitake acquiesça en riant.

— En fait, j'ai été adopté par les Asano. Et ce n'est même pas encore officiel, nous ne portons pas le même nom. En réalité, Maki et moi, nous sommes cousins.

— Et tes parents ? demanda doucement Yoshitake.

— Ma mère est décédée. Mon père… Il hésita un peu. C'est comme s'il était mort. Il a disparu depuis très longtemps.

Peu après avoir commencé à travailler chez Shin Nihon Shôji, Taizô lui avait dit, étonné : « J'ai entendu dire que monsieur Yoshitake était originaire de Hirakawa. » Peut-être connaissait-il Toshio Kusaka ; Mamoru observa sa réaction, mais Yoshitake ne fit pas de commentaire.

Une certaine gêne régna jusqu'à ce que le dessert soit servi. Mamoru se dit soudain qu'à lui, il pouvait peut-être poser la question.

— Monsieur Yoshitake, pensez-vous qu'une personne puisse en manipuler une autre à son gré ?

Yoshitake cessa de décortiquer les litchis qu'on leur avait apportés.

— Qu'est-ce que tu veux dire ?

— Eh bien, en donnant des ordres à une personne, est-il possible de la faire agir contre sa volonté ?

Yoshitake éclata de rire.

— Si une telle technique existe, j'aimerais la connaître. Je pourrais l'essayer sur ma secrétaire. Elle est vraiment très sévère. Sans son autorisation, je ne peux même pas aller aux toilettes à l'improviste.

Et voilà, se dit Mamoru. Puisque lui, qui l'avait vu de ses propres yeux, n'arrivait pas encore à y croire lui-même, c'était normal qu'on ne le prenne pas au sérieux.

— Connaissez-vous une entreprise qui s'appelle Kôkoku Academy ?

— Euh, non. C'est une agence de publicité ?

On leur servit du thé au jasmin. Leurs assiettes étaient vides, dans le plat de litchis il ne restait que des coques, des graines et la glace qui commençait à fondre.

— Merci pour le repas. Je risque de m'endormir cet après-midi.

Ils se séparèrent à la sortie du restaurant.

— Je vais faire quelques courses avant de rentrer. Il y a un monde fou, mais c'est sympathique, dit Yoshitake en prenant l'escalator vers l'étage inférieur.

C'est environ trente minutes plus tard que Takano se précipita à la caisse de Mamoru.

— Mamoru, la personne qui est venue te voir ici tout à l'heure, c'est un de tes amis ?

— Oui. Il m'a invité à déjeuner.

Takano poursuivit, le visage grave :

— Il a perdu connaissance près de la sortie du rez-de-chaussée. Pour le moment…

Mamoru aussi entendit la sirène de l'ambulance qui approchait.

— Il était dans un état d'excitation incroyable, un instant, ça m'a rappelé l'autre.

— Qui ça, l'autre ? Kakiyama ? C'est pas possible !

Mamoru quitta sa caisse et courut vers le rez-de-chaussée.

2

Il était heureux. Il flottait dans un bonheur auquel il n'avait pas goûté depuis douze ans.

C'est un bon garçon. Vraiment. Quand je lui ai rendu visite l'autre jour, il m'a suivi exprès pour me remercier, non ? Je n'aurais jamais imaginé qu'il m'avait vu au carrefour.

C'est un bon garçon… Il est droit. Je dois tout faire pour lui donner un avenir. C'est mon devoir. Pour commencer, je vais habilement manœuvrer et je l'aiderai quand il entrera à l'université. S'il le souhaite, il ira même étudier à l'étranger.

Ensuite, il pourra travailler pour moi. Evidemment, je ne le laisserai pas végéter indéfiniment dans un poste de simple employé. Je dois lui léguer ce que j'ai construit. Bien entendu, tout cela ne vaut que s'il s'intéresse à mon travail. Si ce n'est pas le cas, je pourrai sans doute jouer de mes relations pour le faire entrer où il veut… Non, je préférerais quand même le garder avec moi. Sinon…

Il baignait tellement dans le bonheur qu'au début il n'avait pas prêté attention au fait qu'il ne se sentait pas bien. Ça devait être à cause de la foule. L'air était vicié. Pourquoi n'aéraient-ils donc pas ? Mamoru aussi passait sans doute de longues heures dans un tel environnement. Il lui faudrait un petit boulot mieux que ça…

Mais oui, il n'y avait aucune raison de se limiter à l'avenir. Je vais lui proposer de bosser dans ma boîte. La section 2 du département commercial cherche quelqu'un. Comme ça, je pourrai le voir plus souvent.

Tout avait parfaitement fonctionné. Il n'y avait pas le moindre souci à se faire.

Il commençait à avoir mal à la tête, des difficultés à respirer. Comme un gong retentissant au fond de sa poitrine, les battements de son cœur sonnaient fort à ses oreilles. Cela se répercutait dans tout son corps et s'accompagnait d'une douleur difficilement soutenable, comme la sonnerie du téléphone un matin de gueule de bois…

A travers des yeux embrumés, il voyait les nombreux clients. Un écran vidéo lumineux. Quand il avait pénétré dans le magasin, il s'y était intéressé, trouvant que c'était un bel écran, assez ingénieux.

Oui, lumineux. C'était bien trop lumineux ici. C'est pour cela qu'il avait mal aux yeux.

Une employée s'approcha, la main tendue.

— Monsieur, que vous arrive-t-il ?

Il tenta de répondre. Ce n'est rien, je ne me sens pas très bien, c'est tout…

Et il comprit.

Cette femme n'est pas une employée. Je ne suis pas dans un magasin animé. Ici, c'est l'endroit que je redoutais, l'endroit que je n'ai jamais vu qu'en rêve, le lieu où l'on vous traque. L'endroit d'où l'on ne ressort jamais si on s'y laisse enfermer.

— Monsieur ! cria une voix.

Non. C'est une feinte. Un déguisement pour me poursuivre.

— *Monsieur !* Une main opiniâtre s'étendait vers lui. Essayait de le toucher. Essayait de l'attraper, de l'attraper et de le ramener.

Il fuit. S'emmêla les pieds. Tout le monde le regardait. Le montrait du doigt, chuchotait. Ce qu'il craignait le plus était en train de se réaliser.

Je dois sortir. Je dois m'enfuir d'ici. J'ai encore le temps. Je peux leur échapper. Alors que j'essaie de me racheter, alors que l'heure a enfin sonné, pourquoi ça, maintenant ? *C'est injuste*.

Il ne se sentit pas tomber à terre. Ses genoux cédèrent en premier, puis son buste suivit lentement. Il s'écroula. Il leva ses bras sans force et appuya aussi fort qu'il le put sur sa poitrine. Pour éviter d'égarer l'objet précieux qu'il portait sur lui à cet endroit. Il s'écroula dans cette posture, les bras sous le corps.

Le sol était froid. Cela sentait le caoutchouc des semelles de chaussures. Juste avant de perdre connaissance, sa dernière sensation fut la coupure à la lèvre qu'il s'était faite en tombant et le sang qui en coulait. Son sang avait un goût de cuivre.

3

C'est une heure après avoir été installé dans une chambre d'hôpital aux urgences que Kôichi Yoshitake reprit connaissance. Mamoru avait approché une chaise du pied de son lit et s'était assis.

Comme il était cyanosé et s'était écroulé en se tenant la poitrine du côté gauche, on avait d'abord pensé à un arrêt cardiaque. La tension se lisait sur le visage du médecin et des infirmières. Mamoru, qu'on avait fait attendre dans le couloir, tremblant à l'idée qu'on allait peut-être lui annoncer le pire, n'avait pu détacher son regard de la porte close de la salle de soins.

Cependant, trente minutes après y être entré sur un brancard, son pouls et sa respiration avaient retrouvé un rythme normal, sa tension artérielle s'était stabilisée. Le médecin, l'air incrédule, avait ordonné de l'installer dans une chambre et de surveiller son état.

— Oh… qu'est-ce qui s'est passé ?

Ce furent les premières paroles de Yoshitake quand il reprit connaissance.

— Ça alors ! Ce serait plutôt à moi de vous poser la question. Comment vous sentez-vous ?

En lui répondant, Mamoru appuya sur le bouton d'appel posé sur la table de chevet, comme on le lui avait demandé.

Pendant qu'il écoutait la conversation entre l'interne et Yoshitake, il réfléchit.

Un instant, ça m'a rappelé l'autre.

C'est ce qu'avait dit Takano. En un mot, cela signifiait que l'état mental de Yoshitake avait aussi été perturbé à cause de ces images subliminales.

— Avez-vous déjà subi des examens de santé ? demanda le médecin.

— L'année dernière au printemps, j'ai passé une batterie complète d'examens, pendant une semaine, répondit Yoshitake. Est-ce que j'ai fait une crise cardiaque ?

— Une crise cardiaque, ça n'existe pas, rétorqua l'interne. Tous vos résultats sont normaux… mais ça ne m'inspire pas du tout. Vous est-il déjà arrivé quelque chose de semblable ?

— Jamais. Je n'arrive pas à y croire moi-même. Je me suis vraiment évanoui ?

— Quoi qu'il en soit, nous allons procéder à des examens plus poussés, décréta le médecin. Vous resterez plusieurs jours à l'hôpital.

— Alors que je me sens parfaitement bien ?

Yoshitake protesta, mais l'interne et l'infirmière quittèrent la chambre.

— La santé avant tout, dit Mamoru en riant pour l'apaiser.

— Il en fait trop, ce médecin, répondit Yoshitake. C'est juste un peu de stress. Cela m'arrive de temps en temps. Surtout depuis le mois de décembre dernier, je dirais. Il m'est parfois arrivé, quand je me réveillais le matin, de ne pas me souvenir de ce que j'avais fait la veille au soir. Bah, la moitié du temps, c'est parce que j'étais ivre. Tu es monté avec moi dans l'ambulance ?

Yoshitake examina Mamoru, toujours vêtu de l'uniforme de Laurel.

Mamoru hocha la tête.

— J'ai téléphoné chez vous. Votre employée de maison a dit qu'elle vous apporterait des vêtements de rechange pour le séjour.

— Ah bon. Je t'ai causé du dérangement. Merci.

La chambre individuelle était propre mais triste. L'odeur de médicament, le lit blanc. A part cela, il y avait seulement une chaise et un petit meuble de rangement. Les vêtements de Yoshitake étaient suspendus sur un cintre fin accroché à une patère près du lit.

Un peu avant dix-huit heures, l'employée de maison arriva enfin.

— Je n'ai besoin de rien de particulier. De toute façon, je vais vite sortir de l'hôpital. Laissez mes vêtements tels quels. Vraiment, ce n'est rien. Je rentrerai bientôt.

Yoshitake donna ses instructions avec efficacité. D'ailleurs, il avait déjà meilleure mine.

— Mais le médecin a dit que vous seriez hospitalisé, déclara l'employée de maison, puis elle ajouta, maussade : Vaut-il mieux que je dorme ici cette nuit ?

Son ton laissait transparaître son mécontentement. Mamoru, qui pensait partir quand elle arriverait, éprouva un peu de compassion pour Yoshitake.

— Ce n'est pas nécessaire. Vous pouvez rentrer.

La femme sourit.

— Dois-je prévenir Madame ?

— Ce n'est pas la peine non plus. Je serai sorti de l'hôpital quand elle reviendra.

Elle partit et, après quelques instants de réflexion, Mamoru proposa :

— Si vous voulez, je peux rester dormir ici cette nuit.

Yoshitake se redressa.

— Je ne peux pas te demander…

— Mais vous n'avez pas peur de faire une nouvelle crise ?

— Où vas-tu dormir ? Tu ne peux quand même pas coucher par terre.

— Je vais emprunter un lit pliant. Il y a suffisamment de place, non ? Je vais prévenir ma famille, pour une nuit, ça ne pose pas de problème. Par contre, je ne vous serai peut-être pas très utile.

— Au contraire ! Eh bien, puisque tu le proposes, j'accepte.

Avant l'extinction des feux, une infirmière vint prendre la température du malade. Elle regarda Mamoru et demanda à Yoshitake :

— C'est votre fils ?

Celui-ci, embarrassé, lança un coup d'œil à Mamoru.

— Je suis son fils caché, répondit Mamoru en blaguant. L'infirmière rit.

— Tu es un plaisantin. Mais tu es gentil.

Un peu plus tard, la même infirmière réapparut.

— Jusqu'à l'extinction des feux, précisa-t-elle en lui prêtant quelques magazines. Tu dois t'ennuyer.

La nuit fut longue, mais il ne s'ennuya pas. Parce qu'il avait plein de choses auxquelles réfléchir.

Pour la première fois, Mamoru commença à douter de l'hypothèse échafaudée par Takano. Il partageait le sentiment de Kamoshida, qui lui avait demandé s'il pouvait prouver le lien de cause à effet.

Yoshitake est forcément différent de la jeune fille et de Kakiyama, pensa-t-il. Il avait peut-être passé un moment désagréable à la police lorsqu'il avait témoigné pour l'accident de Taizô. Mais, de l'avis de Mamoru, il n'avait sans doute pas de raison de craindre un message subliminal (« on va t'attraper, on va t'attraper ! »).

Shin Nihon Shôji a commis une fraude fiscale de grande envergure, par exemple… Quelle idée ! pensa Mamoru.

Au bout d'un moment, il finit par sombrer dans le sommeil.

En pleine nuit, le froissement ténu d'un objet léger tombant par terre le réveilla. Il ne dormait que d'un œil. Le souffle de Yoshitake était calme et rythmé.

Il balaya du regard la pièce sombre : la veste et la chemise de Yoshitake avaient glissé du cintre. Elles formaient un petit tas froissé sur le sol.

Zut, ça m'enquiquine, pensa Mamoru, mais il se leva silencieusement. Il irait aux toilettes par la même occasion.

Quand il ramassa la veste et la chemise, quelque chose tomba et roula. L'objet avait sans doute glissé d'une poche. Un léger tintement retentit sur le linoléum.

Sous le faible clair de lune qui pénétrait à travers les rideaux, Mamoru tâtonna à la recherche de l'objet tombé. Il avait roulé derrière l'un des pieds du lit.

C'était une bague en platine. Elle était ornée d'un motif simple. Sans doute une alliance. Dans ce cas, l'aurait-il gardée dans sa poche ? Etait-ce vraiment l'objet qui venait de tomber ? Mamoru s'approcha de la fenêtre pour mieux voir. A l'intérieur de la bague, une date et des initiales étaient gravées.

De K à T

Et la date – c'était la même qu'à l'intérieur de l'alliance qui lui restait de Keiko, il se souvenait l'avoir vue quand, pensant à sa mère, il sortait l'anneau précieusement conservé.

C'était la date du mariage des parents de Mamoru.

De K à T.

De Keiko à Toshio.

Quand il était écolier, un jour, à vélo, il avait été victime d'un *kama'itachi* [1]. Eprouvant une sensation de froid sur la jambe droite, il s'était arrêté et était descendu de bicyclette pour découvrir une coupure nette d'une dizaine de centimètres sur son mollet. Sur le moment, la plaie était encore toute blanche, comme le ventre d'un poisson mort, mais pendant qu'il l'examinait, surpris, le sang avait brusquement jailli.

Il éprouvait la même sensation. La réalisation venait après. Comme le jet de sang.

C'est mon père.

Je ne connais même pas le visage de ton père.

Peut-être qu'on se croise, sans que je le sache.

Pétrifié, il réfléchit. Cet homme est mon père.

Voilà pourquoi il avait réagi aux images subliminales.

Il était revenu. Kôichi Yoshitake était Toshio Kusaka. Mon père est revenu !

Tôt le lendemain matin, quand Yoshitake se réveilla, Mamoru avait disparu. Il était allé rendre visite à Miss.

A cette heure-là, aucune maisonnée n'était encore éveillée. A l'est, dans le ciel, les lueurs de l'aube commençaient à poindre, mais au-dessus de Mamoru il restait encore des étoiles. Le vélo d'un livreur de journaux le dépassa.

---

1. Monstre du folklore japonais : trois belettes aux dents acérées qui se déplacent dans une bourrasque de vent et attaquent les gens. Leur morsure ne saigne pas immédiatement.

Chez Miss, il y avait de la lumière dans la cuisine. Ses parents travaillaient dans l'édition et, à la place de sa mère qui restait parfois au bureau jusque tard dans la nuit, l'adolescente se levait « horriblement tôt », comme elle-même le reconnaissait.

Devant chez elle, Mamoru plongea ses mains glacées dans ses poches.

La porte d'entrée s'ouvrit, Miss apparut. Elle jeta un coup d'œil au porte-journaux. En rebroussant chemin, elle aperçut Mamoru.

— Kusaka ?

Elle cligna des yeux, exprimant sa stupéfaction.

— Qu'est-ce qu'il t'arrive, à une heure aussi matinale ?

Mamoru, en silence, se contenta de hausser légèrement les épaules. Miss s'approcha.

— Oh là là… Tu es glacé. Depuis quand es-tu là ?

Il ne savait que répondre. Simplement, il voulait lui dire ceci : Tu avais raison. Mon père était vraiment près de moi. C'est incroyable, non ?

— Dis… Il s'est passé quelque chose ? Qu'est-ce qu'il t'arrive ?

Il posa les mains sur les épaules de Miss qui le questionnait et l'attira vers lui. Mais il ne voulait pas la serrer dans ses bras, il souhaitait qu'elle l'enlace, lui. Il voulait s'agripper à elle.

— Mais qu'est-ce que tu as ?

En continuant à l'interroger à voix basse, Miss exauça son vœu. Penchée sur Mamoru, elle le serra fort et le réchauffa.

4

— Salut, mon garçon.

C'est le matin du 7 janvier qu'il entendit cette voix, comme promis.

— Alors, tu vas bien, mon garçon ? Tu as passé une bonne fin d'année ?

Mamoru ne s'était pas encore remis et n'avait d'ailleurs pas le sentiment qu'il s'en remettrait. Comme si on lui avait soudain mis entre les mains un objet d'une finesse et d'une fragilité extrêmes, il ne pouvait plus bouger.

L'alliance de Toshio Kusaka était tombée de la poche d'un vêtement de Yoshitake. Couché sur le papier, ce n'était pas grand-chose, mais le poids de ces mots était tel qu'il ne pouvait pas les prononcer à voix haute. Il n'en avait parlé à personne, il ne savait pas non plus comment l'expliquer.

A Miss, il avait seulement dit : « J'ai juste eu envie de te voir, tout d'un coup. » Elle n'avait ni demandé d'explications ni subitement changé de comportement.

— Si cette tête-là te convient, tu viens quand tu veux, avait-elle répondu en riant.

Le matin du 7, il avait donc l'esprit embrumé. L'appel de « quelqu'un » balaya tout ; Mamoru rectifia sa position.

— Cet après-midi, à quinze heures. Au carrefour de Sukiyabashi. Tu sais où c'est ?

— Oui.

— J'espère que tu viendras. Ce sera la dernière étape pour Kazuko Takagi. Nous nous verrons sans doute là-bas. Je t'attends.

A midi pile, Mamoru descendit du train à la gare de Yûrakuchô. Il marcha jusqu'au carrefour de Sukiyabashi. Il faisait beau.

Il n'avait pas de plan établi. Néanmoins, tenant *Chaîne d'info* fermement serré dans ses mains, il y avait mémorisé le visage de Kazuko Takagi.

Mais l'aspect des femmes changeait en fonction de leurs vêtements et de leur coiffure. De l'avis de Maki, « suivant l'homme qu'elles fréquentent aussi, elles changent du tout au tout, tu sais », mais il préférait ne pas y penser.

Et puis, il y avait la foule. On aurait dit que tous les gens présents à Tokyo s'étaient rassemblés. Des courses à faire. Un rendez-vous. Une séance de cinéma. Il voyait aussi des familles entières. Dans cette paix parfaite, comme un soldat en reconnaissance progressant dans une jungle d'un noir d'encre, comme un alpiniste ayant perdu sa carte dans une étendue neigeuse, Mamoru errait seul, parcourant un vaste labyrinthe. Il étudiait le visage des jeunes femmes qu'il croisait, suivait leur silhouette de dos, s'arrêtait, fatigué, puis courait de nouveau vers un profil qui traversait le carrefour.

Le visage de Maki, lors de la démonstration. Tandis qu'à la minute précédente elle était normale, quand elle lui avait adressé la parole : « Mon garçon… », son regard était perdu dans le vague.

Le visage qu'il essayait maintenant de trouver dans la cohue, lui aussi, jusqu'à cet instant, rirait, discuterait, resplendirait peut-être comme la multitude d'autres visages. Il ne viendrait peut-être même pas ici avant quinze heures.

Que faire ? Faire appeler Kazuko Takagi dans tous les grands magasins, les cafés, les cinémas, les théâtres du quartier ?

Le temps s'écoulait en vaines recherches.

Quatorze heures trente.

Kazuko, agrippée au bras de Mitamura, gravit l'escalier du métro et déboucha devant Mullion. Il était quatorze heures quarante.

— Dans la lettre, il était écrit que je devais venir seule. Si nous sommes ensemble, il ne se montrera peut-être pas.

— Mais dans cette foule, si je m'éloigne un peu, je vais tout de suite te perdre de vue.

A cet instant, dans un parc un peu plus loin, Mitamura aperçut un stand qui vendait des ballons.

— Achetons-en un. Avec un ballon, je saurai immédiatement où tu es.

Kazuko saisit un ballon rouge.

— On dirait un enfant.

— C'est un talisman pour te protéger.

Quatorze heures quarante-cinq.

Mamoru s'assit au bord d'une étroite plate-bande de fleurs le long du grand magasin Nishi-Ginza, pour se reposer un instant.

Il ne lui restait plus qu'à attendre ici. A quinze heures, s'il voyait quelqu'un se comporter de façon anormale, il se précipiterait, c'est tout.

Devant lui, à intervalles réguliers, de nombreuses personnes traversaient en tous sens l'immense carrefour dont tous les feux passaient au rouge en même temps. Un agent de police avec un brassard blanc faisait la circulation. Des coups de sifflet stridents retentissaient, rappelant à l'ordre les voitures qui dépassaient et les piétons impatients.

Ce carrefour. Pourquoi ici ?

Les feux changèrent de couleur, les voitures commencèrent à rouler sur l'avenue Sotobori.

Pourquoi à quinze heures ?

Quatorze heures cinquante-trois minutes vingt secondes.

On lui tapa sur l'épaule par-derrière ; il se retourna vivement, hargneux, et découvrit une jeune femme décontenancée. Elle tenait un porte-bloc-notes à la main.

— Tu m'as fait peur. Tu es seul ?

Adoptant un ton familier, elle se glissa près de lui. Les vendeurs à la sauvette travaillaient toute l'année, sans repos. Mamoru lança un œil noir à la fille et se leva.

— Eh ben quoi, sale mioche !

Quatorze heures cinquante-six.

Kazuko, qui se tenait à l'entrée du passage menant à la gare JR de Yûrakuchô, entre les grands magasins Seibu et Hankyû, réalisa que la foule était soudain plus dense autour d'elle. Elle ne voyait même plus le visage de Mitamura, censé se trouver de l'autre côté du passage. Kazuko serra fort le fil du ballon et avança à la recherche d'un endroit un peu moins bondé.

Une haie compacte s'était formée. Il n'y avait pourtant sans doute pas la moindre raison de s'arrêter, pensa-t-elle, agacée.

— Pardon ! Laissez-moi passer, s'il vous plaît.

Un jeune couple qui regardait en l'air s'écarta. Devant eux, un groupe de jeunes femmes regardaient également vers le haut.

— Pardon !… S'il vous plaît, écartez-vous !

Quatorze heures cinquante-neuf. A cet instant, derrière Kazuko, quelqu'un s'approcha soudain, lui saisit la main droite avec force et lui murmura à l'oreille :

— Quelle heure est-il ?

Le ballon lui échappa des mains.

Mamoru retourna au carrefour.

Dans la foule de gens qui attendaient que le feu change de couleur, il se bombarda lui-même de questions. Parmi les innombrables quartiers animés, rues passantes et carrefours de Tokyo, pourquoi était-ce cet endroit qui avait été choisi ?

Quinze heures pile.

Un carillon semblable à l'air lent d'une boîte à musique se fit entendre.

C'était l'immeuble Mullion. Mamoru se retourna et vérifia l'heure. La foule commença à avancer. Tous les feux de l'intersection étaient au vert pour les piétons.

Les cloches continuaient à tinter. Une mélodie qu'il avait souvent entendue. Chaque jour, à heure fixe, sur le mur de l'immeuble, des automates sortaient de l'horloge et frappaient les cloches avec des maillets. Et là, il était quinze heures. L'heure à laquelle les cloches sonnaient. Les nombreuses personnes rassemblées s'étaient arrêtées et contemplaient la pendule. Une haie humaine s'était formée.

Ce lieu avait-il été choisi pour cette raison ? Ici, parce que tant de visages étaient massés qu'il était impossible de les distinguer ? Pour que Mamoru ne puisse pas repérer Kazuko Takagi.

— Oh, un ballon !

Une petite fille qui passait près de lui montra du doigt un ballon rouge qui s'envolait de la foule compacte de spectateurs en train de regarder l'horloge. Instinctivement, Mamoru aussi le suivit des yeux.

Les feux pour piétons passèrent au rouge. Les voitures démarrèrent. Leur grondement s'éleva.

A cet instant, à une vitesse anormale, quelqu'un surgit de la foule toujours concentrée sur les automates en mouvement. Un manteau sombre traversa le champ de vision de Mamoru. C'était une femme. Sans s'arrêter, avançant tout droit vers l'avenue Harumi où roulaient les voitures, elle leva une jambe pour franchir la rambarde de sécurité.

En même temps qu'il s'élançait en courant, Mamoru cria :

— Arrêtez-la ! Arrêtez cette femme, s'il vous plaît !

Le temps se figea. Ses yeux enregistrèrent le mollet blanc de la femme qui enjambait la rambarde. Le bas de son manteau noir flotta. Quand Mamoru plongea dans la foule compacte, il sentit comme des milliers de poings le bourrant de coups. Il chancela sous l'impact.

Une autre personne sortit de la cohue en se débattant. Cette fois, il s'agissait d'un homme jeune, qui courait de toutes ses forces, une expression de surprise sur le visage. Il accourut et, à l'instant où sa main saisissait le bas du manteau de la femme, Mamoru arrivait en courant près de la rambarde. A eux deux, ils tirèrent la femme vers l'arrière, tombant ensemble sur les fesses. Un cri s'éleva de la foule.

La femme, le visage blême, avait les yeux écarquillés.

C'était Kazuko Takagi. Pas d'erreur. C'était le visage qu'il avait vu en photo. Merci, mon Dieu, pensa Mamoru pour la première fois de sa vie.

— Mais qu'est-ce qu'il se passe ? murmura le jeune homme qui s'était précipité, lui aussi tout pâle, regardant tour à tour Kazuko et Mamoru.

Les cloches cessèrent de sonner, la foule s'éparpilla. Des regards hostiles se posèrent sur eux, assis au bord de la rue, mais la plupart des gens passèrent leur chemin.

Comme si la voix de l'homme l'avait réveillée, Kazuko Takagi frissonna. Elle battit des paupières. Elle le regarda, l'air absent.

— Tu viens juste de tenter de te jeter sous les voitures, dit l'homme en détachant chaque syllabe.

— Moi ?

— Vous êtes bien Kazuko Takagi, n'est-ce pas ?

Bredouillant sous le contrecoup de la panique, Mamoru parvint enfin à l'interroger. Elle tourna la tête, le regarda et fit clairement signe que oui.

— Qu'est-ce qu'il m'est arrivé ?

— C'est fini. Heureusement que ce garçon m'a alerté en criant. Le ballon avait disparu, je ne savais plus où tu étais, répondit l'homme.

— Tu m'as sauvée ? demanda Kazuko à Mamoru.

— Cette personne aussi. C'est un ami à vous ?

Mamoru lança un coup d'œil au jeune homme. Celui-ci hocha la tête.

— Un garçon… C'est toi qui es allé chez Nobuhiko Hashimoto, n'est-ce pas ?

Kazuko tendit la main et continua à parler en s'accrochant au bas de la veste de Mamoru.

— Après sa mort dans une explosion de gaz. Tu y es allé, hein ?

— Oui. Ensuite, j'ai essayé de vous trouver, mais…

— Moi aussi, je voulais te voir. Qui es-tu ? Quel est ton lien avec monsieur Hashimoto ? Tu sais quelque chose ? C'est toi qui as écrit la lettre me demandant de venir ici aujourd'hui ?

Les mains de Kazuko, agrippées à lui, étaient froides. Mamoru lui demanda précipitamment :

— Une lettre ? On vous a fait venir ici ?

— Oui, répondit l'homme. La personne qui l'a écrite disait qu'elle pourrait l'aider.

Mamoru tira un peu brutalement Kazuko et la fit se mettre debout. Puis il dit au jeune homme :

— Partez vite avec mademoiselle Takagi, éloignez-vous d'ici. Vous avez un endroit où aller, n'est-ce pas ? Comment puis-je vous contacter après ?

L'homme prit Kazuko dans ses bras pour la soutenir et répondit :

— Venez au café, chez moi.

Puis il lui donna l'adresse du Cerbère.

— On parlera plus tard. D'abord, éloignez-vous d'ici, de toute urgence.

— Compris.

Ils partirent et Mamoru, déterminé, regarda autour de lui. A coup sûr, « quelqu'un » était près de lui. Il avait sans doute tout vu.

Alors, il sentit la main de « quelqu'un » se poser sur son épaule droite.

5

Il était malade.

Curieusement, ce fut sa première impression. Ce « quelqu'un » qu'il avait tant redouté avait l'aspect d'un vieil homme malade.

— Salut, mon garçon ! Nous nous rencontrons enfin, dit celui-ci de sa voix un peu éraillée.

Il faisait à peu près la même taille que Mamoru. La maladie avait peut-être fait rétrécir son corps, seule sa tête paraissait étrangement grosse. Sa veste gris argenté trop grande était quasiment de la couleur de ses cheveux. Il avait des poches sous les yeux et la peau de son visage, outre les rides creusées par l'âge, était cadavérique, marque de la maladie qui avait rongé sa chair.

Les deux yeux qui regardaient Mamoru. Seul cela était vivant.

— Mon garçon, bien entendu, tu sais qui je suis, n'est-ce pas ?

Mamoru serra fort les mâchoires et hocha la tête.

— C'est raté pour la quatrième, hein ?

A sa surprise, le vieillard sourit :

— Tu t'es bien débrouillé. Mais je savais que tu y arriverais. Kazuko Takagi ne m'intéresse plus. Allons-y.

— Où ça ?

— N'aie pas peur. Je t'apprécie et c'est parce que je souhaite te parler de quelque chose que je t'ai fait venir ainsi. Tais-toi et suis-moi.

Il emboîta le pas au vieillard ; ils prirent un taxi, roulèrent une trentaine de minutes puis descendirent de voiture. C'était un quartier traversé par une autoroute aérienne, avec des immeubles d'habitation disséminés entre ceux de bureaux. Le soleil couchant se reflétait avec une netteté sinistre sur les murs des bâtiments.

Quand le taxi s'éloigna, une peur glacée serra de nouveau la poitrine de Mamoru. Ce taxi apparut, à ses yeux, comme le dernier bateau retournant vers le monde rationnel.

C'est au quatrième étage d'un immeuble aux murs blancs, situé légèrement en retrait de la rue, que le conduisit le vieil homme. Avant de pénétrer à l'intérieur, Mamoru mémorisa résolument les environs.

Derrière l'immeuble coulait un petit canal qui se faufilait entre les bâtiments, comme à l'étroit. En face, il y avait un parking à étages. Sur un poteau électrique proche, une plaque de rue. Quoi qu'il arrive, il voulait au moins savoir où il se trouvait.

Appartement 503. Le vieillard s'arrêta.

— C'est ici.

Sur la plaque au-dessus de la porte, il était écrit : Shinjirô Harasawa. Il n'arrivait pas à croire que « quelqu'un » portait un nom aussi commun.

— Harasawa ? murmura-t-il.

Le vieil homme répondit :

— C'est mon nom. Désolé de ne pas m'être présenté depuis tout ce temps.

Ils traversèrent une pièce banale, et le vieillard poussa la porte de la pièce du fond. Il fit entrer Mamoru en premier et alluma la lumière après avoir refermé la porte.

Un spectacle renversant s'offrit à Mamoru.

Tout le long du mur du fond, s'alignaient des machines ressemblant à des appareils audio. Mamoru reconnut trois magnétophones à cassettes posés au centre, flanqués d'enceintes, un tuner… et peut-être un oscillomètre ? Il vit aussi une sorte d'ampli. Il y avait également une machine semblable à celle pour mesurer le rythme cardiaque et un genre d'électroencéphalogramme, des machines qu'on lui avait montrées aux soins intensifs quand sa mère Keiko était décédée.

La fenêtre au bout de la pièce était garnie de lourds rideaux qui empêchaient parfaitement la lumière extérieure de filtrer. Ni en coton ni en laine, ils étaient d'une matière semblable à celle des tabliers que portent les radiologues.

Sur le mur opposé, des étagères encastrées débordaient de livres. De la moquette à poils ras recouvrait le sol, étouffant le bruit des pas de Mamoru. Enfin, au milieu de la pièce, un fauteuil.

— Qu'est-ce que tu en penses ? demanda Harasawa. Dans la lumière artificielle et le silence complet, sa voix paraissait terriblement humaine.

— Qu'est-ce que vous fabriquez là-dedans ?

Le vieil homme ôta sa veste et la posa sur un des appareils près de lui.

— C'est une longue histoire. Ça va être fatigant. Tu ne préfères pas t'asseoir ?

— Non, merci. Mamoru s'adossa à la fenêtre. Allez-y, vous. Vous avez l'air vraiment malade.

— Tu trouves ?

— Ça se voit au premier coup d'œil.

— Ah bon ? Alors, cela signifie qu'il ne me reste plus beaucoup de temps. Par où commencer mes explications ?

Les mains sur les hanches, dans une posture rappelant celle d'une grue, il passa lentement devant les appareils et s'arrêta en face des magnétophones.

— Je vais d'abord te dévoiler un de mes secrets.

Il mit en marche un magnétophone. Un voyant lumineux rouge s'alluma, puis le cliquetis de la cassette qui se déroulait sortit des enceintes. Ensuite, la voix de Harasawa s'éleva, annonçant la date et l'heure.

— Sujet : Maki Asano, femme, vingt et un ans.

Mamoru s'écarta de la fenêtre. La voix du vieillard poursuivit :

— Comment vous appelez-vous ?

— Maki Asano.

La voix de Maki répondit. Elle semblait un peu endormie et calme, mais c'était bien sa voix. Elle répondait avec exactitude et obéissance aux questions du vieil homme. Sa date de naissance, la composition de sa famille, son métier, son état de santé…

— Ta sœur – ou, plus précisément, ta cousine, paraît-il – a particulièrement bien répondu à la suggestion. De la souplesse, une grande capacité d'adaptation. C'est le meilleur type de sujet sur lequel pratiquer l'hypnotisme.

— L'hypnotisme ? Bondissant comme un chat qui se serait brûlé, Mamoru sauta sur le vieil homme. Quoi ? Vous avez hypnotisé Maki ?

— Parfaitement, mon garçon. Harasawa resta impassible. Lâche-moi. Tu ne veux pas entendre la suite ?

Mamoru recula, le souffle court, et le vieil homme monta le volume du magnétophone.

— Quel endroit aimez-vous ?

— La mer – j'aime la mer bleue.

— Quel genre d'endroit à la mer ? La plage ? L'eau ?

— Eh bien… un yacht… Oui, j'aime les yachts. Assise sur le pont, dans la brise marine…

La voix du vieillard reprit, s'adressant à Maki :

— Vous êtes assise sur le pont d'un yacht. Le soleil brille, c'est très agréable, vous êtes parfaitement détendue… Il induisait un état d'hypnose. Ecoutez bien ce que je vais vous dire. Vous m'entendez ?

— Je vous entends.

— Y a-t-il une pendule chez vous ?

— Oui.

— Y a-t-il une pendule qui carillonne ou qui sonne à l'heure précise ?

— Oui… une horloge murale.

— Alors, demain, quand cette horloge sonnera vingt et une heures, vous délivrerez le message suivant à Mamoru Kusaka.

— Demain, quand l'horloge de la maison sonnera vingt et une heures, je délivrerai un message à Mamoru…

— « Mon garçon, j'ai téléphoné à Nobuhiko Hashimoto. C'est comme ça qu'il est mort. »

Maki répéta la phrase d'une voix monocorde.

— C'est cela. Vous avez bien compris. Maintenant, je vais compter jusqu'à trois. Alors, vous allez vous réveiller. Vous allez vous réveiller et quitter cet immeuble. Quand vous serez dans la rue, vous oublierez tout ce qui s'est passé jusqu'à ce moment. Vous oublierez que vous m'avez rencontré, que je vous ai donné des instructions. Tout cela vous reviendra naturellement demain à vingt et une heures. Ensuite, quand vous aurez transmis le message, vous oublierez également que vous avez obéi à mes instructions.

— J'oublierai…

— C'est bien. Alors, je compte : un, deux, trois. Voilà.

L'enregistrement s'achevait là.

— C'est ce qu'on appelle un effet posthypnotique. Harasawa entama ses explications. On induit un état d'hypnose profonde chez le sujet et on donne des ordres à son subconscient. Ensuite, en associant cet ordre à un code précis – un mot, un son, ou même un acte quelconque –, on peut le faire resurgir à tout moment et en obtenir l'exécution comme suggéré. Le sujet ne se souvient de rien. Bien entendu, il n'a pas non plus conscience de ses actes. Il se forme simplement un petit vide dans sa mémoire.

Maki avait raconté avoir trop bu et ne pas arriver à se rappeler où elle était ni ce qu'elle avait fait pendant un certain laps de temps le soir précédant la démonstration… Après la démonstration non plus, elle ne se souvenait pas de ses actes.

— C'est simple. Je suis un hypnotiseur expérimenté, tu sais. Du moment que j'arrive à approcher le sujet et à lui parler, il m'est facile de l'hypnotiser. Il suffit de claquer des doigts ou de tapoter un objet en rythme, à intervalles réguliers, pour parvenir à induire un sommeil hypnotique léger. Ensuite, j'emmène le sujet dans un lieu plus calme, où je peux prendre mon temps, comme ici, et je m'attelle à des suggestions plus poussées. Dans les cas où il est vraiment difficile d'induire un état hypnotique, il m'arrive d'utiliser des médicaments. Principalement des dérivés de l'acide barbiturique... Mais ce n'est pas nécessaire avec les femmes. Ce sont des êtres sensibles à la suggestion.

Il désigna d'un geste ample les appareils alignés contre le mur.

— Ces appareils-là servent à enregistrer la condition physique et physiologique du sujet sous hypnose. Si ça te tente, je peux te montrer à quel point les humains hypnotisés constituent un sujet d'observation intéressant.

Mamoru détourna le regard.

— Mais voilà qui devrait t'intéresser. Le vieil homme enclencha une cassette différente. La voix d'une autre femme s'éleva.

— Ça, c'est Fumie Katô, dit le vieillard. Elle était d'une grande franchise. Elle m'a expliqué dans les moindres détails comment elle gagnait son argent sale. Elle avait l'air d'en être fière. En travaillant le subconscient, on peut apprendre facilement même les faits inavouables que notre conscience rechigne à dévoiler.

— Ce « subconscient », qu'est-ce que c'est ?

— Ça se trouve ici. Harasawa tapota sa tête du bout des doigts. C'est un gardien qui ne prend jamais de repos, vingt-quatre heures sur vingt-quatre. Pour certains scientifiques qui s'expriment de manière littéraire, le subconscient est l'âme de l'homme. La conscience n'est rien d'autre qu'un tableau noir. Ce qui est écrit dessus est aisément effacé. Mais le subconscient, lui, ressemble à une sculpture. Ce qui y a été imprimé subsiste éternellement, comme les caractères archaïques gravés par les ancêtres de l'homme sur les murs des cavernes dans les temps immémoriaux. Admettons qu'une personne tombe à l'âge de cinq ans et se casse les dents de devant. Eh bien, jusqu'à sa mort à quatre-vingts ans, son subconscient se souvient de la douleur et de la peur ressenties quand elle s'est cassé les dents. L'effet posthypnotique est provoqué en agissant sur le subconscient. Est-ce que tu as déjà entendu parler de l'apprentissage sous hypnose ?

— Oui. J'ai reçu des prospectus par courrier. On peut apprendre des mots de vocabulaire anglais en dormant, par exemple.

— Tu as essayé ?

— Certainement pas.

— Tu as été bien avisé. Le vieil homme sourit. Parmi les produits commerciaux, aucun n'est fiable. Les hypnotiseurs ayant acquis les techniques complexes nécessaires à cela ne courent pas les rues.

— Et vous prétendez en faire partie ?

— Exactement, mon garçon.

Afin de parler plus à son aise, le vieillard baissa le son du magnétophone.

— En ce qui concerne les quatre femmes qui nous intéressent, de la même façon, j'ai conservé toutes mes archives. Comment je les ai abordées, la séance d'hypnose, l'activation du code…

— Attendez… A vous écouter, elles seraient toutes restées pendant une longue période sous l'emprise de votre hypnose. C'est possible, ça ? A votre insu, quelqu'un qui n'a rien à voir avec tout ça aurait pu leur dire le code, non ?

Le vieil homme sourit.

— A vrai dire, c'est seulement pour Kazuko Takagi que j'ai eu à me soucier d'une question de temps. Pour les quatre autres, dans le plus long des cas, il suffisait de calculer un intervalle d'environ douze heures avant d'activer le code. Pour Nobuhiko Hashimoto, par exemple, c'était seulement trois heures.

Soudain, un éclair rusé illumina les yeux du vieillard.

— Je me suis astreint à surveiller étroitement leurs faits et gestes. Parce que je ne voulais pas échouer. Mais Kazuko Takagi était la dernière des femmes qui avaient participé à l'entretien. Le risque d'éveiller sa méfiance était réel, elle pouvait vraiment s'enfuir et se cacher. Si parfaitement que je n'arriverais pas à la retrouver. Donc, tout en ayant conscience qu'il s'écoulerait un long intervalle, je l'ai attrapée quand j'en ai eu l'occasion. Le soir de la veillée funèbre de Yôko Sugano.

— Mais…

— Alors, j'ai utilisé un code composé. En même temps qu'on prononçait le code, il fallait lui saisir la main droite. Si ces deux éléments n'étaient pas réunis, la suggestion restait inopérante.

— C'est comme ça que vous lui avez ordonné : « Meurs. »

— Non. Le vieil homme secoua la tête. Ce que j'ai fait, c'est simplement lui donner l'ordre de « fuir ». Parce que les individus possèdent l'instinct de survie. On aura beau ordonner : « Suicide-toi », ce ne sera pas appliqué. Parce qu'il est clair que le subconscient fait partie intégrante de la personne.

— Fuis ?

— Oui. Cours. Fuis. Ne laisse pas ton poursuivant t'attraper. S'il t'attrape, il te tuera. Ecarte les obstacles, franchis les portes, brise les vitres, saute dans le vide, fuis, fuis inlassablement, sinon tu seras tuée. Le subconscient exécute cet ordre. En ce sens, on peut peut-être dire que c'est par leur propre instinct de survie qu'elles ont été tuées.

Devant Mamoru qui ne trouvait pas ses mots, pétrifié, le vieil homme leva un peu les mains, murmura « ah oui, au fait » et, tendant la main dans la direction des appareils, saisit une grande enveloppe.

— Tu pourrais donner ça à Kazuko Takagi, s'il te plaît ?

Mamoru n'osait pas prendre l'enveloppe qui lui était tendue. Le vieillard afficha un sourire.

— Ne t'inquiète pas. Ce n'est rien de dangereux. Au contraire, c'est pour la sortir totalement d'affaire. Elle n'est pas morte. C'est pourquoi, si on n'annule pas les effets de l'hypnose, elle risque d'avoir des séquelles. Normalement, le plus sûr serait que je m'en occupe personnellement, mais c'est impossible.

Mamoru prit l'enveloppe.

— A l'intérieur, il y a les coordonnées d'un expert en ce domaine, que j'ai formé. Evidemment, j'ai habilement aligné quelques mensonges pour cacher les raisons, mais il y a tous les documents requis. Si elle le lui demande, il devrait faire le nécessaire. J'ai tout préparé dès que je t'ai téléphoné. Et tu as gagné. Donc, je dois aider Kazuko Takagi jusqu'au bout.

Subitement, Mamoru réalisa une chose effrayante :

— Et Maki ? Que va-t-elle devenir ? Vous n'avez pas annulé les effets de l'hypnose.

Le vieil homme assena une tape sur l'épaule de Mamoru.

— Tu n'as pas à t'inquiéter pour elle. Je m'en suis chargé après la fameuse démonstration. Tu ne te rappelles pas que Maki a reçu un appel téléphonique ? C'était moi. J'ai utilisé mon titre et menti un peu, et je l'ai rencontrée dès le lendemain. Je l'ai fait à ce moment-là, pas de souci.

Mamoru réfléchit, ses idées commençaient à s'embrouiller. Est-ce que Maki n'avait pas eu l'air bizarre, ces derniers temps ?

Non. Quand il réussit à se convaincre que tout allait bien, il arriva enfin à regarder le vieillard en face. Celui-ci dit doucement :

— L'heure n'est plus aux mensonges. Je ne te mens pas.

Rassuré, Mamoru raffermit sa prise sur l'enveloppe. Quoi qu'il arrive, il devait la remettre à Kazuko Takagi. Ainsi, comme pour Maki, ce serait comme si rien de tout cela n'était arrivé. Tout irait bien.

Pourtant…

La question qui le tourmentait prit enfin forme :

— Mais vous avez assassiné les autres. Pourquoi ?

— Pour que justice soit rendue, répondit le vieillard du tac au tac. Le léger sourire qui flottait jusqu'alors sur ses lèvres s'effaça d'un coup. Il y a un an encore, je travaillais dans le laboratoire de recherche d'une université. Là-bas, avec les cinq disciples que j'avais formés, je poursuivais mes recherches sur l'hypnothérapie, la rétroaction biologique et le qi gong, qui peut se prévaloir d'une longue tradition en Chine. L'aboutissement de mes travaux aurait permis d'aider beaucoup de gens, des hommes souffrant de stress dans les relations interpersonnelles et des femmes victimes d'un malaise généralisé.

Il ouvrit les mains et les regarda tristement.

— Cependant, à cette époque déjà, je savais que j'étais malade. J'ai un cancer. J'ai subi une intervention chirurgicale, mais le mal s'était étendu à des endroits impossibles à opérer. Parce que j'étais immergé dans mes travaux, je m'en suis rendu compte trop tard. Mais tous les hommes meurent un jour.

Il rit comme pour chasser cette idée et poursuivit :

— Même si je mourais, les autres chercheurs seraient là. Eux qui disposaient de bien plus de temps que moi poursuivraient mes travaux. Moi, il me suffisait de leur transmettre le plus de connaissances possible dans le temps qui me restait. Par chance, il existe aujourd'hui de puissants antalgiques.

Le vieil homme s'approcha vivement des étagères, en tira un album dont il tourna les pages et le tendit à Mamoru.

— Regarde. Le plus brillant de mes cinq assistants, mon protégé.

Sur la page de gauche figurait la photographie d'un jeune homme portant des lunettes à monture noire et dont le sourire découvrait des dents blanches. Un front large. Un nez à l'arête bien marquée. Derrière les carreaux des lunettes, son regard pétillait.

Sur la page de droite étaient collées les coupures de journaux relatant la mort des trois jeunes femmes.

— Il s'appelait Ken'ichi Tazawa. C'était un scientifique né. Tous les jours, il arrivait au laboratoire les yeux brillants.

— Vous parlez de lui au passé. Que lui est-il arrivé ?

— Il s'est suicidé. Avec les somnifères du laboratoire. En mai dernier.

Mamoru leva les yeux. Le vieil homme soutint son regard et hocha lentement la tête.

— Il était amoureux. Un amour malheureux. C'était un jeune homme timide, mais droit. J'espérais que la jeune femme dont il était épris serait digne de lui.

— Qui était-ce ? demanda Mamoru.

— Kazuko Takagi.

Après un silence, le vieillard continua, toujours d'un ton égal :

— Quand il s'est suicidé, j'ai cru devenir fou. Je n'ai jamais vécu de funérailles aussi éprouvantes. Le dernier adieu à celui qui aurait dû me succéder.

— Comment avez-vous su que la petite amie de monsieur Tazawa était Kazuko Takagi ?

— Tazawa a laissé un mot d'adieu qui m'était destiné. Tout y était écrit. Il avait été blessé. Blessé de manière irréversible. Il aimait réellement Kazuko Takagi.

— Malgré tout, il n'y avait pas de quoi mourir. Il avait de l'avenir. Sur un coup de tête…

— C'est ce que tu crois ? Mon disciple était trop naïf, trop fragile. Voilà ce que tu penses ? Eh bien non. Le vieil homme était péremptoire. Mon garçon, que penses-tu de l'amour ? Pourquoi le sentiment amoureux se tourne-t-il vers une personne précise et non pas une autre ? Pourquoi est-on attiré par un seul être ? C'est un mystère. Même pour nous autres savants, cela reste un domaine inexploré. Kazuko Takagi s'en est servi pour faire de l'argent. Et comme de bien entendu, mon disciple y a succombé. Un serviteur de la science a succombé. C'est comme si un astronaute parti en reconnaissance périssait sous les coups de bâton d'un homme primitif, à l'instant où il posait le pied sur une étoile inconnue.

La voix du vieil homme était forte.

— Mon garçon, son acte n'était pas une simple escroquerie, une simple arnaque. C'était un sacrilège.

Mamoru ne trouva rien à répondre.

— A celui qui croyait en elle, qui en appelait à elle sans vouloir reconnaître qu'il s'était fait duper, Kazuko Takagi a envoyé *Chaîne d'info*.

Mamoru n'en crut pas ses oreilles. Il se remémora l'article de l'entretien, les paroles de Hashimoto.

Je n'ai pas ajouté un seul mot à ce qu'ont raconté les quatre poules réunies pour l'entretien. Même les mots les plus grossiers, les expressions les plus scabreuses, il n'y avait absolument rien à rajouter.

— Il m'a laissé la revue, avec son message d'adieu. Je l'ai lue. Inlassablement, quasiment jusqu'à la connaître par cœur. Ensuite, j'ai pris ma décision.

— Vous avez décidé de tuer ces femmes, dit Mamoru. Mais pourquoi les quatre ? Dans ce cas, il aurait suffi de s'arrêter à Kazuko Takagi.

— Parce qu'il s'agissait de davantage qu'une vengeance personnelle, mon garçon. Elles formaient un échantillon.

— Un échantillon ? N'importe quoi, on n'est pas en train de parler d'une expérimentation, ce sont des assassinats que vous avez commis !

— En plus, le commerce de l'amour est un crime abject. Les coupables doivent être châtiés.

D'un pas mal assuré, le vieil homme s'approcha de Mamoru.

— Mon garçon, j'ai vécu au moins quatre fois plus longtemps que toi. Et j'ai compris une chose. C'est qu'il existe toujours de réels malfaiteurs, en tout temps.

Un discours. Les bras ouverts.

— Cependant, heureusement, leur nombre absolu est réduit. Ce qu'ils peuvent à eux seuls est limité. Le vrai problème, ce sont ceux qui les suivent. Pas seulement dans le commerce de l'amour, mais aussi dans les ignobles crimes financiers qui pullulent et qui ne se développeraient pas avec la seule poignée de personnes qui en ont eu l'idée. Ce sont les suiveurs, en plus grand nombre, qui rendent possibles, accomplissent et multiplient ces crimes. Ceux qui, tout en sachant parfaitement ce qui se passe et quel rôle ils jouent là-dedans, trouvent une échappatoire en cas de coup dur. « Je n'avais pas de mauvaises intentions, je ne savais pas, moi aussi je me suis fait rouler, j'avais absolument besoin d'argent pour certaines raisons, moi aussi je suis une victime » – des prétextes, des prétextes et encore des prétextes, à l'infini.

Silence.

— Je voulais faire payer à ces quatre femmes le juste prix pour ce qu'elles avaient acquis malhonnêtement et à bon compte. C'est tout.

— Vous êtes dingue ! murmura enfin Mamoru. Quelles que soient les justifications qu'on y apporte, un assassinat est un assassinat.

— Ça, c'est la société qui en décide. Comme tu peux le constater, je n'en ai plus pour longtemps. Il n'est même pas sûr qu'il me reste encore un mois. Quand je mourrai, il est prévu que mon exécuteur testamentaire fasse parvenir à la police, avec ma confession, tous les documents qui se trouvent ici.

Il n'y avait plus rien à dire. Mamoru ne pensait qu'à sortir de là. Se lever, quitter l'appartement et s'éloigner autant que possible de ce lieu.

— Vous vous écoutez parler. Pas vrai ? Vous êtes un magicien toqué.

— Un magicien ? Le vieillard rit gaiement. La science est sacrée. Certainement pas inutile. Je suis un scientifique. A la recherche de la vérité. Pour te le prouver, je vais t'apprendre une chose qui te sera utile.

Mamoru, qui s'apprêtait à quitter la pièce, se retourna.

— Une chose utile ?

— Oui. La vérité sur cet homme qui a témoigné en faveur de ton oncle, ce Kôichi Yoshitake.

Mamoru regarda fixement Harasawa.

— Qu'est-ce que vous savez de lui ?

— Il ment. Quand Yôko Sugano est morte, il ne se trouvait pas sur les lieux de l'accident. J'en suis certain. Pourquoi ? A cause du code.

Le vieil homme dressa un doigt.

— Pour Fumie Katô, j'ai utilisé le téléphone. Atsuko Mita, je lui ai parlé sur le quai du métro. Dans le cas de Nobuhiko Hashimoto, je suis allé lui rendre visite et, après l'avoir endormi et hypnotisé, j'ai ouvert les arrivées de gaz et répandu de l'essence. Ensuite, j'ai attendu que le gaz se soit suffisamment diffusé, je lui ai téléphoné et je lui ai dit le code, pour qu'il allume une cigarette.

Et Yôko Sugano…

— Elle, pour le code, je me suis servi de sa montre. C'était un modèle avec une alarme sonore. J'ai réglé l'alarme sur minuit et fait en sorte que la suggestion soit déclenchée par la sonnerie. C'est pour cela qu'elle a fui aveuglément et s'est jetée sous la voiture de ton oncle. Donc, moi non plus, cette nuit-là, je n'étais pas sur les lieux. J'avais besoin de me reposer un peu. A cause de cette négligence, j'ai causé des embêtements à ton oncle.

Il détourna le regard, l'air vaguement contrit.

— Voilà pourquoi, après la mort de la fille, j'ai lu tous les articles relatant les circonstances de l'accident. J'ai regardé les informations aussi. Donc, quand j'ai appris que Yoshitake s'était présenté et ce qu'il racontait avoir vu, j'ai compris qu'il mentait. Il affirme que, cette nuit-là, il a demandé l'heure à Yôko Sugano. Elle lui aurait répondu : « Il est minuit cinq. » C'est faux. C'est impossible.

— Pourquoi ?

— A minuit cinq, l'hypnose faisait déjà effet. La fille fuyait le poursuivant de ma suggestion hypnotique. Elle n'était certainement pas en état de répondre à une stimulation extérieure. Même si quelqu'un lui avait demandé l'heure, elle n'aurait pas été capable de lui répondre. En aucun cas.

En aucun cas. Le vieil homme insista.

— Kôichi Yoshitake ment comme un arracheur de dents. S'il s'était réellement trouvé sur les lieux, il aurait dû voir Yôko Sugano fuir de toutes ses forces alors que personne ne la pourchassait. Ce qu'il raconte ne se peut pas. Pourquoi ? Pourquoi donc mentirait-il ?

Mamoru ferma les yeux et s'adossa à la porte.

— Parce que c'est mon père.

Pour la première fois, un éclair de surprise traversa le visage du vieillard.

— Tu dis que cet homme est ton père ?

— Oui. Je le sais. C'est mon père, disparu il y a douze ans, qui se fait maintenant appeler Kôichi Yoshitake. Pour nous aider, les Asano et moi, il a fait cette fausse déposition.

— Comment l'as-tu appris ?

Mamoru lui expliqua. L'alliance. Le fait qu'il ait réagi aux images subliminales (« on va t'attraper ! »). Et aussi…

— Il m'a appelé « Kusaka ». Il n'aurait jamais dû m'appeler ainsi. Parce que les Asano m'ont présenté comme leur fils. Avec le recul, je ne comprends pas pourquoi je ne m'en suis pas aperçu à ce moment-là.

Un instant, le vieil homme regarda fixement le sol.

— Mais, mon garçon, son identité est établie. Quand il a témoigné, la police a tout passé au peigne fin. Il ne peut pas avoir triché sur sa naissance, son passé ou son état civil.

— J'y ai pensé aussi, croyez-moi. Mais il me l'a dit. Qu'autrefois, il a vécu un temps dans le quartier des journaliers. Dans ces endroits-là, on dit bien qu'on peut s'acheter une identité, non ? Les gens, comme mon père, qui veulent effacer leur passé se procurent avec de l'argent l'identité de quelqu'un qui n'a plus besoin de son état civil. Ou bien il a récupéré celle de l'un de ses camarades mort dans l'indifférence. Et comme ça, il a pu renaître.

— Je vois. C'est possible. Le vieil homme opina. Néanmoins, tu te trompes. Ce n'est pas ton père. Sa dette envers toi est encore plus lourde. Envers toi et ta mère.

Le vieillard se dirigea une nouvelle fois vers les magnétophones.

— Quand j'ai découvert qu'il mentait, je me suis intéressé à lui. Et puis j'ai eu envie de savoir pourquoi il mentait. Alors, j'ai essayé de l'hypnotiser lui aussi. Voici l'enregistrement.

— Lui ?

— Oui. Par chance, mon titre me permet d'approcher facilement les personnalités de son calibre. Malgré tout, cela a été un travail extrêmement difficile. Car j'ai eu à briser un épais barrage de refoulement. Mais quand j'ai compris la signification de son mensonge, j'en ai en même temps saisi la raison. Cet homme possède un secret qu'il ne révélera à aucun prix.

Le vieil homme mit la cassette en marche. Une longue confession débuta. Pour Mamoru, l'écouter, c'était remonter douze ans en arrière, douze années voilées d'un épais brouillard.

6

Le printemps de ses dix-huit ans, la poitrine de Kôichi Nomura, monté à Tokyo pour entrer à l'université, débordait d'espoir.

Sa famille, aubergiste de génération en génération à Hirakawa et autrefois propriétaire terrien réputé, avait perdu la majeure partie de ses terres et de ses biens dans les troubles de la Seconde Guerre mondiale, puis avait ensuite petit à petit bradé son domaine afin de survivre dans la période confuse de l'après-guerre ; elle n'était plus maintenant que l'ombre de ce qu'elle avait été.

L'un des défauts des vieilles familles est, à force d'attacher de l'importance à la lignée, de répugner à y mêler du sang neuf. Chez les Nomura, cette tendance avait été particulièrement marquée et dans l'hôtellerie, un métier requérant souplesse d'esprit et sens des affaires, cette étroitesse de vues leur avait porté un coup fatal.

Kôichi était l'héritier des Nomura, mais également le porteur de l'espoir d'une possible renaissance de la maisonnée.

A cette époque déjà, tout ce qui restait aux Nomura, c'était leur réputation de famille ancienne et quelques maigres fermages mensuels. Déjà veuve et ne vivant plus que pour son fils unique, sa mère Umeko économisa sur ses faibles ressources pour l'envoyer à l'université à Tokyo. La signification de cela, Kôichi ne la réalisait que trop bien. Un bourgeon croissant de façon inattendue sur une vieille souche qu'on aurait pu croire vermoulue. Voilà ce qu'il était.

Sa vie à Tokyo se déroulait sans heurts. Kôichi était un étudiant brillant, en continuant ainsi il serait devenu un jeune homme compétent, et personne, lui compris, ne doutait qu'il soit de taille à mener une carrière digne des Nomura.

Jusqu'à ce que la première infortune s'abatte sur lui.

C'était un accident.

Près de la chambre d'étudiant de Kôichi se trouvait un immeuble en construction, et il passa aux abords du chantier au moment où, presque au-dessus de sa tête, les ouvriers posaient les vitres du deuxième étage. Puis, à l'instant où Kôichi, réfléchissant au contenu du devoir qu'il rendrait au prochain cours, arrivait précisément sous eux, le crochet du câble auquel étaient suspendues les plaques de verre céda. Grièvement blessé par la main impitoyable de la force d'attraction, Kôichi fut hospitalisé durant deux mois.

Cet accident fut généreusement dédommagé, et lui, comme il était jeune, se rétablit rapidement. Il se dit qu'un intervalle de deux mois serait aisé à combler et, dans son lit d'hôpital, il passa tout son temps à lire. C'est quand on lui annonça, un mois seulement après sa sortie, qu'il allait être réhospitalisé qu'il s'affola vraiment.

Il avait contracté une hépatite sérique.

Aujourd'hui, on sait que l'hépatite se propage par transmission horizontale, par le biais des transfusions sanguines. Les recherches sur la prévention de ce mal ont progressé. En ce sens, on doit reconnaître que Kôichi fut doublement malchanceux. La transfusion sanguine qui lui avait permis d'échapper à la mort par hémorragie lui coûta une année entière de sa vie d'étudiant.

Quand il fut enfin en état de reprendre ses études, cette fois sa mère Umeko tomba malade.

Une légère hémorragie cérébrale qui ne mit pas ses jours en danger, mais dégrada leurs finances au point d'ôter tout choix à Kôichi. Le printemps de ses vingt et un ans, il dut abandonner l'université à contrecœur et prendre un emploi, encore plus à contrecœur.

A l'occasion de l'embauche de son fils, Umeko, superstitieuse, demanda à une de ses connaissances d'analyser son nom pour prédire son avenir. La personne lui annonça :

— C'est un nom fortement lié à la bonne fortune, mais indissociable des accidents. Il vaudrait peut-être mieux qu'il en change.

Kôichi, déprimé par la malchance qui l'avait déjà accablé, n'accorda pas d'importance à ce commentaire. Il n'avait qu'une seule chose à dire : « C'est injuste. »

Ses premiers pas dans la vie active, il les fit comme employé d'une agence immobilière de taille moyenne, dans la capitale. Ce n'était pourtant pas un si mauvais emploi, mais le sentiment d'échec qui habitait Kôichi et l'indissociable sentiment de supériorité qu'il nourrissait – sa place n'était pas ici – faisaient de lui un homme au tempérament difficile, désagréable. Sa grossièreté, mais aussi son mépris pour ses collègues, pas ouvertement exprimé mais perceptible dans son discours et son comportement, lui valurent des ennemis, l'isolèrent et finirent par avoir un impact négatif sur son travail.

Conséquence logique, il commença à passer d'un emploi à l'autre. Sur son curriculum vitae, la formule Démission pour raisons personnelles et les noms d'entreprises foisonnaient. Il ne se souvenait même pas du nom de certaines des sociétés dont il avait démissionné. Sur le CV qu'il adressait à son potentiel employeur suivant, il sautait ces noms-là. En comblant les blancs à sa guise. C'est aussi à cette époque que, dégoûté de tout, il vécut, certes brièvement, comme un vagabond dans le quartier des journaliers.

L'été de ses trente-deux ans, Kôichi fut embauché par une entreprise de transport. Son travail relevait des tâches administratives générales, mais l'entreprise était petite et il était le seul employé de bureau masculin. Accompagner le PDG dans ses rendez-vous chez les clients devint l'une de ses attributions.

Et parmi les clients, il y avait Shin Nihon Shôji.

Lorsqu'ils se rencontrèrent, Naomi Yoshitake – qui deviendrait plus tard sa femme – était encore une étudiante de vingt-deux ans. Quant à savoir lequel des deux était « tombé amoureux le premier », comme on dit dans les discours de mariage, c'était elle, sans conteste. Pour elle qui ne connaissait rien du monde, comparé aux jeunes gens de son entourage dont l'avenir était assuré par leurs parents, cet homme, qui gardait fermement sa sacoche entre ses pieds pendant les négociations, qui consultait ses documents si vite que cela n'entravait pas le flot de la conversation et qui affichait un petit air cynique, devait être terriblement attirant.

En outre, Kôichi Nomura, à l'aise dans ce monde dont elle ne connaissait rien, avait hérité des traits de sa mère, réputée pour sa beauté. La malchance qui s'acharnait sur lui n'avait pas entamé son visage.

Lorsque, cédant aux souhaits ardents de sa fille, le PDG de Shin Nihon Shôji lança une enquête de mœurs sur Kôichi, l'élément le plus inquiétant fut la liste de ses employeurs passés, plus longue que le bras. Pierre qui roule n'amasse pas mousse. Le père de Naomi croyait avec ferveur à l'interprétation pessimiste de ce proverbe. S'il avait tant roulé sa bosse que ça, il n'avait sans doute rien acquis.

Cependant, cette longue liste, peu après, attira son attention pour d'autres raisons. Les anciens employeurs de Kôichi Nomura différaient énormément, tant par le type d'emploi que par leur situation financière, mais leurs secteurs d'activité étaient tous soit appelés à se développer, soit déjà en train de croître. De minuscules entreprises inconnues quand Kôichi y était entré commençaient aujourd'hui, pour certaines d'entre elles, à être réputées dans leur domaine.

S'agissait-il d'un hasard ? Le père de Naomi réfléchit, en tant que PDG de Shin Nihon Shôji.

Non. Il avait beau avoir maintes fois changé d'emploi pour une raison inconnue, le jeune homme dont sa fille unique s'était entichée savait anticiper – en termes plus crus, il avait du flair. Et le père de Naomi, qui avait lui-même fait prospérer son entreprise en une génération, savait parfaitement que seul ce sens de l'anticipation était impossible à acquérir par la formation ou l'étude.

Kôichi et Naomi Yoshitake se fiancèrent à la fin de cette année-là. Kôichi entra chez Shin Nihon Shôji et commença à travailler. Lui qui souhaitait réellement faire renaître la lignée des Nomura accepta sans hésiter de se faire adopter par sa belle-famille. La cérémonie serait célébrée quand Naomi aurait obtenu son diplôme.

Et alors, l'ultime et suprême infortune provoquée par son nom indissociablement lié aux accidents frappa une semaine avant que Kôichi Nomura devienne Kôichi Yoshitake.

7

Douze ans plus tôt – au mois de mars.

Parti la veille au soir de Tokyo, Kôichi pénétra dans le centre-ville de Hirakawa alors que la pendule de sa voiture indiquait cinq heures quinze. Une pluie battante s'abattait sur le pare-brise, la ville était baignée dans une vapeur d'eau glacée.

Il était venu chercher sa mère pour la cérémonie de mariage qui aurait lieu la semaine suivante. Il devait passer une nuit chez elle et avait l'intention de lui raconter tout ce qu'il n'avait pu lui dire jusqu'à présent au téléphone ou par courrier. Ensuite, ils rentreraient ensemble à Tokyo. La chance était enfin de son côté – il avait fait des détours, mais il était revenu sur le chemin prévu, il allait pouvoir le montrer à sa mère.

Après être entré dans la ville, il fit un petit détour. Au lieu de suivre la nationale tout droit pour déboucher sur l'artère principale, il voulait se faire le plaisir d'une entrée triomphale en prenant à droite devant la gare un chemin de traverse, puis en longeant le pied des collines qui entouraient la ville.

Depuis la voiture, sur sa droite, il aperçut une petite montagne qui avait autrefois appartenu à la famille Nomura. Le sommet avait été complètement dénudé et la structure métallique d'un hôtel de tourisme en construction se dressait, noire contre le ciel violet précédant l'aube.

Ouverture le 1er septembre ! La pancarte fixée aux échafaudages était éclairée par des ampoules électriques.

Ce n'est pas un rêve, pensa Kôichi. Engager Shin Nihon Shôji dans la gestion d'hôtels de tourisme était peut-être encore difficile aujourd'hui, mais pas impossible. Dans un avenir pas si lointain, quand il aurait les pleins pouvoirs sur l'entreprise, il le ferait.

En attendant, il fallait engranger suffisamment de forces. Déjà, il pensait à développer les affaires de Shin Nihon Shôji sur un terrain plus populaire.

L'époque viendrait où la signification de ce terme, « populaire », serait revalorisée.

La voiture fit la moitié du tour de la ville et arriva à l'endroit où la route croisait la voie ferrée qui traversait la partie ouest de la localité. La pluie redoubla, et, malgré les essuie-glaces, son champ de vision restait flou.

Sur ce chemin détourné, au petit matin, il n'avait pas croisé un seul véhicule. Aucun piéton n'était visible non plus. Il appuya un peu sur l'accélérateur. A l'inverse de la météo, il se sentait euphorique.

La voiture accéléra sans problème. C'était un cadeau de Naomi. « Va chercher ta mère avec… » Les clés qu'elle lui avait tendues retenaient encore la chaleur de son corps.

Il ne se souvenait pas dans quel ordre s'étaient déroulés les événements, s'il avait d'abord vu une silhouette sombre ou écrasé la pédale de frein. La silhouette semblant nager dans le brouillard disparut comme elle était apparue, en un clin d'œil. Le bruit sourd de l'impact retentit, la voiture s'arrêta brutalement en chassant fortement. Sous le choc, le corps de Kôichi fut projeté en avant. Le volant équipé d'un amortisseur de chocs absorba le coup et Kôichi s'en sortit indemne.

Tous les sons s'évanouirent. Seuls les battements de son cœur résonnaient à ses oreilles. Ses mains posées sur le tableau de bord étaient blanches, comme décolorées.

Il ouvrit la portière et descendit de voiture. La boue aspira ses chaussures, la pluie drue commença à frapper ses épaules.

Un tas de vieux chiffons gisait au bord de la route. Les guenilles avaient des pieds, un seul portait une chaussure. L'autre soulier avait roulé aux pieds de Kôichi, à une proximité étonnante.

Kôichi s'approcha, en se forçant à mettre un pied devant l'autre.

Le tas de chiffons ne bougeait pas. Il s'accroupit, effleura le cou. Le pouls ne battait pas.

C'était un homme à peu près du même âge que lui. Il avait un petit grain de beauté sous le sourcil droit. Son visage était à demi plongé dans une flaque d'eau et de sous son oreille gauche, s'échappait un filet de sang. Quand Kôichi lui souleva la tête, les mains tremblantes, elle branlait comme celle d'un nouveau-né.

Il écarta ses mains du cadavre et s'essuya plusieurs fois la paume sur les genoux. La pluie qui dégoulinait dans son cou lui donnait froid dans le dos.

Le parapluie de l'homme était tombé, le manche en l'air. L'eau de pluie s'y accumulait.

Dans les bois à sa droite, les oiseaux se mirent à piailler plus fort.

Kôichi regarda autour de lui.

Il était à la lisière de la ville. La voie ferrée décrivait une large courbe, disparaissant derrière les bois avant d'être engloutie par un tunnel. Au sommet du virage, il y avait un feu de signalisation incliné. C'était un passage à niveau non gardé. A la gauche de Kôichi s'alignaient de vieux entrepôts portant sur leurs murs une inscription à la peinture :

Usine de teinture de Hirakawa.

Il n'y avait personne.

Si tu dois t'enfuir, c'est maintenant. En continuant à frotter les paumes de ses mains, il restait debout, trempé jusqu'aux os.

Allez, si tu prends la fuite, c'est maintenant. La pluie lavera tout, les traces de pneus comme le sang.

Secouant lentement la tête comme s'il répondait à sa voix intérieure, Kôichi s'adressa au cadavre qui regardait le ciel dans une posture impossible pour un homme vivant.

— Je ne t'avais pas remarqué.

Il cherchait à se justifier.

— Je ne t'avais pas vu.

Allez, sauve-toi ! Tu as l'intention de tout gâcher ?

Soudain, derrière lui, un puissant signal d'alerte se mit à retentir et il sursauta comme si on l'avait menacé. Le signal lumineux du passage à niveau clignotait. La barrière commença à s'abaisser. Un train allait passer.

Kôichi regardait le feu de signalisation, bouche bée. Ding, ding, ding. Le signal d'alerte. Les deux ampoules rouges alignées verticalement clignotaient à tour de rôle. Haut, bas, haut, bas.

Le conducteur du train s'apercevrait-il de quelque chose ? Verrait-il la voiture, le cadavre ? Les passagers le remarqueraient-ils ?

Ding, ding, ding.

Son sang bouillit. Kôichi s'élança, prit le corps dans ses bras et le traîna près de la voiture. Il ouvrit la portière, poussa et tira le cadavre détrempé par la pluie, et réussit enfin à le fourrer sur la banquette arrière.

Il repartit en courant et examina le sol. Il saisit le parapluie, le replia et le déposa près du corps. Le sang qui avait coulé dans la flaque d'eau se diluait sous la pluie. Il s'écoulait hors de la mare. Il ne restait plus rien.

Il allait monter en voiture quand il trébucha sur une chaussure. C'était celle qui était tombée. Hagard, il la ramassa et la jeta sur le corps. A l'instant où il poussait sur les pieds du cadavre et refermait la portière, le train passa avec fracas.

Comment fit-il pour conduire ? A quoi pensa-t-il ? Il ne s'en souvenait pas. Il arrêta la voiture devant la maison en arrachant des gerbes d'eau aux flaques et entra en marche avant dans le garage pour que personne ne remarque le pare-chocs enfoncé ni la peinture éraflée.

Alertée par le bruit, sa mère apparut. C'était un garage improvisé, de simples poteaux plantés dans le jardin exigu, recouverts d'une bâche. Les sons étaient étouffés. Pour lui qui revenait de plus en plus fréquemment en voiture, Umeko avait sacrifié ses maigres économies et fait construire ce garage de fortune. Pas besoin de quelque chose de splendide, parce qu'ils feraient bientôt reconstruire la maison en entier. Il l'avait promis à sa mère qui ne souhaitait pas quitter Hirakawa.

— Te voilà… Qu'y a-t-il ? Tu fais une de ces têtes !

Au son de la voix de sa mère, il se mit enfin à pleurer. En mordant son poing pour étouffer sa voix.

Umeko ne lui adressa pas de reproches. Quand elle l'eut écouté, elle lui dit :

— Il faut qu'on fasse quelque chose pour le cadavre.

Dans une pièce du fond, ils étalèrent les chutes de la bâche en plastique qui avait servi au toit du garage et y transportèrent le corps. Umeko, la tête froide, était minutieuse. Après son hémorragie cérébrale, elle avait perdu l'usage de son bras droit, mais la voix qui donnait des instructions à son fils était ferme, sans l'ombre d'une défaillance.

Conformément aux ordres de sa mère, Kôichi dévêtit le cadavre, rassembla les vêtements et les fourra dans un sac en papier. Il découvrit un portefeuille dans la poche de la veste. Il contenait un permis de conduire et des papiers d'identité.

— Toshio Kusaka. Maman, tu le connais ?

Lui arrachant le portefeuille des mains, Umeko l'ajouta au contenu du sac, le ferma et lui répondit :

— C'est l'adjoint du directeur financier de la mairie.

Ils enveloppèrent le cadavre dans la bâche et le ligotèrent, puis le dissimulèrent dans la pièce.

— Qu'est-ce qu'on fait pour la voiture ? dit Umeko. Elle est abîmée, non ?

Ce soir-là, vers dix-neuf heures, la disparition de l'adjoint au directeur financier de la mairie fut annoncée aux informations régionales. Après le journal, Kôichi sortit la voiture du garage. Il fit semblant de rater son virage et emboutit le mur d'enceinte de la maison d'en face avec l'avant de sa voiture.

La dépanneuse qu'il appela chargea la voiture sans problème et, en quinze minutes, un véhicule de rechange lui fut envoyé.

— Le mur d'enceinte des voisins d'en face me déplaisait depuis longtemps, dit Umeko à son fils.

Ils attendirent la nuit et, au moment de monter dans le véhicule de courtoisie, ils chargèrent le cadavre dans le coffre. Ils ajoutèrent également une pelle. Rien ne vint les troubler jusqu'à ce qu'ils quittent Hirakawa.

Ils arrêtèrent la voiture au cœur d'une colline à plus d'une heure de la ville et Kôichi descendit du véhicule, la pelle et une lampe torche à la main. C'était aux abords d'une zone forestière naturelle protégée appartenant à la préfecture, il n'y avait ni projet d'abattage d'arbres, ni risque d'excavation. Il grimpa un peu dans le taillis et trouva, au milieu de la pente, un emplacement approprié. Il suffisait de retourner à la voiture, de hisser le corps et de l'enterrer. Il fit tout, tout seul. Umeko, radio et lumières éteintes, l'attendit dans l'obscurité, le regard fixé droit devant elle.

Alors qu'il pelletait sur la bâche la terre qu'il avait creusée, il s'aperçut que la corde s'était desserrée durant le transport et la main gauche du corps, de travers, dépassait. Kôichi eut l'impression qu'elle était sur le point de bouger et de lui attraper la cheville.

Encore plus effrayant, une bague luisait à l'annulaire de cette main gauche.

Cela leur avait échappé. Ils avaient eu chaud. En ôtant l'alliance, Kôichi s'épongea le front. La probabilité que le cadavre soit découvert avait beau être faible, il fallait tout prévoir. Dans cette éventualité, il était dangereux de laisser un objet permettant d'identifier le corps.

Il aplanit le monticule de terre et retourna à la voiture. Ses bras tremblaient à cause de la peur et du travail de force, et, pendant un moment, il fut incapable de conduire.

Quand il mit enfin le moteur en marche, Umeko décréta d'une voix basse mais ferme :

— Ce n'est pas de ta faute, de toute façon. Oublie tout ça.

Cependant, Kôichi ne le voyait pas ainsi et il ne parvint pas non plus à oublier.

Son mariage avec Naomi célébré sans encombre, au retour de leur voyage de noces, Kôichi devenu Kôichi Yoshitake commença par lire le journal local qu'il se faisait envoyer par courrier. Le nom Toshio Kusaka y figurait en grosses lettres. Yoshitake sentit son sang se glacer.

Mais il s'agissait d'un article relatant qu'on était toujours sans nouvelles de Kusaka, l'adjoint du directeur financier, et qu'avant sa disparition il avait détourné des fonds publics.

Sa vie à Tokyo se déroulait sans heurts. L'incident de Hirakawa avait sombré dans l'oubli. Personne ne remettait en cause la disparition de Toshio Kusaka. La tranquillité de Yoshitake semblait garantie.

Une seule chose le tourmentait, continuait à le lanciner comme un caillou dans une chaussure : c'était son sentiment de culpabilité vis-à-vis de la famille de Toshio Kusaka – bien entendu, il était hors de question qu'il le montre au grand jour.

Leur mari et père était coupable de malversations. C'était une réalité indubitable. Cependant, il n'avait pas disparu de son plein gré. Il ne s'était pas non plus enfui. C'était lui, Kôichi, qui avait fait disparaître Toshio Kusaka sans lui laisser ni la chance de s'expliquer, ni le bénéfice de circonstances atténuantes, ni le temps d'expier son crime. De ce fait, sa femme et son enfant étaient restés seuls. Quand il pensait que la faute lui en incombait, un terrible sentiment de culpabilité l'assaillait.

Chaque fois qu'il retournait à Hirakawa, il glanait quelques informations. Usant de tous les moyens à sa disposition, Yoshitake s'efforça d'apprendre ce que devenaient l'épouse et l'enfant de Toshio Kusaka.

Maintenant qu'ils étaient seuls, la femme de Toshio Kusaka, Keiko, et leur fils unique Mamoru, qui fêterait bientôt ses cinq ans, avaient quitté leur logement de fonction et vivaient en ville, dans un studio de location.

Yoshitake se rendit à l'appartement. C'était l'un des plus anciens bâtiments de la ville, un lieu dont l'ordre de démolition serait immédiatement émis si jamais le propriétaire cessait de se faire apprécier des services de construction.

Il attendait dans une ruelle quand le garçon et sa mère arrivèrent. Ils étaient sans doute allés faire des courses, la mère tenait un sac en papier marron de chaque main et l'enfant en avait un dans les bras. Le nom imprimé sur ces sacs était celui d'un magasin situé dans un quartier éloigné de cette ville. Yoshitake réalisa que, dans le voisinage, aucune boutique ne devait accepter de leur vendre des produits du quotidien ou d'alimentation.

L'enfant leva la tête et dit quelque chose à sa mère, ils laissèrent échapper un rire. Quelque part dans l'immeuble, on entendit une fenêtre se refermer en claquant.

La mère et le fils Kusaka gravirent l'escalier de l'immeuble décrépit. En contemplant leurs silhouettes, Yoshitake poussa un long cri inaudible.

Pourquoi ne quittez-vous pas cet endroit ? Pourquoi restez-vous ici ? Vous savez pertinemment quel sort vous est réservé, mais vous restez quand même, pourquoi ?

De ce jour-là, les Kusaka trouvèrent leur place dans le cœur de Yoshitake. Quel que soit son quotidien à Tokyo, ils ne quittaient pas un instant ses pensées.

Yoshitake, jouant du poids de sa famille, prodigua en secret un emploi à Keiko Kusaka. Il lui avait suffi de dire que la famille n'était pas coupable, que c'était un crève-cœur, personne ne pouvait s'opposer à ce discours de convenance. Et puis, multipliant les précautions, en passant par différentes agences de détectives privés, il enquêta sur leur quotidien. S'ils rencontraient une difficulté, il était prêt à les aider immédiatement, en n'importe quelles circonstances.

Le travail de Yoshitake lui-même fructifiait sans problème. Le changement d'orientation de Shin Nihon Shôji avait été une réussite, sa position au sein de l'entreprise se consolidait d'année en année. Son beau-père lui accordait une confiance croissante.

Cependant, de façon ironique, comme en proportion inverse, les relations entre Naomi et lui allaient en se refroidissant. Naomi pensait que la raison était qu'ils n'arrivaient pas à avoir d'enfant, mais lui savait que ce n'était pas le cas.

C'était parce que la partie de son cœur réservée à autre chose qu'au travail était continuellement monopolisée par la mère et le fils Kusaka. Il n'y avait plus de place pour personne d'autre.

Cinq ans après la disparition de Toshio Kusaka, Keiko et Mamoru ne semblaient toujours pas vouloir quitter Hirakawa. Entre les mains de Yoshitake, le nombre de photos d'eux prises à la dérobée augmentait.

Lorsqu'il s'enfermait dans son bureau chez lui et contemplait ces photos sorties du tiroir de sa table, son cœur s'emplissait d'une étrange paix. Tout en ayant conscience de sa culpabilité, un étonnant sentiment d'appartenance l'enveloppait. Dans ces moments, son épouse et son fils, c'étaient eux.

Keiko était une femme au visage doux et aux yeux tristes. Les tracas ne lui avaient pas ôté son aura de douceur naturelle. Le garçon grandissait bien. Suivant les clichés, on décelait parfois dans ses yeux une ombre ressemblant à une lucidité trop précoce, mais il arrivait également que son visage s'illumine d'un rire tellement insouciant que Yoshitake souriait avec lui.

Il désirait faire la connaissance de cet enfant. Ce souhait fit éclore dans son cœur un nouvel espoir.

Huit ans après l'incident, au printemps de l'année où il fut nommé administrateur de Shin Nihon Shôji, il retourna à Hirakawa. Là-bas, la fête sportive des écoles publiques avait lieu fin avril. On fêtait également ainsi la sortie du long hiver. Même de loin, il voulait voir la silhouette du garçon. L'enfant avait douze ans.

De l'autre côté du grillage de la cour, oubliant qu'il était debout depuis la cérémonie d'ouverture, il suivit le garçon des yeux. C'était un enfant en pleine forme. Qui courait vite, aussi.

Pour l'épreuve finale, la course de relais opposant des équipes d'élèves de sixième année, le jeune garçon fit son apparition en dernier. Une bande de tissu rouge en écharpe, il avait l'air sérieux.

Lorsqu'il saisit le bâton et s'élança, Yoshitake glissa ses doigts dans les mailles du grillage et regarda avec ferveur. On dirait que cet enfant a des ailes, pensa-t-il. Alors qu'il avait commencé en cinquième position, il comblait rapidement le retard, d'une foulée admirablement sereine. Il dépassa trois coureurs, laissa derrière lui le dernier virage, entama la ligne droite de l'autre côté du grillage auquel Yoshitake était collé et franchit la ligne d'arrivée avec un cheveu d'avance. Un cri de joie s'éleva d'un groupe d'élèves. Yoshitake aussi applaudit. Bravo, tu t'es bien débrouillé ! Dans son enthousiasme, il prononça ces mots à voix haute.

Une femme qui se tenait debout à l'extrémité des places réservées aux parents, par-delà le grillage, se tourna vers lui.

C'était la mère du garçon. Keiko Kusaka. A ses côtés, un vieillard trapu applaudissait avec elle.

La scène se déroulait sous les cerisiers en pleine floraison, dans leur parfum. Un pétale tomba sur l'épaule de Yoshitake. Non pas sous la pluie froide de cet autre jour, mais dans un lieu baigné par la douce lumière du soleil et les pétales de fleurs, Keiko Kusaka le regardait. Puis, esquissant lentement un sourire, elle lui adressa un léger signe de tête. Reconnaissante envers ce parfait inconnu des louanges qu'il adressait à son fils.

Yoshitake retourna à la maison familiale ; Umeko vint l'accueillir. Impassible, sa mère lui demanda :

— Qu'es-tu venu faire ici ? Ta maison est à Tokyo.

Ce soir-là, seul dans sa chambre sombre, Kôichi Yoshitake prit une nouvelle fois conscience d'une réalité immuable.

Il aimait la mère et le fils Kusaka. Leur courage, leur volonté, leur façon de vivre, il aimait tout en bloc, intensément. Ce à quoi il avait renoncé un matin pluvieux, eux n'y avaient pas renoncé et ils ne le feraient pas davantage maintenant.

Six mois plus tard, Umeko mourut. Après les funérailles, avant de se défaire de la maison, il arracha le plancher et retrouva le fameux sac en papier. Il était complètement pourri, mais Yoshitake le jeta au feu en même temps que les affaires d'Umeko dont il voulait se débarrasser. Tout ce qui lui restait, c'était l'alliance de Toshio Kusaka ; il n'avait su qu'en faire au début, puis il n'avait pas eu le cœur de la jeter et finalement il l'avait conservée.

Il la passa à son annulaire. La bague resta coincée à la deuxième articulation. Il eut le sentiment que Toshio Kusaka le repoussait.

Depuis, il n'était pas retourné à Hirakawa.

Tout en continuant à enquêter sur le quotidien des Kusaka, Yoshitake poursuivit sa vie à Tokyo. Naomi ne le voyait déjà plus que comme un simple administrateur parmi les autres.

A la fin de l'année où Yoshitake fut nommé PDG adjoint, Keiko Kusaka décéda brutalement.

Fuyant le regard des autres, il s'enferma et pleura à chaudes larmes. Il regrettait qu'en définitive l'occasion de se racheter envers elle ne lui ait pas été accordée.

Mamoru, qui avait seize ans, fut recueilli par des proches. Yoshitake recourut une nouvelle fois aux services d'une agence de détectives privés et surveilla le quotidien du garçon et de sa nouvelle famille. Il sut que leur vie était paisible, et son esprit connut une tranquillité passagère.

C'est la mort accidentelle de Yôko Sugano qui ébranla cette paix dans ses fondements.

S'appuyant sur ses relations au sein de la police, il s'informa des détails de l'accident. Il ne lui avait pas été bien difficile d'inventer un prétexte. Ainsi, il apprit que les circonstances étaient particulièrement défavorables à Taizô Asano, l'oncle de

Mamoru, et que, faute d'un témoin oculaire, celui-ci se trouvait dans une situation délicate.

A ce moment-là, Yoshitake avait une maîtresse, Hiromi Ida. Leur relation avait éclos comme une fleur de serre du fait de son mariage difficile avec Naomi, mais un soir, quand Hiromi sortit de la douche et qu'il contempla son visage démaquillé, il fit une découverte.

Hiromi Ida ressemblait à Keiko Kusaka. Et si, pour l'installer, il n'avait choisi ni Daikanyama ni Azabu mais un quartier populaire de Tokyo, s'il avait persisté jusqu'à convaincre la jeune femme réticente, c'était, réalisa-t-il, parce qu'il souhaitait passer du temps près de Mamoru, ne serait-ce que passagèrement.

L'heure a sonné, pensa-t-il.

Dans les faits, le soir de l'accident, il se trouvait chez elle. Cependant, sur le chemin, il n'était pas passé par le carrefour où cela s'était produit. Bien entendu, il n'avait rien vu. Avant de lire les journaux le lendemain matin, il n'était même pas au courant.

Mais il pouvait dire qu'il était passé par les lieux de l'accident, qu'il en avait été témoin.

Dans ce but, il avait enquêté personnellement, en se déguisant et en prenant suffisamment de précautions. Les habitants des quartiers populaires ne sont pas insensibles à un accident qui se produit dans leur voisinage. La carte de visite d'un journaliste, obtenue par le biais de son travail, avait également été profitable. La tenue vestimentaire de la victime, les circonstances de l'accident, la couleur de la voiture – il avait posé des questions sur tout, mémorisé chaque détail, et, après s'être présenté à la police, il avait pris soin de ne pas fournir un témoignage anormalement précis.

Sa position actuelle au sein de Shin Nihon Shôji était suffisamment solide pour ne pas être affectée par un scandale de mœurs. Un divorce ne l'inquiétait pas davantage. Parce que Naomi, après avoir échoué dans l'aventure qu'était son mariage avec lui, n'avait plus fait de pari dans aucun domaine.

Il ferait un faux témoignage. En même temps, ce serait un moyen d'approcher Mamoru Kusaka. Et de lui ouvrir les portes de l'avenir de ses propres mains.

C'est pour lui. Il ne pensait qu'à cela. Si je peux racheter ne serait-ce qu'une fraction de mon acte, le prix à payer est bien faible. Rien d'insurmontable. Mentir n'est rien non plus. Car, jusqu'à présent, j'ai continuellement vécu dans le mensonge.

Je fais tout cela pour lui. Pour Mamoru. Désormais, je vais pouvoir m'occuper de lui. Je vais pouvoir lui offrir un avenir bien plus prometteur qu'avec un père coupable de détournement de fonds. De là-haut, sa mère s'en réjouira même peut-être, au contraire.

J'ai vu ce garçon grandir. Avec cette seule attente… avec ce seul espoir…

8

La cassette s’acheva.

— C’est une histoire horrible, murmura Harasawa. Vraiment une histoire horrible.

Appuyé contre la porte, Mamoru l’écoutait en silence. Il avait l’impression de s’être ratatiné à l’intérieur de lui-même.

Il avait la nausée.

— Tu me crois ? demanda Harasawa.

Durant le long silence, seul le bruit de la cassette se rembobinant était audible.

— Tu n’as pas de raison de ne pas me croire, hein ? Tu sais ce dont je suis capable. Que tu l’approuves ou non.

Mamoru hocha la tête.

— Je vous crois. Ça tient debout.

— Que vas-tu faire ?

— Cette cassette… la police.

— Tu vas la leur apporter ?

— Quand vous enverrez votre confession.

— Ah non, ça, c’est impossible.

Mamoru releva la tête. Il n’en revenait pas.

— Et pourquoi ? Vous l’avez pourtant fait… Vous l’avez bien fait pour ça ?

— Non, pas pour ça, mon garçon.

Le vieil homme bomba la poitrine. Comme pour signifier que tout le reste n’avait été qu’un préambule, qu’il avait gardé ses forces pour ce qui allait suivre, sa voix gagna en puissance.

— Tu te rappelles ce que je t'ai dit ? Je t'ai dit qu'on se comprendrait. Qu'on avait des points communs. Pourquoi ? Réfléchis.

Le vieillard appuya sur la touche *eject* et retira la cassette. Il la garda à la main et s'approcha de la fenêtre.

— Ça, c'était seulement pour que tu l'entendes, cela n'a aucune valeur.

A peine avait-il fini de parler qu'avec une rapidité étonnante il ouvrit la fenêtre et jeta la cassette.

Mamoru se précipita. Il resta interdit. La cassette décrivit une large courbe et poursuivit sa course dans l'obscurité, quatre étages plus bas. Il regarda dehors, l'eau graisseuse d'un canal luisait en contrebas.

— Mais qu'est-ce que vous avez fait ?!

— Résigne-toi. Il s'agit de la confession d'un homme sous hypnose. De toute façon, cela n'a pas valeur de témoignage.

Le vieillard poursuivit sur un ton sec :

— Mon garçon, simplement dévoiler les agissements de Kazuko Takagi ne me suffisait pas. Simplement m'en remettre à la justice ne me suffisait pas. C'est pareil pour toi, n'est-ce pas ? Les peines prononcées par nos tribunaux sont légères.

— Et alors, qu'est-ce que vous voulez que je fasse ?

— Tu as été abusé. Pendant douze ans, tu t'es fait rouler. Et en plus, parce que le témoignage de Yoshitake vous a aidés, tu as été doublement abusé.

Cet homme n'a pas seulement assassiné ton père et pris la fuite, pour sa tranquillité d'esprit, pour sa seule satisfaction personnelle, il t'a trompé, il t'a approché et il espère se faire aimer de toi. En te trahissant, il croit encore que tu lui pardonneras. La bonne conscience qu'il a reniée il y a douze ans, il essaie de la racheter par des moyens douteux.

Tu peux le pardonner ? reprit lentement le vieil homme. Cela te regarde. Ça ne regarde que toi. Moi, je ne ferai rien, toi seul peux régler la question. Dans ma confession, je n'ai pas non plus l'intention d'écrire que Yoshitake ne pouvait pas se trouver sur les lieux de l'accident de Yôko Sugano. Alors, il ne reste qu'une seule solution, mon garçon.

Harasawa fixa froidement Mamoru.

— C'est de le punir de tes propres mains.

Après avoir quitté Harasawa, la voix du vieillard résonnait encore aux oreilles de Mamoru.

J'ai planté un code dans l'esprit de Yoshitake.

Dans la rue, les feux de signalisation changeaient de couleur, les feux arrière des voitures brillaient.

C'est une phrase simple. Vraiment simple. Il suffit de dire ceci.

Le vent poussait Mamoru en avant.

Tokyo est sous le brouillard ce soir encore.

Tokyo est sous le brouillard ce soir encore. Il murmura la phrase.

Ainsi, Yoshitake se suicidera proprement. Tu pourras rester à ses côtés et regarder.

Il ne se sentait pas capable de rentrer à la maison.

Nous ne nous reverrons sans doute plus. J'espère que tu feras le bon choix.

Cela avait été le cas sur toute la ligne, depuis le début. Il s'était fait avoir.

Je devais réparer ma faute envers ton père. Je fais mon devoir, c'est tout.

Il voulait se racheter.

Malgré les circonstances, il a témoigné. On lui doit une fière chandelle, non ?

Yoriko avait dit cela avec gratitude. Taizô travaillait pour Yoshitake.

C'était aussi ce type qui avait prodigué du travail à maman, qui avait fait en sorte que nous puissions vivre tous les deux à Hirakawa.

Ce n'était pas cela, se racheter.

Mamoru le nia de toutes ses forces. C'était de la pitié. Kôichi Yoshitake nous avait pris en pitié et il entendait continuer à avoir pitié de moi.

As-tu l'intention de les laisser vivre, de les laisser continuer à aligner des prétextes à l'infini ?

Il ne le pouvait pas. Parce que c'était…

Mon garçon, cela revient à sacrifier tes principes.

Dans le ciel brillait une lune effilée comme une lame.

9

Kazuko Takagi attendait à l'intérieur du Cerbère vide. Quand Mamoru poussa la porte, le visage qu'elle tourna vers lui était marqué par l'épuisement, comme si dix années s'étaient écoulées en un jour.

Mamoru parla à Kazuko qui ne l'interrompit pas, sa main fermement serrée sur celle de Mitamura. Il lui semblait que cela lui permettrait de mettre de l'ordre dans ses idées aussi, il raconta donc avec le plus de détails possible pourquoi Harasawa avait tenté de tuer les quatre jeunes femmes, en essayant de se mettre à la place du vieil homme.

Quand Mamoru acheva son récit, à l'intérieur du Cerbère agréablement chauffé, il flottait quelque chose de glacial.

— Je… Kazuko plaqua ses mains contre ses joues. Ce que nous avons fait est affreux.

Mamoru garda le silence.

— Ce que nous avons fait est affreux… mais ça, c'est incroyable.

C'est affreux, quelle méchanceté ! C'est incroyable.

— Il n'y a pas de quoi nous tuer, sanglota Kazuko. Nous n'avons rien fait qui mérite de se faire assassiner.

— C'est fini, dit doucement Mitamura.

Kazuko secoua violemment la tête et regarda Mamoru.

— Dis, qu'est-ce que tu en penses, toi ? Toi aussi, tu penses que c'est bien fait si on nous tue ? Tu sais ce qui est arrivé à Atsuko Mita ? Elle a eu la tête coupée. Elle s'est retrouvée en morceaux. Et Fumie Katô, pour ses funérailles, on n'a pas pu laisser le cercueil ouvert pour lui dire adieu. Elle n'avait plus de visage.

Kazuko agrippa Mamoru et se mit à le secouer en versant des larmes sur sa veste.

— Je ne comprends pas. Pourquoi fallait-il aller jusque-là ? Explique-moi ! Ce que nous avons fait est-il si affreux que ça ? Je t'en prie, explique-moi. Méritions-nous d'être punies au point de mourir ?

Mamoru détourna le regard du visage de Kazuko maculé de larmes.

— Nous, on trouvait toutes que c'était mal. On avait mauvaise conscience. Mais on n'avait pas le choix. Une fois qu'on avait commencé, on ne pouvait plus arrêter de notre propre chef. On était coincées. Aucune d'entre nous ne faisait cela par plaisir !

Vas-tu les laisser aligner des prétextes à l'infini, mon garçon ?

Les yeux rivés sur le plancher, Mamoru lâcha :

— Il va arrêter de tuer.

Mitamura prit par les épaules Kazuko qui pleurait toujours et regarda Mamoru.

— Tu veux dire qu'il n'essaiera plus de la tuer ?

— Exactement.

Mamoru leur tendit l'enveloppe que lui avait remise le vieil homme et expliqua ce qu'elle contenait. Kazuko ne fit pas mine d’y toucher, mais Mitamura la saisit et murmura comme pour lui-même :

— Il arrête de tuer… mais pourquoi ?

Mamoru se laissa glisser du tabouret du comptoir et se dirigea vers la porte.

— Ce qu’il cherche maintenant, c’est un compagnon.

CHAPITRE DERNIER

Le dernier

1

Ce jour-là, fait rare à Tokyo, il neigeait.

Le siège social de Shin Nihon Shôji se trouvait à Roppongi, un élégant quartier de plaisirs. Le commissariat de police d'Azabu était tout près des escaliers du métro, sur l'avenue Roppongi. Mamoru s'arrêta devant le bâtiment.

Je m'apprête à assassiner quelqu'un.

Le regard des agents de faction à l'entrée suivait le flot des voitures sur l'avenue Roppongi. Mamoru jeta un coup d'œil par-dessus son épaule ; sur la ville brillant de mille feux à perte de vue, la neige continuait à tomber dru. La route mouillée luisait, le reflet des phares formait une Voie lactée terrestre.

Le café Hafukan choisi par Yoshitake était un établissement à l'allure rétro.

La porte était lourde. Il sembla à Mamoru qu'elle était animée d'une volonté propre, qu'elle lui intimait de rebrousser chemin et de rentrer chez lui. Il était encore temps.

Non. Il était trop tard. Mamoru pénétra dans le café.

L'intérieur était sombre, l'éclairage tamisé, l'air imprégné d'un arôme de café. Même les clients – presque toutes les tables étaient occupées – paraissaient teintés d'une couleur ambre.

Dans un box au fond, Yoshitake se leva et lui adressa un signe de la main.

Mamoru se dirigea vers lui. Chaque pas rapprochait Yoshitake de l'échafaud.

— Quel mauvais temps ! Tu as dû avoir froid, remarqua celui-ci avec empressement.

Mamoru pensa : Le matin où tu as tué mon père, la pluie devait être froide également.

— Ça ne me dérange pas. J'aime bien la neige.

— Ah bon. C'est sûr, comparé à celle de Hirakawa, la neige de Tokyo, ce n'est pas grand-chose. Des petits flocons de rien du tout.

Yoshitake parlait avec entrain. Sur la table, il y avait une tasse d'expresso, vide.

La serveuse approcha. Yoshitake reprit un expresso et Mamoru passa commande sèchement :

— Un café long.

— Alors, de quoi voulais-tu me parler ?

Au téléphone, Mamoru lui avait demandé s'il pouvait lui consacrer un peu de temps parce qu'il avait quelque chose à lui dire. « Je viendrai vous voir. Près de votre bureau, ça ne me dérange pas. »

— Vous vous sentez mieux ?

— Très bien. Tu penses, à la base, je n'avais rien. Le médecin non plus n'y comprenait rien. Moi je suis solide.

Mamoru se sentit étouffer. Il était incapable de parler. Il ne parvenait pas à détourner le regard du visage de Yoshitake, bronzé par les séances de golf.

Pendant que tu jouais au golf, pendant que tu buvais de l'alcool et aussi pendant que tu témoignais devant la police, l'air convaincant, pendant tout ce temps, mon père était mort. Il n'était qu'un tas d'ossements dans une montagne quelconque. Pendant que je haïssais mon père et que ma mère continuait d'attendre son retour, pendant tout ce temps, tu étais heureux. Tu étais le seul à être heureux.

— Quelque chose ne va pas ? Yoshitake se rembrunit. Depuis tout à l'heure, tu n'arrêtes pas de me regarder, la mine renfrognée.

— Vous trouvez ?

Il tendit la main vers sa tasse, rata l'anse. Le liquide sombre coula le long de la porcelaine et lui mouilla les doigts. Il se demanda si le sang avait cette couleur-là.

— Tu ne t'es pas brûlé ?

Yoshitake tendit la main. Mamoru recula d'un bloc, avec la chaise.

Tu nous as pris en pitié… pris en pitié… pris en pitié…

Plus que tout, c'est cela que je n'arrive pas à pardonner. Tu piges ?

— Tu as dû attraper un rhume. Tes vêtements sont trempés et tu es pâle. Tu n'avais pas de parapluie ?

Ce n'était pas à cause du froid qu'il tremblait.

— Tu ferais mieux de rentrer. On discutera un autre jour. Yoshitake fouilla dans sa poche de poitrine et sortit son portefeuille. Ta famille va s'inquiéter. Tu devrais pouvoir acheter une chemise et un pull dans le coin. Change-toi et rentre.

Mamoru balaya de la main le billet de dix mille yens qui lui était tendu.

Vas-y, dis-le. *Tokyo est sous le brouillard ce soir encore*. Règle-lui son compte.

L'homme assis à la table voisine regarda tour à tour le billet tombé par terre et leurs visages. Au bout du compte, il tendit le bras, ramassa le billet et le posa sur la table. Ni Mamoru ni Yoshitake ne lui accordèrent un regard.

Enfin, Yoshitake ouvrit la bouche :

— Hum… si je t'ai vexé, j'en suis désolé. C'est que… je ne sais pas comment dire…

Comme si les mots qu'il cherchait étaient écrits dedans, il saisit sa tasse et la scruta.

— Tu… euh, je te considère comme mon fils, quelque part. Alors, de temps en temps, il semblerait que je manque de tact. Excuse-moi, tu veux ?

Vas-y, dis-le. C'est simple. *Tokyo est sous le brouillard ce soir encore.*

Yoshitake sortit une cigarette et la tourna entre ses doigts. Il semblait abattu, comme un enfant qui s'est fait réprimander.

Le brouhaha du café parvint aux oreilles de Mamoru. Dans cette grande ville où vivaient tant de gens, si une personne mourait, qui s'en soucierait ?

Merci d'avoir tué Yôko Sugano.

Mon père me dirait-il cela ? se demanda Mamoru. Merci d'avoir tué Yoshitake.

A cet instant, des visages lui apparurent soudain. Des voix résonnèrent.

Mamoru, quoi que tu fasses, tu ne dois pas te trouver d'excuse.

Je voulais me racheter vis-à-vis de toi.

Yôichi Miyashita avait voulu mourir pour lui.

J'avais honte de mes actes. Je me trouvais nul et pitoyable.

Mamoru serra les mâchoires. Il ne fallait pas croire que tous les moyens étaient bons pour se racheter.

— Je crois que je ferais mieux de te quitter, maintenant, dit Yoshitake. Allons-y.

Il se leva en premier et se dirigea vers la caisse.

Mamoru sortit. La neige tombait. Elle s'accumulait. La ville comme Mamoru se refroidissaient.

Yoshitake le rejoignit. Sa respiration formait un panache blanc. Celle de Mamoru aussi. Le souffle de la respiration vivante était encore plus blanc que la neige.

Mamoru et Yoshitake se firent face, dans la lumière chaude filtrant du Hafukan. Les flocons étaient maintenant fins. Leurs cheveux blanchirent comme ceux de deux vieillards.

Dans trente ans, dans cinquante ans, serai-je toujours aussi convaincu de mon acte ? Mamoru s'interrogea. Quand l'heure de mourir viendra, est-ce que je ne regretterai rien ?

— Achète au moins un parapluie, dit Yoshitake. Quand tu seras rentré, prends un bon bain pour te réchauffer.

Je suis venu ici pour te tuer.

— Bon, j'y vais. Yoshitake lui tourna le dos.

Il avait de larges épaules. Si mon père avait vécu, il aurait sans doute eu la même carrure, se dit Mamoru.

Par-dessus son épaule, Yoshitake lui parla :

— Je te reverrai, n'est-ce pas ?

Mamoru ne répondit pas. Yoshitake commença à marcher.

Un pas. Deux pas. Il s'éloignait.

Ta combine était injuste. La bonne conscience que tu as reniée il y a douze ans, tu as essayé de la racheter en trichant.

En plus, c'était seulement pour toi.

— Monsieur Yoshitake !

Mamoru cria. Sous un lampadaire au loin, Yoshitake se retourna.

Entre eux, il y avait du temps. La distance de douze années. La neige, imperturbable, comblait cette distance que la voix ne couvrait même pas.

— Monsieur Yoshitake, Tokyo…

— Hein ? Qu'est-ce que tu dis ? Il porta la main à son oreille.

As-tu l'intention de les laisser vivre, de les laisser continuer à aligner des prétextes à l'infini ?

— Tokyo est sous le brouillard…

Je voulais me racheter vis-à-vis de toi.

Tokyo était sous la neige ce soir.

Yoshitake, revenu sur ses pas, était près de Mamoru.

— Qu'est-ce que tu as dit ?

Ses doutes s'évanouirent. Mamoru lança :

— Tokyo est sous le brouillard ce soir encore.

Sur le coup, Yoshitake eut l'air perplexe. Mamoru retint son souffle. Il crut que le vieil homme l'avait trompé. Il crut qu'il n'allait rien se passer.

Enfin, ce fameux regard flou gagna les yeux de Yoshitake. Ses pupilles se contractèrent.

Il écarquilla les yeux. Il regarda autour de lui. Il vit la silhouette d'un poursuivant invisible. Puis il s'éloigna à pas pressés. Il laissait derrière lui la neige, Mamoru et la ville glacée.

C'était bien comme ça. Mamoru se mit en route.

Tu es sûr ?

En son for intérieur, Mamoru appela. Maman ! Maman avait cru en son père. Elle avait cru en lui, qui lui avait certes laissé les papiers pour le divorce, mais qui était parti de la maison avec son alliance au doigt. Le cœur de son mari était là, alors, elle avait attendu.

C'était maladroit, mais juste.

Si je peux racheter ne serait-ce qu'une fraction de mon acte.

De la neige tomba dans son cou. Des amoureux partageant le même parapluie se tournèrent vers Mamoru, se regardèrent d'un air interrogateur et le dépassèrent.

Merci d'avoir tué Yôko Sugano. Il était normal qu'elle meure, cette fille.

Mais elle avait eu peur. Elle avait eu des remords.

Explique-moi ! Ce que nous avons fait est-il si...

Je leur ai simplement fait payer le juste prix.

Non.

Mamoru rebroussa chemin en courant. La silhouette de Yoshitake avait disparu. Il ignora le feu piéton qui clignotait et fonça en direction du bâtiment de Shin Nihon Shôji.

L'entrée principale était fermée. Il se cogna un genou en glissant, se releva et chercha la réception de nuit. Il bouscula un passant, la neige accrochée au parapluie de celui-ci lui atterrit sur le visage.

Il repéra la lumière du bureau du vigile. Il cogna à la fenêtre de l'accueil du plat de la main.

— Où se trouve le bureau du PDG adjoint ?

Une voix au ton réprobateur lui répondit.

— Qui êtes-vous ?

— Je m'appelle Kusaka. Quel bureau est-ce ?

— Que voulez-vous ?

— C'est quel étage ?

— C'est au quatrième, mais dites donc...

Il se dirigea vers l'ascenseur. Le gardien le suivit. Mamoru appuya sur le bouton et le voyant lumineux arrêté sur le chiffre quatre commença à descendre lentement. Mamoru s'élança vers les escaliers.

Quatrième étage. Des deux côtés, des rangées de portes alignées. Il chercha le schéma de l'étage affiché au mur. C'était au bout du couloir de gauche. Laissant des traces de pas mouillés sur la moquette du couloir, sa lourde veste trempée de neige battant au vent, il courut.

Il traversa le secrétariat et, quand il ouvrit la porte d'un coup d'épaule, Yoshitake était en train d'enjamber la fenêtre grande ouverte derrière son bureau.

— Monsieur Yoshitake !

Son appel ne lui parvint pas. Il n'entendait rien.

Ses genoux étaient sur le rebord de la fenêtre.

Il crut qu'il n'arriverait pas à l'atteindre. En un bond, il saisit le bord de son manteau. Un bruit de déchirure retentit. Des boutons sautèrent. Emmêlés, ils tombèrent tous les deux par terre, propulsant au loin le fauteuil à roulettes dans leur chute.

Mamoru s'adossa à un pied du bureau. Yoshitake clignait des yeux.

Le vigile, à bout de souffle, entra en courant.

— Mais qu'est-ce que… ? Monsieur le directeur adjoint, que vous est-il arrivé ?

L'hypnose n'opérait plus. Le code ne faisait plus effet. Cela se voyait au regard de Yoshitake.

— Je… Yoshitake ouvrit la bouche et regarda Mamoru. Ici… Kusaka, qu'est-ce que j'ai fait… ? Pourquoi es-tu ici… ?

— Vous le connaissez ? intervint le vigile.

— Oui. Mais… Yoshitake regarda Mamoru, leva les yeux vers la fenêtre par laquelle s'engouffrait la neige. Vous pouvez disposer, signifia-t-il au gardien d'un geste de la main.

Celui-ci quitta la pièce, l'air méfiant, et Mamoru et Yoshitake se trouvèrent de nouveau seuls.

Mamoru étudiait le visage de Yoshitake. Un visage marqué par de fines rides au coin des yeux, si pâle que même son bronzage paraissait s'être éclairci. Son manteau ouvert enveloppait lâchement son corps, il ressemblait à un vagabond.

— Je suis venu parce que j'ai oublié de vous dire quelque chose.

S'agrippant au bureau, Mamoru se releva. Il s'approcha de la fenêtre et regarda en bas. Le trottoir était tout blanc, des parapluies aux couleurs variées allaient et venaient.

Il ferma soigneusement la fenêtre et la verrouilla. Puis, toujours en lui tournant le dos, il dit à Yoshitake :

— Voilà, nous ne nous reverrons plus. C'est la dernière fois.

En quittant la pièce, il entrevit Yoshitake resté assis par terre. Les mains à plat sur le sol, il semblait présenter ses excuses.

Il descendit lentement les escaliers. En cours de route, il dut s'asseoir et faire une pause.

Quand il sortit, la neige tombait plus dru. Sa veste et son pantalon se teintèrent de blanc.

Je vais rester planté là toute ma vie. Comme une boîte aux lettres. L'idée le traversa.

Il avança dans la neige, laissant des traces de pas sur le trottoir blanc. Il descendait de la montagne. Sans être arrivé au sommet.

Il trouva une cabine téléphonique.

La sonnerie d'appel retentit longuement. Harasawa n'était-il même plus en état de marcher ?

— Allô ? Une voix s'éleva.

— C'est moi.

Un long silence se fit.

— Allô ? Vous m'entendez ? Il n'y a pas de brouillard ce soir, il neige.

Il se mit à claquer des dents.

— Je sais que vous m'entendez. Il neige. Je n'ai pas pu. Je m'en croyais capable, mais non. Vous pigez ? Je n'ai pas pu faire comme vous. J'ai fini par sauver Yoshitake.

La neige collée sur ses joues fondait, elle coulait.

— Je n'ai pas pu. Alors que c'est le type qui a assassiné mon père, je n'ai pas pu. Je n'ai pas réussi à le tuer. Vous y pigez quelque chose ? Je n'ai pas pu. Quelle rigolade !

Mamoru riait effectivement, tout en martelant de coups de poing les parois de la cabine téléphonique. Il était incapable de s'arrêter.

— Vous êtes remarquable. Cinglé, mais remarquable. Vous avez fait tout ça, persuadé que vous aviez raison, non ? Moi, je ne sais même pas ce qui est juste. Je ne voulais pas savoir. J'aurais voulu rester dans l'ignorance. Putain, qu'est-ce que j'aimerais être capable de vous tuer !

Au-dehors de la cabine, la neige s'était transformée en tempête. Il entendait le chuintement mou des flocons s'écrasant sur la vitre.

Mamoru appuya la tête contre le téléphone et ferma les yeux.

— Au revoir, mon garçon.

Il entendit le bruit du combiné qu'on raccrochait doucement.

Je ne répondrai ni ne reviendrai.

Pendant le long trajet de retour, Mamoru fit un rêve confus. Il vit un vieux magicien, debout sur un sol désaxé, faisant tournoyer sa canne en attendant un lapin qui n'apparaîtrait jamais.

2

Mamoru s'effondra dans l'entrée de la maison des Asano et, pendant dix jours pleins, il fut incapable de quitter le lit.

Il avait contracté une pneumonie et son état était tel qu'à un moment une hospitalisation fut envisagée. Somnolant sous l'effet d'une forte fièvre, il se retournait de temps à autre et murmurait quelques mots, mais les membres de la famille Asano à son chevet n'arrivaient pas à les saisir.

Il n'avait pas entièrement perdu conscience. Il distinguait vaguement son environnement, le visage des gens. Taizô, Yoriko, la main blanche de Maki qui lui effleurait le front. Parfois, il croyait voir sa mère, il lui arrivait même de tenter de se lever.

Il ne voyait pas le visage de son père. Il avait beau essayer de se le rappeler, c'était aussi vain que de ramasser du sable avec les doigts.

Durant son long sommeil, il entendit une conversation entre Maki et Yoriko.

— Mais pourquoi a-t-il fait ça… ? Sans parapluie, un jour de tempête de neige.

Maki, à son chevet, ne le quittait pas des yeux.

— Dis, maman, s'enquit-elle à voix basse. Tu n'as jamais eu cette impression ? Qu'il nous cachait quelque chose.

Après un temps de réflexion, Yoriko répondit :

— Oh si !

— Moi aussi. Il m'est arrivé de le ressentir très fortement. Mais quand je me demande pourquoi, la réponse m'échappe. Je n'arrive pas à imaginer pourquoi.

— Moi non plus.

— Mais s'il nous cache quelque chose, c'est sans doute parce que c'est mieux ainsi. Il le cache au fond de lui et se tait parce qu'il vaut mieux qu'on ignore de quoi il s'agit. Cela m'attriste, mais j'en ai la certitude.

— Maman… Maki se tourna vers Yoriko. Peut-être qu'il nous protège comme ça. Alors, jusqu'à ce qu'il nous en parle de lui-même, tu ne lui poseras pas de questions, d'accord ? J'ai l'impression que c'est ce que nous pouvons faire de mieux.

Yoriko répondit :

— D'accord. Je te le promets.

Taizô entra dans la chambre.

— Qu'y a-t-il, papa ?

— Je suis allé acheter de la glace.

Quand il entama sa convalescence, il reçut des visites.

Miss, à peine arrivée, était déjà à moitié en larmes.

— C'est rare, blagua Mamoru d'une voix encore faible. Si ça se trouve, il va tomber de la neige rouge.

— Idiot ! Elle n'essuya même pas ses larmes. Mais si tu es en état de me lancer des vannes, c'est que tu ne vas pas mourir.

— Comme si j'allais mourir ! Si je claque à la première pneumonie qui passe, je ne risque pas de faire long feu.

— Dis…

— Quoi ?

— J'ai eu l'impression que tu étais parti très loin.

— Alors que j'étais tout le temps ici.

— Non. Tu n'étais plus là, c'est sûr.

— Eh bien, je suis revenu. Je serai toujours à portée de voix. De toute façon, tu parles fort.

Quand Yôichi Miyashita vint lui rendre visite, Mamoru lui demanda :

— Tu pourrais te procurer une reproduction de ces fameuses *Muses inquiétantes* ?

— Je pense que oui. Je peux même en découper une dans un livre de peintures.

— J'aimerais bien en avoir une.

— Pas de problème. Je vais te trouver ça tout de suite, dit Yôichi, l'air heureux mais un peu surpris. Tu aimes ce tableau, d'un coup ?

— Je ne sais pas si je l'aime, mais j'ai l'impression de le comprendre un peu.

Lorsque Takano vint, Mamoru lui parla d'abord de l'écran vidéo.

— C'est toujours la guerre totale avec les chefs, répondit Takano. Mais on ne se laisse pas abattre. Et puis, les employés aussi commencent à se poser des questions.

— Vous avez parlé à tout le monde des publicités subliminales ?

— Oui. Parce que notre seule arme, c'est notre nombre. Là, je suis en train de voir ça avec le syndicat. Quand j'ai montré la copie de la vidéo au représentant syndical, il a bondi de sa chaise. Après tout, j'ai vraiment failli mourir sous des coups de couteau. Ça a du poids… Rétablis-toi vite. Tout le monde t'attend. Satô a envie de te parler du désert. Là-bas, il paraît que le vent est vivant…

Le cœur de Mamoru ressemblait au balancier d'une horloge, arrêté de travers. Pour l'instant, il n'arrivait pas encore à penser à Yoshitake, à Harasawa. Il avait envie de rester immobile quelque temps, de vivre sans éprouver aucun sentiment.

A la fin février, la région du Kantô fut frappée par une nouvelle tempête de neige.

Ce matin-là, Taizô dit à Mamoru et Maki que c'était dommage, si son permis lui avait été rendu, il aurait pu les accompagner en voiture.

Taizô démissionna de Shin Nihon Shôji et commença à travailler pour les taxis Tôkai. Quand la suspension de son permis serait levée, il reprendrait son travail de chauffeur.

En son for intérieur, il n'avait cessé de balancer. Malgré tout, la mort de Yôko Sugano avait constitué un frein si puissant que, pour reprendre le volant, une force supérieure avait été nécessaire.

C'était un courrier qui la lui avait fournie.

Cette lettre, rédigée d'une écriture soignée, venait de la cliente que Taizô avait conduite le jour de l'accident, renonçant à afficher l'indicateur Service terminé.

Son mari avait fait un accident cérébral. Quand elle était arrivée à l'hôpital, les médecins lui avaient annoncé qu'il n'y avait plus rien à faire.

— Sauf une chose, madame : appelez votre époux. Appelez-le de toutes vos forces. Seule votre voix pourra le ramener des rives de la mort.

Comme on le lui avait dit, elle avait pris la main de son mari et s'était acharnée à l'appeler. Elle lui avait répété qu'elle était là, qu'elle l'attendait.

Son mari avait répondu, il était revenu. Il avait repris vie.

Si je n'étais pas arrivée à temps – si, ce jour-là, vous ne m'aviez pas laissée monter dans votre taxi, si, arrivée plus tard à l'aéroport, j'avais pris ne serait-ce que l'avion suivant, mon mari ne serait certainement pas revenu.

Je vous ai écrit pour vous remercier. Je vous en prie, continuez à travailler pour les clients comme moi. Votre taxi, monsieur Asano, transporte la vie.

Cette lettre avait hissé une nouvelle fois le drapeau en berne dans le cœur de Taizô.

Le mois de mars avait débuté, mais la confession de Harasawa n'était toujours pas sortie.

Après avoir vaincu l'inquiétude des Asano, le premier jour de congé du mois de mars, Mamoru partit seul à Hirakawa. Il voulait savoir ce que son père, douze ans auparavant, faisait tôt le matin dans un tel endroit.

A Hirakawa, les pruniers commençaient à fleurir en ordre dispersé. La crête des montagnes était encore toute blanche.

Il se rendit à la bibliothèque municipale, où il emprunta un plan de la ville datant d'il y avait douze ans. Tout était très différent d'aujourd'hui.

Suivant du doigt les vieux bâtiments, il comprit ce que son père avait voulu faire.

Dans le cimetière municipal un peu en hauteur où reposaient Keiko Kusaka et Pépé, il y avait encore de la neige.

— J'ai trouvé où papa allait.

Le bâtiment en question se trouvait maintenant au cœur de la ville. Douze ans plus tôt, l'édifice, plus petit, était situé au pied des collines. Ce fameux chemin de traverse, en ligne droite, était un raccourci qui y menait directement. S'il avait choisi de s'y rendre à l'aube, c'était sans doute pour éviter dans la mesure du possible de semer la confusion au bureau.

C'était le bâtiment du commissariat de police de Hirakawa, la police préfectorale.

— Papa avait l'intention de se dénoncer, pour le détournement de fonds.

Dans l'express qui le ramenait à Tokyo, Mamoru pensa qu'il avait enfin compris la signification des paroles de Pépé. *Ton père était faible. Un jour, c'est certain, tu comprendras la faiblesse de ton père, et en quoi elle est affligeante.*

Son père avait été faible, mais ce n'était pas un lâche. Le prix de ce qu'il avait mal acquis, il avait tenté de le repayer de façon appropriée. Il le pensait.

C'était bien comme ça. Papa, tu trouves que c'est bien comme ça, n'est-ce pas ? Je n'ai pas tué Yoshitake. Je n'ai pas pu. Tant mieux, hein.

3

La confession de Harasawa parvint à la police fin mars.

Le scandale qui s'ensuivit surprit même Mamoru, pourtant au courant de tout et censé y être prêt, et le plongea dans le désarroi. La police lui rendit visite. Les journalistes lui rendirent visite. Les habitants du quartier aussi voulaient tout savoir.

Les photographies des quatre jeunes femmes s'étalèrent dans les journaux et les magazines, firent la une des émissions de télévision de l'après-midi, fournirent un sujet de conversation aux gens.

Un jour, Yoriko vit une photo de Kazuko Takagi dans l'un de ces médias et, surprise, la montra du doigt en disant :

— Cette fille, c'est elle qui m'a aidée quand j'ai été blessée le soir de la veillée funèbre de mademoiselle Sugano.

Les critiques fustigeaient les escroqueries commerciales, mais Mamoru craignait un peu qu'il ne s'agisse que d'une réaction émotionnelle, passagère. La tempête était violente, mais elle retomberait vite. En plus, elle fauchait tout sur son passage, aveuglément.

Par exemple, une personne comme la sœur cadette de Yôko Sugano. Cela le tracassait, mais il n'y pouvait plus rien.

Comme il le lui avait dit, Harasawa ne dénonça pas les mensonges du témoignage de Yoshitake.

Celui-ci restait un témoin oculaire de bonne foi et, avec le retour du scandale, se trouva lui aussi de nouveau pourchassé par les médias. Mamoru éteignait toujours la télévision ou la radio avant d'entendre les réponses qu'il donnait, ce qu'il avait à dire.

L'intérêt pour l'hypnose aussi enfla subitement. Au rayon librairie de Laurel également, les livres sur le sujet, des ouvrages de recherche ardus aux guides pratiques, s'empilaient sur les tables et se vendaient comme des petits pains.

Mamoru s'en procura un. Quand il finit de le lire, son opinion était confortée, Harasawa avait eu tort.

Tout le monde ne cédait pas corps et âme à une suggestion autodestructrice, comme l'avait prétendu Harasawa. Si ces femmes manipulées par le vieil homme étaient mortes en fuyant à perdre haleine, c'est parce que, au départ, ce sentiment de devoir fuir existait en elles.

En d'autres termes, elles éprouvaient des remords. Elles avaient peur.

Une terre stérile ne portait pas de fruits. Elles étaient des arbres portant les fruits du « sentiment de culpabilité ». Ce qu'avait fait Harasawa, c'était secouer violemment cet arbre et le déraciner – rien de plus.

Le vieil homme avait puni seulement les coupables faciles à châtier. Il n'avait pas pensé que d'autres personnes, peut-être, méritaient réellement d'être punies.

Ou bien, dans le rêve sombre du magicien, peut-être cette distinction n'existait-elle déjà plus.

Mamoru regretta un peu qu'ils se soient quittés sans se comprendre sur ce point.

Kazuko Takagi éludait la tempête au Cerbère.

Quand le tumulte créé par la confession de Harasawa se déchaîna, elle pensa partir. Elle ne voulait pas importuner Mitamura.

Mais il s'y opposa.

— Ce n'est pas la peine de continuer à fuir, dit-il. Tu as déjà suffisamment expié ta faute. Tu saisis certainement mieux que quiconque la portée de cette affaire.

— Tu ne me méprises pas ?

Mitamura rit.

— Tu as trébuché. Je t'ai aidée à te relever. Alors, au lieu de rester à faire du surplace, si tu commençais à avancer ?

Peu après le début du mois d'avril, Kazuko rentrait d'une course à l'extérieur quand Mitamura lui annonça :

— Kusaka est passé. Il m'a demandé de te transmettre un message.

— Qu'est-ce qu'il a dit ?

Kazuko en avait pris son parti. Elle accepterait les critiques de sa part. Il avait le droit de la blâmer.

— Il espère que tu t'en sortiras indemne. Et aussi…

— Et aussi ?

— Le jour de la veillée funèbre de Yôko Sugano, merci d'avoir protégé ma tante. C'est ce qu'il a dit.

Posant ses mains sur le bord du comptoir, Kazuko, silencieuse, baissa la tête. Enfin, elle dit d'une petite voix :

— Il m'a donc pardonné.

Comment retrouver son père ? Mamoru ne pensait qu'à cela.

Une réserve naturelle protégée près de Hirakawa. A une heure de la ville en voiture. Sans le moindre point de repère, à lui seul, c'était impossible. De quelle façon pourrait-il impliquer la police ? Il passait de plus en plus de temps à réfléchir, assis au bord de la rivière.

Le jour où il reçut un courrier inattendu de Harasawa aussi, il l'emporta sur les berges.

La lettre débutait par cette adresse qui éveilla une pointe de nostalgie en lui :

Mon garçon,

Tu es peut-être surpris ? Quand tu liras cette lettre, je ne serai plus de ce monde.

La force de la volonté est impressionnante, tu sais. Figure-toi que j'écris cette missive de ma propre main. Par rapport au moment où je t'ai rencontré, ma consommation d'antalgiques a doublé, mais je suis encore vivant.

Cette lettre te parviendra sans doute bien plus tard que ma confession. Car c'est ce que j'ai prévu dans mon testament. Si elle ne t'est plus d'aucune utilité au moment où tu la lis, déchire-la et jette-la.

Mon garçon, ce jour-là, tu m'as dit que c'était plutôt moi que tu aurais aimé tuer. Tu m'as dit que tu aurais préféré ne rien savoir.

Tu n'as pas tué Yoshitake.

Malgré tout, mon garçon, je pense que nous pouvons nous comprendre. Nous sommes différents par certains aspects, mais nous formons une sorte d'ensemble possédant une partie en commun. Pour le moins, je crois que tu comprends mieux que personne ce que j'ai fait, ce que j'ai tenté de faire. Mieux que les médias, qui font sûrement aujourd'hui un tapage digne d'une meute de chiens, et mieux que tous les soi-disant intellectuels.

Toi et moi, nous avons choisi des moyens différents. Je ne considère pas m'être fourvoyé, et toi tu penses sans doute de même. Tu ne regrettes certainement pas de ne pas avoir assassiné Yoshitake.

Pourquoi as-tu été incapable de le tuer ? Simplement parce que tu n'as pas pu commettre un assassinat ?

Je ne pense pas que ce soit le cas. Tous les êtres humains, s'ils y sont contraints par les circonstances, commettront un assassinat. Il arrive même qu'ils le fassent de bon cœur.

Si tu n'as pas réussi à tuer Yoshitake, c'est parce que tu as compris, même sans en avoir conscience, que cet homme vous a aimés, ta mère et toi, à sa façon.

Tu as compris Yoshitake. Tu l'as compris et tu l'as pris en pitié.

Avant de mourir, j'ai un cadeau pour toi.

Quelques jours après ton appel téléphonique, j'ai de nouveau rencontré Yoshitake. Alors, après l'avoir hypnotisé, j'ai planté en lui une nouvelle suggestion et un nouveau code. Je vais les consigner ici.

Mais attention, n'oublie pas ! Il s'agit d'un code double. Quand tu prononceras ces mots, tu devras échanger avec lui une poignée de main, de la main droite. Qu'en dis-tu, c'est pas mal, hein ?

C'est mon dernier travail. J'aimerais que tu l'utilises pour ton bénéfice.

Te souviens-tu que j'offrais du whisky à Nobuhiko Hashimoto ? Je suis quelqu'un qui offre toujours à l'autre ce dont il a le plus besoin. Et ce code n'est pas de nature à te détruire, comme le whisky pour Hashimoto.

Si tu as eu pitié de Yoshitake, donne-lui la possibilité de se dénoncer.

Ensuite, ne reste pas prisonnier du passé. Parce que, à partir de maintenant, une vie encore vierge mais fructueuse t'attend.

Au revoir, mon garçon. Cette fois-ci, c'est un véritable adieu. Quand tout sera fini, oublie-moi à tout jamais.

Là où tu vis, les cerisiers sont-ils en fleur ? Mon seul regret est de ne pas avoir la possibilité de voir, en dernier, ces fleurs qui célèbrent le printemps.

A la fin de la lettre, un bref code figurait en post-scriptum.

Quand il le lut, Mamoru réalisa enfin qu'ils s'étaient compris – c'était trop tard, mais le vieil homme et lui s'étaient peut-être compris.

Il mémorisa facilement le code.

Les cerisiers sont en pleine floraison, tu sais. En contemplant les fleurs qui coloraient la rive opposée, Mamoru déchira la lettre en petits morceaux qu'il lança dans le vent en direction du canal.

A dix-neuf heures, il poussait la porte du café Hafukan où il avait rendez-vous avec Yoshitake.

Celui-ci était assis dans le même box que la fois précédente.

Ils discutèrent de tout et de rien. Yoshitake rit beaucoup, il se réjouissait d'avoir eu la possibilité de revoir Mamoru. Celui-ci aussi parla avec volubilité. Ni l'un ni l'autre n'évoquèrent Harasawa.

Ils quittèrent le café. Par cette douce soirée de printemps, la ville brillait comme un verre en cristal.

Au moment où ils se disaient au revoir d'un signe de la main, Mamoru interpella Yoshitake.

— J'avais quelque chose à vous demander.

— De quoi s'agit-il ?

Mamoru lui tendit la main droite.

— Serrez-moi la main.

Yoshitake hésita un instant, puis il tendit sa grande main droite et serra fermement celle de Mamoru. Sa main était froide mais puissante.

A cet instant, Mamoru s'approcha comme pour lui dire un secret et murmura :

— L'illusion du magicien.

Mamoru suivit Yoshitake qui marchait lentement. Celui-ci s'arrêta devant le commissariat de police d'Azabu.

Il examina le bâtiment. Puis, calmement, il pénétra à l'intérieur. Mamoru le suivit des yeux et continua son chemin.

Quand il arriva à l'endroit où est visible l'enseigne en néon rose Amande, il croisa deux filles à peu près de son âge qui gravissaient les escaliers du métro. C'étaient deux jolies filles aux cheveux longs, les yeux brillants d'excitation. La nuit ne fait que commencer ! pouvait-on lire sur leur visage.

Leur regard croisa celui de Mamoru et elles rirent sous cape.

— Salut ! lança l'une d'elles. C'est une belle soirée, non ? Tu vas où ?

— Je rentre à la maison, répondit-il.

QUELQUES INDICATIONS SUPPLÉMENTAIRES

Concernant les techniques d'ouverture de coffre-fort, j'ai consulté *Forcer un coffre-fort* de Shôzô Sugiyama, aux éditions Dôjidai. Que l'auteur reçoive toute ma gratitude.

Les passages portant sur la publicité subliminale sont tirés de *Imidas : information et connaissance,* aux éditions Shueisha.

La citation en tête d'ouvrage est un extrait du *Secret du père Brown,* traduit par Yasuo Nakamura, aux éditions Sôgen Suiri Bunko.

Tous les noms de personnes et d'organisations apparaissant dans ce roman sont fictionnels.

Achevé d'imprimer en Espagne par

CPI
BLACK PRINT

Dépôt légal : mai 2015